Alfred Schirokauer

Mirabeau: Historischer Roman

e-artnow 2018

Franz Kugler
Friedrich der Große

Alexandre Dumas
Die Gräfin Charny: Historischer Roman

Dmitri Mereschkowski
Leonardo da Vinci (Historischer Roman)Historischer Roman aus der Wende des 15. Jahrhunderts

Conrad Ferdinand Meyer
Gesammelte Werke: Historische Romane + Gedichte + Novellen (323 Titel in einem Buch): Das Amulett + Der Schuß von der Kanzel + ... + Gustav Adolfs Page und viel mehr...

Stefan Zweig
Magellan. Der Mann und seine Tat

Henryk Sienkiewicz
Sintflut (Historischer Roman)

Julius Wolff
Der Sachsenspiegel (Historischer Roman - Eine Geschichte aus der Hohenstaufenzeit)

Julius Wolff
Das Wildfangrecht: Historischer Roman

Annette von Droste-Hülshoff
Gesammelte Werke von Annette von Droste-HülshoffDie Judenbuche + Bei uns zu Lande auf dem Lande + Bilder aus Westfalen + Gedichte …Am Bodensee, Carpe diem! und vieles mehr)

Wilhelm Raabe
Gesammelte Werke: Romane, Erzählungen und Novellen (49 Titel in einem Buch): Die schwarze Galeere + Die Chronik der Sperlingsgasse …Großen Kriege + Keltische Knochen und mehr

Alfred Schirokauer

Mirabeau: Historischer Roman

e-artnow, 2018
Kontakt: info@e-artnow.org

ISBN 978-80-273-1492-8

Inhaltsverzeichnis

I

Am Rande des Olivenhaines, mit dem das Städtchen Manosque sich gegen das flache Land gürtete, schritt Mirabeau auf und nieder. Trotz der südlich sengenden Hitze des Maitages lief er mit hastigen gehetzten Schritten von einem Ende des Wäldchens zum anderen. Der Mann glühte und dampfte in innerem Aufruhr, dicke Schweißtropfen sickerten aus dem dichten Haare hervor, rieselten über das pockennarbige wuchtige Gesicht. Er spürte es nicht. Seine Gedanken siedeten.

Er wandelte in den Wehen seiner ersten ernsthaften literarischen Arbeit. Ein Posaunenruf sollte sie werden! Ein Fanfarenstoß, daß die Perücken wackelten. Eine Kampfansage an die Regierung und ihre Mißbräuche. »Über den Despotismus.« So sollte sie heißen.

Die Gedanken überstürzten sich. Die Hände gestikulierten in der flimmernden Luft.

Die Grundlagen dieser Regierung wollte er angreifen. Wilde Schmähungen gurgelten in ihm auf, gewaltige bombastische Phrasenklötze ballten sich in seinem Hirn zusammen. Die Willkür dieses Regierungssystems wollte er niederschmettern, ihre selbstmörderische Finanzverwaltung, ihre ruchlose Rechtlosigkeit – ja, diese Rechtlosigkeit! Wer war dazu vom Schicksal hehrer berufen als er, er, der mit seinen Fünfundzwanzig seit fast zehn Jahren ein Opfer dieser gesetzlosen Regierungswillkür war?!

Eine lettre de cachet nach der andern hatte ihn von Gefängnis zu Gefängnis gehetzt. Im Jahre 1765, mit sechzehn Jahren, hatte der erste königliche Haftbefehl ihn in die Zitadelle der Insel Ré geworfen. Freilich auf Bitten und Veranlassung seines Vaters. Aber war eine Willkür deshalb entschuldbarer, weil sie sich zum Handlanger eines tyrannischen verfolgungswütigen Vaters erniedrigte!

Ha, sie sollten seine Stimme hören, die Herren in Versailles, die Frankreichs grausame Geschichte machten, hören sollten sie und erbeben!

Er rannte und schmiedete Zorn und Haß im Feuer seines unbändigen Temperamentes, in der Glut seines umfassenden Wissens, in der Lohe seines wortbildenden Genies zu singenden Schwertern.

Ab und zu warf er das mächtige Haupt mit der gepuderten, sorgfältig frisierten buschigen Haarmähne heftig zurück und blickte hinaus in das unter der Provencesonne dunstende Land.

»Wo sie bleibt, wo sie bloß bleibt?!« schnaufte er ingrimmig und stürmte weiter, ein überhitztes, kochendes, zum Springen überfeuertes, lebendiges Kraftwerk.

Endlich blieb er stehen. Der Schweiß rann ihm in den Mund. Der bittere Geschmack ekelte ihn. Er zerrte das Taschentuch aus den blauseidenen Kniehosen, riß den Zweispitz vom Kopfe und trocknete sich Stirn und Gesicht. Die Spitzenmanschetten des Rockes waren feucht und klebrig.

Er lehnte sich gegen den Stamm eines Olivenbaumes und blickte hinaus in die Flur voller Hügel, die den Ausblick beschränkten.

»Wo sie bloß bleibt?!« dachte er wieder voller Zorn. »Längst könnte sie zurück sein.«

Ein Drang, ihr entgegenzueilen, packte ihn. Er löste sich von dem Baume und tat einige Schritte vorwärts. Doch zur rechten Zeit gewahrte er den Polizeikommissär des Städtchens, der auf einem Dienstgange querfeldein schritt. Er flüchtete zurück in den bergenden Schutz der Oliven, knirschend vor Wut und dumpf ungezügelt aufheulend in seiner gefesselten Ohnmacht.

Diese Ketten! Diese Folter! Hier stand er im Schraubstock und mußte tatenlos harren, bis dieses Weib ihm endlich die Bücher brachte, deren er so dringend für seine Arbeit bedurfte! Festgeschmiedet durch die letzte lettre de cachet, eingerammt in dieses elende Nest Manosque, ein Gefangener des Königs. Weshalb? Warum? Weil der Vater es wollte. Weil der Vater willfährige Freunde unter den Ministern besaß, weil der Herzog von Vrillière gegen den wehrlosen Sohn den Bannstrahl des königlichen Haftbefehls schleuderte, ohne Prüfung, ohne Verhör, blindlings, in feiler Willkür, bloß weil ein erbarmungsloser Vater es begehrte.

Er wütete berserkerhaft, er schlug sich Fäuste und Stirn blutig an dem Stamm einer Olive. Der Schmerz beruhigte ihn. Er betrachtete gelassen die zerschundenen Hände. »Bluten muß man aus den Wunden, die dieser Despotismus schlägt,« sann er, »um den Schrei gegen ihn mit Blut schreiben zu können. Ich blute, ich werde schreien, blutgurgelnd schreien!«

Von der Hitze des Tages und seines Ungestüms erschöpft, setzte er sich auf den Stumpf eines gefällten Baumes nieder. Die Wäsche klebte widrig am Körper, im Rücken war eine peinlich feuchte Kühle.

Er stützte den Ellenbogen auf das Knie, legte das Löwenhaupt in die Handfläche und starrte hinaus in den Glast dieser Stunde des großen Pan.

Vor ihm breitete die Provence ihre glühende Sommerherrlichkeit. Wolkenloser tiefblauer Himmel, rein wie Glas, aber tückisch. In Minuten verdüsterte er sich oft und schleuderte seine Blitze, als rase er in jähem Haß wider die Welt, die er wochenlang leuchtend mild überdacht hatte. Kein Blatt der Oliven regte sich. Doch der Verrat lauerte. In Sekunden erwachte bisweilen der schlafende Mistral und tobte über das Land hin, zauste die Blätter, fegte sie vor sich her, knickte die Reben, wirbelte einen Blütenschwall zum Himmel empor.

Mirabeau sah hinaus in diese attische Landschaft mit ihren harmonischen beglückenden Linien, mit ihren lavafarbenen Felsen, mit ihrer kochenden Erde, die rötlichbraun glänzte, als wäre zerstäubter Backstein über sie hingestreut. Das war diese rätselvolle ausgedörrte Scholle der Provence, die doch in trächtigem Überflusse Frucht trug: Wein und Olive, Korn und grünende Wälder. Und mit einem Meer von Blüten jedes Fleckchen Erde farbenselig überschwemmte und die Luft schwelgerisch sättigte mit dem betäubenden Dufte des Lavendel, des Thymian, der Salbei, des Rosmarin, der Rosen in allen Schattierungen.

Mirabeau blickte hinaus in dieses Wunderland, und eine inbrünstige Liebe zur Heimat quoll in ihm auf.

In südfranzösischem Gefühlsüberschwange flüsterte er vor sich hin: »Du geliebte, arme, reiche, treue, verräterische Muttererde bist ich, und ich bin du. Aus deinem Staube bin ich gebildet, zu dir werde ich zurückkehren, wenn mein Weg – mein leuchtender Kometenweg – getan ist. Wie du, bin ich. Deine Säfte schäumen in mir, deine Quellen brausen in meinen Adern, all dein Gutes und Böses lebt auch in mir. Süßes, geliebtes Mutterland!«

Er sprang wieder empor. Lange sitzen konnte dieser überschäumende Mann nicht.

»Wo sie bloß bleibt, dieses infernalische Weib?!«

Er blickte angestrengt aus seinen funkelnden Augen ins Weite. Gegen den flirrenden bläulichroten Horizont standen matt vier Rundtürme mit gezackter Zinne und ein Hügel, auf dem sie ragten.

Dort lag das Stammschloß seines Geschlechtes, Schloß Mirabeau. Von dort mußte sie kommen. Früh am Morgen war sie aufgebrochen, die väterliche reiche Bibliothek für ihn zu plündern. Trotz des strengen Verbotes des Marquis, die geringste Kleinigkeit aus dem Schlosse zu entfernen.

Freilich hatte der Sohn, als er kurz nach der Hochzeit mit seinem jungen Weibe das Château bezog, Möbel, Einrichtungsgegenstände, Bücher, alles, was nicht niet- und nagelfest war, verschleudert. Freilich! Aber war es seine Schuld, daß diese Dinge zum Trödler wandern mußten? Konnte er von der kargen Rente leben, die der Vater und der Krösus von Schwiegervater ihm boten?! Er hätte Luxus getrieben, die junge Frau mit Brillanten und Firlefanz überschüttet! Nun ja – sie war ein junges Weib und Schloß Mirabeau eine Öde. Etwas muß man den Weibern schon bieten. Trotz dieser Verkäufe hatte er zweihunderttausend Livres Schulden gemacht. Wer konnte dafür, daß der elende Mammon wie Wasser zwischen den Fingern verrieselte? Er? Nein. Sein Blut! Der Vater ersoff ja auch in seinen Schulden. Warum spielte er ihm gegenüber den gewissenhaften Hausvater! Er verpuffte das Geld in närrischen Bodenreformspielereien. Nun ja. Und er, der Sohn, in anderen närrischen Kinkerlitzchen. Chacun à son goût. Aber deswegen lettres de cachet, Haft, Gefangenschaft! Der Satan hole die Welt, die Väter und die Ungerechtigkeit! Zum Teufel, wo blieb dieses infernalische Weib?!

Aber jetzt – dort auf dem Feldwege – ein bewegter Punkt. Ohne Zweifel, ein Mensch. Das war sie!

Aller Vorsicht zum Trotze eilte er ihr entgegen. Er fieberte, endlich diese Bücher in Händen zu halten, die den Brennstoff der Wissenschaft in die Flamme seiner Abhandlung über den Despotismus schleudern sollten.

Doch bald erkannte er, daß er sich geirrt hatte. Der gemächlich nahende Mensch war nicht die sehnlich Erwartete, es war der Briefträger, der von der ländlichen Villa des Chevalier de Guibal zurückkehrte.

Enttäuscht blieb Mirabeau stehen und erwartete den Mann. Der grüßte devot den Grafen.

»Sagen Sie ja nicht, daß Sie mich hier draußen getroffen haben,« lächelte Mirabeau, »Sie wissen ja.«

»I, wo werde ich was sagen«, beruhigte der Beamte. »Ich weiß doch Bescheid.«

»Haben Sie was für mich, Tartarin?«

»Ich glaube fast.« Er kramte in der großen Ledertasche, die er am Riemen über die linke Schulter trug. »Mir war's doch so, als hätt' ich was für Euer Gnaden gehabt. Hier ist es schon. Ein Brief aus Bignon. Und hier noch einer. Aus Tain. An die Frau Gräfin. Aber den kann ich wohl gleich dem Herrn Grafen geben?«

Mirabeau nickte und zahlte das Porto.

Der Briefträger entfernte sich grüßend. Langsam schritt Mirabeau zum Olivenhaine zurück. Den Brief an die Gräfin barg er in der Tasche des Rockes, den anderen, aus Bignon, wog er unschlüssig in der Hand. Ein Gefühl des Unbehagens hielt ihn von der Lektüre zurück. Er war von dem Vater. Er enthielt sicher wieder nichts als Vorwürfe, Bosheiten, widrige Anwürfe dieses harten verschrobenen Mannes. Wozu sich ärgern!

Er drehte das Schreiben in den Händen. Doch als er den Schatten des Haines erreicht hatte, überkam ihn ein trotziger Mut.

»Pah,« dachte er, »fort mit der Feigheit! Ich werde mich über die Marotten dieses Menschen eben nicht ärgern. Basta.« Und flitzte das Schreiben auf.

»Mein Sohn,« schrieb der Marquis, »ich erfahre aus Mirabeau zu meinem Leidwesen, daß Du fortfährst, meine Bibliothek zu devastieren. Ich verbitte mir das. Ich werde mich gegen Dein impertinentes Freibeutertum zu schützen wissen. Du beschwerst Dich über meine Strenge und Ungerechtigkeit. Du! Wann bin ich ungerecht gewesen! Sind alle meine Maßregeln, Deine Haft, nicht jede einzelne durch Deine Vergehen, unerhörte Unbesonnenheiten, gemeine Tollheiten begründet worden? Wo ist der Vater, der nicht das Recht hat, seinen Sohn zu strafen, wenn der Sohn Dummheiten macht!?« Dann folgte die übliche Flut der Beschimpfung.

»Du bist eigensinnig, aufbrausend, unbotmäßig, zu allem Schlechten geneigt, ein struppiger Eisenfresser, von unglaublicher Niedrigkeit, Seichtheit, Lasterhaftigkeit, versunken in gemeine Leidenschaften, die Dein mütterliches – dieses verruchte – Blut verraten. Du kennst – wie sie – kein Schamgefühl, keine Wahrheit, keinen Glauben.«

Mirabeau lachte schallend. Diesen Kapuzinerton kannte er nun nachgerade. Der wirkte nur noch erheiternd wie die grotesken Zuckungen eines Polichinells.

Er las in angeregter Laune weiter. Doch da wurden seine weitläufigen breiten Züge steinern vor Staunen und Wut.

»Ich habe nun den letzten Schritt gegen Dich getan, der mir notwendig schien. Am 8. dieses Monats bist Du durch den Familienrat bei dem Zivilrichter des Châtelet in Paris entmündigt und unter Kuratel gestellt worden. Richte Dich danach!«

Eine Weile saß Mirabeau gelähmt, seine großen kastanienbraunen Augen waren erloschen. Doch dann wich die Erstarrung einer tobsüchtigen Lebendigkeit. Er sprang empor von dem Baumstumpf, auf den er sich zum Lesen niedergelassen hatte, er zerfetzte das Schreiben, er fuchtelte mit den Armen, er warf sich zur Erde nieder und biß tierisch in den grünen warmen Moosboden. Er schrie haßtolle Worte des Jähzorns. Dann kamen ihm Tränen. Diese Schmach konnte er nicht überleben. Diese nicht mehr. Zum willenlosen Kinde hatte ihn dieser entmenschte Vater gedemütigt. Wofür? Weshalb? War dessen eigene Jugend nicht toller gewesen als die seine? Hatte er nicht das Vermögen seiner Frau vergeudet? Hatte er nicht eine skandalöse Ehe geführt? Lebte er nicht heute – er, der Alte – öffentlich mit seiner Geliebten? War der zu seinem Richter berufen, gerade der? Heimtückisch hatte er den Familienrat bei dem Pariser Gericht beeinflußt und belogen und verhindert, daß man auch ihn vernahm!

Er weinte bittere Tränen der Verzweiflung. Dann überkam ihn wieder der Trotz. Ha, er würde sich gegen diesen entehrenden arglistigen Beschluß wehren! Ihn nicht lammsgeduldig hinnehmen. Bei Gott nicht! Zum König vordringen – nach Versailles eilen – trotz Haftbefehl – trotz Gefangenschaft. Er würde – er würde – tausend unausführbare Pläne drangen auf ihn ein.

Endlich straffte er sich. Jetzt galt es harten Kampf gegen diesen Vater. Jetzt! Er strich mit den kleinen schönen weißen Händen – seltsame Gegensätze zu seinem ungeschlachten Leibe – an seinen Flanken nieder, die ungeheuren Kräfte fühlend, die in seinem Herkuleskörper gärten. Da knisterte der Brief an seine Frau in der Tasche. Er hatte ihn vergessen. Jetzt zog er ihn hervor und betrachtete ihn sinnend.

Hm, aus Tain. Dort stand bei den Musketieren der Chevalier Gassaud in Garnison. Schau, schau! Sie hatten ja immer in Mirabeau zusammengehockt. Fast jeden Nachmittag seiner Urlaubszeit war der Herr Leutnant der Musketiere von Manosque nach dem Schlosse herübergeritten. Schau, schau! Nun schrieb er ihr!

Der Graf hob das Schreiben an die gewaltige Nase, die sein Gesicht arg verunstaltete, und roch an den Klebestellen des Briefes, als könne er seinen Inhalt erschnüffeln.

Plötzlich riß er das Schreiben auf. Starrte – starrte – und taumelte.

Dann raste er davon. Der Brief wehte in seiner Hand.

Er stürzte durch die kulissenhaften engen Gassen der kleinen Stadt. Die Buben rannten johlend hinter dem »verrückten Grafen«. Die Leute stutzten und zuckten die Achseln. Man war an seine seltsamen Launen gewöhnt. Er stürmte die Villa der Gassauds, in der er sich bei seiner Verbannung nach Manosque eingemietet hatte. Im Flur traf er auf die alte Frau von Gassaud, die Mutter des Verführers seines Weibes. Er stob an ihr ohne Gruß vorüber in sein Zimmer. Die alte Dame blickte ihm bestürzt nach, trippelte in den Garten, in dem der Chevalier mit seinem Bruder friedlich bei der Pfeife saß und über alte gemeinsame Kriegsfahrten plauderte.

Sie wollte den beiden ehrwürdigen Offizieren gerade ihr sonderbares Erlebnis mit dem Grafen berichten, als ein Poltern und Krachen sie lähmte, das aus den offenen Fenstern des Zimmers drang, in dem die Familie Mirabeau hauste. Auch die beiden Herren waren betroffen aufgesprungen. Ihre schwarzgewickelten Zöpfe hüpften ratlos hin und her.

Mirabeaus geköpfter Gattenstolz war gerade dabei, über alle Nippesfigürchen, Lampen, Vasen, kurz, über alles, was zerbrechbar war, für die Untreue seiner Gattin ein vernichtendes Scherbengericht zu halten. Es klirrte, splitterte, barst, zerplatzte. Dazwischen wetterte seine gewaltige Stimme unverständliches Donnergeroll. Die drei Alten sahen sich entgeistert an, dann liefen sie, wie aufgescheuchte flatternde Hühner, auf das Haus zu.

Sie traten ins Zimmer … Der Graf stand in einem knisternden Trümmerhaufen und suchte neue Opfer seiner Massakerwut.

»Mein Gott, Graf,« keuchte der alte Herr von Gassaud, der Vater, »was beginnen Sie?!«

»Graf, sind Sie des Teufels!« ächzte Gassaud, der Onkel.

»Meine lieben armen Sachen!« schluchzte Madame Gassaud, die Mutter.

Nun begann auch der kleine Gogo, Mirabeaus Kind, im Nebenzimmer die Furcht seiner neun Monate kläglich herauszuwimmern.

Sein Vater blickte in zynischem Triumphe auf die drei ängstlich starrenden Alten. Ein stolzes Bewußtsein des Rechtes schwellte seinen gewaltigen Brustkasten.

»Ha,« rief er in provenzalischer Gefühlspose, »was ich beginne? Das fragen Sie! Hier, lesen Sie diesen Brief Ihres sauberen Herrn Sohnes und Neffen. Lesen Sie! Aber ich werde vernichten – alles. Alles! Das ganze Haus – und Sie – und das Weib. Und diesen Burschen. Frikassieren werde ich ihn. Frikassieren!!«

Er sah sich um, packte einen Stuhl mit lieblich geschwungenen Beinen, schwenkte ihn hoch empor und schmetterte ihn gegen die Wand. Unter entsetzter Triobegleitung starb er eines krachenden Todes.

Da stelzte Gassaud, der Vater, auf den Mann zu, der in komischer Gelassenheit raste.

»Graf, um Gott, fassen Sie sich! Was ist geschehen?«

»Was geschehen ist? Oh, nichts. Gar nichts. Ihr sauberer Herr Sohn hat mir mein – –«

Er brach jäh ab. In der offenen Tür stand die Gräfin Mirabeau, erhitzt und staubbedeckt von dem weiten Wege vom Schlosse nach Manosque, mit Büchern bepackt, im bauschigen weißen Perkalkleide, ein Gazefichu um die entblößten gelblichen Schultern der südlichen Brünetten, einen großen gebogenen Strohhut auf dem blauschwarzen dichten Haare, einen Musselinschleier im Nacken. Klein und zierlich, ein wenig, nach ihrer Weise, zur Seite geneigt, stand sie da, den Pack Bücher im Arme.

Neugierig und erstaunt blickte sie auf die Zerstörung und die vier Menschen.

Die Alten wandten sich in der Richtung der starrenden Augen des Grafen. Eine lautlose Pause entstand.

»Was geht hier vor?« fragte arglos Emilies bestrickender Mezzosopran.

Da setzte der Graf mit einem Tigersprunge über die Trümmerhaufen, griff wortlos zu, umkrallte den nackten Hals der Gräfin. Vor dem wuchtigen Anprall taumelte sie, brach in die Knie, die Bücher polterten zu Boden.

Das Trio schrie gellend auf.

Emilie gurgelte unter dem furchtbaren Griffe.

»Gabriel – Himmel – Gabriel – meine Stimme –«

Er grölte: »Deine Stimme – deine kostbare Stimme!! Du wirst nicht wieder Theater spielen, du Dirne!«

Und würgte.

Sie verdrehte die dunkelblauen Augen, wurde weiß, daß die schwarzen dichten Brauen stark hervortraten, und rang nach Luft.

»Er tötet sie«, schrie Madame de Gassaud und schlotterte ohnmächtig gegen die Wand.

Da erwachten in den beiden alten Offizieren die Männer und die Kavaliere. Instinktiv sprangen sie gegen den Würger an, zerrten ihn zurück. Doch seine Faust hielt fest. Emilie hüpfte grotesk unter seiner drosselnden Hand nach vorn.

Da riß Gassaud, der Onkel, ein Pistol vom Tisch und legte auf Mirabeau an.

»Lassen Sie Madame, oder – bei Gott! – ich drücke ab.«

Mirabeau sah ihn erstaunt an – langsam lösten sich seine Finger. Emilie torkelte zur Erde, rollte hin und her und winselte klagend.

Die beiden alten Offiziere bemühten sich um sie, hoben sie behutsam empor und legten sie auf das Kanapee. Die alte Dame war inzwischen wieder zu sich gekommen und blinzelte benommen mit den Augen.

Mirabeau kreuzte die Arme über der Brust und blickte drein wie ein von seinem Walten befriedigter Jupiter tonans.

Emilie richtete sich jetzt auf, rieb den Hals, den die roten Streifen seiner Fingerabdrücke gürteten, und schluchzte:

»Bist du wahnsinnig geworden, du furchtbarer Mensch!?«

Da ging der Graf wortlos zum Tisch, nahm das Schreiben und reichte es der Gräfin dar.

»Lies«, gebot er großartig. Er spielte die Tragödie des betrogenen Gatten und fühlte sich als den erhabenen Träger der Titelrolle.

Die drei Alten blickten neugierig und erwartungsvoll drein.

Harmlos nahm die Gräfin den Brief, warf einen raschen fragenden Blick hinein, schrie leise auf, errötete unter dem Morbidezzateint und las. Las sehr langsam, Zeit und Ausflucht zu gewinnen. Der Bogen bebte in ihren Fingern. Dann ließ sie das Blatt in den Schoß fallen und blickte in kindlicher Angst zu Mirabeau hinüber.

»Was hast du darauf zu erwidern?« fragte er gewaltig.

Emilie suchte zu sprechen. Ihre Kehle war rauh. Sie räusperte sich und entgegnete heiser und leise:

»Ich meine, Gabriel, das haben wir beide doch wohl miteinander abzumachen.« Die alte Dame erhob sich hastig.

»Bleiben Sie«, wetterte der Graf. »Vor Ihnen, meine Herrschaften, soll dies erledigt werden. Sie sollen hören, wer Ihr Herr Sohn und Neffe, wer diese Dame ist. Den Brief her!«

Er riß ihn an sich, ehe Emilie es verhindern konnte. »Hören Sie, hören Sie, meine Herrschaften:

›Mein süßes Lieb! Träge schleichen die Stunden dahin. Ich denke Dein. Jede Nacht hat tausend Stunden. Ich denke Dein. Ich gedenke der göttlichen Wonnen, die Du mir geschenkt hast. An jeden Deiner Küsse, an jede Liebkosung, die mich zu einem Gotte erhob, denke ich! Wann werde ich wieder an Deiner warmen Brust liegen? Wann, wann endlich?‹

»O Gott!« stöhnte die alte Dame und verbarg ihr Gesicht.

»Sapperment!« ächzte Gassaud, der Onkel. Gassaud, dem Vater, hatte es den Odem verschlagen.

»Hören Sie weiter:

›Wie erträgst Du unseren grausamsten Feind? Trotze seiner Willkür, seinen Launen. Oh, wenn ich Dich doch bald von ihm befreien könnte! In Liebe, Liebe, Liebe Dein sich in Leidenschaft nach Dir verzehrender Laurent-Marie de Gassaud.‹«

Mit Triumphatorenblick überflog Mirabeau sein Auditorium.

»Entsetzlich!« Madame Gassaud rang nach Luft.

Die Herren schwiegen unter der Last der Familienschmach und blickten voll Verachtung auf die Ehebrecherin.

Die aber hatte sich gesammelt.

»Was hast du zu sagen?« herrschte der Graf sie an.

»Daß ich nur Gleiches mit Gleichem vergelte. Du schwärmst doch so sehr für Freiheit und Gleichheit«, erwiderte sie trotzig.

Da brauste der Jähzorn wieder über ihn hin. Mit einem Riesensatze seiner schweren langen Beine war er bei dem Kanapee, warf sich über die Frau und würgte sie von neuem. Sie schrie auf, strampelte mit den Beinen, daß die Unterwäsche weiß aufleuchtete, kratzte mit ihren schöngepflegten spitzen Nägeln und wehrte sich aus Leibeskräften. Ihr Widerstand reizte seine Wut. Sie wurde zur Besessenheit. Er würgte und würgte. Schaum zischte zwischen seinen Zähnen. Ihre Gegenwehr erlahmte, sie röchelte. Madame schrie um Hilfe, die Männer zerrten mit vereinten Kräften an den Rockschößen des Rasenden – ohne Erfolg. Da lief die Alte aus dem Zimmer, kam zurück mit wehenden Röcken, Gogo, das schreiende Kind, im Arme.

»Ihr Kind – sehen Sie Ihr Kind! Haben Sie Erbarmen! Machen Sie es nicht zur Waise!« flehte sie und sank auf die Knie, das zappelnde kreischende Kind hoch erhoben. Die beiden alten Herren fielen auch auf die Knie nieder. Es war ein Getümmel von Lallen, Bitten, Kindergeschrei, Todesächzen der Frau, wutbrünstigem Knirschen des Mordgierigen.

Plötzlich hielt er inne, blickte auf, sah die kniende Gruppe, sah sein Kind – hob den Kopf – lächelte seltsam – stand auf und ordnete sein zerrauftes Jabot. Die Herren erhoben sich und bürsteten ihre seidenen Strümpfe mit den Händen.

Madame Gassaud eilte zum Kanapee, legte das Kind nieder, richtete den Oberkörper der kraftlos zur Seite gebrochenen Frau empor und strich ihr zaghaft die anschwellende Kehle. Dabei dachte sie: »Mein Gott, mein Gott. Diese entsetzlichen Ereignisse! Daß schreckliche Unsittlichkeit herrscht, weiß man ja. Aber doch nur draußen in der Welt. In Paris und den größeren Städten und in unserer Hauptstadt Aix. Das weiß man ja. Da soll es ja toll zugehen.«

Sie strich sanft die Kehle mit Daumen und Zeigefinger. Emilie öffnete matt und erstaunt die Augen. Die Alte strich weiter. »Ja, da draußen geht es wild zu. Sogar die Dauphine – ach ja, jetzt ist sie ja Königin seit einigen Tagen – soll ja böse Dinge treiben. Aber hier – in Manosque – im eigenen Hause – der eigene Sohn – diese liebe kleine Frau – –«

Sie zog hastig die Finger zurück, denn erst jetzt ward ihr bewußt, daß sie das lebendige Laster streichelte.

Die beiden alten Offiziere blickten stumm und finster zu Boden. Mirabeau grübelte. Seine Gedanken hasteten. Ihm war eingefallen, daß es keinen rechten Zweck hätte, die Frau dort zu erwürgen. Ihre Untreue hatte im Grunde nur seine Manneseitelkeit verletzt. Er legte kein allzu großes Gewicht auf diese Körperlichkeiten. Er liebte sie auch nicht mehr allzu heftig. Er erkannte, daß ihr Fehltritt sich gewinnbringend ausmünzen ließ. Er hatte sie jetzt in der Hand. Nun wollte er ihrem Vater, diesem edlen Herrn Emanuel von Covet, Marquis von Marignane, Seigneur von Vitrolles, Gignac, Saint-Victoret und anderen Orten, Gouverneur der Isles d'Or und der Festungen Portiros und der Levante, diesem Midas der Provence, die Daumenschrauben anlegen. Jetzt sollte er den Verrat seines Geizes büßen. Dieser lockere Held mit den pomphaften Titeln, der mit seiner Geliebten den Liebeshof zu Tourves zierte, hatte ihn übel betrogen. Er hatte sehr wohl gewußt, daß der arme Graf Mirabeau auf eine reiche Mitgift der reichen Erbin rechnete. Und hatte ihn mit der Hungerrente von dreitausend Livres abgefunden. Dieser Harpagon war im Grunde schuld an allem Elend. Ihm fielen gerechterweise die hohen Schulden zur Last, für die er hier in jämmerlicher Gefangenschaft schmachtete. Aber jetzt hielt er ihn in der Faust. Es würde ihm nicht gerade angenehm sein, wenn von Herrenhof zu Herrenhof der Provence die Flüsterkunde lief, daß sein einziges Kind die Ehe gebrochen hatte. Jetzt zappelte dieser alte Lüstling im Netze.

Während der Graf die freudigen Aussichten dieser kleinen artigen Erpressung übersann, war ihr schuldvolles Objekt langsam zu vollem Bewußtsein erwacht. Emilie hob das brünette hübsche Gesicht und sah scheu zu dem Manne auf, der nachdenklich zu Boden blickte. Jetzt warf er die Löwenmähne zurück, daß der Puder stäubte, und rief in edlem Pathos:

»Meine Damen und Herren!«

Alles blickte ihn erwartungsvoll an. Selbst das Kind, das jetzt friedlich den Daumen lutschte, sah mit großen runden Augen auf den von erhabener Milde umstrahlten Vater.

»Meine Damen und Herren! Ich habe mich entschlossen, Gnade zu üben. Ich werde dieses verräterische Weib nicht töten.«

Er hob die Hand, der drei Alten Ausbruch der Freude, ihre Erlösung vom Grauen zu bannen. Er wollte reden. Er wollte, in schauspielerischer Selbsttäuschung, die Wollust seiner hohen Güte auskosten.

»Eine unglückliche Kreatur, die ich vernichten könnte, windet sich zu meinen Füßen, umschlingt sie.« Er wies auf die Frau, die gelassen auf dem Sofa saß.

Trotz ihrer kaum verflatternden Todesfurcht entging Emilies ironischer Begabung die dichterische Lizenz dieses Bildes nicht. Sie biß die herrlichen weißen Zähne in die Unterlippe, ein Lächeln zu verbergen. Die Triole blickte ehrfurchtsvoll und dankbar drein und nickte.

Der Graf aber fuhr, hingerissen von seiner Großmut, in ekstatischem Schwunge fort:

»Ich sehe ihre Reue. Ihre Gewissensqualen entwaffnen mich. Ich denke an ihr schwaches Geschlecht, ihre Zweiundzwanzig, die zwei Jahre, die ich im Glück mit ihr gelebt. All mein Grimm fällt auf den Schurken zurück, der uns beide, sie und mich, vernichtet hat.«

Madame Gassaud hob flehend beide Hände, öffnete den Mund. Wieder hob der Redner die Rechte, Ruhe heischend.

»Aber muß ich ihn vernichten? Nein!«

Ein Atmen allgemeiner Erleichterung.

»Sein Vater wird sein Richter sein.«

Eifriges Nicken des Chevaliers de Gassaud, des Vaters.

»Ich brauche nur zu seinem Oheim zu sprechen, und sein Schicksal ist besiegelt.«

»Bei Gott!« rief heftig bestätigend Chevalier de Gassaud, der Onkel.

»Mein ist nicht die Rache. Ich kann mich nicht entschließen, das Leben einem Menschen zu entreißen, der zwar ein infamer Bursche, aber Sohn und Neffe der Menschen ist, die ich über alles achte und ehre.«

Jetzt gab es kein Halten mehr. Die drei Alten stürmten auf den Redner zu, umhalsten, küßten ihn, übergossen ihn mit den Strömen ihrer Dankbarkeit, ihrer Erschütterung ob seines Seelenadels und seiner gottähnlichen Vergebung.

Emilie lag in den Kissen des Kanapees behaglich zurückgelehnt und lächelte, lächelte nun schon ohne Verbergen.

Mirabeau war enttäuscht. In ihm ballten sich noch so herrliche Gefühle zu herrlichen Worten, die sich hatten entladen wollen. Der Ansturm des Kleeblattes hatte seine Rede schmählich untergraben. Er zürnte. Da er aber starkes Gefühl für szenischen Aufbau besaß und die Lage irgendwie gerettet werden mußte, entriß er sich den Händen der Dankbarkeit, schritt zum Tische, ergriff den unseligen Brief des Musketiers, entzündete eine Kerze und verbrannte ihn mit der Miene eines Hohenpriesters, der den Gewalten der Rache und des Zornes ein erhebendes Sühneopfer darbringt.

»Bravo, erhaben, ein herrlicher Mensch!« murmelte der Chorus.

»Und nun«, schloß Mirabeau die Feier, »wirst du diesem – diesem – jungen Manne schreiben. Komm her!« Er reichte ihr den Gänsekiel. »Schreib!«

»Ich habe mich, mein Herr«, diktierte er und blickte alle an, Anerkennung heischend. Sie wurde ihm üppigst zuteil. »Ich habe mich, mein Herr, aus meiner Verirrung zurückgefunden, und der erste Erfolg meiner Rückkehr zur Tugend ist der, Sie zu verständigen, daß jede Beziehung zwischen uns beendet ist. Der Zufall hat es gefügt, daß Ihr Brief...«

Sie schrieb ruhig und sorgsam, sauber und mit flottem Schwunge. So, wie sie war. Die Alten standen dabei und nickten befriedigt zu jedem Worte. Als das Schreiben beendet war, nahm Mirabeau es an sich.

»Ich besorge es zur Post«, sagte er und ging. Doch auf der Post schrieb er darüber: »Mirabeau fils, ne varietur,« beglaubigte hiermit die Echtheit und steckte das Schreiben – nicht in den Kasten, sondern in seine Tasche. Es sollte noch ersprießliche Dienste tun.

An den Musketier aber schrieb er all die Worte, die der dankbare Aufruhr des Gassaud-Trios ihn verhindert hatte, in lauten Worten entströmen zu lassen.

II.

Mirabeau schrieb seine Abhandlung über den Despotismus und ließ sich von den vier Insassen des kleinen Hauses in Manosque paschahaft verwöhnen. Die drei Leutchen überboten sich in Liebesdiensten, in Bewunderung seiner Seelengröße, in Verhimmelung, daß er ihren Sohn und Neffen geschont hatte.

Emilie umdiente ihn mehr aus Furcht, denn aus Bewunderung. Sie kannte ihn zu genau, um seine Erhabenheit nicht in ihrer richtigen Verkürzung zu sehen.

Wenn sie auch nicht ahnte, daß er ihr Schreiben an den Musketier nicht abgesandt hatte, so wußte sie doch, daß sie sich ihm durch ihre Torheit in die schonungslose Hand gegeben hatte. Sie fürchtete den Zorn ihres Schwiegervaters weit mehr als den ihres Vaters. Doch auch diesem würde ein Skandal sehr peinlich sein.

So umhätschelte sie denn den großen heftigen Mann mit der Seele eines heftigen großen Kindes und fügte sich seinen Wünschen und Launen. Nur selten hatte er Gelegenheit, ihren Trotz mit der Zauberformel zu brechen: »Du weißt doch, was du auf dem Kerbholz hast, wie?«

Ja, sie wußte es. Sie bereute nicht die Tat, nur die Torheit ihres unvorsichtigen Briefwechsels. Leichtlebig, wie der Vater, der sie erzogen oder vielmehr wild hatte heranwachsen lassen, war ihr der Ehebruch kein umstürzendes Geschehnis, sondern eine gesellschaftliche Zerstreuung. Sie fehlte ihr jetzt sehr. Der Graf war, trotzdem er von sich mit Recht behauptete, er sei ein »Athlet der Liebe«, kein ausdauernder Liebhaber. Wenn sie sich ihm in ihrer bedürftigen Begehrlichkeit nahte, wehrte er scherzend ab: »Du weißt, ich bin in der Liebe ein schlechter Schauspieler für ein Zugstück. Die Wiederholungen langweilen mich. Dafür ist, das mußt du doch zugeben, meine Premiere etwas, woran du mit Zärtlichkeit zurückdenken kannst.«

Nun ja, darin hatte er recht. Die erste Vorstellung hatte ihre Reize gehabt. Aber von einer Galavorstellung kann das Theater der Ehe nicht leben.

Sie langweilte sich, sie langweilte sich sehr, die kleine, hübsche, schwarze Frau mit den brennenden Sinnen. Sie saß im Garten der Villa – der kleine Gogo spielte neben ihr im Grase – und ärgerte sich über die schonende Güte der drei biederen Alten, die sie wie eine aus schwerer Krankheit Genesende behandelten, und dachte an die hellen Tage ihres Mädchentums in Aix.

Ach Aix, diese lustige flotte Hauptstadt der Provence, mit ihren Olivenhainen, ihren klappernden Ölmühlen, ihren weißen, heiteren, an die sonnigen Flanken der Hügel angekletteten Villen! Aix mit seinem alles überhauchenden Blumenduft! Aix mit seinen schattigen Alleen und seinen kostbaren Heilquellen! Aix mit seinem alten, stolzen, lebensgenießerischen Adel, diese wirbelnde sinnenfrohe Stadt des guten Königs René. Aix, die Stadt des Lebenskünstlers, ihres reichen, verschwenderischen Vaters!

Wie sorglos war dort das Dasein verronnen! Keiner kümmerte sich um sie. Die Mutter wohnte weit fort, kam aber dann und wann und lebte friedlich im Hause zusammen mit der Geliebten des Vaters, der nonchalanten gutmütigen Madame de Croze. Ach, und die übermütigen, liebestollen Tage auf dem nahen Schloß des Grafen Valbelle, des Intimus des Papas, Schloß Tourves, weit berühmt als »der Liebeshof der Provence«. Dort vereinigte sich fröhliche, ausschweifende, liederliche, unbedenklich glückliche Gesellschaft, die nur eine Sorge kannte: in ihrem Vergnügen gestört zu werden. Hier wurde geflirtet, geliebelt, die Cour geschnitten. Hier sammelte sich die Jugend und das amoureuse Alter unter dem Fröhlichkeitszepter der Madame des Rollands, der Königin des Liebeshofes. Hier wurde Theater gespielt und gesungen. Hier pulste das Leben, das leichtfertige, unbekümmerte, sonnendurchglühte Leben der Provence.

Das Herz zog sich der jungen gelangweilten Frau schmerzlich zusammen in der Erinnerung an die Tage ihrer Mädchenschaft. Und sie grübelte, weshalb sie gerade den Grafen Gabriel-Honoré Riquetti de Mirabeau geheiratet hatte, ihn, der berühmt war wegen seiner Häßlichkeit, seiner tollen Streiche, seiner Liebeleien, der nichts war und nichts hatte. Gerade ihn hatte sie erwählt, sie, um die sich die reichsten, elegantesten und flottesten Kavaliere des provenzalischen Adels bewarben. Weshalb hatte sie gegen den Willen des Vaters gerade diesen Mann erwählt?

Welche unheimlich zwingende Gewalt strömte damals aus von ihm, daß sie sich ihn ertrotzte gegen den Vater, gegen die scharmanten Werbungen der Jeunesse dorée von Aix und Tourves?!

Sie fand den Grund nicht mehr. Sie grübelte und ärgerte sich und langweilte sich sehr, jetzt, da ihr auch die kleine Sensation der Liebelei mit dem Musketier Gassaud genommen war.

Bisher hatte seine amüsante Gegenwart oder die Spannung des Harrens auf seine Briefe die Gleichförmigkeit des Lebens auf Schloß Mirabeau und in Manosque erträglich gestaltet. Aber jetzt?! Ach Aix, du Jugend, du Fröhlichkeit – du Leben!

Madame Gassaud rief zu Tisch. Aufseufzend erhob Emilie sich, nahm Gogo auf den Arm und schritt langsam ins Haus. Nun nahte wieder der Stumpfsinn dieses gemeinsamen Philistermahles.

Als man sich gesetzt hatte und das provenzalische Fischgericht aufgetragen war, begann Chevalier de Gassaud, der Vater:

»Mein lieber Graf, ich habe heute einen sehr niederschmetternden Brief des Marquis von Tourettes erhalten. Er weigert sich plötzlich schlankweg, seine Tochter mit meinem Sohne zu verehelichen. Und alles war doch schon so gut wie geordnet. Meine Hochachtung für Sie verbietet mir die Vermutung – – –«

»Mit Recht, Chevalier«, fiel Mirabeau heftig ein. »Mit Recht verbietet Ihnen Ihre Hochachtung für mich die Vermutung, ich hätte dem Marquis das geringste über – den Fehltritt Ihres Sohnes –«, hier traf Emilie ein schmerzlicher Blick – »verlauten lassen.«

»Siehst du,« rief Madame, »ich habe gleich gesagt, dessen ist unser Graf nicht fähig.«

»Auch ich habe diesen kränkenden Verdacht weit von mir gewiesen«, versicherte Gassaud, der Onkel, mit Nachdruck.

»Ich habe ja nur –«, murmelte der Vater.

»Andere Gründe müssen den Marquis bewegen. Wir werden sie erfahren.« Der Graf sandte seine Loderaugen langsam rings um die Tischrunde und verkündete dann: »Ich werde nach Tourettes reiten und sie ermitteln!«

»Wie?« fragte Emilie erstaunt.

»Das ist unmöglich«, rief Gassaud, der Onkel. »Sie dürfen doch Manosque nicht verlassen!«

»Ich werde es verlassen. Kein Haftbefehl wird mich hindern, diesen Verdacht von mir zu schleudern.«

»Ich hege keinen Verdacht,« Gassaud, der Vater, hob die Serviette in abwehrendem Schrecken, »keine Spur von Verdacht!«

»Gleichwohl«, entschied Mirabeau fest, »werde ich reiten. Ich habe Ihrem Sohne verziehen. Ich werde dieser Verzeihung dadurch die Krone aufsetzen, daß ich das Mißverständnis tilge, das sich zwischen ihn und den Marquis eingeschlichen hat. Ich reite heute nacht!«

Und alle Vorstellungen und alle Warnungen konnten ihn von diesem gefahrvollen Vorsatz seiner Großmut und Laune nicht abbringen. Sein ungebärdiger Freiheitsdrang litt schon lange unter der fesselnden Enge seines Arbeitszimmers und der Gassen des Städtchens. Es trieb ihn hinaus. Der edle Vorwand kam ihm mehr als gelegen. Als die Dunkelheit durch die Straßen Manosques wandelte, sprengte er auf dem besten Rosse Gassauds, des Onkels, in die Nacht. Unbemerkt gewann er die Landstraße. Seine gewaltige Brust dehnte sich – Freiheit – Freiheit!!

Er kam nach Tourettes, verfocht mit Feuereifer die Liebe des Verführers seines Weibes, errang ihm die Braut und machte sich unangefochten auf den Heimweg. Ein Ritt von zwanzig Stunden lag vor ihm. Um Mitternacht würde er in Manosque eintreffen, sicherlich ungesehen ins Haus gelangen. Man schlief fest in diesem Ackerstädtchen der Provence.

Doch während er in der Freude der Ungebundenheit und des Erfolges seiner Reise dahintrabte, packte ihn der Wagemut. Das Städtchen Grasse lag nicht allzu weit. Dort wohnte Louise, die Lieblingsschwester, sein Ebenbild an Geist und Flamme, auch äußerlich ihm ähnlich, doch jede Linie zur vollendeten Schönheit veredelt, ein Frauenwunder der Provence.

Der Gedanke ward zugleich zur Tat. Er wandte den Kopf des Vollblüters in einen Seitenpfad und galoppierte dahin. Das würde eine Überraschung geben! Sie hatten sich seit Louisens Verheiratung im Jahre 1769, seit fünf Jahren, nicht gesehen.

Als der Graf in den Gassen des Städtchens einen jungen Burschen nach dem Hause des Herrn Jean-Paul de Clapiers, Marquis de Cabris, fragte, lachte dar breit und wies ihm den Weg.

»Was grinst du so affig?« fuhr Mirabeau ihn an.

»Oh,« lachte der Mann, »Sie sind fremd hier, Herr. Es ist das verrückteste Haus in der ganzen Gegend.«

Als Mirabeau in den Hof dieses »verrücktesten Hauses«, eines gefälligen kleinen Barockpalais, einritt, trat ein Diener auf ihn zu, nahm ihm das Pferd ab und meldete, daß nur der Herr Marquis zu Hause sei. Er führte ihn in einen Gartensaal, der die ganze Tiefe des Hauses durchmaß und aus hohen rundgeschweiften Türen vorn in den Garten, hinten in den sauberen Hof blickte.

In diesem Saale fand Mirabeau seinen Schwager emsig damit beschäftigt, Puppen mit verrenkten Gliedern aus blauem Papiere auszuschneiden. Als der Diener den Grafen meldete, stand der Marquis langsam auf und sah dem Eintretenden mit blöden wasserblauen Augen entgegen. Sein Anzug war unsauber und vernachlässigt, die Manschetten schmutzig und zerschlissen.

»Ah, der Herr Schwager Gabriel!« sagte er mit verblichener müder Stimme, ohne Erregung, ohne Überraschung. »Komm, setz dich.«

Mirabeau sah ihn verwundert an und folgte der Aufforderung.

»Ich schneide Puppen,« erläuterte der Marquis seine Nachmittagsbeschäftigung, »das macht mir viel Freude.«

Damit griff der Sechsundzwanzigjährige wieder zur Schere.

»Mein Gott,« dachte der Graf, »viel Verstand hat der arme Mensch ja nie gehabt. Hat dieses verteufelte Weib ihn auch noch um diesen schäbigen Rest gebracht!«

»Wo ist Marie-Louise?« fragte er.

»Marie-Louise?« wiederholte der Kretin und beugte sich hastig zu dem Schwager hinüber. »Fort!« Er machte eine weite, umspannende Bewegung mit der Schere, daß ihr Sonnenreflex über die mit einem bunten Feston bemalten Wände tanzte. »Sie ist fort mit ihm.«

»Ihm? Wer ist ›ihm‹?«

»Er!«

»Er? Wer ist ›er‹?!«

»Nun der Briançon, der Lump.«

»Und wer ist Briançon, der Lump?«

»Du weißt doch! Sie denken, ich weiß es nicht. Weil mein Kopf mich oft so schmerzt.« Er beugte sich dicht zu dem Schwager und flüsterte heiser. »Aber ich weiß. Ich guck' durch das Schlüsselloch. Ich seh', was sie treiben. Hui, was ich sehe!«

Mirabeau horchte gespannt.

»Aber sie sollen sich hüten. Ich ermorde ihn. So – so – so!«

Er stach gehässig mit der Spitze der Schere in die Luft.

»Hm«, machte der Graf, um etwas zu sagen.

»Und Geld gibt sie ihm, dem Lumpen, und meine besten Anzüge und Hemden und Essen und alles. Alles ihm. Mir nichts. Aber ich werd' ihn töten – so – so – so. Wenn mein Kopf nur nicht so weh täte – so sehr – weh.«

Er sank in sich zusammen, die Hand mit der Schere glitt schlaff hinab, das Gesicht ward noch stupider, die Augen erloschen – ein armseliges Menschenwrack lag der Marquis de Cabris im Sessel.

Der Graf taumelte zwischen Erschütterung und Staunen. Er hielt plötzlich einen Fetzen des Schicksals der geliebten Schwester in Händen, eines Schicksals, von dem er nichts gewußt hatte. Er stand auf und trat an eine der mit weißem Musselin bespannten Türen und starrte hinaus in den blühenden Sommergarten. Da sah er sie langsam mit einem Herrn den Kiesweg heraufkommen. Er lachte.

Das war sie, das war ganz die ausgelassene, bizarre Marie-Louise Mirabeau. Ganz sie. In Männerkleidung kam sie daher. Einen roten seidenen Rock, schwarze seidene Kniehosen, schwarze Strümpfe und Schuhe mit breiten Silberschnallen. Auf dem Kopf den Federhut der Hofkavaliere.

Der Anzug lag prall um die Büste, zeigte keck die Hüften, die rassigen Schenkel und die reine Linie der Beine. Das gepuderte Haar hing lockig unter dem Hut hervor.

Jetzt konnte der Bruder ihre Züge erkennen. Das Herz schlug ihm in ästhetischem Entzücken. Ja, sie war das schönste Weib ihrer Zeit. Die Reife ihrer Einundzwanzig hatte das Versprechen ihrer knospenden Siebzehn gehalten. Jetzt sah er die Leuchtkraft ihrer schwarzen Augen, die Frische ihres Teints, ihre stolze freie Miene, diese Züge, die an antike Statuen gemahnten, die Geschmeidigkeit ihrer rockbefreiten Glieder, die Grazie und den Zauber ihrer Bewegungen, die jedem Männerauge zur Verführung werden mußten.

Und dieser geschniegelte Geck da neben ihr in der blauen Uniform des Regiments Royal-Roussillon? Das war wohl der »Lump«, dem der arme Schwager den Scherenerdolchungstod geschworen hatte? Hm, der also! Allzu vertrauenerweckend war der just nicht!

Jetzt standen sie vor der Tür. Da riß Mirabeau sie auf. Ein geller Jubelschrei. Die Geschwister lagen sich in den Armen. Sie hing an seinem Halse, küßte ihn mit ihrer hemmungslosen Leidenschaftlichkeit und stammelte dazwischen die zeitlosen Worte überraschter Freude: »Gabriel – du? Du!! Wie kommst du hierher? Welch ein Glück! Welch eine Freude, dich endlich wieder einmal zu sehen, zu fühlen, zu haben!«

Als sie sich gefaßt und er sein Kommen erklärt hatte, stellte sie vor.

»Mein lieber, liebster Bruder Gabriel-Honoré – Herr Denis-Auguste de Jausserandy-Briançon, Seigneur de Verdache, Hilfsunterarzt im Regiment Royal-Roussillon.«

Die Herren verneigten sich. Eine Feindseligkeit, eine unbewußte Eifersucht sprang zwischen ihnen auf. Mirabeau durchforschte das fremde Gesicht scharf. Es mißfiel ihm. In den grauen Augen des jungen Offiziers flackerte ein fahler Schein der Falschheit und Ehrlosigkeit.

Doch Louises feuriges Temperament riß den Bruder aus der sorgenvollen Betrachtung.

»So läßt dich der Trottel hier sitzen. Wegmüde und bestaubt! Komm in mein Zimmer, da kannst du dich waschen und erfrischen.« Flugs legte sie den Arm um seine mächtigen Schultern – sie waren von gleicher Größe – und entführte ihn im Wirbelsturme.

Als er vor ihr stand und sich die Hände trocknete, sagte er nachdenklich: »Schade um dich!«

»Wieso?« fragte sie und setzte sich verwegen auf die Kante ihres Toilettentisches.

»Ich habe sehr oft an dich gedacht. Du weißt, wie sehr du mir ans Herz gewachsen bist. Aus dir hätte ein ganz großes Weib werden können, wenn du einem ehrenhaften und gescheiten Manne in die Hände geraten wärest, der dich liebte und dir Kopf und Herz gemeistert hätte.«

»Ja – wenn!« lachte sie.

»Deine Heftigkeit, deine Beweglichkeit, deine Phantasie verschleudern, wenn du nicht klug gezügelt wirst, alle diese edlen Kräfte. Du warst ein wundervolles Mädchen, das der Großmut aus Eigenliebe fähig war, der Hingabe aus Einbildung, der Treue und Ausdauer aus Hartnäckigkeit. Und das Ende von alledem – Herr von Briançon«

»Gefällt er dir nicht?«

»Nein. Ich bilde mir ein, etwas Menschenkenntnis zu besitzen. Er ist ein Roué, der an deiner Schönheit und deinem Reichtume schmarotzt.«

»Laß ihn. Er tut meinen Sinnen gut. Das genügt mir. Und ich brauche ihn. Oder glaubst du, daß der Trottel mir genügt. He? Und die Auswahl in Grasse ist nicht reich, mein Lieber.«

Sie sprang von der Tischkante und stand vor ihm, sprühend vor Schönheit und Begehrlichkeit, die Brust scharf herausgedrückt durch das Tuch des Männerrockes.

»Ein verteufelt herrliches Weib«, flüsterte der Graf. »Selbst ich könnte mich in dich verlieben!«

Da gab sie ihm einen leichten Klaps auf den Arm und lachte: »Das wäre ungefähr das einzige, das in unserer wahnsinnigen Familie noch fehlte. Bruder und Schwester. Aber lassen wir es bei diesem Manko. Komm!«

Sie gingen hinunter in den Saal, wo der Diener inzwischen Tee und Gebäck aufgetragen hatte. Man setzte sich und plauderte. Der Marquis fiel wie ein wildes Tier über die Kuchen her und stopfte gierig in sich hinein. Keiner beachtete ihn. Nur als er alles allein zu verschlingen drohte, entriß Louise ihm die Silberschüssel und schalt:

»Nun ist's genug, du Vielfraß!«

Er duckte sich angstvoll, wie ein Hund, der an Schläge gewöhnt ist.

Mit ausdrucksvoller Mimik und ihrem glockenklaren Lachen erzählte Louise ihre letzte übermütige Heldentat.

»Gabriel, haben wir einen Spaß gehabt! Die ganze Stadt hat sich gegen uns erhoben. Die braven Spießer waren über unser Verhältnis entsetzt. Als ob sie es besser trieben! Der einzige Unterschied ist doch der, daß Denis-Auguste und ich den Mut unserer Leidenschaft haben. Das können diese Philisterseelen nicht vertragen. Sie klatschten, brodelten, grüßten uns nicht mehr. Wenn wir ausgingen, war es ein Spießrutenlaufen durch eine Kette hochnäsiger, sittlich triefender Entrüstung. Da haben wir beide uns gerächt.«

Sie lachte und bog sich schabernackfroh in den Sessel zurück. Briançon lächelte mit schmalen Lippen. Der Marquis leckte mit der Zunge die Kuchenkrümel auf seinem Teller zusammen.

»Denis-Auguste und ich haben uns eines Nachts hingesetzt und Spottverse gemacht. Ich glaube, sie haben an Freiheit nichts zu wünschen gelassen. Du weißt ja, ich war immer groß in schlüpfrigen Knittelversen. Diesmal habe ich mich an Frivolität und Gemeinheit selbst übertroffen. Die haben wir drei Tage lang mit verstellter Schrift fein säuberlich abgeschrieben. Etwa hundert Zettel. Und eines Nachts mußte der Trottel sie an alle ›hochangesehenen‹ Haustüren der Stadt kleben.«

»Ja – ich – ich!« brüllte der Trottel plötzlich selbstbewußt dazwischen.

»Wirst du wohl schweigen! Du weißt von nichts!« herrschte sein Weib ihn an.

Er verkroch sich ängstlich in den Sessel und faßte mit einem Affengriffe die Tasse, die er laut schlürfend leerte.

Louise erzählte weiter: »Du kannst dir den Aufruhr am nächsten Morgen denken. ›Zu Ehren der Damen von Grasse‹ lautete die Widmung unserer Verse. Natürlich vermutete jeder in uns die Urheber. Alles berstet vor Wut. Aber nachweisen können sie uns nichts. Es siedet in Grasse wie in einem Kessel. Die schockierten Seelen platzen. Und wir – wir lachen – lachen!«

Sie warf die Beine hoch und tat es. Auch Mirabeau lachte. Das war das überschäumende Blut seiner Familie. Wie verwandt ihn dies alles berührte, dieses Ungebärdige, Maßlose, Engensprengende.

»Louise,« rief er, »darin erkenne ich uns. Das ist der Teig, aus dem auch ich geknetet, das ist der Ofen, in dem auch ich gebacken bin. Das sind unsere Ahnen, die in uns umgehen.« –

Als dann der Abend kam, warf Louise rücksichtslos den verdutzten Hilfsunterarzt der Royal-Roussillon zur Tür hinaus mit den Worten: »Nun pack' dich. Jetzt will ich meinen Bruder allein genießen.« Den Trottel schickte sie zu Bett.

Im traulich erleuchteten Zimmer saßen die Geschwister sich gegenüber. Die Türen standen offen, die milde Provencenacht hing in den Blättern der Platanen im Garten, Falter flatterten in die Flamme der Kerzen und fielen mit verbrannten Flügeln in Todeszuckungen zu Boden.

Sie sprachen von den alten Tagen der Kindheit zu Bignon, von den Spielen, den Streichen, dem Schwärmen, den Lebensphantasien.

»Und was ist aus uns Kindern dieses unseligen Hauses geworden!« klagte Mirabeau mit leiser Melancholie. »Die Älteste von uns, Marie, die sicher viel geistige Stärke besaß, die man für Verrücktheit hielt, weil ihre Sinne sie zum Äußersten trieben, ist eine geistig umnachtete Nonne. Die Zweite, Karoline, eine gutmütige Gebärmaschine, die nach elfjähriger Ehe ihr achtes Kind trägt. Ich, ein heimatloser unnützer Verschwender, ein Entmündigter, der von Gefängnis zu Gefängnis taumelt. Du, das Weib eines Schwachsinnigen. Und Boniface, unser Jüngster, der mit viel Geist und Witz geboren wurde, war geschaffen, es am Hofe zu hohen Ehren zu bringen, wenn diese abscheuliche Erziehung ihn nicht in Grund und Boden verdorben hätte. Heute ist er ein entarteter untauglicher Wüstling.«

Louise blickte träumerisch vor sich hin. Dann sagte sie: »Wir sind alle die unseligen Früchte dieses verruchten Hauses. Der Vater mit seiner unsinnigen, strengen, geistlosen, martervollen Erziehung ist unser aller böser Dämon. Er ist an allem schuld. Du bist mit dem Keim zu allem Großen geboren. Was hat der Vater aus dir gemacht – von mir nicht zu reden? Zuerst seine

Knauserei, dann seine Härte, seine Vorurteile, seine Habsucht, sein Haß haben uns alle miteinander entstellt, verstümmelt, zugrunde gerichtet. Aber am beklagenswertesten, Gabriel, bleibt doch die Mutter.«

»Vielleicht!«

»Bestimmt!« rief sie heftig. »Du nimmst, ich weiß es, für den Vater, für diesen Vater, gegen sie Partei. Du, der so furchtbar unter seiner brutalen Faust leidet!«

»Gerade deshalb. Wie darf ich es wagen, ihn noch mehr zu erzürnen! Ich hänge von seiner Gnade ab. Nur er kann mich aus der Haft lösen, in der ich schmachte. Ach, wenn du wüßtest, wie ich ihn hasse, diesen Menschen. Wenn Haß töten könnte – längst wäre er martervoll verreckt.«

»Du Armer«, nickte sie. »Aber ich bin frei, gegen ihn zu kämpfen. Ich habe der armen Mutter 20000 Livres gesandt zum Kampf gegen dieses Ungeheuer.«

»Mutter trägt auch viel Schuld«, warf er ein. »Sie ist eigensinnig, wunderlich, mürrisch, zänkisch, launisch. Und verschroben und toll ist sie auch, wie wir.«

»Ja – ja – ja«, rief Louise ungeduldig. »Aber sie hat ihn lange angebetet, sie liebte ihn abgöttisch, obwohl er sie nur des Geldes wegen geheiratet hat, wie du deine Frau. Sie hätte ihn immer geliebt, wenn er es gewollt hätte. Es war so leicht, sie zu führen, ihre Fehler auszumerzen. Aber er legte es darauf an, sie zu unterjochen, weil er herrschsüchtig und ein Tyrann ist. Man unterjocht aber nicht einen starken, ganzen Charakter und eine heiße Einbildungskraft, wie Mutter ist.« Plötzlich lachte sie klingend.

»Eine Verteidigungsrede habe ich für ihn ausgearbeitet, die er in dem Prozeß, der jetzt beginnt, halten kann. Ich habe sie ihm gestern gesandt.«

Sie eilte zu einem Vertiko, suchte, fand und lief mit einem Bogen Papier zum Lichte. »Höre:

›Meine Tochter Louise habe ich gegen ihren Willen, gegen ihren Abscheu, gegen ihr Flehen gezwungen, einen Narren zu heiraten, weil er reich war und ich mir davon materielle Vorteile versprach. Damit habe ich ihr Glück begründet. Denn das höchste Glück ist die Wahrheit. Kinder und Narren sprechen sie. Also lallt der Marquis de Cabris Wahrheit in höchstem Grade. Also ist meine Tochter Louise ›in Wahrheit‹ sehr glücklich. Das ist erwiesen.

Mein Sohn ist ein Verbrecher. Denn alle meine Güter sind ihm als ältestem Sohne zugesichert. Trotzdem habe ich das meiste verkauft. Aber dennoch hemmt mich diese verwünschte Erbfolge. Ich kann mich nicht mehr nach meinem Belieben ruinieren, und das ist hart. Mein Sohn ist ein Verbrecher, weil er es seiner Mutter, die er liebt, ausgeschlagen hat, für sie Partei zu ergreifen, weil er zwischen den Urhebern seiner Tage neutral bleiben will – das ist eine höllische Scheinheiligkeit. Er hat Schulden gemacht, und Schulden darf man nur machen, wenn man Familienvater, neunundfünfzig Jahre alt, Verwalter eines Erbsitzes, die Leuchte des Jahrhunderts und der Konfuzius Europas ist. Mein Sohn hat recht schlechte Sachen geschrieben. Unter anderm mit neunzehn Jahren eine Geschichte Korsikas, die ich ihm entriß und verbrannte. Denn es ist eine teuflische Bosheit, Talente in dem Augenblick zu offenbaren, in dem ich anfange, senil zu werden.

Mein Sohn ist der gewalttätigste Mensch von der Welt, denn er kämpft von Kindheit an mit einem Mut, der mich aufreizt, gegen das Unglück an, das ich für ihn bin. Er ist ferner der undankbarste Mensch, denn ich habe ihn in Verdacht, daß er mich nicht liebt, mich, der ihm soviel Wohltaten erwiesen hat. Endlich ist er kein Anhänger meiner erhabenen Schriften und zweifelt an der Unfehlbarkeit der Wissenschaft des Meisters. Darum ist er ein Verbrecher, das ist mehr als erwiesen.‹«

Mirabeau unterbrach oft mit Lachen und Beifall. Als sie geendet hatte, jubelte er: »Das wird seinen Hochmut und seinen Dünkel treffen. Bravo! Bravo!«

Er sprang empor und riß sie an seine Brust. – – Am folgenden Morgen schlug Louise einen Ausflug vor »an das Herz der Natur«. Sie war eine begeisterte Rousseau-Schwärmerin.

Mirabeau war einverstanden. »Aber ohne Briançon«, bat er.

»Ausgeschlossen!« wehrte sie. »Gerade wegen des Geklatsches und der Wut der lieben Grasser habe ich mir geschworen, ohne ihn nicht einen Schritt auf die Straße zu tun. Eide, die andere kränken, muß man unbedingt halten.«

Er fügte sich lachend.

Ehe die Hitze des Sommertages sich mit ihrer flammenden Wucht auf die Provence warf, brach man auf, von einem Wagen mit leckeren Dingen begleitet. Der Marquis blickte der kleinen Karawane trübselig nach. Keiner hatte einen Augenblick der Sorge oder des Abschieds an ihn verschwendet.

Louise schritt, wieder in ihrer aufreizenden Männertracht, voran.

Man plauderte, scherzte und gelangte gegen Mittag in den ragenden schattigen Olivenwald »Des Indes«. Hier lagerte man, der Diener deckte auf warmem Moose den »Tisch«, Provencer Wein netzte die von Hitze und Staub verdorrten Kehlen.

Muntere Reden begleiteten den fröhlichen Imbiß.

Man sprach, wie überall damals in Frankreich, von dem jungen Königspaare, das am 10. Mai den Thron bestiegen hatte.

»Sie muß es ja toll treiben«, lachte Louise.

»Glaube doch nicht alles, was man über Marie-Antoinette fabelt«, schalt Mirabeau. »Sie hat Feinde bei Hofe, die sie verleumden.«

»Etwas wird schon dran sein, warf Briançon gehässig ein.

»Ist es denn ein Wunder?« rief Louise. »Wo der König impotent ist!«

»Impotent ist er nicht,« belehrte der Hilfsunterarzt der Royal-Roussillon, »er müßte sich nur einer Operation unterziehen, um seine ehelichen Pflichten erfüllen zu können.«

»Das kommt für Marie-Antoinette doch auf das gleiche hinaus«, entschied die junge Frau.

»Freilich«, nickte Briançon. »Sein Bruder, der Graf von Artois, litt an demselben Übel, unterzog sich aber dem operativen Eingriff und genießt seitdem im Übermaß den Erfolg. Der König konnte sich bisher dazu nicht entschließen. Kennt ihr übrigens die Geschichte seiner Hochzeitsnacht? Nein? Hört! Er geleitete Marie-Antoinette bis an die Tür ihres Schlafgemaches und verabschiedete sich dann feierlich und höflich von der erstaunten jungen Frau. Am nächsten Morgen fragte er sie, wie sie geschlafen habe, ›Oh, sehr gut,‹ antwortete sie pikiert, ›es war ja niemand da, der mich daran hätte hindern können.‹«

Man lachte, Louise wiederholte dann aber in verstehender fraulicher Teilnahme: »Die arme kleine Königin! Ist es dann ein Wunder, wenn sie anderswo die Forderung einkassiert, die der König ihr nicht honoriert!«

»Es soll gelogen sein, daß sie die Ehe bricht«, beharrte Mirabeau.

»Mag sein. Aber auch all das andere erscheint mir sehr begreiflich: diese ekstatischen erotischen Freundschaften zur Lamballe und Polignac, diese rasenden Feste, in denen sie ihr unbefriedigtes Temperament austobt, ihre Manie für hohes Spiel. Alles das sind Verzweiflungsakte ihrer nervös überreizten Sinne. Ha, wenn ich diese Königin von Frankreich wäre, ich würde es noch ganz anders treiben! Feuersäulen würden von mir auslodern – Feuersäulen!«

Sie reckte die Arme hoch über ihren Kopf hinaus.

»Du – du!« drohte der Geliebte.

»Ich bin ja nicht die Königin von Frankreich,« lachte sie, »sondern nur die Königin des Skandals und deines Herzens.«

Schlaff warf sie sich zurück, legte den Kopf auf seine Knie und sah hinauf in den Himmel dieses glückhaften Südens. Scharf umrissen gegen das tiefe Blau standen die Gipfel der Oliven.

Mirabeau blickte versonnen vor sich hin

»Es ist eine schwere Erbschaft,« begann er endlich, »die dieser neunzehnjährige König und diese achtzehnjährige Königin angetreten haben. Ein schweres Erbe voller Keime des Verderbens.«

»I,« rief Louise und schnellte mit heftigem Schwunge auf, »dann sollen sie abdanken! Ich bin für die Republik!«

Die beiden Männer lachten. Doch ernst und mit Begeisterung fuhr sie fort:

»Lacht nicht! Ich schwöre auf Rousseau. Sein Geist wird siegen. Kennst du nicht seinen
›Contrat Social‹?«

»Natürlich kenne ich ihn«, erwiderte der Bruder. »Und schätze ihn sehr. Aber noch mehr
seinen ›Emile‹.

Ich glaube, wenn man in einigen hundert Jahren von den Meisterwerken unseres Jahrhunderts sprechen wird, wird man fünf oder sechs Tragödien Voltaires, das ›Wesen der Gesetze‹
von Montesquieu, die ›Naturgeschichte‹ von Buffon und ›Emile‹ nennen. Und –«

»Ja – ja,« unterbrach ihr Ungestüm ungeduldig, »mag sein. Mir ist der ›Contrat Social‹ Bi-
bel. Ich stimme ihm blindlings zu in den Nachteilen, die er in der Monarchie sieht. Ich bin
begeisterte Anhängerin seines Freiheitsideals, und darum rufe ich: ›Hoch die Republik!‹«

Ironisch hob Briancon sein Glas. »Hoch die Republik und ihre Königin Louise de Cabris!«
Sie gab ihm einen Schlag auf den Arm, daß der Wein über seinen blauen Rock rann.

»Das kostet dich einen neuen« sagte er gelassen und wischte mit der Spitzenmanschette die
Tropfen fort.

Mirabeau aber entgegnete eindringlich. »Ich bin gegen die Republik. Aus vielen Gründen. Ich
glühe für die Freiheit. Doch Freiheit ist nicht identisch mit Republik. Kennst du nicht den herrlichen Satz aus deinem geliebten Contrat Social: ›Die Freiheit liegt in keiner Regierungsform,
sie wohnt im Herzen des freien Menschen; er trägt sie überall mit sich. Der niedrige Mensch
schleppt überall die Knechtschaft mit sich!‹ Nein, Louise, was wir brauchen, ist ein demokratisches Königtum. Reformen müssen und werden es schaffen. Zunächst eine durchgreifende
Steuer-und Finanzreform. Wir gehen heute auf den Staatsbankrort zu. Die Staatskassen sind
leer, die Verschwendung bei Hofe ist enorm, neue Steuern erdrücken das Volk, bald wird man
die Zinsen der Anleihen nicht mehr zahlen können.«

Seine Züge erhellten sich zu magischer Schönheit, seine kastanienbraunen Augen begannen
wie ewige Lampen des Genies zu leuchten.

»Jeder Staat, der sich seine Schulden nicht durch eine großzügige Steuerpolitik vom Halse
schafft und dafür in Anleihen und anderen untergeordneten Mittelchen sein Heil sucht, jeder
Staat, in dem nicht unverletzliche Gesetze die Anleihekassen schließen und gesunden Steuern
die Tore öffnen, muß zugrunde gehen. Darum zunächst durchgreifende Finanzreform! Dann
Justizreform! Aufhebung jeder Willkür, der lettres de cachet! Kostenlose, freie, unabhängige
Gerichte! Und endlich Teilnahme der Bürger an der Regierung! Die Stände einberufen, ein
Parlament nach englischem Muster bilden! Das wird den Staat und die Monarchie retten. Ich
habe früher geglaubt, ich wäre zum Soldaten geboren. Es war ein Irrtum. In mir pulst das Blut,
das in großen Staatsmännern kreist. Lachen Sie nicht, Seigneur! Ich rede furchtbar ernst. Eine
Stimme in mir spricht. Ich fühle die Kraft in mir, diese Reformen durchzuführen. Ich werde
diesen Weg gehen und werde mein Ziel erreichen!«

Er schwieg.

Louise reichte ihm in prächtiger Hingabe die Hand. »Ich glaube an dich und deinen Weg«,
rief sie hingerissen.

Doch Briançon sagte in seiner wegwerfenden Art: »Ist ja alles Humbug. Solange ich denken kann, spricht man von Revolution, Staatsbankrott und Untergang des Staates. Und immer
geht's gemächlich weiter. So wird es auch in Zukunft weitergehen. Frankreich ist ein reiches
Land. Es kann einen guten Posten Verschwendung des Hofes und übler Wirtschaft vertragen.
Die Mißstimmung im Lande ist nur äußerlich, wird durch die Schriftsteller künstlich erzeugt.
Rousseau, Raynald, Diderot, Linguet haben in alle gebildeten Kreise eine Nörgelsucht, ein pi-
kantes Tadelvergnügen getragen, sie haben diese Tiraden gegen den Despotismus, gegen die
Höflinge, gegen die Religion, über die Freiheit und die Verhimmelung der misera Plebs in die
Massen geworfen. Gehirngymnastik, Plauderstoff der Salons, weiter nichts.«

Da barst Mirabeau in Grimm aus.

»Mein Herr«, begann er, und seine Stimme grollte wie fernes Gewitter. Doch Louise legte
ihm hastig die Hand auf den Arm.

»Stille«, flüsterte sie und zeigte in die Tiefe des Waldes. Die Blicke der beiden Männer folgten ihrem weisenden Finger.

Durch den Wald kam ein fetter alter Herr dahergepilgert, einen klotzigen Regenschirm unter den Arm gezwängt.

»Was ist?« fragte der Graf, ärgerlich ob der Unterbrechung.

»Der da – dieser Dickwanst –«, raunte Louise, »ist Herr von Villeneuve. Das ärgste Lästermaul von Grasse. Er hat am hämischsten gegen mich gehetzt. Ich habe ihm öffentlich ein paar Ohrfeigen versprochen. Jetzt will ich mein Wort einlösen.«

Sie sprang energisch empor.

Doch der Bruder hielt sie zurück.

»Überlaß das mir«, rief er und stürmte davon.

»Unser Mirabeau-Blut!« jauchzte Louise und blickte voll Spannung dem Davoneilenden nach. Briançon blieb gleichgültig und verdauungsfaul im Moose liegen.

Mirabeau hatte jetzt den ahnungslosen Wanderer erreicht.

»Herr,« herrschte er den Verdutzten an, »ich bin Graf Mirabeau, der Bruder der Marquise von Cabris, die Ihr Lästermaul verleumdet hat. Kommen Sie zu ihr – dort steht sie – nehmen Sie Ihre Lästerungen zurück!«

Der Dicke faßte sich sofort.

»Mein Herr,« entgegnete er gelassen, »Sie wissen wohl nicht, daß Sie die Ehre haben, mit einem alten Musketier und Adjutanten des Marschalls von Sachsen zu sprechen?«

»Was Sie einmal Ehrenhaftes waren, ist mir gleichgültig. Jetzt sind Sie ein infamer Verleumder einer Dame, die mir näher steht als irgendein anderer Mensch. Wollen Sie revozieren oder nicht?«

»Die Dame ist eine Schande der Stadt und –«

»Was?« brüllte Mirabeau. Im nächsten Augenblicke hatte er dem Alten den Schirm entrissen und schlug damit in der blinden Wut der Mirabeaus auf den dicken Herrn ein. Der Schirm zerbrach. Doch der frühere tapfere Musketier ließ sich nicht verblüffen. Trotz seines Alters, trotz seines umfänglichen Bauches sprang er gegen den Angreifer an. Er packte zu. Die Gegner faßten sich, rangen, torkelten zu Boden, schlugen aufeinander ein, wenn eine Hand, ein Arm sich aus der Umstrickung löste. Louise und ihr Geliebter verfolgten aus der Ferne den Kampf mit Gassenbubenfreude.

Die Gegner ächzten, balgten sich, schlugen. Der Schweiß rann ihnen über die geröteten Gesichter. Endlich erlahmte die Kraft des Alten. Er lag still. Da erhob sich Mirabeau. Sein schöner blauer Seidenrock war zerfetzt, das Haar, das er heute ungepudert, zum Zopfe geflochten trug, war zerrauft. An seinen gepflegten weißen Händen hing Erde und Moos.

Jetzt wand sich auch Herr von Villeneuve stöhnend empor. Seine Rechte blutete, die schwarze Seidenhose über dem Knie war zerrissen und legte eine klaffende Wunde bloß. Die Stirn durchquerte eine blutunterlaufene Strieme, die der Schirm gezogen hatte.

Achzend hinkte er von dannen. »Das sollen Sie mir büßen!« knirschte er zwischen den gelben Zähnen.

Nun nahten lachend die andern.

»Hoch unser Sieger!« jubelte Louise.

Briançon knurrte eifersüchtig: »Kein großer Sieg eines Fünfundzwanzigjährigen über einen Sechziger plus Dickwanst.«

Der Graf sah nachdenklich an sich nieder. »Üble Sache«, murrte er kleinlaut. Der Kampfesrausch war verflogen, der Kater setzte ein.

»Macht nichts«, tröstete Louise. »Ich gebe dir einen neuen Rock.«

»Das ist das wenigste«, wehrte der Graf. »Aber wenn der Dicke jetzt gegen mich klagt, kommt es heraus, daß ich meine Gefangenschaft gesprengt habe. Dann geht es mir schlecht.«

»Pah«, lachte Louise. »Du hast mich gerächt. Du bist mein Ritter. Du hast eine Lanze gebrochen für die Freiheit des Gefühls gegen niedriges enggebundenes Muckertum.«

III

Noch in dieser Nacht floh Mirabeau aus Grasse. Das Abenteuer zeigte bedrohliche Gesichter. Herr von Villeneuve war zum Kadi gelaufen, hatte seine Wunden gewiesen und Anklage wegen »Mordanschlages« erhoben. Der Richter erließ einen Haftbefehl. Doch während die bewaffnete Polizeimacht von Grasse, bestehend aus einem alten gichtischen Kommissär, an der vorderen Gartenpforte mit Louise parlamentierte, entwischte der Delinquent ahnungsvollen Gemütes in den Hof, sattelte des Chevaliers Gassaud Roß und preschte hinaus in die Nacht, vorbei an dem übertölpelten Arme des Gesetzes, der sich ihm vergebens zornvoll entgegenstreckte.

Während Mirabeau durch die mondhelle Provencenacht mit ihren fiebrig-erregt zitternden Sternen dahintrabte, war sein Hirn keineswegs ein Spiegelbild der friedlichen Milde der duftenden Stille ringsum. Bange Gedanken wogten hinter der wuchtigen Stirn.

Dem Haftbefehl des Richters von Grasse war er entronnen. In Manosque war der durch eine lettre de cachet Gebannte der ordentlichen Gerichtsbarkeit entzogen. Doch durch diesen unüberlegten Überfall auf den Dickwanst war sein Ausflug verraten. Die Regierung konnte und würde es nicht duldsam hinnehmen, daß einer, der – wie es sanft und behütend hieß – »unter der Hand des Königs stand«, die Majestät durch selbstherrliche Lösung der Fesseln der Gefangenschaft frech verhöhnte. Mirabeau sah aus der Silberhelle der Mondnacht die gespenstisch drohenden Schatten der Zwingburgen königlicher Willkür aufwachsen: der Bastille, des Turmes von Vincennes, des Kastells des Felsenriffs If. Das Roß des Chevaliers Gassaud verfiel in gemächlichen Schritt. Der Reiter merkte es nicht. Er fahndete in seinem listenreichen Odysseushirne nach der Rettung vor der Zitadelle.

Plötzlich hieb er dem Pferde die Hacken in die Flanken und scheuchte es aus dem friedlichen Schlummer. Entrüstet tat es einen Sprung zur Seite. Dann ging es im Galopp dahin. Der Plan in Mirabeaus Kopf jagte der Ausführung entgegen.

Ohne weiteren Zwischenfall gelangte er gegen Mittag nach Manosque und vor das Gassaudsche Haus. Emilie eilte ihm, Gogo im Arm, entgegen, hell und strahlend, in einem ländlichen, enganliegenden weißen Kleide mit breiten schwarzen Streifen. Ein leiser Hauch von Körperlichkeit, von Begehren atmete, wie immer, von dieser kleinen schwarzen Frau aus.

Doch Mirabeau sah in ihr heute nur ein Werkzeug seiner Rettung. Ihre harrende Zärtlichkeit schrak verletzt zurück.

»Komm ins Zimmer,« gebot er barsch, »ich muß mit dir sprechen.«

Verwundert, Böses argwöhnend, folgte sie.

Er erzählte ihr in schnellen Worten das Abenteuer und seine gefährlichen Folgen.

»Nur einer kann mich vor der Zitadelle bewahren: mein Vater. Er muß sich an seine Freunde unter den Ministern wenden. Du mußt sofort nach Bignon reisen und –«

»Ich?!« rief sie bestürzt.

»Ja – du. Wer sonst?«

»Zu deinem Vater!« Ihr war, als solle sie einem Ungeheuer in den geöffneten Rachen springen.

»Ja – doch. Und sofort. Ehe er es von anderer Seite erfährt. Wie leicht glaubt man dem Briefe eines boshaften Heuchlers! Aber eine Aufklärung durch das gesprochene Wort, durch dein Wort der Liebe, macht hundert feindliche Briefe zunichte. Briefe haben keinen Gesichtsausdruck, das gesprochene Wort aber lüftet früher oder später den Schleier von der Seele. Mein Vater, der in dem entstellten Bericht nur eine unverzeihliche Roheit und den Streich eines Tollhäuslers erblicken würde, wird in deiner Erzählung das Motiv der Ehre erkennen, der Ehrenrettung meiner Schwester, seiner Tochter, und damit seines Namens.«

Sie stand vor ihm, mit ihrem kleinen spöttischen Lächeln und hörte kaum auf seine vielen bedrängenden Worte. Sie war entschlossen, nicht zu fahren; sie fürchtete den Schwiegervater, den sie aus des Gatten Erzählungen und seinen harten grotesken Briefen genugsam kannte. Sie weigerte sich schlankweg.

Da sah Mirabeau sie gelassen an und sagte: »Gut, mein Kind. Ich zwinge dich nicht. Aber wundere dich nicht, wenn dann auch meine Großmut ihr Ende findet. Noch heute schicke ich dich mit Schimpf und Schande deinem Vater zurück. Das Kind bleibt hier. Die Schuld an diesem Skandal trägst du.«

Der Partherpfeil traf. Sie rang mit sich, bog ihren geschmeidigen weichen Körper in Kampf und Qual – und sagte leise: »Ich fahre.«

Er nickte nur. Er hatte nichts anderes erwartet. So leicht man den Ehebruch als Geschehnis nahm, so grausam brach diese gefällige Zeit den Stab über die entlarvte Ehebrecherin. Während Emilie ihre Reisevorbereitungen traf, walzte er ihr unaufhörlich die Worte in die Hirnrinde, mit denen sie den Vater gewinnen, gab ihr Anweisungen, wie sie die einflußreiche Geliebte des Marquis und seinen Bruder, den Bailli, behandeln sollte. Ihr war so wirr zu Sinn, daß sie nichts begriff, nur immer wiederholte: »Ja – ja – ja.«

In der Frühe des nächsten Morgens fuhr sie davon in einer elenden Postchaise, die man bei dem Pfandleiher Rodolphe gemietet hatte, obwohl es höchst problematisch schien, ob sie die weite Reise überleben würde. Beim Abschied trug Emilie noch die Leidensmiene des tragischen Opfers zur Schau. Doch kaum aus den Gassen Manosques heraus, heiterte ihr Schalksgesicht sich bewunderungswürdig auf. Die Nacht hatte einen inneren Umschwung gebracht. Es schien ihr plötzlich »sehr hübsch«, einmal der Langenweile der kleinen Stadt zu entrinnen. Jedenfalls brachte die Reise Abwechslung in dieses Einerlei ihrer Ehe. Und der Marquis! Mein Gott, schließlich war er, trotz aller Bärbeißigkeit, doch ein Mann. Und durchaus noch kein verknöcherter Greis. Erst neunundfünfzig. Also immerhin noch ein Mann. Das bewies auch die Geliebte. Und auf Männer verstand sich die kleine Frau. In einem Punkt waren sie alle gleich. Sie würde alle Minen ihrer verführerischen Weiblichkeit springen lassen und das Monstrum kirre machen. Jetzt lockte die Aufgabe sie – lockte sie geradezu. Es schien ihr erregend, einmal ihre Kraft in der Bändigung dieses wilden Raubtieres zu erproben.

Die Reise war beschwerlich und wenig vom Wetter begünstigt. Am ersten Tage schwemmte eine Sintflut hernieder im Gefolge eines dieser zerschmetternden Gewitterstürme der Provence. Die alte Kalesche zitterte, ächzte, bebte, das Wasser strömte durch das zerschlissene Dach herein. Doch tapfer kämpfte das Gerümpel sich bis Avignon durch. Die folgende Nacht verbrachte Emilie in Tain, beunruhigt durch die Nähe des Geliebten, mit der Versuchung kämpfend, dem Musketier ein Billett der Aufforderung zu senden. Doch ihre brüchige eheliche Tugend siegte. In der nächsten Mitternacht rasselte ihre Chaise durch die Tore von Lyon. Ohne Aufenthalt ging es nach dem Pferdewechsel weiter. Früh am folgenden Morgen stieg sie zu Montargis, im Kloster der Dominikanerinnen, aus dem Wagen. Das Ziel war erreicht.

Schloß Bignon war in halbstündiger Wanderung zu erreichen.

Mirabeau hatte ihr aufgetragen: »Steig im Kloster Montargis ab. Äbtissin ist Frau von Remigny, eine gute alte Freundin von mir. Die brave Remignichonne, wie ich sie immer nannte, wird dich mit offenen Armen aufnehmen. Ihr kannst du alles anvertrauen, sie wird dir mit gutem Rate zur Hand gehen. Vom Kloster aus schicke einen Boten nach Bignon und melde deine Ankunft. Der Alte ist kein Freund von Überraschungen.«

Nun war sie hier. Nun begann das Abenteuer von Bignon.

Sein Anfang war glückverheißend. Die »Remignichonne« empfing Emilie mit freudig gebreiteten Armen. Sie war der heitere Typ der Südfranzösin, übersprudelnd, schwankbereit, wortselig, lebensstark. Eine kugelrunde, kleine, schwarze Dame von vierundvierzig.

»Herrgott, seine Frau, Gabriels Frau!« Sie schlug die dicken Arme zusammen, als die Gräfin ihren Namen genannt hatte, entführte sie durch die hellen sonnigen Gänge des Klosters in ihr behagliches Nonnenzimmer, half ihr, sich umkleiden, waschen, vom Reisestaube erfrischen, ätzte sie mit schwelgerischen Leckerbissen, forschte in drei Minuten den Zweck ihrer Reise aus ihr heraus, lachte ausgelassen über den neuesten Streich »ihres Gabriel« und rief triumphierend:

»Das ist er, wie er leibt und lebt! Der wird noch ganz andere Sachen vollführen, dieser Brausekopf. Herrje, wie oft hat er dort in dem Stuhle gesessen als Junge und Jüngling und seine alte Remignichonne in Gefahr gebracht, vor Lachen ihre Fetthülle zu bersten. Was konnte er

Schnurren und alberne Weisheiten verzapfen! Und nun hat er schon solch süße, kleine, tapfere Frau, die für ihn Heldenwege wandelt!«

Sie herzte Emilie und küßte sie zärtlich auf den üppigen roten Mund.

»Nur Mut, Kleine. Es wird schon alles werden. Die in Bignon haben Verständnis für Tollheiten. Sind sie ja gewöhnt. Der Alte ist selbst nicht besser. Eine verdrehte Familie. Ich bin ganz mit ihnen verwachsen. Die beiden Mädel, die Marie und die Louise, sind meine Schülerinnen. Ich muß es schon bekennen, wenn meine Erziehungskünste damit auch keine große Ehre einlegen. Das Kloster ist nämlich ein Institut.«

Lebhaft trudelte sie auf ihren feisten kurzen Beinchen zum Fenster.

»Kommen Sie mal her, Kleine! Sehen Sie, das hübsche Mädchen dort« – sie zeigte auf die Zöglinge, die eine Schulpause im Garten durchwandelten – »ist Ihre Nichte. Ich rufe sie nachher. Erst wollen wir noch ein bißchen plaudern. Sie ist die älteste Tochter der Karoline, die den Marquis du Saillant geheiratet hat. Ein großes Mädchen für ihr Alter. Sie ist neun. Jedes Jahr kriegt die Mutter ein Kind. Seit dreiundsechzig ist sie verheiratet und hat schon acht. Doch die meisten sterben wieder – vielleicht aus Klugheit. Ein Knabe ist vor zwei Monaten verschieden. Vor vier Wochen kam aber schon der Ersatz. Die arbeiten prompt, wie ein Uhrwerk. Übrigens sind die du Saillants diesen Sommer in Bignon. Sie werden sie also sehen. Und die Älteste von den Kindern Ihres Schwiegervaters, die Marie, die ist nun ganz bei uns. Ist Nonne geworden. Leider ist sie wahnsinnig. Aber ganz ungefährlich. Sehr sanft. Jetzt ist sie die Freude des Klosters, früher war sie sein Schrecken. Was die angestellt hat! Ein unbändiges Temperament. Sogar mit unserem Gärtner hat sie es gehabt. Aber ich schwatze und schwatze, und Sie wollen sich gewiß im Schlosse melden.«

»Ich muß wohl,« lächelte Emilie, »obwohl ich, ehrlich gestanden, Angst habe.«

Sie sprach wahr. Jetzt, da sie auf Rhodos stand und es zu springen galt, war ihr doch etwas bang zumute.

»Papperlapapp,« lachte die Remignichonne, »er ist besser als sein Ruf, der Alte. Kommen Sie. Da ist Papier und Gänsekiel. Schreiben Sie ein paar Worte. Ich schicke gleich den Sohn unseres Torwarts.«

Als diese ängstliche Pflicht erfüllt war, plauderte die rundliche Äbtissin fort.

»Sie werden den Alten schon gewinnen, Sie mit Ihrem netten betulichen Wesen. Nur fröhlich müssen Sie sein. Er will Lachen um sich haben.«

»Der Marquis?!«

»Ja.«

»Und ich dachte, alles um ihn herum wäre grämlich und finster.«

»Keine Spur. Er ist ein behaglicher Herr, nur unberechenbar, gallig, rechthaberisch. Man darf ihm nicht widersprechen. Sonst aber sehr umgänglich.«

»Gegen Gabriel ist er doch aber ein grausamer Tyrann«, wandte Emilie ein.

»Ja, gegen die Kinder ist er hart. Das liegt an seiner eigenen Erziehung. Sein Vater, Jean-Antoine, war ein sonderbarer Kauz. Ein Held, aber borstig. Bei Cassano 1705 verteidigte er eine Brücke, die Prinz Eugen durchaus haben wollte. Als ihm eine Kugel den rechten Arm zerschmetterte, ergriff er mit der Linken die Fahne. Eine zweite Kugel zerfetzte ihm die Sehnen des Halses und die Halsader. Aber er kam durch. Der Arm blieb gelähmt, und um den Kopf zu stützen, mußte er, fortan ein silbernes Halsband tragen. Ach, das muß ich Ihnen erzählen! Als ihn der Herzog von Vendôme nach dem Friedensschluß Ludwig XIV. vorstellte, um ihm eine einträgliche Friedensstellung als Lohn seines Heldentums zu erwirken, und Vendôme dem König bemerkte, daß der Oberst Mirabeau während des ganzen italienischen Feldzuges nicht aus der Rüstung gekommen sei, fügte der Oberst barsch hinzu: »Ja, Majestät, und wenn ich mich vom Feldzug gedrückt und mich hinter irgendeine Hure am Hofe gemacht hätte, wäre ich heiler am Körper und zufriedener mit meiner Karriere.«

Der König wandte ihm indigniert den Rücken, und Vendôme schalt: »Künftig werde ich dich dem Teufel vorstellen, aber nie wieder dem König.«

Emilie preßte der Erzählerin traulich die fleischige warme Hand. Diese Äbtissin war nach ihrem Geschmacke. Die Remignichonne fuhr, durch den Beifall ihres Publikums befeuert, emsig plappernd fort:

»Da es mit der Stellung nun natürlich nichts wurde, ward der vierzigjährige ›Haudegen vom gelähmten Arm und gestützten Halse‹ Freier. Er fand bald, obwohl er doch fast alle Knochen und alle Sehnen verloren hatte, die Gesuchte in dem schönen jungem Fräulein von Castellane. Es wurde eine glückliche Ehe. Den Kindern gegenüber – es waren sieben, doch drei blieben nur am Leben – war er unerhört rauh und streng. Nie hätten die drei Söhne gewagt, dem Vater eine direkte Verehrung darzubringen, nie durften sie sich einer längeren Unterhaltung mit ihm erfreuen, ja, sogar wenn sie seine Briefe lasen, zitterte ihr Herz vor Furcht. Der Marquis hat einmal zu mir gesagt: ›Ich habe nie den Vorzug gehabt, die Hand des ehrenwerten Mannes zu drücken, eines Vaters, dessen Wesen eitel Güte war, aber eine Güte, die sich hinter der Würde verschanzte, die man immer spürte, ohne daß sie jemals nach außen in die Erscheinung getreten wäre.‹ Da haben Sie den Schlüssel zu seinem eigenen Verhalten seinen Kindern gegenüber. Es ist diese unbegreifliche Strenge des Vaters, die er mit den stärksten Eindrücken, denen der Jugend, an sich erfahren hat.«

Emilie nickte sinnend.

»Und dann«, plauderte die Äbtissin fort, »hat ihn seine Ehe verbittert.«

»An ihrem Unglück ist doch er allein schuld!« erklärte Emilie überzeugt.

»Na – na – na«, wehrte die kleine Runde. »Beide tragen daran ihr gerüttelt Maß. Ich kenne die Marquise sehr genau. Sie war durch und durch hysterisch, plagte ihn mit ihrer Liebesbedürftigkeit, machte ihm vor Gästen und Dienstboten unbegründete skandalöse Eifersuchtsszenen, jeden Augenblick schlug ihre überschwengliche Stimmung ins Gegenteil um, sie führte den Haushalt wie ein Freudenmädchen in ewigem Zank mit den Dienstboten – ein schreckliches Durcheinander war es; kann ich Ihnen sagen –, und dann – das setzte allem die Krone auf – coiffürte sie den Marquis à la Moliere.«

»Ich verstehe nicht recht.« Emilie blinzelte verlegen und suchte die Röte, die in ihre Wangen stieg, mit aller Gewalt zu unterdrücken.

»Sie betrog ihn. Betrog ihn frech. Hatte nicht bloß einen Buhlen, sondern stellte ihm – man kann es kaum fassen – eine Bescheinigung über ihre Liebenswürdigkeit aus. Der Offizier, ein ›Ehrenmann‹, ließ die Ehrenurkunde dem Marquis zukommen. Da riß ihm denn doch die Geduld. Er warf sie aus dem Hause.«

Emilie rang mit ihrem Schuldbewußtsein. War keines Wortes mächtig. Da kam ihr der Zufall zu Hilfe. Die Tür öffnete sich, herein schritt langsam das mollige Behagen, die Marquise Karoline du Saillant. Eine stattliche Frau, mit starkem Busen, der oft genährt, einem runden Leibe, der vielen Segen getragen, einem gutmütigen, sehr schönen Gesicht mit zartem sanften Frauenteint, ein Weibesglück, von dem ein kräftiger Duft erdhafter Mütterlichkeit ausströmte.

»Ah – Bonnette!« rief die Äbtissin.

Bei allen Bekannten hieß die Marquise so, ob ihrer Güte.

»Ja, da bin ich schon«, lachte Karoline.

Ohne eine Vorstellung abzuwarten, ging Bonnette mit Schritten, die wußten, wohin sie traten, auf Emilie zu und zog sie an ihre weiche breite Mutterbrust. Die junge Schwägerin empfand warm ein wohlig durchrieselndes Gefühl der Geborgenheit.

Dann hielt die Marquise sie mit beiden Armen von sich ab und betrachtete sie prüfend.

»Hübsch bist du!« stellte sie sachgemäß fest, »sehr hübsch. Ein bißchen schmal und schwach. Aber wir werden dich hier schon herausfüttern.«

Emilie sah neugierig zu der großen Frau auf. Sie war das erste Mitglied der Familie ihres Mannes, das sie kennenlernte. Zu ihrer Hochzeit war keiner gekommen. Damals hatte sie gestaunt; seitdem sie aber diese seltsamen egoistischen Menschen aus Erzählungen kannte, wunderte sie sich nicht mehr, daß sie die beschwerlichen Tage in der Reisekutsche gescheut hatten.

Eine prächtige Frau, dachte sie. Das war also diese weitberühmte traditionelle Schönheit der Mirabeaus, von der ihr Mann allein die Ausnahme bildete, die die Regel bestätigte. Die starken, offenen, geraden, leuchtenden Züge, diese Heldengestalten, diese klugen Stirnen! Sie sah die Frau lange an. Endlich fand sie Worte.

»Ich freue mich, daß ich dich zuerst begrüßen kann, Karoline. Ich fühle mich bei dir so geborgen. Ein bißchen Angst hatte ich nämlich doch vor euch allen.«

Da lachte Bonnette wieder ihr breites erhellendes Lachen.

»Gelt, die kann lachen?« rief die Remignichonne. »Der Marquis von Mirabeau nennt sie ›die stärkste Lacherin Frankreichs‹.«

»Und er hat recht«, lachte Bonnette. »Jetzt aber wollen wir losziehen. Bignon erwartet dich. Der Schwiegervater ist zwar nicht zu Hause, er hat einen Ausflug zu den Quellen der Mont-Dore gemacht, kommt aber im Laufe des Tages zurück. Hast du schon meine Tochter gesehen?«

Die Äbtissin eilte, den jungen Zögling zu holen. Die Schwägerinnen plauderten. Bald kam die Remigny mit dem Mädchen zurück. Es knickste weltgewandt und zutraulich vor der fremden Tante. Aus dem hübschen, intelligenten, jungen Gesicht blickten schon die lebenshungrigen liebesfrohen Augen der Mirabeaus.

»Hier hast du meine Älteste«, stellte Bonnette strahlend vor. »Wir nennen sie Bonnette Nr. 2, denn sie ist die reine Herzensgüte. Jeanne-Charlotte, dies ist deine Tante Emilie.«

Die kleine Dame küßte der Tante respektvoll die Hand und sagte wohlerzogen: »Verehrte Frau Tante, ich bin entzückt, Sie begrüßen zu dürfen.«

Emilie nahm das kluge Kindergesicht in beide Hände und küßte es herzhaft auf den Mund. – – –

Auf dem Wege nach Bignon erzählte Emilie den Zweck ihrer Sendung. Bonnette lachte über des Bruders dreisten Streich. »Wir werden dir alle helfen, ich meine, mein Mann, der Bailli, dein Onkel, und ich. Ob du freilich die Geliebte des Vaters, Frau de Pailly, auf deiner Seite haben wirst, bezweifle ich. Sie ist auf Gabriel nicht gut zu sprechen. Er hat sie schwer gekränkt. Sie hat nämlich, mußt du wissen, meinen jüngeren Bruder Boniface stets sehr vorgezogen und vor dem Vater protegiert. Gabriel hat sich dafür gerächt, indem er überall herumerzählte, er sei aus Achtung vor seinem Vater und Abscheu vor einer schändlichen Teilhaberschaft der keusche Joseph dieser Dame Potiphar gewesen. Der Ton liegt auf ›er‹. Du verstehst?«

Sie lachte schallend.

Emilie schüttelte den Kopf. »Wie töricht unbedacht! Ist der Verdacht denn begründet?«

Bonnette zuckte die Schultern. »Ich weiß es nicht. Ich sage nur: der Vater ist neunundfünfzig – sie kaum dreißig. Übrigens, da hast du Bignon.«

Eine breite Pappelallee öffnete ihren Durchblick. An ihrem Ende erhob sich weiß das Schloß. Es war ein einfacher, edler, zweistöckiger Renaissancebau mit neun Fenstern Front, einer großen Tür in der Mitte, die auf eine kleine Brücke mündete. Denn rings um das Schloß gurgelte ein schmaler fließender Wassergraben. Rechts und links flankierten Türme mit spitzer Haube das Haus. Im Hintergrunde dunkelte ein grüner Wald.

Emilie blieb überrascht stehen.

»Schön,« entfuhr es ihr, »sehr schön!«

Versonnen schritt sie die Pappelallee hinab. Hier also war Gabriel geboren! Eine beklemmende Rührung ergriff sie. Die Entfernung hatte alles Trübe ihrer Ehe gemildert. Im Anblick seines Geburtshauses packte sie eine sentimentale Liebe zu dem Manne, der in Unruhe in Manosque des Erfolges ihrer Mission harrte. Jetzt unterschied sie Gestalten auf der Brücke. Bignons Insassen kamen ihr zur Begrüßung entgegen.

Frau von Pailly umarmte sie mit seidiger Innigkeit, der Bailli mit rauher Seemanns-Herzlichkeit, der Marquis du Saillant verbeugte sich ritterlich. Er sagte nichts. Er hieß in diesem Kreise »der große Schweiger«.

Madame de Pailly führte Emilie sofort in das Zimmer, das sie eilig für die Schwiegertochter des Geliebten bereitet hatte. Im Hause wurde gemauert und gezimmert.

»Sie müssen die Unordnung entschuldigen,« lächelte sie katzenfreundlich, »aber so ist es immer bei uns. Wir lassen immer irgend etwas umbauen.«

Das Zimmer war hell und freundlich. Während Emilie es sich behaglich machte, leistete Frau von Pailly ihr Gesellschaft. Emilie betrachtete prüfend diese Frau, die allein Einfluß hatte auf den Schwiegervater.

Aus Gabriels Berichten wußte sie, daß sie einer französischen Refugiéfamilie der Schweiz entstammte, in Lausanne an einen Offizier der Schweizergarde, einen Sechziger, verheiratet war, aber stets getrennt von ihm lebte. Sie war, ohne Frage, schön und voll pikanten Reizes. Die grauen Augen verrieten ihre berühmte Klugheit, die hohe Stirn ihren Geist. Man begriff, daß Rousseau für sie geschwärmt hatte.

Das Gespräch zwischen den Damen lief vorsichtig an der Oberfläche der Dinge dahin. Man war vor einander auf der Hut. Sie fühlten die Feindschaft gegen einander und suchten sie durch Zuvorkommenheit zu übertünchen. Frau von Pailly sprach, wenn sie von dem Marquis redete, stets in der ersten Person des Plurals. »Wir« bauen, »wir« tun, »wir« lieben. Sie betonte ihre Stellung als Hausfrau, gerade weil sie sich des Schiefen ihrer Lage allzu gut bewußt war.

Sie sprachen vom Wetter, der Reise, der Landschaft und mieden alles Persönliche. Auch beim Mittagsmahle im großen sonnendurchfunkelten Eßsaale glitt das Plaudern vorsichtig an allen Klippen vorüber. An einem Nebentische lärmten drei von den Kindern der du Saillants. Zwei andere waren noch nicht tischfähig.

Der Bailli, mit rotgebranntem Seemannsgesicht, struppigem, ungepudertem Haare, aber wundersam lebendigen Augen, führte das große Wort, geistreich und witzig. Bonnette lachte schmelzend dazwischen. Die Pailly lächelte treffende Bemerkungen, du Saillant, ein sehr eleganter, schöner Mann, mit klugen einnehmenden Zügen, schwieg teilnehmend und beredt.

Dann entführte der Bailli die Nichte in das Herrenzimmer, während die andern ihre ländliche Siesta hielten.

Während der Oheim behaglich rauchte, erzählte Emilie das Unheil von Grasse.

»Hoho,« rief der Seemann von ehedem, als sie geendet, »das ist doch nicht so schlimm! Das ziehen wir schon wieder ins Lot. Das ist eine Ehrensache und keine kriminelle Affäre. Überlaß nur alles mir. Ich spreche mit meinem Bruder.«

Emilie fiel eine Zentnerlast vom Herzen. Wie gut sich alles einrichtete! Alle kamen ihr liebevoll und hilfsbereit entgegen. Alles zeigte ein rosiges Gesicht. Sie lächelte bestrickend. Dem alten Seebären ward warm ums Herz. Die Nichte gefiel ihm. Er nahm den Mund immer voller und erging sich in starken Worten seines Sekundanteneifers.

Ach, die arme Emilie ahnte noch nicht, daß er nur in Abwesenheit des um zwei Jahre älteren Bruders eine Heldengestalt darstellte. Angesicht zu Angesicht wagte er dem Älteren gegenüber, der fast völlig von des Jüngeren Vermögen lebte, keinen Widerspruch. Da ward der alte Seerecke schüchterne Zustimmung.

»Du kannst hier allein auf mich rechnen«, belehrte er großartig. »Doch das genügt. Die andern, außer Karoline, die nur lacht und nichts zu sagen hat, sind gegen dich.«

»Auch der Marquis du Saillant?« fragte Emilie erstaunt.

»Auch er! Gabriel hat ihn bös gekränkt. Er hat überall herumerzählt, der Marquis habe die Pailly nicht so verabscheuungswürdig gefunden wie er selbst und sich, weniger delikat als er, zum Teilhaber seines Schwiegervaters gemacht. Deshalb wohne er auch immer bei dem Alten. Dabei tut er es, weil er ein armer Schlucker ist und mit seiner Kinderschar verhungern müßte.«

Emilie kämpfte ihr Lachen nieder. Sie dachte an das Gespräch mit der Schwägerin auf dem Wege nach Bignon. Gabriel war doch ein boshaftes Lästermaul!

Der Bailli ging weiter in seinen Vertraulichkeiten.

»Die schwarze Katze ist entschieden gegen dich.«

»Die schwarze Katze?« fragte Emilie verwundert. »Wer ist das?«

»Die Pailly«, flüsterte der Seeheld und blickte sich ängstlich um. »Wir nennen sie – unter uns natürlich – die schwarze Katze oder die schwarze Dame. Weil sie immer schwarz geht – der Würde wegen, die sie allen Grund hat, äußerlich zu betonen, und eine falsche Katze ist. Ich verabscheue sie, die du Saillants übrigens auch. Aber sie ist nun einmal Herrin hier. Mein Bruder steht völlig unter ihrem Einfluß. Dich wird sie hassen, wenn du meinem Bruder gefällst. Und du wirst ihm gefallen, verlaß dich darauf.«

Auf diese zukunftsfrohe Zusicherung hin machte Emilie dem Onkel die schönsten Verführeraugen und rekelte sich lüstern in dem bequemen Lehnsessel. Dem alten Seemann ward heiß in den Gliedern.

Er reckte sich, dachte an seine wilde Mirabeaujugend und erzählte seine Heldentaten.

»Dja,« schmunzelte er, »auch wir sind nicht immer ein ehrbarer Bailli gewesen. Beileibe nicht. Mit dreizehn traten wir ins königliche ›Corps des galères‹ und haben es schon mit fünfzehn verteufelt toll getrieben. Jawoll, junge Frau. Du hast übrigens verdammt hübsche Augen. Hast du! Leider haben wir auch im Trinken des Guten zuviel getan und dafür oft in Arrest gesessen. Aber mit achtzehn machten wir damit energisch Schluß. Und nu ging's bergan. Kein Jahr ohne Feldzüge, Verwundungen, englische Gefangenschaft. Allerhand Abwechslung. Mit vierunddreißig waren wir königlicher Schiffskapitän, mit fünfunddreißig Gouverneur von Guadeloupe. Strenges Regiment haben wir da geführt, kleine Frau.« Er versuchte, grimmig und furchterregend dreinzuschauen. »Waren wenig beliebt, mehr geachtet, noch mehr gefürchtet. Bei den Weißen nämlich. Die Eingeborenen schätzten uns um so mehr. Der ärmste Neger hatte freien Zutritt zu mir. Ich hatte die Marotte, auch in dem Sklaven meinen Bruder zu sehen. Dann waren wir reif für das Marineministerium. Aber hatt' sich was! Die Pompadour fand, ich hätte nicht den rechten Anstand. Hatte ich wohl auch nicht von meinem Vater geerbt. Konnte ihr nicht – – naja, kleine Frau. Fast hätte ich was Unpassendes gesagt. Lach nicht so niedlich! Sonst vergesse ich, daß ich ein geistliches Oberhaupt und du Gabriels Eheweib bist. 1758 wurden wir – bitte Respekt! – so ist recht – Generalinspektor der Strandwachen von Saintoge, der Picardie, Normandie und Bretagne. Hättest du gar nicht hinter dem alten Onkel im zerschundenen Priesterrocke erwartet, wie? Doch? Besten Dank, du liebenswürdiges Mädchen. Kann dir sagen, während des Siebenjährigen Krieges gab's da allerhand zu tun. Na, kurz und gut, schließlich nach Friedensschluß hatte ich die Seegeschichte satt. Ich legte mein Gelübde ab und ging in mein ›Kloster‹, den Malteserorden. Ward – Achtung! – General der Galeeren des Ordens. Dann fielen mir zwei reiche Ballaien oder – wenn du willst – Komtureien zu. So ward ich – was du hier vor dir siehst – friedlicher Bailli oder Komtur und Erbonkel. So, nun kennst du die Naturgeschichte deines jüngsten und ältesten Verehrers.«

Emilie fand den Onkel »famos« und sagte es und feuerwerkte ihn ausgelassen an. Er erwiderte das Feuer mit vollen Breitseiten. Mitten in diesem unterhaltsamen Gesellschaftsspiele wurden sie unterbrochen.

Der Marquis von Mirabeau trat ein. Emilie sprang mit einem kleinen Schrei empor und starrte auf den großen Mann mit den scharfgeschnittenen Zügen, der geraden starken Nase, dem vorspringenden Energiekinne, dem wollüstigen lebensgierigen Munde. Das Haar trug er in natürlichen gepuderten Wellen.

Auch der Bailli hatte sich erhoben und sah bedeutend weniger martialisch drein als ehedem.

Der Marquis betrachtete ungeniert die Schwiegertochter, dann rief er aus: »Mein Gott, sie sieht ja aus wie ein Äffchen!«

Emilie, die sprungbereit gestanden hatte, ihm in gut gespielter Tochterzärtlichkeit an die Brust zu schnellen, prallte zurück. Aber da war der Marquis bei ihr, nahm sie herzlich in die Arme und küßte sie schallend auf beide Wangen. Sie wollte sich verletzt ihm entziehen. Doch er hielt sie fest und lachte: »Ein hübsches Äffchen natürlich, ein sehr hübsches Äffchen.«

Da lächelte sie halb versöhnt. Er aber sagte in altfränkischer Ritterlichkeit: »Meine inniggeliebte Tochter, ich freue mich, dich unter meinem Dache willkommen zu heißen. Du hast durch deine Briefe in meiner Achtung täglich Fortschritte gemacht, ganz abgesehen von der Neigung und der väterlichen Liebe, die ich gleich bei deinen ersten Schreiben empfand. Deine Briefe zeichnen sich so sehr durch Feinheit und Sicherheit des Ausdruckes wie durch Tiefe der Gedanken aus, daß sie mich ganz gefangengenommen haben.«

Emilie blickte freudig befangen und überrascht zu dem gefürchteten Manne auf.

»Ja, meine Tochter; du bist der richtige Stütz-und Angelpunkt zweier hochachtbaren Häuser und die Stütze ihrer Sprößlinge. Du wirst die klaffende Leere zwischen dem Großvater und den Enkeln ausfüllen – würdig ausfüllen, und soviel an mir liegt, sollen meine Seele und mein Geist Hand in Hand mit meiner Erfahrung gehen, um den Reichtum deines Wesens zu vermehren.«

Der Bailli hörte demütig beistimmend zu. Emilie dachte: »Mein Gott, wie viele Worte! Daher also hat Gabriel diesen Phrasenschwall!«

Doch der Marquis war noch nicht zu Ende. »Dein Mann – und zwar im Gegensatz zu Frau von Cabris – ist seinem innersten Wesen nach nicht völlig verkommen.«

Emilie ward es unbehaglich.

»Obwohl ohne wirkliche Hoffnung, arbeite ich immer wieder daran, ihn zu retten – auch dieses Mal. Man hat mir draußen erzählt, was dich hergeführt hat.«

Emilie atmete erleichtert auf. Das Schlimmste war also überstanden!

»In diesem Augenblick besonders, teuerste Tochter, wo die öffentliche und private Mißbilligung drohend über ihm schweben, muß dein mildes und weises Zartgefühl die harte Kruste, die ein bis zur Verrücktheit gesteigerter Hochmut auf dieses tolle Herz gelegt hat, zum Schmelzen bringen. Doch wir wollen heute nicht von diesen peinlichen Dingen reden. Morgen ist auch ein Tag. Heute wollen wir in Freude unsere junge persönliche Bekanntschaft genießen.«

Nachdem er mit echt provenzalischer Redefreude diesen langen Spruch vollstreckt hatte, ward er zusehends menschlicher.

Die Familie ging zur Teetafel. Der Marquis beherrschte die Unterhaltung. Die schwarze Katze wandte kein Auge von ihm, stimmte jedem seiner Worte schmeichlerisch lebendig zu. Der Bailli wagte oft eine ironische Bemerkung, bewies aber allezeit einen gehorsamen Respekt. Bonnette begleitete das Gespräch mit Lachwirbeln, du Saillant lächelte stumm und diskret, Emilie gab artig, zuvorkommend und in dem sichtlichen Wunsche, dem Vater zu gefallen, ihre Antworten. Man sprach von dem Leben in Manosque. Sie erzählte von Gabriels Essay über den Despotismus.

»So, so,« lachte der Vater gallig, »er schreibt wieder? Wird ein schöner Unsinn werden. Wer noch so gärt, wie der Monsieur, soll erst an sich arbeiten, ehe er andern was sagen will. Ich war einundvierzig, als ich meinen ›Menschenfreund‹ schrieb. Kennst du ihn, meine Tochter?« Emilie mußte beschämt zugeben, daß sie wohl von dem Werke gehört, es aber leider nicht gelesen habe.

Die schwarze Katze bekundete schmerzliche Entrüstung.

»Da haben wir den ganzen sauberen Patron!« rief erbittert der Marquis. »Plündert meine Bibliothek im Schloß Mirabeau, gibt seiner jungen wißbegierigen Frau aber nicht das Hauptwerk ihres Vaters. Ohne mir schmeicheln zu wollen, darf ich sagen: Als der ›Menschenfreund‹ 1756 erschien, war er ein literarisches Ereignis. Er war damals nicht nur eins der berühmtesten Bücher Frankreichs, sondern brachte mir Ehrungen aus ganz Europa.«

Alle nickten wie erfreulich arbeitende Pagoden. Der Bailli erinnerte: »Zum Beispiel den schwedischen Wasaorden.«

»Und doch«, fuhr der Marquis fort, »habe ich das Buch zu früh geschrieben. War noch nicht reif genug dazu. Da du das Buch nicht kennst – – –«

»Unglaublich«, flüsterte die schwarze Katze –

»will ich dir den Grundgedanken entwickeln, liebe Tochter. Ich habe das Gleichnis gebraucht von dem Staate als Baum: die Wurzel ist der Ackerbau, der Stamm die Bevölkerung, die Zweige sind die Industrie, die Blätter Handel und Künste; aus den Wurzeln aber zieht der Baum die Nahrung.«

»Ich bin von der Genialität dieses Bildes immer wieder hingerissen«, schnurrte die schwarze Katze.

»Ich habe nun nachzuweisen gesucht, daß diese Wurzeln im französischen Boden zu verdorren drohen durch eine kurzsichtige und falsche Politik. Der edelste aller Berufe, der auf der eigenen Scholle, wird nicht nur mißachtet, sondern geradezu bedrückt durch Vernachlässigung der ländlichen Bezirke, durch unmäßige Steuern, durch Fronden, durch zahllose Zölle.«

»Stimmt alles«, bestätigte der Bailli.

»Aber«, rief der Marquis, »mein System war falsch, so richtig der Grundgedanke auch ist.«

»Fraglos«, entschied die schwarze Katze.

»Ich wurde durch den kleinen buckligen Leibarzt Ludwigs XV., Dr. François Quesnay, belehrt, daß ich den Ochsen hinter den Pflug gespannt hatte.«

Bonnette schmetterte ihr Lachen.

»Ich hatte noch nicht die innere Klarheit, eine klar formulierte, lückenlose, logische Theorie aufzustellen. Und dieser fünfundzwanzigjährige Windbeutel will Bücher über den Despotismus schreiben!!«

Die schwarze Katze drückte lebhafte Mißbilligung dieser unglaublichen Verwegenheit aus.

Emilie wagte keine kühne Verteidigung ihres Mannes. Sie mußte aber daran denken, daß er ihr einmal erzählt hatte, der Vater verfolge ihn so grausam, weil er auf sein Schriftstellertalent eifersüchtig sei. Als er damals aus dem Feldzug in Korsika den Entwurf einer Geschichte dieses Landes heimgebracht und ihn dem Vater stolz gewiesen hatte, warf der Marquis einen flüchtigen Blick in das dicke Manuskript und schleuderte den »wüsten Unfug« in das Feuer des Kamins.

Daran dachte Emilie in bitterer Parteinahme für den Vater ihres kleinen Gogo.

Inzwischen hatte sich eins der Wortgeplänkel zwischen den beiden Brüdern entsponnen, die fast jede Mahlzeit würzten.

»Dieser Narr soll erst ein Mensch werden«, schalt der Vater.

»Dieser Narr«, griff der Bailli auf, »hat Vorzüge, die man bei keinem Weisen findet.«

Bonnette schmetterte. Du Saillant lächelte sein feines Lächeln. Die schwarze Katze funkelte den Marquis an.

»Gib es ihm tüchtig zurück, du Geistesleuchte!« flimmerten ihre klugen falschen Augen.

»Ein Stück von einem Narren«, hieb er zurück, »hat jeder Mirabeau. Aus Gabriel aber kannst du drei komplette Narren schneidern, und es bliebe noch ein Stück zum Flicken übrig.«

»Und doch«, rief der Bailli, »kann er der größte Mann Europas werden, sei es als Feldherr oder Flottenführer, als Minister oder als Kanzler, als Papst, oder als wer will!«

»Ja, wenn es auf die Schnabelfertigkeit ankommt und auf groteskes Aussehen! Dann wird er sicher noch der Fürst de la Bourrasque«.

»Hinter den Narben, die sein Gesicht entstellen, trägt er die Züge der Großen dieser Erde.«

»Der großen Blender. Jawohl. Der ganze Mensch ist eine glänzende Übertreibung.«

»Er wird nach den Sternen greifen – –«

»Und Luft herunterholen.«

»Ich kann das Gegenteil beweisen,« triumphierte der Bailli, »er hat schon einmal in den Himmel gegriffen und – –« Er verbeugte sich galant gegen Emilie.

»Für diesmal hast du recht«, lachte der Marquis und reichte der jungen Frau zärtlich die Hand über den Tisch hinweg. Alles lachte. Die Augen der schwarzen Katze aber schillerten verdächtig.

Am Abend errang Gräfin Mirabeau einen noch glänzenderen Sieg. Diesmal nicht durch des Bailli Ritterlichkeit, sondern durch eigenen Wert.

Auf Bonnettes Bitte setzte sie sich ans Spinett und sang. Ehre geschulte herrliche Stimme war ihr kostbarster Besitz, ihre Vortragskunst hatte sie auf Schloß Tourves neben der Königin des Liebeshofes, der schönen Madame des Rollands, zur unbestrittenen Kronprinzessin erhoben. Sie wußte, daß es heute abend galt. Sie gab ihr Bestes. Die Übung des Liebhabertheaters zu Tourves hatte sie gelehrt, Befangenheit zu meistern. Sie sang provenzalische Volkslieder und Arien aus den neuesten Werken, aus der Lieblingsoper ihres Marines »Tom Jones«, aus Penelope von Piccini, aus Beaumarchais' Tavara.

Sie erntete begeisterten Applaus.

Und die gute, starke, mütterliche Bonnette rief: »Emilie muß mit uns nach Paris. Sie wird Furore machen. Wenn die Königin, diese Musik-Enthusiastin, sie hört, wird sie die Lamballe und die Polignac verdrängen!«

Der Vorschlag fand stürmischen Beifall. Nur die schwarze Katze schwieg eisig.

Emilie hörte nichts als das Zauberwort »Paris«. Und ward elektrisiert. Wie, sie sollte nach Paris! Sie! Dort singen! An den Hof – den Hof von Versailles. Das Zimmer begann, schwindelerregend um sie zu kreisen. Nicht zurück nach Manosque, in dieses abscheuliche Provinznest, zu den braven beschränkten Gassauds, nicht in die Not und Gerichtsvollziehermisere ihrer Ehe, nicht zu den Wutausbrüchen ihres Mannes, nein, in das Licht, den Trubel, die Herrlichkeit, die Verführung von Paris. Eine strahlende Welt der Möglichkeiten öffnete sich ihrem verzauberten Blicke. Ein neues Leben der Zerstreuung, des Erlebens, der Abenteuer, des Erfolges tat sich ihr auf. Paris – Versailles – Feste – die Königin – Bälle – Maskeraden. Was war dagegen selbst der üppige sinnenfrohe Liebeshof von Schloß Tourves – ihre Sehnsucht, ihre fieberheißen Mädchenerinnerungen! Paris – dieses Paradies des Glanzes, des Glückes, des Rausches, der Liebe, der Galanterie! War es ein Spuk, der sie narrte?! War es Möglichkeit?

Sie sah den Marquis mit glänzenden Augen an. Er lachte. »Du bist nicht nur ein hübsches, sondern ein sehr musikalisches Äffchen, das man mit Ehren produzieren kann.«

Sie nahm es nicht mehr übel.

»Und – wenn du willst – kannst du bei mir bleiben und im Herbst mit uns nach Paris gehen. Du wirst einen großen Erfolg haben bei der Gräfin Rochefort, die schöne Stimmen vergöttert aus eigenem Geschmack und aus Zuneigung zu ihrem Freunde, dem Herzog von Nivernais, einem Melomanen, der bei seinem schwachen Magen Musik als einzige Nahrung genießt. Doch darüber sprechen wir morgen, wenn wir den Zweck deiner Sendung erörtern.«

In dieser Nacht schlief Emilie wenig, trotz der Ermüdung der Reise. Sie lag in dem kühlen frischen Leinen des breiten Himmelbettes und schwelgte in wachen Träumen in Paris, in Liebesintrigen, in Tanz, in Melodien, in Triumphen, in Bewunderung, die der Hof von Versailles ihr darbrachte. Manosque, Gabriel, der kleine Gogo waren sehr ferne, blasse Schemen der Erinnerung geworden.

Der nächste Morgen brachte die entscheidende Aussprache. Schon in der Nacht hatte die schwarze Katze gefaucht. Sie fürchtete die kleine vibrierende Frau mit dieser betörenden Stimme. Jeder Mirabeau war ein Musikfanatiker. Wer konnte wissen, welchen Einfluß die Besitzerin dieser gottbegnadeten Kehle auf das musiktrunkene Herz des Marquis gewann! Also fort mit ihr! Wenn Gabriel in die Zitadelle geworfen wurde, durfte sein Weib freilich die Gefangenschaft mit ihm teilen. Wollte sie ihm aber fernbleiben, so ward ihr die Trennung von ihm naturgemäß moralisch leichter, wenn ihr die Ausrede der Strapazen des Kerkers blieb.

So ward Madame de Pailly ganz Milde und Versöhnlichkeit gegen den verhaßten Sohn des Geliebten. Der Alte aber wies diesmal jede Einmischung schroff ab. Er wußte, was er wollte, und handelte.

Nach dem Frühstück bot er der Schwiegertochter ritterlich den Arm, ihr Bignon zu zeigen. Im Taumel der neuerwachten Zukunftsphantasien schritt sie neben dem Marquis dahin und wußte nicht, ob sie Gnade oder Strenge erhoffen sollte.

Stolz wies der Alte ihr sein Besitztum.

»Alles bei mir dient der Nützlichkeit, nichts dem reinen Schmucke«, belehrte er. Und als sie im Park waren: »Sieh, Bignon, diesen Blumenkorb! Ist es nicht eine hübsche Mischung von Bäumen, Wäldchen, Bächen und Kulturen, daß man meinen sollte, alle Vögel des Landes haben hier ihr Stelldichein? Nachtigallen nisten hier in Mengen. Jede Nacht des Sommers ist voll ihrer süßen Klage. Dort siehst du die Wirtschaftshöfe – die Mühle – die Meierei.«

Und er erzählte ihr, wie er dauernd das Gut verbessere. Ach, sie wußte von ihrem Manne, daß diese »Verbesserungen«, die *seine* Manie waren, sein und seiner Frau Vermögen verschlungen hatten.

Endlich begann er, von Gabriel zu sprechen. »Ich werde für ihn handeln«, entschied er.

»Oh«, rief sie. Freude und Trauer rangen in dem Worte.

»Ich werde ihn dem ordentlichen Gerichte entziehen, werde in Paris Schritte tun, eine neue lettre de cachet gegen ihn zu erwirken. Er soll in die Zitadelle, der Bursche!«

»Vater,« bat sie matt, »üben Sie Gnade!«

»Ich übe Gnade. Er soll in die grausamste Zitadelle, bis ihr Kommandant mir für seine Reue und sein Wohlverhalten bürgt. Dann kommt er in ein anderes Wundergefängnis, das noch höhere Besserungserfolge erzielen soll. Und so fort, stufenweise fortschreitend, bis er als dauernd gebessert entlassen werden kann. Größere Nachsicht und Geduld kann man von mir als Vater nicht verlangen.«

Sie wollte entgegnen, fühlte die Verpflichtung, zu bitten, zu flehen, alle Kraft auf das Ziel zu richten, das Verhängnis abzuwenden. Doch er schnitt ihr das Wort ab:

»Spare alle Bitten. Keine Macht kann mich von meinem Entschluß abbringen. Dieser unbescheidene Schwätzer, Verschwender und Taugenichts soll mir kirre werden! Du hast als Gattin redlich und treu deine Pflicht getan. Es ist auch bereits entschieden. Der Brief an den Herzog von Vrillière ist heute morgen abgegangen. Also lassen wir es. Du bleibst hier. Der kleine Gogo ist – wie du sagtest – bei den Gassauds gut aufgehoben. Eh bien. Sei glücklich bei uns. Paris harrt deiner. Mit dieser Stimme wirst du Herrin der Stadt und des Hofes sein.

Sie schwieg, trunken in Zukunftswahn. Doch das Schuldbewußtsein trieb sie zu einem letzten Versuche, die Pflicht ihrer Mission warmblütiger zu verfechten. Aber der Menschenfreund wehrte: »Abgetan, absolut abgetan!!«

So fügte sie sich in das angenehm Unvermeidliche.

Der Bailli zuckte kleinlaut die Achseln. »Diesmal hat er nicht so recht auf mich gehört, kleine Frau. Weiß nicht, wieso. Unbegreiflich!«

Emilie schrieb zärtliche Briefe nach Manosque voller Bedauern, voller Mitleid, halb ehrlich, halb heuchlerisch, und genoß die Sommertage von Bignon. Man lebte fröhlich und gesellig. Alle Tage galt es »Verbesserungen« zu feiern: heute ein neugebautes Bad im Bache, morgen eine grünumsponnene Laube, dann wieder eine Brücke, einen neugegrabenen Wasserlauf, eine Chaussee, einen Springbrunnen. Bald wurden Geburtstage und Namensfeste der schwarzen Katze, des Gutsherrn, des Bailli, Bonnettes festlich mit Versen und Couplets, lustigen Verkleidungen, Blumenprozessionen, Illuminationen, Feuerwerk begangen. Der Wein floß in Strömen für die Bauern, Geigen sangen, Menuett und Kontertanz schritten ihre Reigen. Und bei allen diesen Zerstreuungen kosteten Emilies gesellschaftliche Talente einen kleinen Vorgeschmack des Jubels, der ihrer in Paris – in Paris!! – harrte. –

Bitterböse Briefe flogen heran aus Manosque, voller Vorwürfe über ihren Mangel an Energie, an Hartnäckigkeit, an liebevoller Aufopferung. Dann wurde Mirabeau eines frühen Morgens wie ein Beutelschneider von Häschern aus dem Bette gezerrt und per Schub in den Kerker des Château d'If auf der Reede von Marseille befördert.

Emilie aber reiste mit dem ganzen Trosse von Bignon nach Paris. Jammervolle Schmerzensschreie gellten von der Zitadelle zu der jungen Frau hinüber, die berauscht wie ein Falter in das Licht der Hauptstadt flatterte. Sie schrieb lieb und sänftigte seine Verzweiflung. Er flehte sie an, seine Haft mit ihm zu teilen. Sie erfand Ausflucht auf Ausflucht. Er klagte, er sei schwer erkrankt, er barmte um ihre Pflege. Sie schwankte. Da kam der Schwager Boniface nach Paris. Er war nach einer Auslandsreise in Marseille gelandet und hatte den Bruder besucht. Er brachte Nachricht von ihm. So schwer krank war Gabriel nach dieser Schilderung, die auf dem Augenscheine beruhte, nun eben nicht. Er erzählte erbauliche Geschichten von der Frau des Kantinenwirtes auf Schloß If.

Da lächelte Emilie befreit von Gewissensqualen und schrieb: »Boniface hat mir viel Neuigkeiten von dir gemeldet, ohne dabei ein gewisses Kantinenweib zu vergessen. Wohl bekomm's, Monsieur! Spaß beiseite, mein Freund, du mußt sehr bei Kräften sein. Ich war wirklich schon beunruhigt.«

Ein wütender Brief war die Antwort mit dem strikten eheherrlichen Befehle, sofort nach If zu kommen. Doch zugleich erreichte Emilie ein anderes Schreiben. Herr Mouret, der Kantinenwirt des Schlosses If, war sein Absender. Er teilte Emilie »einen ebenso skandalösen wie infamen Streich mit, der gemeinsam von Ihrem Herrn Gatten und meinem perfiden Weibe ausgeführt worden ist«. Sein Weib war unter Mitnahme seiner gesamten Ersparnisse in Höhe von viertausend Livres geflüchtet.

Emilie lächelte ihr spöttisches Lächeln. Mehr hatte sie in dem Pariser Trubel nicht mehr für diesen Mann, der ihrem Gefühl völlig entwachsen war.

Sie lächelte und schlug laut Lärm, ihr Gewissen zu übertäuben. Bald traf die Nachricht ein, daß Madame Mouret, das Kantinenweib, bei Herrn von Briançon, dem Geliebten der Marquise de Cabris, Zuflucht gefunden hatte. Sie wurde dort verhaftet.

Emilie aber schrieb ihrem Manne ein heuchlerisch empörtes Entrüstungsschreiben. Er antwortete:

»Sie sind ein Ungeheuer. Ich will Sie nicht zugrunde richten, ob ich es schon sollte. Aber mein Herz blutet bei dem Gedanken, das zu opfern, was es so zärtlich geliebt hat. Indessen sollen und werden Sie mich nicht länger an der Nase herumführen. Führen Sie Ihr Schandleben, wo immer Sie es wollen. Gehen Sie mit Ihrer doppelzüngigen Falschheit noch weiter, als Sie es bisher getan haben. Adieu für immer!«

Sie legte den Brief gelassen zu den übrigen und vollendete ruhig und mit Sorgfalt ihre Toilette. Sie sang heute abend im Schlosse Toulouse bei dem Herzog von Penthièvre. Auch die Prinzessin Lamballe, die im gleichen Schlosse wohnte, würde unter den Gästen sein und morgen der Königin von der göttlichen Stimme der Gräfin Mirabeau berichten. Auch der Vicomte Castellane war geladen. Er fehlte nie, wenn sie sang oder tanzte oder schauspielerte. Er hatte seine triftigen Gründe. Die kleine sinnliche brünette Frau hatte wahrhaftig andere Sorgen, als über Fanfarenbriefe dieses Gefangenen zu grübeln. Sie legte ein wenig Rot auf die Wangen und unterstrich das interessante Schwarz unter den Augen.

Am selben Tage war Graf Mirabeau aus dem gefälligen Château d'If in das – dem Rufe nach – strengere Schloß von Joux bei Pontarlier überführt worden.

IV.

Am Sonnabend, dem 9. Juni 1775, stand die junge Königin Marie-Antoinette auf einem Balkon der Rue de Vesle in Reims, der alten Krönungsstadt der Könige von Frankreich, den Festzug zu erwarten. Der König erschien, nach altem Brauche, allein bei den Aufzügen und sakralen Zeremonien.

Sie trug das gepuderte Haar nach der neuesten Mode hoch aufgebauscht, von einem Busche blauer und weißer Federn gekrönt, den Diamantagraffen im Haare hielten. Zwei Zöpfe ihres prachtvollen aschblonden Haares fielen, in natürlicher Farbe, über die entblößten warmen Schultern.

Die Staatsrobe aus blauem Brokat, mit den goldgestickten Lilien der Bourbonen, stand steif und würdig mit ihrem starren Reifrock um sie her. Ihr liebreizendes feines Gesicht, mit dem pikant gebogenen kecken Näschen, war von Erwartung und Schaulust sanft gerötet. Sie sprach in ihrer Erregung unaufhörlich auf die Polignac und die Lamballe ein, die neben ihr standen.

Jetzt tönten Tubatöne. Die Königin federte elastisch empor. Ein Duft von Puder und Parfüm, von Jugend und Frische strömte von ihr aus in den warmen Junitag.

»Sie kommen, sie kommen!« rief sie und ballte in nervöser Lust das Spitzentuch in den erregungsfeuchten kleinen festen Händen.

Durch das Volk, das die Straße säumte und bisher neugierig zu der Königin hinaufgestarrt und ihr manche spöttische, leise Bemerkung entlockt hatte, rieselte eine Bewegung. Aller Augen richteten sich nach rechts, dem Stadttore zu. Sie kamen.

Zuerst ein Piquet der Garde mit den Fanfaren der Stadt. Dann eine Gruppe Männer, würdevoll einherschreitend in schwarzem Mantel und Kragen, eine Goldlilie auf der Brust: die Vertreter der Stadt Paris, die gekommen waren, dem Könige zu huldigen.

Die Menge schreit: »Hoch der König! Hoch der König!«

Die Königin ist vergessen, ist heute Privatperson, Zuschauerin, wie jede andere Frau aus dem Volke.

Jetzt donnern die Kanonen. Der König hat die Stadt betreten. Von allen Türmen singen die Glocken. Jetzt eine Abteilung Musketiere, die Gendarmen der Garde, die Pagen der großen und kleinen Ritterschaft, die Wagen der Prinzen des Hofes. Und jetzt die Karosse des Königs, geleitet von den Haustruppen, den Schweizern, Garde du corps und Chevaulegers. Die Vertretung der Bürgerschaft bildet den Schluß.

Der König hebt sein breites, dickes, gutes Gesicht zur Königin empor, grüßt mit der schweren Hand und lächelt.

Marie-Antoinette blickt dem Zuge nach. Die Straße ist geschmückt mit Teppichen, die blumig von allen Balkonen, aus jedem Fenster herniederwallen. Von Haus zu Haus spannen sich über den Damm Girlanden, Laubbogen wölben sich, symbolische Statuen prangen mit französischen oder lateinischen Inschriften, Lobpreisungen des jungen Königs.

Unter dem Balkon drängt und schiebt sich das Volk, folgt dem Zuge zur Metropolitankirche, vor deren Tor der Herr von Frankreich das Knie beugen wird, das geweihte Öl vom Kardinal zu empfangen. –

Später steht die Königin im Schloß des Erzbischofs in einem kleinen Saale, ganz allein und empfängt das Kapitel, die Vertretung der Stadt, der Universität, des Präsidiums. Sie hört immer wieder: »Die Tugenden, die Eure Majestät schmücken, sind unzertrennlich von der Grazie, die ihr Gefolge sind« oder »Seit das glückliche Geschick Frankreichs die Tage Eurer Majestät mit denen unseres erhabenen Monarchen verbunden hat, drang ein unaussprechliches Gefühl des Glückes in unsere Herzen. Niemals hat ein strahlenderes Licht, ein reinerer Tag auf unser Haupt herniedergeleuchtet!«

Sie muß auf alle diese ewig gleichen Phrasen antworten, das Lächeln des Spottes verbeißen, das so leicht die Lippen schürzt, für alle diese wichtigen braven Leute das rechte Wort, die bezaubernde Geste finden.

Heute ist die Salbung, morgen am Sonntag die Krönung, dann Bälle, Manöver, Feste. Tagelang, viele, lange, frohe Tage. Die Königin ist in einem Fieber des Genusses, des Erlebens. »Ah,« ruft sie ganz laut beim Feste des Erzbischofs, »diese herrlichen Krönungstage! Mein lebelang werde ich sie nicht vergessen!«

Alles lächelt über diese junge, sprühende, lebensfrohe Begeisterung.

Ganz Frankreich feierte die Krönung Ludwigs XVI. den Juni und einen Teil des Juli 1775 hindurch. Jede Stadt, jeder Weiler baute seine Ehrenpforte, stelzte seine Umzüge der Honoratioren, schwelgte in Bällen und Maskeraden. Die Zeiten waren teuer, das Geld sank täglich im Werte. Die Vergnügungssucht der Menschheit steht immer im umgekehrten Verhältnis zu ihrer Wohlfahrt.

Auch Pontarlier, ein kümmerliches Städtchen in der Nähe der Grenze des Schweizer Kantons Neuchâtel, dessen Einwohner ebenso rauh und frostig waren wie das Klima ihres Wohnortes, wollte seine Krönungsfeier haben. Den militärischen Teil der Festlichkeiten hatte die Besatzung der dem Orte vorgelagerten Feste Joux auf dem Schlosse in Parade und Gottesdienst vollzogen. Doch die Bürger forderten ihren bürgerlichen Anteil.

Im Salon der Marquise von Monnier, der Gattin des Ersten Rechnungskammerpräsidenten a. D. von Dôle, tagte die Beratung. Alles grübelte angestrengt nach würdigem Begehen.

»Ich hab's«, rief der Artillerieleutnant von Montperreux und wippte, von seiner Idee geschleudert, im Stuhle auf, daß sein unwiderstehlicher Zopf wie ein ausgestrecktes langes Ausrufungszeichen vom Haupte abstand.

Alles blickte den jäh Erleuchteten an.

»Wir könnten einen Ball veranstalten«, platzte er heraus, allgemeiner Bewunderung seiner erstaunlichen Entdeckerkunst gewiß.

Erwartungen enttäuschen. Ein allgemeines »Oh« der Verachtung fiel frostig auf die Knospen erharrten Ruhmes.

Die hübsche Schwester des Staatsanwalts Michaud, Madeleine, aber nahm das Wort, das gesprochen werden mußte. Sie hatte ihre Gründe. Sie – wie die ganze Stadt – wußte, daß der schneidige Artillerieleutnant in nahen Beziehungen zur Herrin des Hauses stand, in sehr nahen, tuschelte man. Nun hatte Fräulein Madeleine Michaud allerdings keine begründete Ursache, futterneidisch zu sein. Auch sie hatte ihre feste Ration an den Süßigkeiten des Lebens. Aber auf begründeten Anlaß zur Eifersucht legen Frauen kein Gewicht. Sie tun gern, was sich gerade machen läßt. Hier ließ sich etwas machen, hier bot sich eine mildtätige Gelegenheit, den Geliebten Sophie von Monniers zu demütigen. Madeleine zog also ihren hübschen Mund in liebenswürdige Falten und lächelte:

»Herr Leutnant, diese geradezu geniale und durch ihre Originalität verblüffende Idee verrät den vertrauten Umgang mit der klügsten und geistreichsten Dame der Stadt.« Sie verbeugte sich gegen Frau von Monnier, die über diese Bosheit erbleichte.

Die Herren lächelten heimlich, der Leutnant starrte unbegabt, begriff dann, ward bleich und stammelte: »Mein Fräulein – aber mein Fräulein, es war doch nur ein Vorschlag. Wenn er die Billigung des Komitees nicht findet, so – –«

Der Rest ertrank in seiner Verlegenheit.

Jetzt bekam der Staatsanwalt Mut. Sein glattes Juristengesicht ward runzlig im Eifer.

»Die Idee des Herrn Leutnants ist am Ende nicht so abwegig«, bedachte er und hob, Aufmerksamkeit heischend, den Zeigefinger. »Sie läßt sich verwerten. Nur dürfte es kein einfacher Ball sein, sondern ein Maskenball.«

Er sah sich im Kreise um, die Lorgnette vor den kurzsichtigen Augen. Das war doch mal ein Vorschlag!

Er fand indessen nur die ekstatische Begeisterung seiner Schwester. Maskenball war gut, sehr gut. Unter der Maske konnte sie ihren Liebsten einschmuggeln. Im Gebäude der Festlichkeit würde es sicher einen verschwiegenen Winkel geben, der sich zum Liebesneste eignete. Sie hatte leider nicht allzuviel Gelegenheit, dem Gefangenen der Feste Joux zu begegnen.

Sophie von Monnier aber sagte mit einem leisen lieben Lächeln: »Ich finde, wir müßten zu diesem historisch bedeutungsvollen Anlasse einer Krönungsfeier etwas – verzeihen Sie, Herr Staatsanwalt – etwas – Vergeistigteres finden. Ein Maskenball kann sehr gut den Beschluß des Abends bilden. Doch vorher müßte irgend etwas Bezügliches den besonderen Tag besonders weihen!«

Der alte Kommandant der Feste Joux, Graf Saint-Mauris, ihr glühender Verehrer, klatschte in die weißen feinen Greisenhände. »Sehr gut, Madame, ausgezeichnet!«

»Nur daß die Hauptsache noch fehlt«, bemerkte neidisch der Staatsanwalt.

»Ich denke an eine Theatervorstellung«, erläuterte Sophie bescheiden ihren Vorschlag.

»Ausgeschlossen!« rief ihr Gatte mit seiner vertrockneten Stimme. Er hatte etwas Mumienhaftes. Seine Zweiundsiebzig hatten ihn ausgedörrt. »Ausgeschlossen! Theater hat etwas Unsittliches. Diese Berührung der Geschlechter – das Küssen ––«

Seine bleiche Stimme ging in einem Orkan des Widerspruchs unter, der wenig Achtung vor der sittlichen Größe des Ersten Rechnungskammerpräsidenten a.D. bekundete.

Als Ruhe eintrat, sprach Sophie fort, als wäre die Mumie nie zu neuem Leben erstanden. »Es müßte etwas Allegorisches sein. Die Tugenden des Königspaares symbolisiert und ––«

Hier lachte Madeleine heraus. Sie war leider sehr frivol.

»Famos! Und leicht zu machen. Die Tugend des Königs kann ein Eunuch versinnbildlichen. Die Tugend der Königin aber ließe sich am besten durch ein Sieb veranschaulichen!«

Alles schwieg. Dann brüllte der Leutnant lachend los. Marquis von Saint-Mauris meckerte greisenhaft vergnügt, Sophie lächelte gezwungen. Der Marquis von Monnier aber klappte entrüstet mit den Augendeckeln und schnappte nach Luft. Der Staatsanwalt ward Amtsperson.

»Ich muß dich doch sehr bitten, liebe Madeleine,« wandte er sich an die lose Schwester, »von den allerhöchsten Personen nicht in dieser – dieser – obszönen Weise zu sprechen.«

»Was habe ich denn gesagt?« trotzte sie. »Ich habe nur wiederholt, was die Spatzen vom Dach pfeifen. Und was den Spatzen recht, ist –«

»– der Spottdrossel noch lange nicht billig«, vollendete der Bruder. »Merke dir das, oder ich werde in der Öffentlichkeit deine Gesellschaft meiden müssen.«

Madeleine schnitt ein Gesicht, als bedeute die Erfüllung dieser Drohung für sie kein Mindermaß an Glückseligkeit. Schwestern sind Brüdern gegenüber oft ohne rechte Innigkeit – und umgekehrt.

Sophie suchte taktvoll zu überbrücken.

»Es handelt sich hier um eine Huldigung, liebe Madeleine, zu einem Ehrentage des Königspaares. Vergessen wir also alles Gerede in der Verehrung, die wir ja alle den jungen Regenten Frankreichs herzlich entgegenbringen. Beraten wir über den Vorschlag. Wer ist für eine Theatervorstellung, die symbolisch die Tugenden des erlauchten Paares darstellt? Übrigens –« fuhr sie in poetischem Eifer fort – »das Glück könnte zum Schluß ihre Büsten krönen, der Erfolg ihnen huldigen – kurz, ich sehe allerlei Möglichkeiten. Wer ist dafür?«

Alle außer der Mumie waren einverstanden. Herr von Monnier aber sprach: »Ich bleibe dabei, das Theater ist unsittlich. Dieses Berühren der Geschlechter ––«

Keiner hörte auf ihn. Das Ende seines Bedenkens sabberte er vor sich hin.

»Nun erhebt sich die Frage,« erwog der Leutnant, der bisher ob seines ersten Mißerfolges grollend geschwiegen hatte, »wer das Theaterstück verfaßt. Ich bin leider durch anstrengenden Dienst verhindert. Sonst – Sie wissen, ich habe mich oft auf diesem Gebiete – ich darf wohl sagen mit Erfolg – versucht.«

»Schade«, erwiderte Sophie und lächelte ihm liebreich zu.

Madeleine schlug den Abbé vor. Er machte ihr bisweilen Augen. Doch man lehnte ihn ab. Er war zu salbungsvoll, auch in seinen Predigten.

Da ließ der alte gute Marquis Saint-Mauris sich vernehmen. Seine roten Bäckchen glänzten noch polierter als sonst:

»Ich weiß einen. Der ist unser Mann.« Er schwieg pfiffig.

»Nun – reden Sie! Heraus damit, Marquis! Spannen Sie uns nicht auf die Folter.«

Erfreut über den Erfolg seines Erzählertricks, schmunzelte der Kommandant. »Ahnen Sie nichts? Können Sie auch nicht. Er blüht im Verborgenen. Bei mir blüht er – oben auf der Feste.« Er wies mit dem Daumen hinter sich gegen die Wand. Die Feste aber lag just in entgegengesetzter Richtung. Doch das verschlug fast nichts.

»Ihr Gefangener?« rief Sophie.

»Der Graf Mirabeau?« forschte der Staatsanwalt streng.

Madeleine errötete.

»Jawohl«, sagte Herr von Saint-Mauris großartig.

»Darf der denn in die Stadt?« fragte der Leutnant.

Madeleine lächelte hinter ihrem Spitzentaschentuche. Leutnants können doch bisweilen zu töricht fragen.

»Wenn ich es gestatte – ja«, erklärte majestätisch der Kommandant.

Da lächelte Madeleine wieder und fand, daß auch höhere verdiente Offiziere unklug reden können.

»Nein, nein«, wehrte ängstlich die Mumie. »Ich habe gehört, er soll sehr gottlos sein.« Dann starb sie wieder.

»Er soll uns ja auch keinen Psalm dichten«, flüsterte der Leutnant den Damen zu.

»Och,« machte der Kommandant, »gottlos? Davon habe ich noch nichts bemerkt. Aber ein genialer Patron ist er. Und ein Schriftsteller. Hat einen Essay über den Despotismus geschrieben, der gerade in Neuchâtel verlegt worden ist. Und jetzt schreibt er über die Salinen der Freigrafschaft. Wie gesagt, ein Dichter. Der ist unser Mann!«

Man beschloß, diesen Dichtersmann durch den Herrn Kommandanten für den folgenden Tag um vier Uhr einzuladen. –

Am Abend trat der biedere alte Kommandant der Feste Joux in das Zimmer seines Staatsgefangenen. Mürrisch blickte Mirabeau ihm entgegen.

»So finster, Graf?« rief der Marquis. »Wo fehlt es?«

»Wo?« knurrte Mirabeau, »wo? fragen Sie. Fragen Sie lieber, wo nicht. Alles fehlt mir, Freiheit, Zerstreuung, Leben.« Er reckte die mächtigen Arme. »Unter die Wölfe, in ein Eulennest bin ich verbannt. Keinerlei Freiheiten! Keine Erlaubnis, in die Stadt zu gehen, die eine Viertelstunde entfernt ist. Keine Gesellschaft, keine Bücher!«

»Erlauben Sie mal! Leiste ich Ihnen nicht jeden Abend Gesellschaft? Habe ich Ihnen keine Bücher verschafft? Jedes Buch, das Sie verlangt haben, habe ich herbeigeschleppt.«

»Also meinetwegen – Ihre Gesellschaft und Bücher. Aber wie ganz anders war es im Château d'If! Dort wurden die Entbehrungen des Gefängnisses durch rücksichtsvolle Behandlung gemildert – –«

»Graf – das ist stark! Ich tue doch, was ich darf. Ich habe meine strikten Anweisungen.«

»Gerade deswegen fühle ich mich ja so unglücklich in Ihrer Obhut.«

»Sie sollen sich nicht mehr über mich beklagen. Ich bringe Abwechslung und eine gewisse Freiheit!«

»Mann Gottes, seien Sie gesegnet!«

Er schloß den Alten stürmisch in die Arme.

»Reden Sie, reden Sie! Ich brenne in Erwartung.«

Der Marquis befreite sich, ordnete gewissenhaft sein Spitzenjabot und berichtete dann den Entschluß des Festkomitees von Pontarlier.

»Morgen dürfen Sie zum ersten Male in meiner Begleitung das Schloß verlassen.«

Mirabeau lächelte seltsam.

»Gelt, Sie freuen sich?« nickte der brave Alte.

Doch der Gefangene lächelte nicht nur vor Freude.

Während Saint-Mauris erzählte, wanderten seine Gedanken. Er gedachte der vielen Ausflüge, die er in der Dämmerung über die Mauern des Schlosses unternommen hatte. Aufs Geratewohl war er das erstemal entronnen, vom Drange nach Freiheit gepeitscht.

Er rannte auf das Städtchen zu, dessen erste Lichter in die Dämmerung blinkten. Auf der Landstraße überholte er Madeleine Michaud, die von einem Spaziergange heimkehrte. Sie war das erste Weib, das ihm seit seinen Beziehungen zu der Kantinenfrau begegnete. Er war irr vor Verlangen. Er sprach sie an, aus ihm lohte die Brunst. Er sah kaum ihre Züge, er empfand nur das Geschlecht. Sie sah einen Mann von hohem Wuchs mit einem mächtigen Kopfe auf breiten starken Schultern, hörte seine wunderbare, zarte, einschmeichelnde und geschmeidige Stimme, die leidenschaftliche, aufwühlende Worte raunte, die Feuerbrände des Begehrens schleuderte. Sie fühlte diese kochende Männlichkeit. Sie konnte nicht Widerstand leisten, als er sie griff. Sie war überwältigt von dieser wilden Kraft, benommen von diesem Feuer, zerschmolz in dieser ausberstenden Lohe.

Er riß sie auf das maikühle Gras, er fegte über sie hin, wie die Frühlingsbise dieser Lande.

Dann wartete sie oft auf ihn an dieser Stätte ihres ersten betäubenden Rausches. Oft vergeblich. Nicht alle Wachen der Feste waren bestechlich, nicht jeden Tag der Weg über die Mauern gangbar.

Daran dachte jetzt Mirabeau und lächelte. Als Saint-Mauris Sophie Monnier erwähnte, rief der Graf: »Von der Dame habe ich gehört.«

»Von wem?« fragte der Marquis.

»Ich weiß es nicht mehr«, wich er aus, denn seine Quelle war Madeleine Michaud.

»Sie soll ja eine recht amoureuse Dame sein.«

Entrüstet federte der Marquis von seinem Sessel.

»Wer wagt, das zu behaupten? Die Marquise von Monnier eine amoureuse Dame! Die Marquise! Eine niederträchtige Verleumdung, Graf. Nennen Sie mir den Namen dieses Schurken! Er muß mir vor den Degen!«

»Ich weiß ihn wirklich nicht mehr.«

»Die Marquise von Monnier eine amoureuse Dame!! Nicht zu glauben. Eine Heilige ist sie.« Er setzte sich wieder. »Sie, die die Tugend selbst ist. Im Vertrauen, Graf, ich habe ihr den Hof gemacht. Ich bin noch heute in sie entflammt. Alle meine Anstrengungen waren vergeblich. Alle!«

»Na, dann«, meinte Mirabeau sehr ernst, »haben wir ja den *besten* Beweis ihrer unbesieglichen Tugend.«

Der Kommandant blinzelte ungewiß. Bei diesem Menschen da wußte man nie recht, ob er ernst sprach oder spottete.

»Nun ja,« sagte er unsicher; »denn im Vergleich zu dem Ersten Rechnungskammerpräsidenten bin ich doch sozusagen ein begehrenswerter Jüngling.«

»Das sind Sie, Marquis,« lachte Mirabeau schallend, »ein verliebter galanter Jüngling von sechzig. Ein echter Kavalier unserer sterbenden galanten Zeit. Erzählen Sie mir mehr von der Frau, die diese hübsche Idee mit der Theatervorstellung und damit den Schlüssel zu meiner Freiheit fand. Wie alt ist ihr Mann?«

»Zweiundsiebzig. Diese Ehe war eine Gemeinheit. Er hat zum zweiten Male nur geheiratet, um seiner Tochter aus erster Ehe, die einen kleinen Ehebruch beging und ihren Verführer nach langen Kämpfen ehelichte, die Erbschaft zu entziehen. Aber mit dem Kind, das diese Rache erst vollständig machen würde, sieht es windig aus.«

»Kein Wunder. Nicht hinter jedem Mut und jedem Selbstvertrauen steht der Erfolg. Wie lange sind sie verheiratet?«

»Zwei Jahre. Ein gutes Wort Voltaires muß ich Ihnen erzählen. Er ist mit dem Vater der Marquise, dem Präsidenten der Rechnungskammer von Burgund, Ruffei, befreundet. Auf die Nachricht von der Verlobung schrieb er ihm: ›Ich wußte nicht, daß Herr von Monnier ein heiratsfähiger junger Mann ist. Ich mache ihm mein Kompliment dafür und versage ihm nicht meine Bewunderung. Ich wünsche beiden *jedes* mögliche Gedeihen.‹ Was sagen Sie dazu? Jedes mögliche Gedeihen! Der alte Spötter!«

Er lachte, daß seine roten Bäckchen brannten. Mirabeau aber stimmte nicht in die Fröhlichkeit seines Kerkermeisters ein.

»Wie alt ist sie?«

»Einundzwanzig.«

»Ein Frevel!«

»Und wenn er wenigstens sonst noch ein netter Mensch wäre! Aber er ist bigott, beschränkt, geizig – soweit er nicht völlig verloschen ist. Und sie ist die klügste und schönste Frau von Pontarlier.«

»Sie sind kein unparteiischer Zeuge, Marquis«, zweifelte Mirabeau. »Lassen Sie lieber mich morgen urteilen.«

»Aber eins bitte ich mir aus,« der Marquis wurde ganz Kommandant, »daß Sie mir keine Streiche spielen, wie im Château d'If. Ich bringe Sie in die erste Gesellschaft der Stadt, bringen Sie mich dafür nicht in Ungelegenheiten.«

»Bei mir ganz ausgeschlossen.«

»So – so! Und die erbauliche Geschichte mit der Kantinenwirtin, he?«

»Ich bitte Sie, Marquis! Sie war im Château das einzige weibliche Wesen, das auch so aussah. Ich war sechsundzwanzig. Zu tun, als hätten mich ihre Reize verführt, wäre ein furchtbares Verbrechen.«

Der Kommandant lachte. »Ich warne Sie jedenfalls. Und nun, Graf, erzählen Sie mir eine ihrer famosen Anekdoten. Aber eine recht gepfefferte.«

Er setzte sich behaglich im Stuhle zurecht, und Mirabeau schüttete, wie jeden Abend, aus dem reichen Topfe seiner Schnurren eine leckere Pastete vor den in greisenhafter Wollust genießenden Hüter der Feste Joux. –

Am nächsten Tage, kurz vor drei Uhr nachmittags, setzte Mirabeau über die Mauer und eilte der Stadt zu. Diese Frau, die den einen eine galante Dame, den anderen eine Heilige war, beschäftigte seine leidenschaftliche Phantasie. Sie dünkte ihn die Zerstreuung, die ihm in diesem elenden Orte gebührte. Alles stand zu seinen Gunsten. Eine einundzwanzigjährige Frau neben einem morschen Greise, klug, schön. Ihm war sie vom Schicksal bestimmt. Ihm vorbehalten. Das neue Erlebnis, nach dem er hungerte. Denn Madeleine Michaud –! Nun ja – eine Verlegenheit der Sinne. Ein Abstecher. Kaum ein Abenteuer. Doch diese liebesbedürftige Heilige war eines Mirabeau wert. Eine innere Stimme flüsterte. Sie täuschte ihn selten.

Er wollte die Frau unter vier Augen sprechen, ehe die andern kamen. Er wollte sie überrumpeln. Darum übersprang er die Mauern.

Leicht fand er das Haus des Marquis von Monnier.

Sophie las. Der Gatte lag im Mittagsschlummer. Sie stutzte, als der Diener den Grafen Mirabeau meldete. Erstaunt ließ sie ihn hereinbitten. Sie erschrak, als er in der Tür stand, vor seinem aufgedunsenen, von den Blattern entstellten Gesicht, seiner Mähne von braunem krausem Haare, seinen Augen, die fahlrot zu ihr hinüberfunkelten, seiner großen gedrückten Nase.

Er verbeugte sich und sprach. Sein kleiner Mund mit den weißen, schön gereihten Zähnen fiel ihr auf und die feine Form der Hand, die er zur Brust hob.

Dieser große wuchtige Mensch, der kraftvoll sich aufdrängende Männlichkeit atmete, ängstigte sie.

Sie bezwang sich, begrüßte ihn mit ihrer angeborenen Liebenswürdigkeit.

»Entschuldigen Sie, Madame,« begann er, »daß ich vor der festgesetzten Zeit gekommen bin. Ich bin dem Kommandanten Saint-Mauris entsprungen, der mich zu Ihnen führen wollte. Ich wollte Sie allein sprechen.«

Kühn wie immer, stürmte er auf sein Ziel los.

Sie preßte sich scheu gegen die Rückenlehne des Sessels, diesem dreisten Angriffe auszuweichen.

»Ich verstehe Sie nicht!« flüsterte sie.

»Ich habe viel von Ihnen gehört, Madame. Meine Neugier war aufgescheucht. Die einen behaupten, Sie wären eine galante Frau, die andern, eine Heilige. Ich sehe, Sie sind beides.«

Das Blut siedete ihr in das bleiche Gesicht bis zu dem welligen, weichen, ungepuderten Haare, das sie, zu einem griechischen Knoten gebunden, im Nacken trug. Die dunklen Augen glommen in Unmut und Staunen.

»Herr Graf,« rief sie, »was erlaubt Ihnen, so zu mir zu sprechen?!«

»Das Recht, Madame, das zwischen Weib und Mann besteht, die sich bestimmt sind.«

»Sie sind dreist, Graf.«

»Ich bin es, Madame. Aber nicht Ihnen gegenüber. Ich kam zu Ihnen mit einem unbeirrbaren Vorgefühl. Ich wußte, das Schicksal hat uns für einander erkoren. Werden Sie nicht zornig. Krausen Sie nicht diese pikante Nase Roxelanes, die ein reizender Schmuck Ihres schönen Gesichtes ist. Lassen Sie nicht den Ärger Ihren Hals einer Göttin straffen. Ich fühle, Sie sind ein ungewöhnlicher Mensch. Lassen Sie für uns einen ungewöhnlichen Sittenkodex gelten!«

Sie lächelte benommen und befangen.

»Also sprechen Sie!«

»Erzählen Sie mir von Ihrem Leben«, gebot er.

»Was ist da zu erzählen?« wehrte sie.

»Wie konnten Sie diesen Greis heiraten?«

Sie empfand die Vergewaltigung seiner Frage, wollte trotzen und sagte doch in einem unerklärlichen Banne: »Ich wurde nicht gefragt. Ich sah den Marquis erst nach der Verlobung.«

»Sind Sie glücklich?« inquirierte er.

»Graf!« Sie bäumte sich entrüstet auf.

Er ließ sie nicht aus den Fängen seines Willens.

»Sind Sie glücklich?« wiederholte er.

Sie wehrte sich innerlich gegen seine Gewalt und beichtete doch: »Man glaubt es. Ich spiele ein Glück vor meinen Eltern, vor meinen Verwandten, vor allen. Ich versuche, geduldig unter dem Kettenzwang meiner Pflichten die Tage zu verträumen, indem ich anderen diesen Glauben vorgaukele.«

Sie seufzte schwer. Er schwieg abwartend lauschend, in der Furcht, das Bekenntnis zu stören, das sich wider ihren Willen auf ihre Lippen drängte. Sie sprach wie hypnotisiert fort: »Aber je länger ich in dieser Verstellung beharre, um so schwerer wird die Zentnerlast, die mich zu Boden drückt. Diese zwei Jahre, die ich als Sklavin bei dem Marquis zubrachte, dieser Zeitraum, den ich mein ungetrübtes Glück spiele, war die entsetzlichste Epoche des Grauens vor der Lebensöde und trostloser Trauer. Der Inbegriff meines Daseins, meiner ganzen erheuchelten Glückseligkeit bestand darin, mit dem Marquis Whist zu spielen.«

Sie schwieg und strich mit den Händen über den Atlas ihres weiten Rockes.

Mirabeau nickte vor sich hin. »So habe ich mir Ihr Leben gedacht. Genau so. Aber woher kommt es, daß man im Städtchen über Sie klatscht?«

»Weil ich mich seit kurzem entschlossen habe, meine Fesseln zu sprengen. Ich will mein Dasein nicht ungenützt verströmen lassen.«

Eine trotzige Lebensinbrunst spannte ihre sanften empfindsamen Züge. »Obgleich ich abgesondert, still resigniert dahinvegetierte und es mir nicht erlaubt war, mit irgendeinem Menschen ein Wort zu reden, ward der Marquis mit jedem Tage zänkischer und eifersüchtiger, ohne selbst recht zu wissen, über wen und über was. Da zerriß ich die Bande. Ich lud mir Leute ins Haus. Zuerst den Kommandanten Saint-Mauris. Er machte mir temperamentvoll den Hof. Er war ein wehmütiger Ersatz für das Leben. Dann kam der Leutnant von Montperreux in unser Haus. Er war unternehmend und kühn. Ich hielt ihn für einen Mann. Ach, er ist keiner, ganz abgesehen von seiner geistigen Leere. Ich weiß, er hat mit meiner Gunst geprahlt. Ohne Grund, Graf, das schwöre ich Ihnen.«

Und sie raunte ganz leise: »Ich bin heute noch das unberührte Mädchen, als das ich diese Stadt betrat.«

Dieses scheue und verzweifelte Bekenntnis traf Mirabeau ins Herz. Zum ersten Male in seinem Freibeuterdasein empfand er einem Weibe gegenüber ein tieferes Gefühl als das der Gier des Besitzes. Ein warmes und mitleidvolles Verlangen, Trost zu spenden, packte ihn.

»Madame,« flüsterte er, »welch tragisches Los!«

Da riß sie sich empor aus dieser marklosen Schwäche des Beichtens. »Lassen wir es.« Sie strich das Haar aus der schmalen Stirn und lächelte zaghaft. »Erzählen Sie von sich. Wie kamen Sie auf die Feste?«

Er berichtete von seinen harten Kindertagen unter der Fuchtel des Vaters, der ihn wegen seiner Häßlichkeit haßte.

»Schon als Neugeborener war ich ein Monstrum. Mein dicker Schädel zerfetzte meine Mutter. Ich brachte zwei ausgebildete Backenzähne mit auf die Welt. Als Säugling hieb ich mit den Fäusten auf meine Amme ein.« Er erzählte von den Leiden der Militärpension des Abbé Choquard in Paris. Dann war er mit fünfzehn in das Regiment Berri-Kavallerie in Saintes eingetreten, das der grausame Marquis von Lambert befehligte. Hier hatte er Schulden gemacht und in einem Liebeshandel seinen Nebenbuhler, den Oberst Lambert selbst, ausgestochen. Der Oberst rächte sich, beleidigte ihn schwer. Er vergalt die Injurie und floh, als er auf Posten stand. Der Vater tobte. Eine lettre de cachet warf ihn in die Zitadelle. Dann befreite ihn der Feldzug nach Korsika. In La Rochelle, vor der Einschiffung, verwundete er noch schnell einen Kameraden schwer in einem blutigen Duell. Er erzählte von seiner jungen Ehe im Schloß Mirabeau, das bald zum Stelldichein sämtlicher Wucherer und Gerichtsvollzieher der Gegend wurde.

Er erzählte emphatisch. Er sprach von seinem Weibe. »Sie hat mich betrogen. Ich verzieh ihr. Zum Danke hat sie mich verlassen, tanzt und buhlt in Paris. Ich habe ganz mit ihr gebrochen.«

Sophie hörte mit weiblich gefühlvoller Teilnahme zu.

»Auch Sie sind nicht glücklich gewesen«, entschied sie leise, als er schwieg.

»Nein, das bin ich, weiß Gott, nicht, Madame. Ich habe mir mein Leben anders gedacht.«

»Das tun wir wohl alle«, seufzte sie.

Da sprang er empor. »Aber ich will nicht der Sklave meines Geschickes sein! Ich will mein Leben schmieden nach meiner Kraft und meiner Begabung. Ich will wirken, weit hinaus. Unsere Zeit steht im Zeichen einer Neugestaltung aller Begriffe, aller Formen. Das Können bricht sich Bahn. Glauben Sie, daß der brennende Ehrgeiz, der mich erfüllt, in Gefängnismauern ersticken soll! Madame, wir sind beide unglücklich. Das Geschick hat uns zusammengeworfen. Reichen wir uns die Hände! Zwingen wir gemeinsam das Schicksal, uns zu beglücken! Machen wir, Hand in Hand, aus unserem Dasein ein Leben!«

Er ging auf sie zu. Sie hob sich erschrocken aus dem Sessel. Da ging die Tür. Der Erste Rechnungskammerpräsident a. D. trat ein.

»Du hast Besuch, meine Liebe?« staunte seine verdorrte, zornig überraschte Stimme. Seine Augen blinzelten noch schlaftrunken nach der Siesta. Sein spärliches Haar hing wirr. Er kam mit mühsam trippelnden Greisenschritten durchs Zimmer.

Mirabeau sah mit einem drolligen Gemisch von Unglauben und Wut auf den Hausherrn. Dieses Herbariumexemplar eines Menschen war der »Mann« dieser jungen vollsaftigen, durch ihn noch nicht zum Weibe erweckten, Frau! Er sah dem Präsidenten stolz und verachtend entgegen. Der blieb vor ihm stehen – der Rock hing lose um seine mageren Glieder – und blickte zu dem großen Gaste auf mit rotumränderten ausgebrannten Augen. Mirabeau starrte unverfroren auf ihn nieder.

Da sprang Sophie ein und stellte vor. Beide Herren verbeugten sich kaum.

Die Stimme der Mumie sprach fahl: »So – so. Graf Mirabeau? Der Gefangene. Sie sind sehr gottlos, hab' ich vernommen.«

Damit setzte er sich ächzend. Seine Kniegelenke krachten gichtisch.

»Ja,« lachte der Graf hohnvoll und suchte ebenfalls seinen Stuhl, »sind Sie denn so gott-voll?«

»Ich denke doch.«

Sophie rückte unruhig in ihrem Sessel. »Wissen Sie denn überhaupt, was Gott ist, Herr Marquis?«

Da meckerte der Greis. »Hihihi – ob ich weiß, was Gott ist?! Ich! Das habe ich schon gewußt, wie Sie noch nicht das Abc gelernt hatten, junger Mann.« Er blickte seine Frau, Zustimmung fordernd, an. Doch sie sah an ihm vorüber.

»Dann gratuliere ich Ihnen«, entgegnete Mirabeau in kaltem frechem Tone. »Dann sind Sie ein sehr weiser alter Mann! Ein sehr kluger Philosoph verlangte Zeit, als ein König ihn nach dem Wesen der Gottheit fragte. Als er schließlich zu einer Antwort gedrängt wurde, sagte Simonides zu Hieron: »Je länger ich diese Frage ergründe, desto erhabener scheint sie mir über meiner Einsicht zu stehen.«

»Sie vergessen, daß er ein Heide war«, bedeutete überlegen der Marquis.

»Eine sehr kluge Antwort«, rief Sophie. Ihr Beifall galt Mirabeau. Er sprach nur noch für sie. Er sah ihre schwarzen Augen im Erkenntnisdrang leuchten.

»Racine wird Ihnen, wenn er von Gott spricht, versichern:

Sein Name heißt Ewigkeit, die Welt sein Werk!«

»Ein bewunderungswürdiger Vers!« hustete der Greis.

»Aber eine schlechte Erklärung!« schaltete Sophie ein.

Mirabeau nickte ihr herzlich zu. »Wollen Sie etwas Größeres und weniger Unklares hören?«

»Mit Freude«, bat sie und beugte sich aufhorchend zu ihm vor.

»Nach Plutarch stand über dem Eingang zum Tempel zu Saïs: ›Ich bin alles, was war, was ist, was sein wird, und kein Sterblicher hob noch meinen Schleier!‹ Freilich vergaß man dabei den Herrn Marquis von Monnier.«

Der Präsident a. D. starrte gelähmt vor empörter Verblüffung aus seinen entzündeten Augenrändern auf den unverschämten Sprecher.

Sophie rettete rasch die Situation, indem sie sanft und bewundernd sagte: »In der Tat dürfte man kaum einen erhabeneren Ausdruck für eine undurchdringliche Unwissenheit finden.«

Der Marquis wandte den Blick seiner Gattin zu. Sie sah er, wie beschränkte Männer ihre Frauen sehen. Sie war dumm und ungebildet. Und sie wagte, diesem Gotteslästerer beizustimmen! In seinem gottesfürchtigen Hause! Wagte, ihm offen zu trotzen vor einem Fremden, vor diesem hergelaufenen Burschen! Seine Alterswut packte ihn.

»Was stimmst du da zu!« keifte er heiser. »Was verstehst du davon! In meinem Hause wird Gott verehrt. Verstanden!«

Sie schwieg, peinlich betroffen.

Doch in dem ergrimmten Grafen erstand ihr der Ritter.

Er sprach nur zu ihr: »Ich mißtraue allen Leuten, die Gott fortgesetzt im Munde führen. Ich habe erfahren, daß es Menschen sind, die die Hinterlist heiligen und alle Moral mit einem System in Verbindung bringen, das, wenn es nicht falsch wäre, so doch abgeschmackt und verderblich ist, das unaufhörlich in Widerspruch gerät zu den Leidenschaften, den Interessen und den Forderungen des menschlichen Lebens.«

Die Mumie hatte nur das Wort »Leidenschaften« erfaßt. Sie liebte Leidenschaften nicht, hatte hierzu ihre höchst persönlichen Gründe. »Ha,« rief der Präsident a. D., »legen Sie endlich die Maske ab! Darauf kommt es also hinaus! Natürlich, natürlich. Die Furcht des Herrn wird verbannt, Zucht und Sitte verpönt, damit man ungehemmt seinen niederen Lüsten frönen kann.«

Sophie, die seit Jahren zum ersten Male die Stimme eines tiefen Verstandes vernahm, die zum ersten Male wieder in diesem Provinzstädtchen, das seelisch so eng begrenzt war wie seine Bannmeile, ein Licht in das hungrige Dunkel der Nacht ihres Geistes leuchten sah, zuckte ungeduldig zusammen. »Reden Sie weiter«, flüsterte sie.

Da brach die Rotte des Komitees ins Zimmer.

»Da steckt er ja!« keuchte ärgerlich der Kommandant. »Wie kommen Sie hierher? Ich habe Sie im ganzen Schlosse gesucht. Sie kannten doch gar nicht den Weg zur Stadt.«

Madeleine lächelte hinter des Leutnants Monperreux schlankem Rücken. Mirabeau aber sagte unschuldig:

»Ich glaubte, wir hätten uns hier verabredet.«

»Ja – aber wie sind Sie nur an dem Posten am Tore vorbeigekommen? Er hat Sie nicht gesehen.«

Ehe Mirabeau noch antworten konnte, sprang Sophie mit einem schüchternen Lächeln für ihn ein: »Auf Pegasus' Rücken ist unser Dichter über die Mauern der Feste geflogen, Herr Kommandant.«

Da lachte alles, und diese Frage war erledigt. Für Herrn von Monnier aber war die religiöse Erörterung noch keineswegs abgetan. Mit greisenhafter Hartnäckigkeit klebte er an dem Rechte, sich in seinem Hause durchzusetzen. Kaum hatte man Platz genommen, klagte er Mirabeau an vor diesem Gerichtshofe der Intelligenz der Stadt.

»Meine Damen und Herren, Sie haben einen Gottesleugner in Ihrer Mitte. Herr von Mirabeau leugnet Gott!«

»Wie interessant!« jauchzte Madeleine. »Erzählen Sie, Herr Graf.«

Der Staatsanwalt Michaud zog die Juristenstirn in Streifen. »Viele«, sagte er, »gefallen sich heute darin, Rousseaus überspannte Ideen nachzubeten. In allen französischen Salons wird Gott entthront. Man sollte – wie früher – dagegen einschreiten.«

»Sehr richtig – sehr richtig, Herr Prokureur«, stimmte Monnier bei und sabberte vor Eifer in sein Spitzenjabot.

Mirabeau fühlte den kitzelnden Reiz, zwischen der Geliebten, die er draußen auf der Landstraße seinem Willen unterworfen hatte, mit der ihn ein geheimes Einverständnis schalkhaft inmitten der andern verband, und dieser jungen Frau zu sitzen, die er sich unterjochen wollte, nein, nicht nur körperlich unterjochen. Es war mehr, reiner, edler. Er liebte sie, liebte ihre Zartheit, ihre Entbehrung, ihre sanfte Fraulichkeit, ihren Drang nach Wissen, der in ihren Augen fieberte, wenn er sprach. Es tat ihm wohl, vor diesen beiden Wesen mit seinem Geiste zu paradieren. Darum sagte er:

»Ich habe nur bezweifelt, daß man fromm sein könne, ohne leicht verlogen und fanatisch zu werden.«

»Da hören Sie es«, entsetzte sich die Mumie.

Der Staatsanwalt wiegte bedenklich das Haupt.

»Weiter!« Madeleine wollte Eifer bezeugen.

»Wenn ich ein solches Wunderexemplar gesehen habe« – Mirabeau verbeugte sich artig gegen den Hausherrn, der Leutnant, Madeleine und Herr von Saint-Mauris kicherten –, »werde ich vielleicht glauben, daß es nicht unmöglich, aber noch lange nicht, daß es sehr häufig ist. Bis dahin bleibe ich im Innersten überzeugt, daß die ›wahren Gläubigen‹« – er blickte ostentativ auf den Präsidenten a. D. – Madeleine preßte ihr Tuch an die Lippen, sie fand »ihren« Grafen »göttlich« – »weiter nichts als leichtgläubige Ignoranten, interessierte Scheinheilige, unumwundene Schurken oder gefährliche Phantasten sind.«

Der Präsident erstickte fast. Er wollte reden, die erstorbene Stimme fand kein Leben.

Der Staatsanwalt aber sprach indigniert:

»Das ist denn doch das Stärkste, das ich in dieser Richtung gehört habe. Das kommt von dieser unbegreiflichen Toleranz der Regierung. Die Gottlosigkeit ist nicht nur froh, daß sie geduldet wird, sie geht zum Angriff über und, nach ihrer ganzen Veranlagung, zu einem allem Anstande hohnsprechenden. Sie haben es gehört, meine Damen und Herren. Wie nannte uns Gläubige Herr von Mirabeau? Ignoranten, Scheinheilige, Schurken.«

»Unglaublich«, ächzte die erstorbene Stimme, die endlich auferstanden war. »Ich aber sage,« der Staatsanwalt plädierte jetzt mit gewaltiger Stimme, als wolle er einen Gerichtssaal mit ihr erbeben machen, »ich aber sage: ohne Glauben keine Moral.«

»Sehr richtig!« Der Greis piekte bestätigend mit seinem gelblichen Zeigefinger gegen die Brust des Redners.

»Wir sehen es ja Tag für Tag. Woher kommt diese ewige Kritik an allen staatlichen Einrichtungen? Wohin ist es mit der Autorität der Regierung, der Achtung vor dem Königshause gekommen! Ich wiederhole: nur der Glaube gibt moralischen Halt. Und um starke Worte zu gebrauchen, wie der Herr Graf: Unglaube führt zum Verbrechen!«

»Sehr richtig!« zeterte die Mumie und wackelte mit dem Kopfe.

Mirabeau sah die Augen der Frauen, die eine Entgegnung forderten. Der Leutnant verstand wenig von dem, was vorging, der Kommandant war in religiösen Fragen gleichgültig, hatte aber seine Freude an jedem Disput.

»Sie meinen,« begann Mirabeau, gegen Michaud gewendet, »ein Mensch, der nicht an den Gott der Christen noch an die heiligen Mysterien noch an die Unsterblichkeit der Seele glaubt, könne nur ein Verbrecher sein, weil er keinen Grund mehr hat, seine Begierden zu zügeln?«

Der Staatsanwalt nickte. »Allerdings.«

»Nun, ich bitte Sie alle zu entscheiden, wer dem Menschen mehr Ehre erweist und mehr sein Vertrauen und seine Achtung verdient: jener, der glaubt, daß Tugend und Anstand mit der Religion nichts zu tun haben, und daß sie doch, wenn es auch weder Himmel noch Hölle gibt, sehr notwendig und sehr geheiligt seien, oder jener, der denkt, daß die Religion und ihre Schrecken der einzige Zügel für menschliche Leidenschaften sind.«

»Der erste!« entschied Madeleine sofort. Sophie sagte nichts, doch ihre warmen Augen sprachen so lebhaft, daß Mirabeau schloß: »Freilich ist in den Augen der Frommen das größte aller Verbrechen die Lust der Liebe. Wenigstens tun sie öffentlich so. Für uns ist die Liebe mit allem Rausche das erste Glück. Für uns ist die Liebe das ausschließlichste und folglich das keuscheste aller Gefühle.«

»Bravo!« jubelte Madeleine beglückt. Sie wußte, daß »ihr« Graf das nur für sie gesprochen hatte.

Sophie sah sinnend zu Boden. Dann rang sie ihre Gefühle nieder und lächelte: »Lassen wir es nun, meine Herren. Jeder von Ihnen hat recht. Denn wir wissen in diesen Dingen ja nicht das Rechte. Und nun zu Ihrer Dichtung, Herr Graf.«

Man besprach dann das Theaterstück. Mirabeau fühlte aber aus jedem Worte, daß er die Frau dort drüben gewonnen hatte. –

Auf dem Heimwege zum Schlosse kollerten dem braven alten Saint-Mauris dicke Freudentränen über die glattrasierten Backen. »Sie sind ein Teufelskerl, Graf! Wie Sie es diesem Tapergreise und dem Staatsanwalt gegeben haben! Nun erzählen Sie mir zum Dank für diesen Tag Ihrer Freiheit eine Ihrer Anekdoten.«

»Wenn ich diesen Präsidenten sehe,« begann Mirabeau, »muß ich immer an Mazarin denken, den Neffen des großen Kardinals. Ich glaube, zwischen diesen widerwärtigen Herrschaften gibt es viele Berührungspunkte. Mazarin hatte das schönste Weib Europas. Er berührte es nicht – weil es ihm Sünde schien.«

»Hahaha,« lachte Saint-Mauris, »unser Freund hat gewichtigere Gründe.«

»Er war von einer wahrhaft mönchischen, ganz tollen und abgeschmackten Frömmigkeit. Er machte für hunderttausend Taler Stiftungen zugunsten von Nonnen, verweigerte seiner Frau aber jedes Hemd.«

»Haha – und hatte nichts davon, daß sie dann nackt war! Scharmant!«

»Er verteilte in den Dörfern Katechismen einer eigenen Fassung.«

»Das wäre des Herrn von Monnier sehr würdig, wenn er nur Geist genug hätte, sie abzufassen.«

»Er erließ Vorschriften über die Schicklichkeit, die ein Apothekergehilfe zu beachten habe, wenn er ein Klistier gibt, und verbot den Frauen, zu melken und das Spinnrad zu treten – wegen der ›erregenden‹ Stellung und Bewegung.«

»Eine Gesetzgebung, die Monnier zum Vater haben könnte!«

»Er verstümmelte alle die prachtvollen Stuten, die der Kardinal ihm hinterlassen hatte, weil er diese anstößige Nacktheit nicht ertragen konnte.«

»Unverfälschter Monnierstil!« jauchzte der alte Genießer.

»Eines Tages ging er zum König und ließ ihn wissen, daß der Erzengel Gabriel ihm erschienen war mit der Botschaft, Seine Majestät aufzufordern, die La Vallière fortzuschicken. – ›Er ist auch mir erschienen‹, antwortete Ludwig, ›und hat mir mitgeteilt, daß Sie verrückt geworden sind.‹«

Lachend erreichten sie die Feste Joux. –

Die Nacht hindurch arbeitete Mirabeau an der »Huldigung der Tugenden«. Er wollte sich einen Vorwand schaffen, Sophie Monnier am nächsten Tage wieder zu besuchen. Sein heißes Blut duldete keine langsame Entwicklung. Der Begriff »Geduld« stand nicht im Wörterbuch seines Gemütes.

Er las dem Kommandanten die Dichtung in hochtrabenden Alexandrinern vor. Der war begeistert. »Geben Sie her,« rief er, »ich bringe es noch heute unserer Patronin.« Er griff nach dem Manuskript. Doch Mirabeau zog es zurück.

»Dem Dichter gebührt der Lohn«, scherzte er.

»Sie haben recht«, nickte Saint-Mauris. »Holen Sie sich selbst den Dank der Dame. Ich habe es mir übrigens überlegt. Sie sollen das Stück doch einüben, müssen also täglich in Pontarlier sein. Unter diesen zwingenden Gründen, für das Wohl des Vaterlandes und des Königshauses« – er zwinkerte listig mit dem linken Auge – »halte ich mich für ermächtigt, Ihnen zu gestatten, sich in der Stadt ein Zimmer zu mieten.«

Da fiel der Graf dem Alten um den Hals und küßte ihn schallend auf die roten Bäckchen.

»Aber keine Tollheiten, wenn ich bitten darf! Sonst komme ich in Teufels Küche.«

»Ich – und Tollheiten!« beteuerte Mirabeau mit scheinheiligem Augenniederschlag.

Noch früher als gestern trollte er sich vom Schlosse, diesmal mit einem Dauerpassierscheine erhaben an der Torwache vorbeischlendernd. Dann sprang er mit Sturmesschritten den Berg hinab. Er hatte gestern gemerkt, daß Herr von Monnier Siesta hielt, als er gekommen war. Die Zeit wollte er ausnutzen. Als er an der Stelle der ersten Niederlage Madeleine Michauds vorüberkam, pfiff er einen leichtfertigen Triller. Neue, edlere Ziele grüßten.

Sophie empfing ihn überrascht errötend. Sie hatte seit gestern viel an diesen gewaltsamen starken Mann mit dem häßlichen bezwingenden Gesicht und dem bannenden Wesen gedacht. Sie ahnte das gekerkerte Leben in ihm, das seine Fesseln sprengen wollte. Die Gewißheit, daß sie ihn bald wiedersehen würde, hatte sie erregt und beunruhigt. Sie hatte ihn indessen erst in einigen Tagen erwartet. Jetzt stand er vor ihr, das fertige Manuskript in der Hand.

»Lesen Sie«, bat sie.

Er schüttelte das mächtige Haupt. »Das können wir später in Gegenwart Ihres Gatten. Benutzen wir die Zeit seines Schlummers zu Besserem.«

»Sie kennen schon gut die Gewohnheiten dieses Hauses, Graf«, lächelte sie.

»Die Liebe sieht scharf«, erwiderte er und sah ihr in die Augen.

Sie errötete wieder unter ihrer weißen zarten Haut. »Ich bitte Sie, reden Sie keinen Unsinn. Geben Sie mir etwas von Ihrer Weisheit.«

Da drang seine verführerische Stimme auf sie ein: »Sophie, alle meine Philosophie ist auf einen einzigen Satz zusammengeschrumpft: ich liebe Sie. Alles in mir ist Verwirrung außer dem Gefühl, das Sie mir einflößen.«

»Graf«, flüsterte sie abwehrend und empfand wieder seine unwiderstehliche Macht, der sie zu erliegen drohte.

»Ja – ich liebe Sie. Es braucht dazu keiner Zeit. In Sekunden entscheiden sich urewige Zusammenhänge.«

»Nein, nein«, raunte sie. »Schweigen Sie. Ich darf nichts hören.«

»Doch dürfen Sie. Wenn ich Sie liebe, müssen Sie mich hören. Die Liebe, die ich für Sie empfinde, ist ein Heiligtum. Sie allein sind der Altar, an dem ich sie niederlegen kann.«

»Schweigen Sie! Ich will nicht dadurch schuldig werden, daß ich Sie anhöre.«

»Liebe, Sophie, ist nur dann schuldig, wenn sie nicht grenzenlos ist. Nie kann ein großes Gefühl schlecht sein, nie ist eine Frau keuscher, als wenn sie wahrhaft liebt. Entscheiden Sie, die nach Liebe und Leben dürstet, ob die Scham darin besteht, dem Geliebten alles, auch die stammelnden Worte, zu verweigern, und die Mäßigkeit darin, Hungers zu sterben. Meine süße Freundin, Tugend gleicht so wenig dem, was man gewöhnlich Tugend nennt, wie dem Laster.

Glauben Sie mir, wahre Tugend hängt nicht im geringsten von menschlichen Launen, fanatischen Einbildungen, Konstruktionen der Moralisten und Dogmatiker ab, noch von Anschauungen einer Zeit, einer Gegend, eines Geschlechtes. Sie besteht in einem reinen, empfänglichen, aufrichtigen Herzen und dem Gebrauche aller seiner Fähigkeiten.«

Er schwieg.

Sie bewegte gepeinigt die Glieder. »Sie haben gewiß recht. Aber − −«

Sie blickte ihn gequält an. Ihr Gesicht war bleich und verstört.

»Lieben Sie mich nicht?« fragte er geradeheraus.

»Ich weiß es nicht.«

»Sie lieben mich«, jubelte er. »Nicht wissen in solcher Lage bedeutet, alles wissen.«

Er fiel vor ihr nieder. »Sophie, Sie lieben mich. Ich habe es gewußt. Vom ersten Augenblicke an. Wir waren von Anbeginn für einander erschaffen. In Leid hat uns beide das Schicksal gefoltert, daß wir reif für einander wurden, daß wir das Glück unseres Begegnens zehntausendfach tiefer empfänden.«

Er küßte in ehrlicher Ergriffenheit ihre Knie.

Sie drängte ihn bestürzt von sich.

»Nicht − nicht!! Wie kann ich einem Manne wie Ihnen gefallen! Ich bin geistlos, unwissend, schwach, einfach. Sie werden es bald erkennen, wenn Sie aus dem Rausch erwachen. Ersparen Sie mir dieses neue Herzeleid.«

Vor ihr kniend, sprach er zu ihr empor: »Nein, nein. Nichts ist so liebenswert wie dieses Gewand der Hingabe und der Wahrheit, das Sie tragen. Es verleiht Ihnen diesen hohen Reiz, es macht Sie rührend. Ihre Schlichtheit verdunkelt die falschen Brillanten, die Schöngeister entzücken. Sie können diesen falschen Schmuck, der nur über die Dürre der Seele und die Verdorbenheit des Geschmacks hinwegtäuschen soll, wahrhaftig entbehren. Sie haben vor allem das, was Spannkraft des Gefühls heißt, und einen Takt, der mich entzückt. Ihre wundervolle Natürlichkeit, Lebhaftigkeit, ihre reizende Bescheidenheit, die Hingabefähigkeit, die ich in Ihnen zittern fühle, werden mich ewig fesseln.«

Er suchte ihre Knie zu umspannen. Sie erhob sich.

»Graf,« flehte sie, »schonen Sie mich. Lassen Sie mir Zeit. Setzen Sie sich dorthin. Plaudern wir, wie zwei gute Freunde.« Er stand gefügig auf und setzte sich. Auch sie nahm wieder Platz.

»Ich gehorche«; lächelte er, »und stimme La Bruyère zu, der sagt: ›Mit dem Menschen zusammen sein, den man liebt, das genügt. Träumen, man spräche mit ihm, nicht mit ihm sprechen. An ihn denken, an gleichgültige Dinge denken, aber in seiner Nähe, alles ist gleich.‹«

»Das ist sehr schön«, sagte sie leise. »Und nun geben Sie mir etwas von Ihrem reichen Wissen. Ich verdurste nach Weisheit!«

»Sie sind wundersam herrlich«, nickte er. »Und wie sind Sie schön!«

»Nicht doch«, sie schüttelte matt den Kopf.

»Sie haben die schönsten Augen der Welt. Ihre Stirn ist die vollkommenste, die Klugheit prägen kann, Ihre Haut schimmert wie Samt und Lilien.«

»Schweigen Sie − Sie Dichter!«

»Diese Dichtung ist Wahrheit.«

»Sprechen wir von Ihnen.«

»Von mir? Was ist da zu sagen! Ich bin ein gefangener Adler. Aber ich fühle, die Stunde naht, wo die Macht des Talentes größer und weniger gefährlich wird. Wo man nicht mehr vor den Zuckungen des Despotismus zu erbeben braucht. Wo man den Menschen allein nach dem schätzt, was er in dem kleinen Raum unter der Stirn, zwischen den Augen, trägt.« Er schlug sich gegen den markigen Schädel. »Ich fühle es, das alte Regime wird stürzen. Vorzeichen künden. Geliebte Frau, dann will ich dabeisein. Ich will! Ich will! Dann wird es gelten, an Stelle dessen, was die Revolution einreißen wird, einen neuen Bau zu errichten. *Dann will ich der Baumeister sein!*«

Sie sah auf zu dem Manne, der emporgesprungen war und in flammender prophetischer Ahnung sprach.

In diesem Augenblicke wußte sie, daß sie ihn liebte. Und mit der hellseherischen Kraft der Liebe weissagte sie: »Dann werden Sie dabeisein!« Begeistert von seinen Visionen, sprach er fort: »Der Engländer Burke sagt, Frankreich sei für den Politiker nur noch eine große Leere. Ha, er hat damit eine Riesendummheit gesagt. Nie fanden Politiker ein üppigeres Feld! Die ›Leere‹ ist ein Vulkan, dessen unterirdisches Grollen dem vorsichtigen Staatsmanne den drohenden Ausbruch künden sollte. Wäre ich doch heute Staatsmann! Diese Sehnsucht verbrennt mir das Herz. Wie großartig war darin das Altertum! In Athen durfte jeder Bürger, der etwas dem allgemeinen Wohle Nützliches zu künden hatte, die Tribüne besteigen und zum Volke sprechen. Nichts Erhabeneres gibt es. Könnte ich heute sprechen oder morgen, wenn der Vulkan ausbricht! Aber ich, ich bin zur Stummheit verdammt!«

»Sie sind der geborene Redner!« rief Sophie voller Bewunderung. »Ihr Feuer, Ihr Pathos!«

Er lachte bitter auf. »Ich bin für das Pathos geboren, wie der Windhund zum Laufen. Ach, was bin ich alles!! Ein Athlet der Liebe! Der Dämon des Unmöglichen. Der Herkules der kommenden Revolution möchte ich werden und den Augiasstall des alten Regimes der Willkür ausfegen, daß die Wolken stieben.«

Da stand sie auf, trat zu ihm und reichte ihm die Hand.

»Ich habe mir immer gewünscht,« sagte sie schlicht, »einmal einen großen Mann zu sehen. Ich danke Ihnen, daß Sie mir diesen Wunsch erfüllt haben.«

Er nahm ihre Hand und preßte seine Lippen auf die zartgeäderte Haut. Sie ließ sie ihm. Da zog er sie an seine Brust. Erst die nahenden Schritte des Marquis rissen sie von seinem Munde.

Mirabeau faßte sich sofort. Er sprach liebenswürdig auf Monnier ein, um Sophie Zeit zu schaffen, sich zu sammeln. Er entschuldigte seine Heftigkeit vom Tage zuvor, machte allerhand Redensarten und gewann, wie immer, wenn er es darauf anlegte, den Präsidenten im Handumdrehen für sich.

»Er ist ja ein reizender Mensch,« gestand die Mumie ganz verblüfft seiner Frau, die eifrig über das Manuskript gebeugt saß, »das habe ich ja gar nicht gewußt. Und schon fertig mit der Dichtung! Das geht bei Ihnen aber fix. Lassen Sie hören.«

An diesem Tage bot sich keine Gelegenheit zu weiterer Vertraulichkeit. Bei den Proben, den Festlichkeiten mied sie ihn scheu, ließ sich von keiner seiner gewagten Zudringlichkeiten überraschen. Gleich nach der Feier reiste sie ohne Abschied zu den Eltern nach Dijon. Dort blieb sie bis in den späten Herbst.

Mirabeau tobte, wütete. Hatte er sich so in dem Charakter dieser Frau getäuscht oder in den Mitteln, sie zu gewinnen? Sie hatte doch an seiner Brust gelegen, ganz Hingabe, ganz Raub der Sinne. Sie liebte ihn doch! Er hatte es bis ins Mark empfunden. Und nun diese Kälte, dieses Meiden, diese Flucht! Sie war feig und kleiner als ihre Liebe. Er wütete. Doch er war nicht der Mann, einer aussichtslosen Liebesaffäre elegisch nachzutrauern. Er hatte für alle Fälle noch Madeleine Michaud im Hintertreffen.

Sie schmollte zuerst ein wenig, denn ihr war sein Werben um Sophie Monnier nicht entgangen. Auch hatte sie ihren Stolz. Doch Stolz sättigt nicht den Hunger des Körpers. Und die erfreulichen Männer wuchsen nicht wild in Pontarlier. So ließ sie sich denn sehr bald erweichen, zumal es jetzt nicht an Bequemlichkeit gebrach. Ein solides junges Mädchen aus den besten Kreisen der Stadt verkehrt mit einem jungen Manne lieber in der Geborgenheit der vier Wände eines behaglichen Zimmers als in der Gefährdung sommergrüner Wiesen. (Auch ist es für die Gewandung ersprießlicher.)

So schlich Madeleine denn bald täglich in das kleine Haus, das der Athlet der Liebe sich zur Wohnung erkoren hatte. –

Im Oktober traf der Graf Sophie Monnier unversehens auf der Straße. Sie war am Tage zuvor aus Dijon zurückgekehrt. Er wollte in gekränktem Trotze mit flüchtigem Gruße an ihr vorübereilen. Sie hielt ihn an.

»Guten Tag, Graf Mirabeau«, grüßte sie mit bleichem Lächeln. Sie war schmal und abgezehrt. »Kennen Sie mich nicht mehr?!«

»Ich bin kein Spielzeug«, entgegnete er abweisend.

»Ich habe mit Ihnen nicht gespielt,« rief sie, und das Blut schoß ihr in die Wangen, »ich habe mit mir und mit Ihnen gekämpft. Ich wollte meinen Pflichten treu bleiben. Wollte vor meiner Liebe fliehen. Man flieht sich nicht.«

Ihr sanftes feines Gesicht flammte auf in diesem Bekenntnis, mit dem sie diese langen Monate hindurch bis zur Erschöpfung gerungen hatte.

Er faßte ihre Hand. »Sophie!«

Sie entzog sie ihm hastig. »Vorsicht!« mahnte sie.

»Ich muß Sie sprechen. Darf ich Sie besuchen?« drängte er.

»Nein! Nicht zu mir! Mein Mann ist zu argwöhnisch. Nicht bei mir.«

»Komm zu mir!« Er nannte seine Wohnung. Sie schwankte. Zauderte. »Komm,« er riß sie wieder in die Kraft seines Willens, »wir müssen uns aussprechen.«

Sie nickte in schmerzlicher Ergebung. »Morgen – aber – ich flehe Sie an – achten Sie meine Schwäche, die sich Ihrer Ritterlichkeit anvertraut.«

»Aber natürlich!« beteuerte er zwischen Ernst und Leichtsinn.

Sie kam. Von Kämpfen, Gewissensmartern und dem Begehren des in ihr erwachten Weibes zermürbt. Er spielte den Kavalier. Sie sprachen gezwungen von ihrer Reise, der Langenweile Dijons, von Büchern, die sie gelesen hatte. Von Du Young.

»Er hat sublime Sachen gemacht,« lobte er, »daneben viel Bizarres, einiges Verrückte. Seine Bücher gehen zu Herzen, wenn man unglücklich ist, denn niemals ist man empfänglicher.«

„Ich war sehr unglücklich«, klagte sie leise. »Und bisweilen erschien mir alles matt, was ich las.«

»Wenn man liebt,« bestätigte er, »erscheinen einem die größten Schriftsteller nicht mehr als Meister, wenn von der Liebe die Rede ist. Denn dann weiß man um das Geheimnis Gottes.«

Sie nickte weh vor sich hin.

Da machte er der Komödie ein Ende und fiel vor ihr nieder, bestürmte sie mit seinen Worten und seinen Händen. Sie verteidigte sich, flehte.

»Denken Sie an Ihren Abscheu vor der Tat Ihrer Gattin. Soll ich ebenso werden!«

»Bei dir liegt es anders«, trotzte er. »Ganz anders. Sie betrog mich mit dem Manne, der meine Freundschaft besaß. Sie hatte mich aus Liebe geheiratet und mich fünf Nebenbuhlern vorgezogen. Ich habe ihre Wünsche erraten, bevor sie ausgesprochen wurden, habe ihr jede Laune erfüllt, mich für sie ruiniert. Mein Alter und mein Benehmen lieferten ihr keine Entschuldigung. Mit einer nichtswürdigen Entartung der Seele und des Geistes hat sie sich ihren Verirrungen hingegeben.«

»Und ich?« fragte sie mit großen angstvollen Augen, in denen das Unterliegen schon flackerte.

»Du? – Du bist von deiner Familie ausgeliefert, nicht verheiratet worden. Das ist der unermeßliche Unterschied. Die Ehe ist zweifellos ein heiliger Vertrag, die Grundlage der Gesellschaft. Doch bist du verheiratet? Mit einem Manne, der dein Großvater sein könnte? Mit dem du nichts gemein hast als das Wappen, die Livree und den Namen?! Zur Ehe gehört ein Mann. Ist diese abergläubische, mönchische, vertrocknete und regungslose Seele ein Mann? Bist du nach zweijähriger Ehe nicht noch Mädchen? Darf er bei dir die Rolle des niedrigen Eunuchen und zugleich des gebietenden Sultans spielen? Nein, nein, nein!« Er umfaßte sie leidenschaftlicher. Sie sog die sophistischen Worte ihres Rechts oder Unrechts – wer will da richten?! – trunken von seinem Munde.

Er schlang die Arme um ihren Nacken. »Heut nacht träumte ich von dir in der Freude deines Kommens. Ich küßte deine Lider. Ich trennte deinen Mund in zwei Rosen, und, immer tiefer in ihn eindringend, fand ich den Weg zu deinen stillsten Geheimnissen. Unsere Herzen riefen einander, antworteten sich, unser Atem war in eins verschmolzen, und unsere Stimmen, die nicht mehr waren, erstarben in Seufzern. Ich war entzückt, und deine Seele folgte der meinen. Laß den Traum Wahrheit werden! Nimm dir endlich deine unveräußerlichen Frauenrechte –! Werde Weib – werde mein Weib!!«

Ihr Gesicht sank auf seine Arme – der Hals – der weiße Busen gab sich seinen sengenden Küssen preis – seine Hand wagte, sich zu verirren – sie wehrte sich kraftlos – ihre Augen schlossen sich – sie erbebte, ein Schauer der Angst, des Verlangens, der Seligkeit rieselte über sie hin, der Boden versank unter ihren Füßen – sie lächelte verzückt – fühlte sich emporgehoben von seinen starken Armen – sie lag auf dem Bett – lallte: »Du mein Höchstes – du mein alles!« Dann schlug der Taumel der Weibwerdung über ihr zusammen. – – –

Sie war sehr sanft, kühl und äußerlich sehr ruhig. Doch es ist eine alte Erfahrung, daß die Leidenschaften stiller Wesen, wenn sie einmal entflammt sind, unendlich feuriger sind als die Gluten leicht entzündlicher Frauen und unbezähmbarer. Der Mann ihrer Liebe war ihr Glück, Ruf, Familie – das Leben geworden. Sie kannte nichts mehr als ihn. Sie lebte nur ihrer Leidenschaft, vergaß Klugheit und Vorsicht. Kam zu allen Stunden in das kleine Haus an der Stadtgrenze, trotz der besorgten Warnungen des Geliebten.

Bald hätte die ganze Stadt ihr Geheimnis gekannt. auch wenn Madeleine Michaud, argwöhnisch ob der steten Abweisung, ihr nicht eifersüchtig aufgelauert und ihre »Schande« nicht in allen Honoratiorenhäusern Pontarliers herumgetragen hätte.

Als der brave Kommandant der Feste Joux den Skandal erfuhr, packte ihn Grimm und Furcht. Grimm über den glücklicheren Nebenbuhler, Furcht vor den Folgen dieses Glückes. Er haftete der Regierung für die Aufführung seines Gefangenen. Wie leicht konnte dieser Exzeß, wenn der betrogene Gatte sein Hahnreitum entdeckte, zu lauten Verwicklungen führen!

Erbost erließ er an den Grafen den Befehl, sofort in die Feste zurückzukehren. Mirabeau las das Schreiben, runzelte überlegend die Stirn, griff zum Kiele und erwiderte:

»Mein lieber Marquis! Der entflogene Vogel kehrt niemals in den Käfig zurück. Er fliegt ins Weite. Leben Sie wohl.

Ihr Graf Mirabeau.«

Den Brief sandte er durch einen Boten auf das Schloß. Dann sann er in Eile. Zur Flucht brauchte er Geld. Sein Beutel war leer, wie immer. Der Vater hielt ihn knapp. Der Wechsel reichte kaum für das Notwendigste. Sophie mußte helfen. Er rannte zu ihr. Ließ sie durch die Zofe, die Vertraute und Botengängerin ihrer Liebe, in den Flur herausbitten.

Sophie erschrak. Fliehen! Von ihr? Ihre Kraft zerbrach. Hier im Flur konnte er nicht bleiben. Der Marquis, der auf ihre Rückkehr zum Whist wartete, konnte jeden Augenblick ungeduldig herauskommen. Wohin mit ihm? In der Stadt war er nicht sicher. Der Kommandant fahndete bereits nach ihm. Heute bekam er kein Pferd mehr. Es war stockfinstere Nacht. Morgen – ja. Herrgott, wohin mit ihm? Boden und Keller waren eiskalt, jetzt im Dezember, in diesem eisigen Klima. Eine Erleuchtung. »Hélène, in dein Zimmer! Verbirg den Herrn Grafen in deiner Kammer. Rasch. Nachher sehen wir weiter.« Die Zofe führte den jähen Gast in ihr Zimmer. Er blickte sich um, sah das Mädchen an. Sie war ein blitzsauberes Kind der Freigrafschaft. Aus ihrer Hilfeleistung entsprang eine gewisse Vertraulichkeit zwischen ihr und ihm.

»Heute nacht werde ich wohl da schlafen müssen«; er deutete vergnügt schäkernd auf ihr Mädchenbett.

»Wenn die Frau Marquise es befiehlt, trete ich es Ihnen gern ab, Herr Graf.«

»Und du, mein Kind?« Er bohrte die Hände in die Hosentaschen, stand breitbeinig vor ihr und wippte unternehmend auf den Ballen.

»Ich finde schon eine Unterkunft, Herr Graf.«

Endlich erhaschte Sophie eine Gelegenheit, zu ihrem Geliebten zu schlüpfen.

»Mein armer Gabriel,« barmte sie, »in einer Dienstbotenkammer! Heut nacht mußt du hier hausen. Hélène wird in der Küche schlafen. Bei den andern Mägden wäre wohl Platz, aber dann stellen sie Fragen. Wir dürfen sie nicht einweihen. Du erhältst gleich dein Essen. Ich muß wieder zu ihm.«

Sie küßte ihn voll Glut und irrte hinaus.

Nach dem Essen kam die Zofe und richtete das Bett.

»Du schläfst in der Küche?« fragte er teilnehmend.

,Ja, Herr Graf, auf einem Stuhle. Die Frau Marquise gibt mir dafür einen Louisdor.«

»Hm. Ein Stuhl! Kein weiches Lager für einen zarten kleinen – –« Er tätschelte sie auf den gefährdeten Körperteil. »Wie wär's, wir teilen? Nicht den Louisdor, aber das Bett?«

»Herr Graf!!«

»Man schläft nicht gut auf Stühlen. Ich kenne das von meiner Soldatenzeit in Korsika. Lieg bei mir, da ist's weicher und wärmer. Überraschung ist ausgeschlossen. Der Marquis schläft schlecht. Das kommt so vor bei ausgebrannten Greisen. Die Marquise kann nicht wagen, das Schlafzimmer zu verlassen.« »Aber. Herr Graf!«

»Ich lass' also die Tür offen, bis du hier bist.« –

Während Sophie die Nacht in Sorgen und Bangen durchwachte, fand ihr Geliebter wenig Ruhe unter ihrem Dache. Die Zofe war jung und rassig, der Athlet der Liebe unersättlich. –

Am Morgen krachte die Katastrophe herein.

Der Kommandant Saint-Mauris war gegen die Wand getaumelt, als er Mirabeaus unverschämten Absagebrief erhielt. Dieser Mensch! Dieser undankbare Mensch! So seine Güte zu lohnen! Wenn der Gefangene entfloh, erfuhr man an vorgesetzter Stelle von seinem Einbruch in die Eherechte des ersten Mannes der Stadt. Das bedeutete Skandal, das bedeutete Zorn in den Höhen, Verjagung aus der Sinekure der Kommandantur der Feste Joux! Dieser Mensch! Dieser undankbare, sittenlose Teufel!

Der Marquis verwünschte alle Anekdoten, die ihn je für diesen Freibeuter der Ehre eingenommen hatten, und schickte eine Patrouille aus, ihn in seiner Wohnung auszuheben. Doch der Vogel war ausgeflogen. Er ließ die Stadt, die Umgegend absuchen. Vergeblich. Denn in das Bett der Zofe Hélène drangen die Soldaten nicht ein.

In der Frühe des nächsten Tages eilte der Kommandant zum Marquis von Monnier, mit diesem würdigen entwürdigten Greise die Sachlage zu beraten. Die Mumie saß mit der bleichen sorgenvollen Gattin beim Frühstück. Alte Herren sind Frühaufsteher.

Saint-Mauris bat um eine Unterredung unter vier Augen. Böser Ahnungen voll, zog Sophie sich zurück, schlich zur Kammer der Zofe. Das Herz hing ihr fühlbar lastend in der Brust. Was sollte nun werden?! Wie sollte sie die Trennung von dem Geliebten tragen? Undenkbar – lieber den Tod! Sie öffnete die Tür der Zofenkammer. Mirabeau lag behaglich ausgestreckt auf dem Rücken und schnarchte. Er hatte nachzuholen. Fürsorglich schloß die Frau wieder die Tür, den Schlummer des Liebsten nicht zu scheuchen. Dann verließ der Kommandant das Haus. Monnier rief seine Gattin ins Zimmer. Er schlotterte, sein sonst gelblich vergangenes Gesicht war kalkig. Er schrie ihr seine Schmach ins Gesicht. Er stelzte auf sie zu, wollte die Hand gegen sie erheben. Sie sah ihn mit so leidvoller Verachtung an, daß die geballte Greisenfaust marklos herabtorkelte.

Doch er handelte. »Noch heute bringe ich dich zu deinen Eltern nach Dijon«, verfügte er in haßböser Energie. »Wer weiß, wo dieser saubere Patron sich versteckt hält.«

Er schloß sie, ehe sie ahnte, was er plante, in ihr Zimmer ein. Sie konnte dem Geliebten die überstürzenden Geschehnisse nur durch Briefe mitteilen, die sie unter dem Türspalt der Zofe zuschob. Er schrieb zurück: »Gehorche ihm. In einigen Tagen folge ich Dir nach Dijon. Dir sofort zu folgen, wäre gefährlich. Ich bleibe bis zu meiner Flucht in dieser Kammer.«

Hélène stand neben ihm. Er sprach ihr die Worte beim Schreiben vor. Sie küßte ihm zum Dank den Scheitel. »Bleiben Sie meinetwegen?« fragte sie schelmisch.

»Ja, mein Schatz. Ich glaube, wir haben uns noch einiges zu sagen.«

Noch am Vormittage preschte die Postchaise mit Sophie und dem Marquis aus Pontarlier hinaus. Die Fahrt war ein blutiges Martyrium für die junge Frau. Hinter ihr blieb der Geliebte und die nagende Angst um ihn; vor ihr lag das Haus der strengen Eltern, ihre Vorwürfe, die Verachtung des moralischen Bruders, der scheinheiligen Schwester, ein Grauen. Sie wäre aus dem Wagen gesprungen, hätte sich in den ersten Bach am Wege gestürzt, wenn die Hoffnung auf eine glückliche Wiedervereinigung mit Mirabeau nicht trotz allem und allem als Wunderlampe des Glaubens in ihrer Brust gebrannt hätte. –

Nach drei langweilig verschlafen verlebten Tagen und vier kurzweilig verliebten Nächten folgte Mirabeau. Hélène hatte ihm ein Pferd verschafft, Sophie ihm Geld hinterlassen. Vor Tagesanbruch ritt er aus der Stadt, gewann die Landstraße und die Freiheit. Hélène warf sich schluchzend auf das noch warme zerwühlte Lager.

Er kam gegen Abend unangefochten nach Dijon, erkundete vorsichtig die Lage, erfuhr, daß die Familie des Rechnungskammerpräsidenten Ruffei heute zum Balle bei dem Generalprofoß von Burgund, Herrn von Moutherot, geladen war. Da ritt ihn der Satan. Da trieb ihn das wilde Blut der Mirabeaus zur vernichtenden Tollkühnheit. Er wollte Sophie sofort sehen, und wenn es Freiheit und Glück kostete. Er glaubte an seinen guten Stern. Doch auch gute Sterne trügen. Er ging in das Palais des Generalprofossen, ließ sich bei dem Hausherrn als »Marquis von Lancefoudras« melden mit dem Hinweis, daß er wichtige Empfehlungen überbringe. Herr von Moutherot lud den Fremdling zum Balle. Ehe er noch Sophie sprechen konnte, die als fahle Gefangene von den Eltern zu dem Feste geschleppt worden war – sie fürchteten, Mirabeau könne in ihrer Abwesenheit ins Haus brechen –, wurde er von der Mumie erspäht und erkannt.

Sophie vernahm plötzlich einen Tumult, traute ihren Augen nicht, konnte diese unsinnige Dreistigkeit nicht fassen, sah, wie Häscher ihren Liebsten unter heftiger Gegenwehr abführten.

Er wurde im Château von Dijon festgesetzt, entsprang aber bald und floh in die Schweiz. Aus dem Geflüster der Angehörigen erfuhr Sophie seinen wilden Weg. Hörte, daß er in Verrières, dem Grenzort auf kantonalem Boden, weilte. Schrieb ihm verzweifelte Briefe:

»Ich bin von Spionen umgeben. Man droht mir mit der Salpêtrière, mit dem Kloster. Rette mich! Ich kann diesen Zustand des Leidens nicht länger ertragen. Es ist zu schrecklich, seinen Gemahl in der Ferne und unglücklich zu wissen. Vereinigen wir uns, oder laß mich sterben. Hier werde ich das kommende Jahr nicht erleben. Ich kann und will es nicht. Von Dir getrennt leben, heißt, täglich tausendmal sterben. Meine Losung lautet: Gabriel, oder der Tod!«

Er antwortete ausweichend. Er hatte in Verrières seine Schwester Louise von Cabris mit ihrem Geliebten, dem Hilfsunterarzt der Royal-Roussillon Briançon, getroffen, zufällig eines Tages, mit Verwunderung und Hallo. Louise war aus Grasse ihrem Trottel und den immer drohenderen Stimmen der allgemeinen Empörung entlaufen.

Sie verbummelten gemeinsame Tage des Übermutes. Jetzt erfuhr Mirabeau auch das Urteil, das in der Sache Villeneuve gegen ihn ergangen war. Er war in absentia zur Zahlung von 6000 Livres, zu demütigenden Abbitten sowie zur Strafe des »Verweises«, einer entehrenden Sühne, die der Landesverweisung wenig nachstand, verurteilt worden.

Als guten Witz erzählte es Louise, als guten Witz vernahm es der Bruder. Er war weit vom Schusse. Er war in Sicherheit. Der Gerichtsspruch war ein machtloser Fetzen Papier.

Er berichtete von seiner letzten Eulenspiegelei in Dijon, erzählte von Sophie, wies ihre Briefe.

»Laß sie nicht kommen!« riet Louise. »Die Frau wirst du nie wieder los. Sie wird sich wie eine Klette an dich hängen.«

»Ja – ja,« bedachte er beklommen, »es wäre die größte Torheit, sie zu entführen. Ich sehe es ein. Aber unglücklicherweise habe ich mich mit ihr in eine Lage gebracht, in der man nur noch Fehler begehen kann.« »Liebst du sie so, daß du ohne sie nicht leben kannst?« fragte Louise bündig.

Mirabeau und Briançon grinsten. »Lacht nicht so hämisch,« schalt Louise, »als ob meine Frage Männern gegenüber eine Narretei wäre. Du könntest doch ohne mich nicht leben? Oder doch?« Die Frage galt dem Unterarzt der Royal-Roussillon. Briançon beeilte sich mit der Versicherung, daß er ohne »seine Louise« nicht leben könne. Er sprach die Wahrheit. Ohne sie wäre er verhungert. Mirabeau aber gestand, daß er die Möglichkeit, fern von Sophie ein recht vergnügliches Leben zu führen, nicht leugnen wolle.

»So antworte ihr nicht. Wozu dir diese Lebenslast aufbürden! Sie wird dann ihr Schicksal erkennen und sich ins Unvermeidliche fügen.«

Doch Sophie war nicht die Natur, sich ohne Kampf zu ergeben. So zart und feinfühlig sie war, so hartnäckig und kühn rang sie, wenn ihr Herz sich einmal entschieden hatte. Das Schweigen des Geliebten machte sie nicht irre. Die Briefe wurden eben abgefangen. Sie plante Flucht. Sie mißlang. Man bewachte sie schärfer. Sie durfte nur in Begleitung das Haus Ruffei verlassen.

Eines Tages kam sie mit der Schwester am Gasthof »Zu den königlichen Lilien« vorüber. Die Postkutsche fuhr gerade vor. Eine Dame entstieg ihr. Instinktgetrieben sahen die beiden Frauen sich an. Sophie erbebte. Dieses Gesicht? Wo hatte sie dieses Gesicht schon einmal gesehen?! Sie blieb zum Staunen der Schwester stehen und starrte der Dame unerzogen ins Antlitz.

Die Fremde stutzte und fragte den Wirt, der in das Tor trat, sie zu begrüßen, nach der neugierigen Dame in dem schwarzen Gewande.

»Das ist die Marquise von Monnier, Euer Gnaden, die Tochter des Kammerpräsidenten von Ruffei.«

Da zuckte die Reisende zusammen und blickte lange der hohen Gestalt der langsam weiterschreitenden Frau nach. Das war sie also – das!

Auch Sophie wußte jetzt, wer die Fremde war. Mit roten Erregungsflecken auf den fahlen Wangen schritt sie an der Seite ihrer Wache. Sie wußte jetzt, wo sie dieses Gesicht gesehen hatte. Eines Tages, als sie in Mirabeaus Lade eine Aufzeichnung suchte, war ihr ein Pastellbild in die Hände geraten.

»Wer ist das?« fragte sie und hielt ihm das Porträt entgegen.

»Meine Frau.«

Sie betrachtete es lange.

Sie wußte jetzt, wer die reisende Dame war. – –

Es war Emilie. Zwei Tage zuvor hatte sie Paris und das Haus des Menschenfreundes verlassen.

Man war nicht wieder nach Bignon zurückgekehrt. Der Marquis hatte ein neues Palais gekauft, das geräumige Hotel der Königin Marguerite, in der Rue de Seine, gegenüber der Rue Mazarine. Das Einrichten und Einwohnen hatte die Rückkehr nach Bignon während des Sommers 1775 vertagt.

Sie hatte Paris genossen. Wenn es ihrem Ehrgeiz auch nicht gelang, in Versailles bei Hofe vorgestellt zu werden, so hatte sie doch in den ersten Häusern der Stadt getanzt, gesungen und Triumphe gefeiert. Auch ihr Herz und ihre Sinne hatten nicht gedarbt.

Doch das neue Palais in der Rue de Seine beherbergte drei Frauen: die schwarze Katze, Bonnette und Emilie. Die Eleganteste, Schickste, Umworbenste war Emilie. Das Ende konnte kein gutes sein. Karoline du Saillant blieb zwar stets gleich lieb und zutraulich. Sie hatte inzwischen wieder geboren. Aber die schwarze Katze fauchte, fauchte immer neidischer dem Menschenfreunde in die verliebten Ohren. Er begann, der Schwiegertochter anzudeuten, daß auch Besuche das allgemeine Erdenlos der Vergänglichkeit teilen. Sie tat harthörig. Paris gefiel ihr. Der Musketier Gassaud stand jetzt dort in Garnison. Doch dauernd Taubheit simulieren, entnervt. Sie fand notgedrungen ihr Gehör wieder und reiste schweren Herzens mitten im Winter zu ihrem Vater nach Aix. Der Weg führte über Dijon. Langsam schritt sie hinter dem führenden Wirt die Stufen des Gasthauses »Zu den königlichen Lilien« hinan. Im Hause des Menschenfreundes wurde man über Gabriels Abenteuer bestens unterrichtet. Sie wußte von seiner Liebe und Flucht. Sie kannte Sophie von Monniers Beziehungen zu ihrem Manne. Sie blickte noch einmal der langsam davonschreitenden hohen Gestalt dieser Frau nach, deren Schultern wie Flügel eines todwunden Vogels hingen. Dann warf sie den schwarzen Kopf zurück und trat resolut ins Haus.

Der Mann war für sie und in ihr tot. Aix und der Liebeshof in Tourves harrten ihrer. Es war nicht Paris. Gewiß nicht. Doch nach dieser Pariser Schule würde es ihr leicht fallen, die Königin von Schloß Tourves zu entthronen und selbst die Krone des Liebeshofes zu usurpieren. Nicht zurückblicken! Enttäuschungen zogen Runzeln in das hübsche glatte Fell. Vorwärts geschaut! Die Aufgabe rief: die erste Frau der Provence zu werden! – –

Bald darauf brachte man Sophie nach Pontarlier zurück. Die Schwester und der Bruder geleiteten sie, den Ersten Rechnungskammerpräsidenten a. D. bei der Überwachung zu unterstützen. Sie verzweifelte nicht, harrte auf eine neue Gelegenheit zur Flucht.

Zu dem Kleeblatt in der Schweiz stieß eine Base, das dreiundzwanzigjährige Fräulein de la Tour-Beaulieu. Sie war verlobt. Vielleicht bewog nur dieser eheschwangere Zustand sie, sich vom gefälligen Vetter Gabriel in den kommenden Pflichten unterweisen zu lassen. Man lebte in Saus und Braus. Die reiche Marquise von Cabris bestritt die Kosten.

Eines Tages vereinigte die Abendandacht die Hausgenossen der Villa Monnier zu Pontarlier. Sophie fehlte. Man suchte, durchstöberte jeden Winkel. Ahnungen gischteten auf. Bleiche Gesichter starrten sich an. Die Mumie stürzte mit wankenden Füßen zum Wichtigsten, zur Kassette. Brach über ihr mit gellendem Schrei zusammen. 10000 Livres in Gold und der gesamte Familienschmuck fehlten.

Abgehärmt, zerzaust von der Flucht, abgerissen, trat eines Mittags Sophie in den munteren Kreis zu Verrières.

Es waren nicht allzu zärtliche Gefühle, mit denen Mirabeau, in Staunen versteint, zu ihr aufblickte. Er führte sie in sein Zimmer. Sie fiel beseligt an seine Brust, netzte ihn mit den Freudentränen der Erlösung. Da erwachte in ihm die alte Zärtlichkeit. Ihre Gegenwart siegte und besiegte ihn. Er riß sie an sich. Doch die Sorge erhob ihr graues Haupt; er wußte, daß dieser Augenblick eine unerträgliche Last an die Unsicherheit seines Lebens kettete. Wovon sollten sie leben? Louise würde, ergrimmt ob seines Wankelmutes, ihre Kasse sperren. Was dann?

Da schüttete Sophie den Inhalt ihrer Reisetasche in seinen Schoß, das Geld, die Edelsteine. Er starrte entgeistert.

»Ich durfte es tun,« verteidigte sie ihren Raub, »er behält mehr in meiner Mitgift.«

Da schwanden seinem Leichtsinn die Bedenken. Für die nächste Zukunft war gesorgt. Alles Weitere würde sich finden. Er war nicht gesonnen, auf Monate vorzubauen.

»Wir müssen sofort fliehen«, stieß er hervor. Er schämte sich vor Louise, vor Briançon, denen er oft großartig versichert hatte, die Episode Sophie Monnier sei erledigt. Er fürchtete den Zorn der hübschen Base ob der jähen Unterbrechung des eifrig gepflegten Eheunterrichtes.

Er schrieb einen Abschiedsbrief an das stürmische Trio und floh noch in derselben Nacht nach Holland mit Sophie – und dem klingenden Inhalte ihrer Reisetasche. –

V

Die frühe Junisonne traf den ragenden Turm von Vincennes. Das graue verwitterte Gestein glänzte zart rosa wie Perlmutter. Die Gitter der engen Fenster leuchteten vergoldet. Das Dunkel der Zelle zerstäubte unter dem eindringenden Lichte.

Auf dem harten Lager wachte schon lange der Gefangene. Schmerzen peinigten ihn. Ein Nierenleiden, eine Entzündung der Augen.

Er hielt die Lider geschlossen. Er fürchtete, den jungen Tag zu sehen, diesen neuen Tag der ewig gleichen alten Gefangenschaft.

Seine Gedanken kreisten, wie Gedanken Schlafloser, sich ineinander zeugend, wirbeln. Er gedachte der Zeit, die hier im Turme aus dem blutenden Körper seines Lebens herausgerissen und auf den Verwesungshaufen ungenützter Stunden geworfen wurde, an alle die erdrosselten Tage der ihm vom Schicksal zugemessenen Frist dachte er und stöhnte.

Eine Welt im Kopfe, eine Prometheuskraft im Hirn – draußen die Not einer berstenden Welt, das Röcheln des Untergangs, laut, warnend, verzweifelt für den, der Ohren hatte, das gespenstige Krachen in den Fugen des alten Staates zu hören, und er, er, der sich zum Retter in dieser Katastrophe des Vaterlandes berufen fühlte, der sah, was anderen Augen verborgen blieb, der hörte, wo andere Ohren taub blieben, der die Stützen und Pfeiler kannte, die den erschütterten Bau halten und richten konnten, er lag seit Jahren gefesselt im Turme! Hörte im Winde den Sturm der Zeit gegen die Mauern ächzen, ballte tatenbrünstig die Fäuste und schlug sie wund an den stummen Wänden seines Gefängnisses.

Die Gedanken des Wachenden stoben weiter. Er gedachte der Hilferufe, mit denen er Paris, Versailles, halb Frankreich überschwemmte. Keine Antwort brachten die Hunderte seiner Briefe. Keiner der Großen, die er mit den letzten Worten der Verzweiflung ansprang, konnte oder wollte ihn aus den Klauen der Willkür reißen, die ihm die Brust zerfleischten. Er gedachte Sophies, des Vaters. Da gurgelte er auf in Haß und ohnmächtiger Wut. Jetzt hatte der Wüterich sein Ziel erreicht. Seine Familie vernichtet. Ihn hier eingeschlossen durch eine lettre de cachet. Durch eine zweite die Mutter ins Kloster St. Michel in Paris hinter Schloß und Riegel gebracht. Sophie im Dirnenhause des Fräuleins Douay in Paris eingekerkert. Louise von Cabris durch eine vierte lettre im Kloster zu Sisteron mundtot gemacht. Der Bruder Boniface nach Amerika abgeschoben. Er hatte sein Ziel erreicht, sein Weib und seine Brut zu vertilgen. Karoline, die harmlose Gebärmaschine, die allein in Freiheit lebte, hatte ihm die Worte des Vaters geschrieben: »Die Megäre und ihren ungeratenen Sohn mußte ich unschädlich machen und Louise, die Seele dieser Liga von Straßenräubern, die aus dem Holze geschnitzt sind, aus dem die ewig Verdammten gemacht sind.«

Er hatte sie alle in die Hölle der ewig Verdammten geschleudert.

Mirabeau öffnete die Augen und setzte sich im Bett aufrecht. Das unsaubere Hemd hing in Fetzen von den Schultern. Er blickte mit Augen, die Tränen blendeten, auf den Raum von zehn Fuß im Quadrat, der die Welt dieses Mannes geworden war, der in sich die Kraft fühlte, Welten aus den Angeln zu heben.

Dann packte ihn Energie. Er warf die leichte Decke zurück und sprang vom Lager. Übermut überkam ihn.

»Meine Welt,« er lachte ingrimmig, »meine Welt sollen diese zehn Fuß sein. Wille und Befehl des Menschenfreundes! Ich habe mir diese zehn Fuß und meine Welt etwas erweitert. Jawohl!« Er wusch sich plätschernd. Dabei brüllte er:

»Vater l'Avisé! He, holla, Vater l'Avisé!«

Nach kurzer Zeit rasselten draußen Schlüssel, das Schloß schnappte. Der alte Wärter trat mit der Frühstückssuppe ein.

»Guten Morgen, Herr Graf«, grüßte er und stellte den Topf auf den Tisch aus rohem Holze, der neben einer Bank, einem Stuhle, dem Bett und einem Brett voller Bücher die Innenarchitektur der Zelle bildete.

»Morgen, Alterchen, Sie sehen auch jeden Tag jünger aus«, scherzte Mirabeau und griff zur Hose.

»Sehen Sie nur, Alterchen,« jammerte er galgenhumoristisch, »bald kann ich nicht mehr aufstehen, weil ich nichts mehr anzuziehen habe. Jeder Landstreicher ist gegen mich eine festlich gekleidete Erscheinung. Ich habe wahrhaftig keine Hose mehr, keine Schuhe, keine Strümpfe, keinen Rock. Meine Tuchhose ist in Stücken, meine Barchenthose muß geweißt werden. Seit mehr als einem Jahre spaziere ich mit nackten Füßen in den geborstenen Schuhen. Das war mir gleich, Alterchen. Aber schau her, nun sind nicht nur die Sohlen der Strümpfe futsch, sondern auch die Beinstücke zum Henker. Was nun? Und da – der Tuchrock hängt in Fetzen, der zweite da drüben ist dreckiger als ein Wischlappen. Jeder Gefangene, der hier auf Rechnung des Königs hockt, hat alles Notwendige reichlich. Ich Unglücksmensch, für den der Vater zu sorgen hätte, lasse seit sechs Monaten aus meinen Buxen Dinge sehen, die es sehr überflüssig ist, zu zeigen, da keine Frauenzimmer hier sind.«

Der Alte grinste. »Na, na, Herr Graf. Frauenzimmer sehen Sie doch wohl genug.«

Er deutete mit dem Daumen in die Richtung, in der das Schloß Vincennes lag.

»Genug nennst du das?! Diese fossilen Weibsbilder! Diese tertiären Versteinerungen! Aus deiner siebzigjährigen Perspektive, Alterchen, mögen sie ja wie weibliche Geschlechtswesen aussehen. Aber aus meiner einunddreißigjährigen! – Nein, mein Lieber, dieses Genug ist nicht genug.«

Er fuhr behutsam in die Reste des schwarzen Tuchbeinkleides.

»Vorsichtig muß ich sein,« spottete er, »wenn ich heut nachmittag nicht vor den Damen des Schlosses erscheinen will wie Odysseus vor der Königstochter Nausikaa.«

»Die kenne ich nicht«, überlegte der Greis. »Die hat hier nie gesessen.«

Mirabeau lachte und sah auf den Wärter, der im schneeweißen Hemde, schwarzer Kniehose, weißen Strümpfen und Schnallenschuhen, den Zopf sauber in schwarzes Band gewickelt, adrett und proper vor ihm stand.

Einige der letzten Fäden der Hose rissen, aller zarten Behandlung zum Trotze.

»Ech,« seufzte Mirabeau, »da geht sie hin. Ist das ein Leben – das ein Leben!«

»Nu – nu,« sänftigte l'Avisé, »der Herr Graf haben es doch noch ganz gut hier. Viel besser als alle die andern.«

»Natürlich habe ich es besser,« schalt der Herr Graf, »Menschen, wie ich, mein Alterchen, haben es immer besser. Weil sie mit ihrem Gehirn ihre Kerkermeister beherrschen – weil sie Hexenmeister des Geistes sind und diese kleinen Geister bezaubern.«

Der Alte nickte. »Da haben Sie recht, Herr Graf. Wie behext sind sie alle. Und tanzen nach Ihrer Pfeife. Selbst der Kommandant, Herr von Rougemont, wagt nicht, gegen Sie aufzutrumpfen.«

»Sprich nicht von diesem Wüterich!« schnauzte Mirabeau. »Diesem fanatischen, jähzornigen, tobsüchtigen Trunkenbold und Schürzenjäger. Diesem Helden der Grausamkeit gegen die Wehrlosen, der Härte gegen die Elenden, der Schwäche gegen die Schmeichler, der Katzbuckelei gegen die Großen. Ich weiß Dinge von ihm! Ich weiß, woher er die vierzigtausend Livres Jahreseinkommen bezieht. Unterschlagung von den Unterhaltungsgeldern der Gefangenen. Ich weiß Bescheid, mein Lieber. Er soll sich vor mir hüten, der Monsieur!«

Der Wärter schwieg ängstlich. Nach einer Weile wagte er: »Aber auch er sieht Ihnen doch manches durch die Finger, Herr Graf. In den bald fünfzig Jahren, die ich nun schon hier bin, hat kein Gefangener so viel Freiheiten gehabt. Und seit Herr von Rougemont Kommandant ist, gewiß keiner.«

»Das will ich ihm auch geraten haben«, knurrte Mirabeau und trat zum Tisch.

»Nanu,« rief er verwundert, »Blumen? Blumen hast du brave Seele mir gebracht?! Warum? Weshalb? Ist heut Feiertag?«

Er nahm das Glas mit den Feldblumen und barg das Gesicht in den kühlen Blüten. Sie dufteten Sehnsucht und Freiheit.

L'Avisé nickte wichtig. »Jawohl, Herr Graf. Heut ist 'n Feiertag. Heut ist doch der siebente Juni.«

Mirabeau blickte ihn verständnislos an.

»Heut vor drei Jahren ist der Herr Graf doch zu uns gekommen.«

Das Glas klirrte auf den Tisch, als der Gefangene es brüsk niedersetzte.

»Drei Jahre!« flüsterte er und blickte empor zu dem vergitterten Fenster, in dem die Sonne stand. »Drei Jahre! Man vergißt hier die Zeit. Schwimmt in einer braunen Sauce, die einen erstickt.« Und plötzlich schrie er auf: »Drei Jahre meines Lebens gemordet! Drei Jahre dieses einmaligen Lebens gemordet!!« Tränen stürzten ihm in die Augen. Er sprang auf den verdutzten Wärter zu, packte ihn am Hemd über der alten eingeknickten Brust und rüttelte ihn: »Drei Jahre, l'Avisé, begreifen Sie, was das heißt! Drei Jahre meiner Jugend! Die Jahre von achtundzwanzig bis einunddreißig! Drei Jahre aus meinem Leben gefetzt! Begreifen Sie das! Drei unwiederbringlich vertane, – tote Jahre!!« Der Alte suchte sich zaghaft zu befreien. »Beruhigen Sie sich, Herr Graf. Sie sind noch jung. Sie können alles nachholen.«

»Nichts kann man nachholen. Nichts! Keine verlorene Sekunde. Was der Schlund der Ewigkeit verschlungen hat, ist verrauscht – für immer.«

Sein Griff lockerte sich, die Arme fielen schlaff hernieder.

»Drei Jahre – drei Jahre meines Lebens ohne Leben verronnen!«

Er brach matt auf den Bettrand nieder.

Der Alte wagte nicht, ihn zu stören. Gebrochen flüsterte Mirabeau vor sich hin: »Drei lange, lange Jahre meines kurzen Lebens! *Meines* Lebens, das nach Taten lechzt! Er will mich hier ersticken. Er will mich hier verkommen lassen. Verdorren.«

Grauen schüttelte ihn. Er sprang wieder empor.

»L'Avisé, wie lange leben Menschen hier? Wie lange verwest der Mensch hier, der am längsten da ist?!«

Der Alte überlegte umständlich. »Am längsten ist Herr Leprévot de Beaumont hier, der den Plan des Getreidemonopols verraten hat, den ›Pakt der Hungersnot‹, wie man ihn genannt hat. Der sitzt schon im elften Jahre.«

»Im elften – –! Und wie viele sind hier gestorben, Alter, – seit du hier bist?«

»Hm, das sind 'ne ganze Masse!«

»Er will mich hier umbringen, dieser Mörder! Dieser Lebensvernichter! Aber ich wehre mich! Ich wehre mich mit jedem Atemzuge. Wenn ich auch schon krank und morsch geworden bin, ich lasse mich nicht unterkriegen. Er kennt meine Lebenskräfte nicht, dieser Kindesmörder! Zum zweiten Male soll keiner unserer Familie hier elend verrecken!«

»Zum zweiten Male, Herr Graf? Hier ist noch keiner aus Ihrer werten Familie gestorben.«

»Doch. Der Marschall d'Ornano.« »D'Ornano? Kann mich nicht entsinnen. Und mein Gedächtnis –«

Mirabeau lachte in jähem Umschwunge. »Kannst dich nicht erinnern, Alterchen? Und ist erst ganz kurze Zeit her. Mein Urgroßvater heiratete die Tochter dieses Gefangenen. Unter Ludwig XIII. Ein gewisser d'Hélicourt war der Rougemont von damals. Ein ebensolcher Schurke. Die bleiben sich gleich zu allen Zeiten. Der arme Marschall hörte eines Tages Böllerschießen und erkundigte sich bei dem wilden Kommandanten nach dem Anlaß. ›Der Herzog von Orleans feiert seine Hochzeit mit dem Fräulein von Montpensier.‹ Der Marschall, mußt du wissen, war Erzieher des Herzogs, des Bruders des Königs, gewesen und hatte sich immer heftig dieser Heirat widersetzt, die der König wünschte, der Herzog aber verabscheute. Deshalb war er hierher geschickt. Froh rief er: ›Gott sei gelobt, Ihr werdet mich nicht mehr lange in Eurer Gewalt haben!‹ – ›Warum das?‹ entgegnete d'Hélicourt. ›Weil der Herzog vor der Einwilligung in diese Heirat die Zusage meiner Freilassung erhalten haben wird.‹ – ›Langsam, langsam,‹ grinste der Scherge des Tyrannen, ›er heiratet ohne Bedingung und ohne an Euch zu denken.‹ D'Ornano fällt verzweifelt in eine Krankheit und stirbt mit sechsundvierzig Jahren. Du siehst, mein Alter, wir haben uns nicht erst seit gestern über den Despotismus zu beklagen. Übrigens war der

Schwiegervater des Marschalls der einzige von uns Mirabeaus, der je etwas vom Hofe erhalten hat: für ihn wurde Schloß Mirabeau zum Marquisate erhoben.«

Er sprach langsam und nachdenklich. Dann warf er das Haupt zurück, daß die dichte Mähne aufwallte, und rief: »Fort mit den trüben Gedanken. Handeln! Ich werde mich an den König selbst wenden. Sofort.«

Er setzte sich an den Tisch und rührte in der dicken Mehlsuppe. »Was gibt es Neues, Alter? Heraus mit dem Journal von Vincennes!«

Allmorgendlich mußte l'Avisé berichten. »Gestern abend haben sie noch einen eingeliefert«, erzählte er gleichgültig.

»So?« fragte Mirabeau interessiert, während er die erkaltete Paste widerwillig hinunterwürgte, »wer ist es?«

»Ein Sieur Goupil. Er soll Polizeiinspektor in Paris gewesen sein. Und irgendeine Unvorsichtigkeit begangen haben. Genaues weiß ich nicht.«

»Ich will ihn sehen«, rief der Gefangene. Jedes neue Gesicht war in der Abgeschlossenheit und der Langenweile des Turmes ein Ereignis, ein Hauch der Welt dort draußen. »Sorg dafür, Alterchen, daß er mit mir zusammen in den Wällen spazierengeht. Sorg dafür.«

L'Avisé versprach es.

Mirabeau schob das halbleere Gefäß von sich. Ihn schauderte. »Nimm das Zeug fort. Ich kann es nicht mehr sehen. Und denk an den Sieur Goupil.«

Der Alte nickte, nahm den Topf und ging.

Mirabeau blickte lange sinnend auf die Blumen. Dann griff er das Glas mit beiden Händen und preßte sein Gesicht tief in den Duft des freien Feldes. Mit einem Ruck stellte er es wieder hin. Seine schwammigen Züge wurden scharf und hart vor Energie. Jetzt mußte das Letzte gewagt werden. Er nahm einen Bogen aus der Tischlade, tauchte überlegend den Gänsekiel in die Tinte und schrieb in mutigen Zügen:

»Im Schloßturm zu Vincennes, d. 7. Juni 1780.

> Sire, ich bin ein Franzose, jung und unglücklich – lauter Ansprüche, die Eure Majestät interessieren müssen. Ich leugne meine Verirrungen nicht, aber Verbrechen waren es nicht. Warum sperrt man mich ein, ohne mich zu verurteilen, ohne meine Verteidigung zu hören? Müßte man ohne Fehl sein, um seine Freiheit zu bewahren, so ist es nur allzu wahr, Sire, daß alle Ihre Untertanen im Kerker wären. Sire, ich flehe Ihre Gnade an, weil ich mir Fehler vorzuwerfen habe; ich appelliere an Ihre Gerechtigkeit, weil ich keines Verbrechens schuldig bin, und weil es furchtbar ist, Jugendverirrungen gleich verruchten Freveltaten zu ahnden. Geruhen Sie, Sire, mich vor meinen Verfolgern zu retten, die mir zu viel Böses getan haben, um mich nicht zu hassen, und denen mein Untergang allzu vorteilhaft erscheint, als daß sie aufhören könnten, darauf hinzuarbeiten. Lassen Sie einen Strahl königlicher Gnade auf einen Unglücklichen von einunddreißig Jahren fallen, der, voll edlen Strebens, bei lebendigem Leibe dem Grab überantwortet, langsamen Schrittes die Verdorrung der Sinne nahen sieht und hinter ihr die Verzweiflung und die Verblödung. Und das mitten in der Blüte der Jahre.«

Er schloß mit dem Verzweiflungsschrei:

> »Ich kann dieses Elend nicht länger ertragen! Ich kann es nicht. Sire, lassen Sie mich die Sonne sehen, im Freien atmen, geben Sie mir Menschen, denen ich ins Antlitz schauen kann!«

Rot und erhitzt vor Erregung durchlas er das Schriftstück. Da klopfte es. Der »Arzt, Apotheker und Barbier« des Gefängnisses François Fontelliau machte seine Morgenvisite.

»Morgen, Graf,« rief der schlanke fröhliche Mann mit dem ungepuderten wallenden braunen Haare, »wie befinden wir uns heute? Holla, ganz rote Backen haben wir! Doch kein Fieber!«

»Doch, Doktor, Freiheitsfieber.« Der Gefangene wies auf den Brief und erzählte seinen Inhalt.

»Der wird seine Wirkung tun,« versicherte der Arzt, ein großer Optimist mit wackerem Herzen; »passen Sie auf, in vier Wochen sind Sie frei. Den Schritt hätten Sie schon vor drei Jahren tun sollen. Na, nehmen Sie es sich nicht zu Herzen. Auf das Nächstliegende verfällt man immer zuletzt.«

Er schlug Schaum. Der Graf setzte sich zum Rasieren nieder. Während Fontelliau ihn einseifte und schabte, plauderte er. »Wissen Sie schon, daß Ihr Urteil ergangen ist? Noch nicht? Nun, dann wird der Kommandant es Ihnen heute bringen. Er erzählte es gestern abend in der Messe.«

Mirabeau konnte nicht sprechen, das Messer saß ihm grade an der Kehle.

»Ein famoses Urteil hat der Bezirksrichter von Pontarlier in dem von Herrn von Monnier gegen Sie und seine Gemahlin angestrengten Prozeß erlassen. Sie sind ›des Raubs und der Verführung überführt, zum Tode durch das Beil, außerdem zu einer Geldstrafe von fünftausend Livres und zu einem Schadenersatz von vierzigtausend Livres‹ verurteilt. Aber Herr Graf –! Sind Sie des Teufels! Fast hätte ich das Todesurteil vollstreckt!«

Mirabeau war, ohne auf das Rasiermesser zu achten, aufgesprungen. »Eine Infamie!« schnaubte er. »Des Raubes überführt! Was habe ich geraubt? Und Sophie? Welchen Kannibalismus hat dieser bestochene Blutrichter gegen Frau von Monnier ausgespien?«

»Die Marquise von Monnier ist wegen Ehebruchs verurteilt worden, auf Lebenszeit in einer Besserungsanstalt zu Besançon eingeschlossen, daselbst geschoren und wie eine öffentliche Dirne gebrandmarkt zu werden.«

Mirabeau stand bewegungslos, das Gesicht voller Seifenschaum.

»Hm,« sagte er endlich gelassen, »lange genug haben sie zu diesem ergötzlichen Urteil gebraucht. Nur gut, daß diese Gerichtssprüche nicht so ernst gemeint sind. Meine Hinrichtung wird wohl in effigie erfolgen?«

»Sie ist bereits vom Henker vollzogen worden.«

»Na, dann rasieren Sie weiter, Doktor. Diese Tragikomödie wollen wir uns nicht zu Herzen nehmen. Obwohl es eine reichlich unverschämte Geschichte ist, lache ich doch darüber. Das steht fest: die Vollstreckung eines nicht entehrenden Urteils entehrt nur den Besessenen, der sie betrieben hat. Jedenfalls geht der Streich, der die Puppe im Namen des Geächteten trifft, nicht ans Leben, und mein Nacken sitzt noch recht fest auf meinen Schultern. Kommen Sie, verschönern Sie diesen enthaupteten Schädel.«

Fontelliau lachte und strich neuen Schaum mit dem Pinsel auf.

Beim Abschied trug der Gefangene ihm viele Komplimente an die »junge Schönheit« in seinem Hause auf. Fontelliau versprach, seiner Tochter die Grüße zu bestellen.

Als der Arzt gegangen war, schritt Mirabeau in dem engen Raume auf und nieder. Das unsinnige Urteil hatte ihn doch heftiger erregt, als sein Stolz dem Bader verraten wollte.

Den in Vergessen verblichenen Tagen von Pontarlier hatte es neues Leben eingehaucht, dieser Zeit des ersten Findens, der Flucht aus dem Schlosse Dijon, der Vereinigung mit Sophie in Verrières, des Entkommens nach Holland. Länger als drei Jahre lag alles dies nun schon zurück! Wundersam schön, gebenedeit und voller Frieden schien dem Gefangenen diese Vergangenheit von Pontarlier und Amsterdam. Die glücklichsten Tage seines bewegten Lebens dünkten sie ihn, diese Tage gemeinsamer Arbeit, gemeinsamen Strebens, gemeinsamer Liebe in der großen emsigen holländischen Hauptstadt.

Die Stirn tief gebeugt, ging er von Wand zu Wand und ließ die lind beglückten Tage des Amsterdamer Idylls durch seine schmerzliche Erinnerung schreiten.

Die zehntausend Livres und der Erlös des Schmuckes, Sophies »Mitgebringe«, waren bald vertan. Er verstand im Besitze nicht zu sparen, und die Geliebte war lebensfremd. Sie ging auf in der Trautheit dieses »Ehelebens«. Als die Not vor der Tür stand, stürzte Mirabeau sich in die Arbeit. Er übersetzte aus dem Englischen, das er ohne Lehrer ebenso flott gelernt hatte wie die fünf anderen Sprachen, die er beherrschte. Von sechs Uhr morgens bis neun Uhr abends saß er am Schreibtisch. Eine Stunde Musik gab ihm die nötige Erholung. Sophie, im Überfluß erzogen und verwöhnt, war nie so heiter, so mutig, so gleichmäßig froh und hingebend als in dieser

Zeit der Armut. Sie machte ihm Auszüge, sie las, malte, gab italienische Stunden, korrigierte die Druckbogen und breitete über das Arbeitszimmer die Schönheit und Milde ihres erblühenden, aufquellenden Weibtums. Ihre unwandelbare Sanftmut und der unversiegbare Born ihrer Empfindungen verlieh diesen Tagen der Kargheit eine unerschöpfliche Fülle seelischen Reichtums.

Es waren Zeiten reinen Glückes der Liebe und des Zusammengehörens zweier strebender Menschen.

Zu den Übersetzungen gesellte sich eigene Produktion. Er schrieb einen Essay über die »Internationale Organisation der Freimaurerei« und einen zornigen »Rat an die Hessen«. Mit dem jetzt gereiften Schwunge seiner Beredsamkeit, seines Freiheitsdranges, seiner eingeborenen Empörung gegen jede Vergewaltigung erhob er gegen den schimpflichen Menschenhandel Protest, mit dem der Landgraf von Hessen seine versiegten Kassen füllte.

Dieser edle Landesvater hatte Soldaten wie Vieh an England verkauft, das sie als Kanonenfutter gegen die um ihre Freiheit ringende Union nach Amerika schickte. Drohend und prophetisch rief er über die Lande hin: »Wenn die souveräne Macht in Willkür und Tyrannei ausartet, wenn sie das erste Menschenrecht, zu leben, bedroht, zu dessen Schutz sie berufen ist, wenn sie den Vertrag bricht, der ihre Rechte aufstellte und begrenzte, so wird *die Auflehnung zur Pflicht und darf nicht mehr Empörung genannt werden*.« – Donnergrollen des kommenden Weltengewitters.

Zugleich mit dieser politischen Warnungsschrift entsproßte seinem universellen wirbelnden Hirne das Beste, was von Franzosen zu Ende des achtzehnten Jahrhunderts über Musik geschrieben worden ist. Dem Werk gab er den originellen Namen: »Den Titel mag der Leser selbst bestimmen«. Er verteidigte die Instrumentalmusik gegen Oper und Lied, »denn sie ist und bleibt der Hauptgegenstand des Komponisten, die Grundlage seiner Kunst und das Hauptbetätigungsfeld für sein Talent«. Glückliche Wendungen sprudeln in ihm auf: »Die Melodie besitzt die Fähigkeit, alles, sogar das Schweigen, zum Ausdruck zu bringen«. Er fügt eine Kritik der Konzertbesucher bei, die, wie alles Große, zeit-und raumlose Bedeutung hat: »Man geht in Amsterdam ins Konzert, weil diejenigen, denen an der Musik nichts gelegen ist, schöne und liebenswürdige Damen bewundern können; weil diejenigen von den letzteren, die von der Kunst der Töne nichts verstehen, wenigstens Gelegenheit haben, gesehen zu werden, und weil gesehen zu werden von großem Werte ist, wenn man sicher ist, oder wenn man glaubt und hofft, dieser Aufmerksamkeit würdig zu sein.«

Wie hatte Sophie, die schlichte feine Sophie, deren Seele Musik, deren Geist Harmonie, deren kleinste Bewegung Rhythmus war, über diese boshafte Stelle gelächelt, als er sie ihr vorlas!

Daran dachte er heute und an ihre kluge Warnung, als er seine leidenschaftliche schriftstellerische Kraft in den Kampf gegen den Vater schleuderte. Hätte er doch damals auf ihre mahnenden Worte gehört! Wie anders hätte sein und ihr Leben sich gestaltet! Doch die Not sprach. Geistige Arbeit, Schriftstellerei brachte zu allen Zeiten ein knappes Brot. Der vierzehnstündige Arbeitstag bannte nicht die drängendsten Sorgen. Er wandte sich um Hilfe an die Mutter, die im Genusse ihres großen Vermögens lebte. Sie antwortete: »Hilf mir gegen den Vater, so sende ich Dir, was Du brauchst.« Die Versuchung war lockend, der Grimm des eigenen Hasses gegen den Vergifter seines Lebens warf ihn der Verführung hin. Er schrieb ein dampfendes Pamphlet gegen den Vater, sandte es nach Paris, veröffentlichte es in holländischen Zeitungen.

Da schlug der Menschenfreund von neuem zu. Er hatte gejubelt, als der Sohn Frankreich verließ, war froh, den »Lumpen« endgültig los zu sein. Jetzt scheuchte ihn der unvermutete Angriff empor. Er verband sich mit dem greisen Monnier, mit der Familie Ruffei. Die holländische Regierung willigte in die Auslieferung. Ohne jede Warnung wurde am 14. Mai 1777 das Liebespaar verhaftet. Sophie übersah sofort die Schrecken der Lage, griff ein Messer. Die Wunde war leicht, der Polizeibeamte war hurtig zugesprungen.

Mirabeau dachte an die einzelnen Phasen dieser Schmerzensfahrt nach Paris. Der gebrochene Blick Sophies. Diese Augen einer todwunden verzweifelten Kreatur. Dann der Abschied! Ihre Schreie, die ihm noch heute, nach drei langen Jahren der Einkerkerung, im Ohre gellten. Nach drei langen leeren vergeudeten Jahren!

Voll Weh gedachte er dieser Frau, die man in ein Pariser Dirnenhaus geworfen hatte. Dort gebar sie ein Mädchen. Seine Tochter. Man hatte das Kind von der Mutter gerissen, es einer Ziehfrau überantwortet, bei der es starb. »Alle meine Kinder sterben«, dachte er bitter. Auch der kleine Gogo war kürzlich Krämpfen erlegen. Oh, er wußte, daß man der Mutter die Nachricht gebracht hatte, als sie auf der Bühne zu Tourves Komödie spielte. Er wußte dies und wußte vieles von ihrem lockeren Leben, von ihrer Liebelei mit dem Grafen Alexander Gallifet. Er wußte manches! Sie sollte sich hüten, wenn er seine Ketten zerbrach! Wie ein angeschossener Eber würde er in diese Tändelei des Liebeshofes hineinwettern!

Der Haß gegen Emilie ward zum Mutterboden einer überquellenden Zärtlichkeit gegen Sophie. Sie war jetzt gefangen im Dirnenkloster zu Gien. Er trat schnell zum Tische, um an sie einen dieser Briefe zu schreiben, die geheime Boten zwischen ihnen beförderten. Oft schrieb er diese langen Ergüsse aus Langerweile, aus Gewohnheit, aus Pflichtgefühl. Denn die Liebe, die in den Tagen von Amsterdam wieder hell aufgelodert war, hatten die langen drei Jahre der Trennung erstickt. Nicht Liebe diktierte ihm mehr diese schwelenden brünstigen Worte, sondern — — Es ist oft schwer zu sagen, was Männer bewegt, durch Jahre hindurch einer Frau mit dem lebensrot geschminkten Leichnam einer toten Liebe die Komödie des Lebens vorzugaukeln. Feigheit, Schonung, Furcht vor Szenen, Gewöhnung, Mitleid. Es ist ein verworrener Komplex von Gefühlen.

Doch heute führte erinnerungswarme Innigkeit den Kiel.

>»Liebe, süße Mimi! Heut sind es drei Jahre, daß ich in diesem Turme der Wiedervereinigung mit Dir entgegenhoffe. Ich bin der Verzweiflung heute näher als je. Meine einzige Freundin, zu wissen, daß die Geliebte leidet, ohnmächtig sein und ihr nicht helfen können, nicht einmal sie trösten, sich die Schuld an ihrem Elend zuschreiben müssen, das ist der furchtbarste Zustand der menschlichen Einbildungskraft, und in ihm schmachtet Dein Gabriel!... Es gibt Augenblicke, wo ich fast fähig bin zu wünschen, Du möchtest mich opfern. Wahrlich, wenn ich glauben könnte, daß Dein Glück an die Sekunde geknüpft wäre, in der Du mich vergäßest, würde ich mich augenblicklich der Ruhe Deiner Seele darbringen. Aber ich weiß wohl, daß für Sophie kein Glück mehr ist ohne den Gatten. Wir werden auch eine Zufluchtsstätte finden, und müßten wir in der tiefsten Wüste wohnen, in unbekannten Wäldern Herden hüten, bis ans Ende der Welt oder sonstwohin gehen, wo man die köstliche Freiheit der Liebe genießen darf. Ach, meine Freundin, wir sind ja jünger als unsere Feinde, und in unsrer Liebe und unsrem Sehnen hartnäckig wie sie in ihrem Haß und in ihrem Verfolgungswahnsinn. Wenn sie mich nicht für immer begraben haben, wenn mein allzu geschwächter Leib diese grausame Sklaverei überwinden kann, dann ist das Glück für uns doch noch nicht unwiederbringlich verloren, und es winkt uns am Ende des Weges, den ich jetzt gehe – aber, ach, wie lang ist dieser Weg! Meine liebe, liebe Freundin, wenn je wir uns wiedersehen, werden wir dann nicht tausend Gründe haben, uns noch stärker als vorher zu lieben? Was haben wir nicht alles überstanden, wie viele Tränen werden wir trocknen müssen! Wieviel Dank wird Dein Geliebter Dir für alles abstatten müssen! Seine ganze Liebe hattest Du schon, aber seiner Achtung –«

Hier platzte Vater l'Avisé, der Wärter, in die Zelle.

»Kommen Sie, Herr Graf!« rief er, »die Gefangenen spazieren in den Wällen. Der Sieur Goupil ist unter ihnen.«

Damit lief er wieder hinaus zu seinen Pflichten.

Mirabeau warf die eng beschriebenen Bogen in die Tischlade, ergriff seinen grünlich vermodernden, arg durchlöcherten Zweimaster und eilte hinaus.

Auf einer breiten Ausbuchtung des Walles, der den Turm umschirmte, ergingen sich die Gefangenen. Eine Stunde des Vormittags war der Bewegung in der Luft vergönnt. Unterhaltung war bei strenger Strafe verboten. Doch die Gefängnisregeln galten nicht für den Grafen Mirabeau.

Er stellte sich am Rande des mit spärlichem niedergetretenem Rasen bewachsenen Rundes auf, um dessen Peripherie die Insassen des Turmes schritten, und grüßte mit flüchtigem Nicken die alten Bekannten. Da wandelte der Marquis de Sade, der sanguinische Verfasser der »Justine«, trotzig, wild und verbissen. Die Wärter fürchteten ihn wie die Pest und gingen nur ohne Waffen in seine Zelle, aus Furcht, er könnte sie ihnen entreißen und gegen sie richten. Mirabeau war er widerwärtig. Der Marquis aber haßte den Grafen ob der ungerechten Bevorzugung, die er genoß. Hinter ihm kam der Marquis de Beauvau, ein Mann von vierzig, der über die Freuden seiner Bigamie hier trauerte. Ihm folgte der Graf de Whyte de Malleville mit tänzelnden Schritten. Der Wahnsinn hatte ihn hier umnachtet. Mit lappiger, viel zu weit gewordener Haut, den Kopf mit dem wirren ergrauten Haar gebeugt, den Blick zu Boden gerichtet, schlich hinter ihm der ehemalige Präsident im Staatsrate Baudouin, Seigneur und Baron du Guémadeuc, dessen Millionenkonkurs die Elite des Adels und der Beamtenschaft in seinen Strudel mitgerissen hatte. Hinter ihm geisterte ein Knochengespenst, der unglückliche Leprévôt de Beaumont, der seit elf Jahren diese eine Stunde frische Luft in seine alten Lungen sog. Als letzter kam, noch taumelnd zwischen Neugier und Entsetzen, der junge Sieur Goupil.

Mirabeau ließ diesen Zug der Ausgestoßenen einer üppigen, schmarotzenden, leichtlebigen Gesellschaft, diese Verlorenen, Hoffenden, vom unbeherrschten Willen des Trägers der despotischen Macht Frankreichs Geschlagenen an sich vorüberkreisen.

Als Goupil wieder an ihm vorüberschwankte, schloß er sich ihm an.

Die andern hoben unwillig die Köpfe. Neid züngelte in ihren leeren Augen empor, dann trotteten sie weiter, Empörung, erstickte Raserei, Verblödung, Stumpfsinn oder Ergebung in ihr Los im Herzen, je nach Anlage und Charakter.

Der Wärter, der im Innern des Kreises patrouillierte, erhob gegen Mirabeaus Eigenmächtigkeit keinen Einspruch. Er wußte, daß der Graf unter hoher Begünstigung stand.

Goupil, stutzerhaft gekleidet, blieb überrascht und erfreut über die Ansprache stehen. Sein Gemüt war übervoll von Verzweiflung und Jammer über das Mißgeschick der letzten Wochen. Er war aus großer Höhe, in die ihn eine unerwartete Gunst des Schicksals erhoben hatte, jählings gestürzt.

Während er an Mirabeaus Seite die Runde um das Rondell machte, beutelte er mitteilsam sein überlastetes Herz aus.

»Ich war Polizeiinspektor unter dem Polizeipräsidenten Le Noir«, erzählte er. »Meine Spezialfunktion bestand darin, in Paris, der Provinz, dem Auslande alle Drucksachen, Bibliotheken, Druckereien zu überwachen und alle Schriften gegen die Großen zu unterdrücken. Man erkannte meinen Eifer und meine Findigkeit wohlwollend an. Ich heiratete. Das ward mein Unglück.«

Er seufzte, Mirabeau lächelte: »Ein Unglück, so alt wie die Ehe. Erzählen Sie weiter.«

Goupil warf einen raschen Seitenblick aus seinen stechenden, arglistigen Augen auf seinen Begleiter und fuhr fort: »Sie ist schön, klug, eine Klasse für sich. Sie wurde der Prinzessin Lamballe vorgestellt, erwarb bald ihre Freundschaft. Die Lamballe ward mein Verderben. Sie überredete meine Frau, neugierig wie die Weiber sind, ihr heimlich alle die Papiere vorzulegen, die ich unterdrückte.«

»Aha,« grinste Mirabeau, »ich verstehe. Das mag eine pikante Kost gewesen sein. Und Sie, Sieur, Sie wußten hiervon natürlich nichts?«

»Bei Gott, ich hatte keine Ahnung.«

Er legte die Plebejerhand auf die Herzgegend und suchte treuherzig dreinzublicken. Die Wirkung lohnte die Anstrengung nicht.

»Weiter!« befahl Mirabeau, wie ein Vorgesetzter.

»Die Lamballe wollte sich meiner Frau erkenntlich zeigen und ihr bei Hofe die ihrer Bildung und Schönheit angemessene Stelle verschaffen. Da glaubte ich – es war eine Dummheit – ich gestehe es ein – vielleicht sogar mehr – eine Narretei der Liebe – ich glaubte, die Augen der Königin durch einen Meisterstreich auf mich und mein Weib lenken zu müssen. Sie, Herr Graf, werden mich verstehen.«

»Weiter!«

»Ich hörte von einem gemeinen Pamphlet gegen die Königin, das eben die Presse verlassen sollte und geeignet war, ihren Ruf zu untergraben. In Yverdun ermittelte ich die Presse, auf der es gedruckt wurde. Ich faßte dort noch zwei Druckbogen voller unerhörter Verleumdungen. Der Rest war schon nach Holland abgegangen. Um das Erscheinen zu verhindern, mußte ich dorthin reisen. Man gab mir dreitausend Livres Reisespesen. Ich hatte Erfolg, erwischte das ganze Manuskript. Le Noir gab mir aus Anerkennung als Lohn meiner Intelligenz und meines Eifers noch tausend Louis. Marie-Antoinette war außer sich vor Freude und Dankbarkeit. Sie wußte nicht, wie sie mich hinlänglich fördern sollte. Ich sollte Generalvisiteur der Post werden. Baron d'Ogny, der die Stelle innehatte, sollte meinetwegen kurzerhand entlassen werden. Der Minister Maurepas hatte schon seine Zustimmung erteilt, die Ernennung war unterzeichnet – da brach das Unglück über mich herein.«

Er konnte vor Bewegung nicht weitersprechen.

»Nun?« forderte Mirabeau die Pointe der Erzählung.

»Sie werden es nicht glauben, Herr Graf,« sprach Goupil mit falschen Tränen in der Stimme, »eine solche Gemeinheit hat keinen ehrlichen Mann getroffen, solange die Welt steht. Einer meiner Kollegen bei der Polizei, ein elendes Individuum, neidisch auf meinen Erfolg, eine falsche Spionenseele, zeigte mich an und beschwor, daß ich selbst – ich selbst! – staunen Sie, Herr Graf! – – jenes Pamphlet verfaßt hätte!«

Mirabeau lachte laut und herzlos. »Ein famoses Bubenstück!«

»Nicht wahr?« rief Goupil beistimmend, ohne des Grafen Ironie zu bemerken. Er ahnte nicht, der Biedermann, daß seine Galgenphysiognomie seine Worte verräterisch kommentierte. »Man warf meine Frau und mich in die Bastille. Gestern brachte man mich hierher. Was sagen Sie dazu?«

Ein Husten erschütterte seine Brust. »Krank bin ich geworden von all den Aufregungen«, keuchte er und preßte das Taschentuch an die Lippen. Rot von schaumigem Blut zog er es zurück. Als er wieder sprechen konnte, flüsterte er zwischen den blutgefärbten Zähnen: »Aber der Lamballe werde ich es eintränken. Verraten werde ich dieses Weib, das mich und meine Frau auf diese unseligen Wege gelockt hat. Sie soll auch in die Bastille zu meiner Frau!«

»Sie scheinen mir nicht ganz logisch, Herr«, warf Mirabeau ein. »Was hat die Prinzessin Lamballe mit Ihrem Pamphlet zu schaffen?«

Goupil wollte erwidern. Doch wieder rüttelte ihn ein krampfhafter Hustenanfall. Er taumelte zu Boden. Der Wärter pfiff, andere Aufseher eilten herbei, trugen den Kranken hinweg.

Mirabeau blickte ihm sinnend nach. Sein kluges, sprunghaft erraffendes Gehirn arbeitete. Holla, war das nicht ein Fingerzeig! Die Lamballe in Gefahr! Sie, nach der Gräfin Polignac die mächtigste Frau am Hofe durch ihre lesbische Freundschaft zur Königin! Wahrhaftig, ein Fingerzeig des Schicksals! Die Möglichkeit, ihr einen Dienst zu erweisen, dämmerte auf. Diesen Schurken Goupil bearbeiten, über die Indiskretion der Lamballe zu schweigen! Sich Dankbarkeit ertrotzen! Dienst gegen Dienst!

Federnd in der Triebkraft seines Entschlusses, eilte er in den Turm. Gleich der Prinzessin schreiben, nichts aufschieben! Zusammen mit dem Gesuch bei dem König mußte der Brief bei der Prinzessin eintreffen. Sie sollte die Königin zu seinen Gunsten stimmen. Neue Aussichten – neue Möglichkeiten! Der Herr segne diesen Schurken, den das Glück ihm in den Weg geweht hatte!

Er stürmte durch den engen Korridor. Da packte eine Hand seinen flatternden Rockschoß – der Stoff zerfaserte, riß. Und eine Stimme rief: »Wohin so eilig, Graf? Wartet die Freiheit?«

Mirabeau blieb stehen, erkannte den Polizeileutnant Boucher und erwiderte lachend: »Die Freiheit in Person noch nicht. Ich halte aber, wie Sie den Fetzen meines Rockes, einen Fetzen ihres erhabenen Gewandes in meiner Faust.«

Während sie zusammen der Zelle Mirabeaus zuschritten, erzählte der Graf dem Polizeileutnant seinen neuen Plan. Vor Boucher hatte er kein Geheimnis. Boucher war sein Jünger, sein Adept. Dieser kluge, kunstsinnige, wissensbegeisterte Mann war Gehilfe des Polizeipräsidenten Le Noir, als dessen Vertreter ihm die Aufsicht über das Staatsgefängnis oblag. Mirabeaus überlegener Geist, die Vielfältigkeit seiner Interessen hatten diesen »Schergen«, wie der Gefangene ihn scherzhaft nannte, vom ersten Tage an in seelische Hörigkeit geschlagen. Ihm verdankte der Graf seine ungewöhnliche Ausnahmestellung im Turme. Er wohnte in Paris. Doch der Dienst und vor allem das Verlangen nach freundschaftlicher Aussprache mit seinem Meister führten ihn oft ins nahe Vincennes.

Boucher billigte Mirabeaus Plan. Was hätte er nicht an seinem Abgott gebilligt! »Sehr gut, lieber Freund, ganz ausgezeichnet. Schreiben Sie sofort. Schreiben Sie mit dem Ihnen allein verliehenen Feuer, mit Ihrer unwiderstehlichen Überzeugungskraft. Ich nehme den Brief dann gleich mit.«

Sie traten in die Zelle.

»Ich habe noch einige andere Briefe für Sie zur Bestellung. Muß nachher noch einen schreiben.«

Boucher drohte lächelnd. »An Julie?! Wenn das Sophie wüßte!«

»Sie weiß es eben nicht«, lachte Mirabeau. »Das Nichtwissen ist oft das Leben.«

»Sie sind ein Schlimmer«, schalt Boucher bewundernd. »Aber man begreift, daß eine geistige und physische Kraft, wie die Ihre, nach besonderen Gesetzen lebt. Wer Sie sind, habe ich erst so recht aus Ihrer letzten Arbeit gesehen. In einem Zuge habe ich sie gelesen.«

Er zog das Manuskript aus der Tasche und legte es ganz sanft und ehrfürchtig auf den Tisch.

»Wie hat es Ihnen gefallen?« fragte Mirabeau siegesgewiß.

»Großartig, lieber Freund. Ganz großartig. Ich kenne, wie Sie wissen, Ihren früheren Essay über den Despotismus. Aber –«

»Schweigen Sie von diesem kindlichen Gestammel«, unterbrach der Graf heftig. »Ich bedaure das Buch schmerzlich. Es ist abscheulich. Eine Menge Einzelheiten machen kein Buch. Es ist ein Flickwerk aus Lumpen, die ohne Ordnung zusammengenäht sind und alle die Gebrechen unserer Zeit aufweisen. Es fehlt am Plan, an der Form, der Genauigkeit und der Methode.«

»Nun, nun, nun«, rief Boucher besänftigend. »Sie urteilen hart. Aber der Meister dieser neuen ›Haftbefehle und die Staatsgefängnisse‹ hat ein Recht, über jenes erste Buch den Stab zu brechen. Hier ist ein Meisterwerk.«

Er berührte das Manuskript andächtig, als wäre es eine Hostie.

Mirabeau lachte grimmig auf. »Der Stoff ist mir ja einigermaßen geläufig.«

»Leider, leider, lieber Freund. Die Tränen sind mir aufgestiegen bei der Lektüre, daß solch ein Mann in dieser gärenden Zeit hinter Mauern gefesselt sitzt, statt das Werden dort draußen zu meistern. Männer, wie Sie, tun uns dort draußen bitter not.«

Mirabeau ballte die Fäuste, daß die Knöchel knackten. Boucher nahm das Manuskript mit zaghaften Fingern wieder empor. »Diese kraftvolle und entschiedene Sprache«, lobte er demütig. »Und manches berührt geradezu prophetisch. So hier die Stelle.« Er blätterte, fand und las:

»›In jedem Staat, wo die Bürger keinen Anteil an der Gesetzgebung haben in Form einer aus der freien Wahl des größten Teiles der Nation hervorgegangenen Volksvertretung, gibt es keine öffentliche Freiheit und kann es keine geben.‹ Und hier: ›Das Recht der Souveränität beruht einzig und unabänderlich auf dem Volke, der *Herrscher ist nichts als der erste Diener dieses Volkes.*‹ Herrlich, herrlich! Wer wagt, das heute zu denken, geschweige denn auszusprechen! Das Buch wird unerhörtes Aufsehen machen, wenn es erscheint. Ich werde sofort die nötigen Schritte tun. Es reißt Binden von den Augen. In diesem Werke, lieber Freund, liegt die Vorahnung der Rolle, die Sie spielen werden, wenn der Tag der neuen Zeit anbricht – –«

»und ich bis dahin hier nicht vermodert bin. Drei Jahre bin ich heute hier, Boucher, drei Jahre! Und draußen brodelt unterirdisch die Revolution! Ich höre ihr Grollen. Sie ruft mich. Und ich sitze gefesselt hier, krank, zermürbt von den rasenden Kräften in mir, die brachliegen. Retten Sie mich, Sie mein guter Engel, retten Sie mich!«

Er fiel überwältigt von dem rasenden Schmerze seiner Gebundenheit vor dem fassungslosen Manne auf die Knie.

Boucher suchte ihn aufzurichten.

»Freund, Freund, wir arbeiten. Ihre Helfer arbeiten. Sie dürfen nicht verzagen! Nur Mut – Mut, liebster Freund.«

Der Gefangene sprang auf. »Ja – Sie arbeiten. Aber mein Vater arbeitet auch.«

»Ich gehe heute noch zu Le Noir. Er ist Ihnen sehr gewogen.«

»Er ist mir gewogen, und viele Große sind mir günstig, und doch geschieht nichts!«

»Wir werden Sie befreien, Freund. Es geht nur langsam, denn die Freunde Ihres Vaters sind auch sehr mächtig.«

»Und inzwischen verkomme ich! Man möchte sich den Stirnkasten an den Wänden dort zerschellen, daß in diesem Frankreich des sinkenden Jahrhunderts das Leben eines Menschen von diesem Ränkekampf der Großen abhängt.«

Er fiel erschöpft auf das Bett. Boucher nickte traurig vor sich hin. »Es ist Zeit, daß Gesetz und Recht den Despotismus ablöst. Und das Tragischste dabei ist, daß der König ein gutmütiger, wohlwollender Mann ist. Das Herkommen aber ist stärker als er.«

Mirabeau hob den Kopf. »Wir, Boucher, wir, der alte Adel Frankreichs, wir tragen die Schuld am Despotismus. Wir, die wir am grimmigsten unter ihm leiden. Nur in einem dunklen, niederen Stand kann man sich den Bösewichtern und Königen entziehen. Der Adel, der immer die Pflanzschule aller Trabanten des Despotismus war und sein wird, hat in den Verbrechen des Despotismus seine Strafe gefunden. Anstifter der Willkür, sind wir ihre ersten Opfer, und das ist nur gerecht. Das habe ich in jenem Werke zu zeigen versucht, und ich fürchte, das ist der letzte Tribut, den ich meinem Lande darbringen kann.«

Boucher wollte beruhigend widersprechen, doch Mirabeau fuhr, den Blick ins Weite gerichtet, fort:

»Wohin führte uns doch dieses wahnsinnige Geschäft, das wir übernommen haben? Wir zählen nur noch auf unseren Einfluß, um uns vor den Gesetzen zu bewahren, und die Gesetze können uns nicht mehr vor dem Einfluß bewahren. Da sie keine Gewalt mehr *gegen* uns haben, weshalb sollten sie welche *für* uns besitzen? Arme, arme Menschheit, aus dir selbst erwachsen alle deine Leiden...!«

Er schwieg, schwer atmend. Boucher suchte seinen trüben Gedanken eine andere Richtung zu geben.

»Und Ihr Roman, lieber Freund? Wie weit ist der?«

Eifervoll schnellte Mirabeau vom Bett empor. Seine Stimmung schlug, wie so oft, jäh um.

Seine Züge, die das Leid und die Arbeit der letzten Jahre vergeistigt und veredelt hatte, verzogen sich jetzt zu einer geilen Faunfratze.

»Meine ›Bekehrung‹?« grinste er. »Ha, hören Sie, was ich gestern schrieb.« Er kramte die Blätter aus der unerschöpflichen Lade des Tisches hervor und las unerhörte Schlüpfrigkeiten.

Boucher wiegte den gepuderten Kopf.

»Sowas sollten Sie nicht schreiben, Freund, das ist Ihrer unwürdig«, wagte er linden Tadel.

»Unsinn. Das bringt Geld, sollen Sie mal sehen! Sowas verschlingt die liebe Plebs auf den Höhen der Menschheit. Ich bringe Porträts. Alle Arten Frauen, alle Stände ziehen vorbei. Der Gedanke ist verrückt, aber die Einzelheiten reizend. Vorbeidefiliert sind schon die Generalpächterin, die Prüde, die Betschwester, die Präsidentin, die Hure, die Hofdame, die Alte. Dazu kommen Stiche, freie und hübsche natürlich. Ich sage Ihnen, ich werde damit ein Vermögen verdienen. Zuletzt mache ich einen Abstecher in die Hölle, wo ich mit Proserpina schlafe. Es wird eine ganz neuartige Tollheit.« »Hm«, machte Boucher. »Schreiben Sie es. Es bringt Sie auf muntere Gedanken. Ob Sie es später veröffentlichen, kann ja immer noch entschieden werden.« Er stand auf. »Jetzt habe ich noch einiges Dienstliche mit dem Kommandanten zu erledigen. Inzwischen schreiben Sie wohl die beiden Briefe, die ich mitnehmen, soll.«

Damit ging er.

Gleich darauf brachte Vater l'Avisé das Diner. Es war nicht die allgemeine Kost. Die Damen des Schlosses Vincennes hatten ihre Gründe, für das körperliche Gedeihen des Gefangenen im Turme zu sorgen.

Der Brief an die Prinzessin Lamballe war bald geschrieben. Dann schritt Mirabeau zu der Lieblingsbeschäftigung des Tages, dem Schreiben an Julie Dauvers.

Seltsam, wie die Regungen der Dichterseele, war dieser Briefwechsel. Heimat des schaffenden Geistes, ist Traum und Phantasie, die Wirklichkeit bleibt ihm ewig die Fremde. Das wahre Leben tötet die Liebe der Dichter, weil es der schaffenden Phantasie die Daseinsmöglichkeit raubt. Poeten lieben nur ihre Traumgesichte. Sie sprechen gern hinein in das Dunkel, sie zittern, wenn sie die Stimme hören, ohne den Körper zu sehen, aus dem sie tönt. Welche Möglichkeiten dann für die schwelgende Einbildungskraft! Mit welchen überirdischen Gaben kann die Schöpfergnade dann die Fremde, Niegeschaute krönen! Alle Märchenschätze seiner Sehnsucht kann der Schwärmer ihr darbringen, sie in seinen Himmel erheben, sie zur Gottheit weihen. Es ist dies eine alte traurige Geschichte von der Liebe der Dichter. Sie lieben am tiefsten die Frauen, die sie nie gesehen haben, die ihnen aus der Ferne schreiben, wenn Geist und Schönheit in ihren Worten lebt.

Gabriel Mirabeau beging diese Dichterliebe. Baudouin, der bankrotte Präsident des Staatsrates, sein Bagnogefährte, hatte ihm zufällig bei einem Gespräche den Namen des Mädchens genannt. Sie war die Geliebte seines früheren Sekretärs Paul-Pierre de la Fage. Von diesem jungen Menschen, der seine rechte Hand in allerlei windigen Spekulationen gewesen, sprach der Millionenkonkursifex mit liebevoller Hingabe der Erinnerung. In Wahrheit war er – wie sein Herr – ein zweifelhafter Ehrenmann, das Vorbild der Lebejünglinge des Café de la Régence und des Palais Royal, die höchste Verkörperung der brüchigen Existenzen dieser brüchigen Zeit. Seine Liebschaften weihten ihn zum Häuptling der Modegecken von 1780. Er hatte Sophie Arnould, die große Sängerin der Pariser Oper, mit dem Prinzen d'Hénin, den sie spöttisch den Zwergprinzen nannte, die reizende Tänzerin der Oper Marie-Madeleine Guimard mit dem Bischof von Orleans geteilt. Er hatte die Erstlinge der Rose Bertin gepflückt, dieser mächtigsten Frau Frankreichs, der genialen Modekünstlerin, die täglich stundenlang in Marie-Antoinettes kleinem Salon mit der Königin beriet, tüftelte, entwarf, dieser ersten Ministerin der Schönheit, der intimen Beraterin des königlichen Scharmes.

La Fage war in den Augen der jungen Lebewelt Muster und unerreichtes Vorbild.

Seine Geliebte war mit fünfzehn Jahren Julie Dauvers geworden.

Mirabeaus rege Phantasie wob um dieses Mädchen das Märchengewand der Liebe. Dieser hübsche, gutgewachsene, von dunklem Einkommen elegant ausstaffierte, gewerbsmäßige Tugendbrecher hatte das junge unerfahrene schöne Kind aus guter Familie verführt. Ihr Vater war Hofzahnarzt. Die höchste Aristokratie, die Gräfin d'Artois, die Schwägerin des Königs, und seine Tanten verklärten seinen Patientenkreis. Das arme Kind war betölpelt, betrogen worden, hing seine junge ahnungslose Seele an einen Unwürdigen, einen Schurken, einen Spieler, mit Herzen und Schicksalen. Leicht erforschte er von Baudouin ihre Adresse. Und dann schrieb er ihr. Warmblütig und hingebend, wie Dichter der gefährdeten Unschuld schreiben. Sie antwortete, klug, gebildet, sehr intelligent. Er deutete vorsichtig an, daß sie für einen La Fage zu schade sei, sie, mit ihrem Wissen, ihrem Zartgefühl, ihrer großen Seele. Sie erwiderte, auch sie habe Ähnliches bereits empfunden, das Ziel ihres Ehrgeizes sei, an den Hof zu gelangen, Ehrendame Marie-Antoinettes zu werden, eine Stellung, die allein ihres Geistes und Taktes würdig wäre. Mirabeau überraschte dieses Geständnis keineswegs. Es gab im Frankreich jener Tage keine, durch Schönheit, Bildung oder Geist ausgezeichnete Frau, der eine andere Sehnsucht im Busen brannte, als an den Hof der strahlenden jungen Königin zu dringen. Versailles war nicht von dieser Welt. Versailles war der Himmel und das alleinseligmachende Reich der Gläubigen. Und jede Begabung rang inbrünstig im Gebete, einzugehen in dieses selige Himmelreich.

Er liebte sie nun schon, seine Liriette. Diesen zarten Kosenamen hatte seine Phantasie ihr ersonnen. Seine Einbildungskraft versetzte Berge für die Geliebte seines Wahnes. Sie wollte an den Hof? Nichts leichter! Er hatte doch seine Beziehungen, seine mächtigen Freunde! Der arme

Teufel, der im Vincenner Turme gebrochen trauerte, ohnmächtig an seinen Fesseln zerrte, ward zum gewaltigen Förderer und Beschützer. O – er würde sie emporheben zum Glanze, mit den Zauberschlüsseln seiner Macht die Pforten des Versailler Himmels für seine geliebte Liriette sprengen! Dichtermärchen kennen keine Hindernisse.

Heute schrieb er:

»Meine Liriette, Du fragst nach Sophies Stellung zu mir, die alle Welt kennt. Ach, ich wußte es damals, wie ich es heute weiß, daß es die größte Dummheit meines Lebens war, sie zu entführen. Aber durfte ich damals undankbar oder kleinmütig vor ihr erscheinen? Durfte ich das Unheil sie verschlingen lassen, zumal ich wußte, wie es sie treffen würde? So mußt Du meine Lage von damals betrachten, und dann wirst Du erkennen, daß nicht sie, sondern ich es war, den ich opferte. Es war damals keine Frage des Zartgefühls, es ging um Leben und Tod. Ich wählte für sie – das Leben. So geht es mir immer, meine liebste, zärtliche, traute Freundin: ich bin sehr klug, wenn ich für andere urteile, und sehr töricht, wenn ich mein Geschick entscheide.

Und nun zu Dir. Ich sehe einen sehr guten Weg für Deine Wünsche.«

Seine Schöpfergabe wob die Eindrücke des Tages zu verhängnisvollen dichterischen Wirklichkeiten. »Ich kenne eine sehr einflußreiche Dame bei Hofe, die Deine Sache, wenn ich es verlange; schnell zum Ziele führen wird: die Prinzessin Lamballe. Ich besitze etwa vier- bis fünfhundert Briefe von ihr. *Ich habe sie in allen möglichen Situationen gesehen. In allen!!* Du verstehst, nicht wahr? Aber gib mir Dein heiliges Ehrenwort, daß Du zu keinem, hörst Du, zu keinem Menschen hierüber sprichst! Keinem, auch La Fage nicht, darfst Du diesen Brief zeigen! Ich verlasse mich auf Dich.«

Heiß von den Ausgeburten seiner Phantasie schloß er den Brief.

Nachdem Boucher die Post geholt hatte, machte Mirabeau, so gut es ging (es ging nicht gut), Toilette, um die Damen im Schlosse zu besuchen. Im zerschlissenen Rocke, mit skandalöser Hose, ohne Strümpfe, klaffenden Schuhen, mit zerfetzter schmutziger Wäsche, ein schäbiger Bettler, schritt er hinüber ins nahe Schloß, ein begehrter Liebhaber.

Das Schloß Vincennes, etwa eine Viertelstunde Wegs vom Turme entfernt, war eine königliche Residenz, deren Räume verarmten Mitgliedern großer Familien als Gnadenasyl überwiesen wurden. Nur Witwen wohnten hier zu Mirabeaus Zeit: eine Tante der Frau von Montessou; die Schwägerin des Turmkommandanten, Frau von Ruault; die Gräfin Sparre und Lady Barrimore, die ehemalige Geliebte des Herzogs von Lauzun. Jede dieser Damen streifte in der Nähe des kanonischen Alters dahin und gierte danach, die letzten Brosamen von der Liebestafel des Lebens zu haschen. Der einzige Mann, der in der Einsamkeit von Vincennes als Freudenbringer gelten konnte, war der abgerissene Graf des Turmes. Sie teilten ihn unter sich, ohne Neid und Eifersucht. Not lehrt, sich bescheiden. Er kam täglich, sang ihnen mit seiner geschulten prächtigen Stimme melancholische Romanzen und zog sich dann mit der Erkorenen des Tages in die Einsamkeit zurück. Sein Motiv war wohl nicht die reine wahre Liebe. Er erfüllte die Erwartungen der alternden Damen, weil es immerhin weibliche Wesen waren und sein Athletenkörper die Frau nicht entbehren konnte. Venusgestalten aber gingen im Bezirk von Vincennes nicht um. Und dann! Diese Damen hatten die besten Beziehungen zum Hofe. Der Vater der Ruault war Pagengouverneur des Herzogs von Orleans gewesen, die Schwägerin der Herzogin von Chartres war ihre Freundin; die Gräfin Sparre und die englische Lady verfügten über noch mächtigere Beziehungen. Die Damen arbeiteten an seiner Befreiung. Ob allzu großer Eifer ihren Interessen entsprach, ist fraglich. Doch eine Liebe ist der andern wert. Erlösungshoffnungen fordern Opfer.

Mirabeau brachte sie dar.

Die Begünstigte des Tages war heute die Gräfin Sparre. Doch kaum hatte sie sich mit dem leicht bekleideten Liebsten diskret zurückgezogen, da pochte es schmetternd gegen die Tür ihres Gemaches. Erschreckt richtete sie ihre Kleidung. Mirabeau hatte wenig zu ordnen.

»Wer ist da?« rief sie unwillig.

»Öffnen Sie sofort«, befahl die wohlbekannte Schnarrstimme Herrn von Rougemonts, des Turmkommandanten.

Seinem starren Pflichtgefühl war das Treiben im Schlosse nachgerade zu stark geworden. Er wollte endlich einmal ein Exempel statuieren. Er fühlte, daß Mirabeau und die Damen ihn vor seinen Untergebenen zum Popanz erniedrigten.

»Ich bin jetzt nicht zu sprechen!« gab die Gräfin zurück. Mirabeau soufflierte ihr die Antwort.

»Wenn Sie nicht sofort öffnen,« drohte Rougemont, »laß ich die Tür einrennen.«

Die Sparre warf dem Grafen einen verzweifelt fragenden Blick zu. Er schüttelte den Kopf und flüsterte: »Tun Sie, was Sie für recht halten. Die Folgen werden Sie treffen!«

Sie rief es hinaus.

Da krachte die Tür ins Zimmer. Durch die klaffende Öffnung drang der Kommandant mit drei bewaffneten Füsilieren.

»Mein Herr,« zeterte die Gräfin empört, »was erlauben Sie sich! In das Zimmer einer Dame mit Gewalt einzudringen!«

»Ich tue meine Pflicht!« knurrte Rougemont, ein alter knorriger Haudegen, und gab den Soldaten ein Zeichen.

Sie packten Mirabeau.

»Herr Kommandant,« brüllte der, »das werden Sie büßen!«

Den Füsilieren fehlte das Verständnis für erhabene Proteste. Sie führten den Grafen hurtig ab.

Die Gräfin ließ den Apparat ihrer Beziehungen spielen. Der Minister Amelot, dessen Pflicht darin bestand, die Skandalgeschichten der Großen zu verhüten und zu ersticken, wies den Polizeipräsidenten Le Noir an, seinen Untergebenen Rougemont streng zurechtzuweisen. Le Noir beauftragte seinen Polizeileutnant Boucher mit dieser Mission. Rougemont wurde hart angefahren, mit Entlassung bedroht – ein Ruheposten mit einem Einkommen von vierzigtausend Livres war in Gefahr! –, ihm ging der Befehl zu, der Gräfin und seinem Gefangenen Abbitte zu leisten und jede fernere Einmischung in die Geheimnisse des Schlosses zu unterlassen.

Der Kanossagang in Mirabeaus Zelle ward dem alten Offizier nicht leicht. Aber was tut man nicht alles für ein Einkommen von vierzigtausend Livres, selbst wenn es zum größten Teile durch Unterschlagung der Gefangenenrationen erworben werden muß!

VI.

Vincennes, ce 13 décembre 1780.

Monseigneur,

J'ai l'honneur de vous rendre compte, qu'en exécution de l'ordre du Roy en date de ce jour, qui vient de m'être remis, j'ai fait mettre sur-le-champ en liberté M. le comte de Mirabeau fils, qui était détenu de ses ordres au donjon.

II n'y a rien autre de nouveau. Je suis avec respect, *etc.*

signé:
De Rougemont.«

Es war geschehen. Nicht der König, nicht die Prinzessin Lamballe, nicht die Damen des Schlosses hatten Mirabeaus Ketten gelöst. Der Vater hatte ihn endlich freiwillig dem Leben zurückgegeben. Nicht aus Milde und Versöhnlichkeit! Egoismus war die Triebfeder seiner Menschlichkeit. Er witterte Gefahr. Die Marquise entwickelte, trotz ihrer Gefangenschaft im Kloster Saint-Michel zu Paris, eine hysterische Betriebsamkeit. Ihre Anwälte bestürmten die Minister. Der Eheprozeß drohte, von neuem zu entbrennen. Man mußte sich wehren, mit der rabiaten Frau unterhandeln, die Minister bearbeiten. Wer war hierzu berufener als der Hitzkopf, der Bezauberer, der Wortverführer, der scharfe Dialektiker in Vincennes, der dem Vater, aller Ableugnung seiner Gaben zum Trotze, doch gewaltig imponierte!

So öffneten sich am 13. Dezember 1780 die Tore des Turmes von Vincennes. »Nackt wie ein Wurm«, schritt Mirabeau in den Gewändern, die in Fetzen von ihm fielen, hinaus in die Freiheit, die er fast vier Jahre entbehrt hatte.

Sein Schwager, der Marquis du Saillant, der große Schweiger, erwartete ihn am Gitter des Donjons. Brachte ihn in das Haus des Arztes, Apothekers und Barbiers Fontelliau, fuhr nach Paris, ihm Kleider und Wäsche zu holen.

Den Aufenthalt von wenigen Tagen und Nächten im Hause des Arztes, der ihm während der Gefangenschaft so manchen Liebesdienst erwiesen hatte, benutzte Mirabeau zur Vergeltung in Liebesdiensten seiner Eigenart. Er verführte die fünfzehnjährige Tochter Fontelliaus, hatte mit ihm ein blutiges Rencontre im Vincenner Walde, das die vierjährige Freundschaft mit Florettstößen durchlöcherte.

Dann floh er in den neuen Kleidern, die der Schwager just zur rechten Zeit brachte, nach Paris.

Hier harrte seiner Liriette, Julie Dauvers, seine Liriette – die süße kluge witzige Liriette der Briefe, die er täglich empfangen hatte. Seine ungeduldige ehrgeizige Liriette, die nicht begriff, warum seine frühere Geliebte Lamballe ihr noch immer nicht die Stelle bei der Königin verschafft hatte. Er vertröstete: »Laß mich nur erst frei sein, laß mich nur erst nach Paris kommen, laß mich nur erst meinen persönlichen Einfluß üben – dann – dann wird sofort alles zu Deiner Befriedigung erledigt, meine kluge süße wonnige Liriette!«

Nun war er in Paris! Der Vater wohnte in seinem neuerworbenen Palais in der Rue de Seine. Er verschloß dem Sohne sein Haus. Wenn er ihm auch die Freiheit zurückgab, wenn er auch seine Dienste forderte, persönlichen Verkehr mit diesem Sprößling wünschte er ebensowenig, wie mit dessen materiellen Ansprüchen behelligt zu werden. Obdachlos, ohne Sous, sah Mirabeau sich genötigt, die Hilfe seines Freundes Boucher, des Polizeileutnants, in Anspruch zu nehmen. In seinem Hause in der Rue de Grammont fand er eine gern gewährte Zuflucht.

Auf den ersten Blick erkannte Mirabeaus Auge, das Verhältnisse und Zustände im Kleinen wie im Großen scharf durchdrang und schlagend beurteilte, den traurigen Wirrwarr dieses Heimes des guten, überschwenglichen, liebevollen Bewunderers seines Geistes.

Auf der Treppe zu den oberen Stockwerken krabbelten schmierige Rotznäschen mit hängenden Hosenlätzchen, die Läufer der Treppe waren durchlöchert, das ihm bestimmte Zimmer starrte mit fast undurchsichtigen Fensterscheiben und zerrissenen schmutzigen Gardinen; fingerhoch lagerte der Staub.

Boucher entschuldigte den traurigen Zustand seines Hauses mit verlegenem gutmütigem Lächeln:

»Es ist nicht alles so, wie ich es Ihnen gern bieten möchte, lieber Freund. Aber ein Mensch kann nicht alle Gaben haben. Sie ist eine große Künstlerin.«

Er sagte es mit schwärmerischem Entzücken.

Beim Frühstück traf Mirabeau dann die »große Künstlerin« mit unfrisiertem Haare, unsauberem Schlafrock, sehr hübsch, bebend vor Nervosität, die Beute hinraffender Reizmittel, fieberhaft sprechend. Auf dem Tische fehlte ungefähr alles. Ein schmuddeliges Dienstmädchen maulte der keifenden Wut der Herrin entgegen. Auf dem Boden krochen die Kinder. Madame sprang auf und erklärte, dieses Leben des banalen Alltags nicht länger ertragen zu können. Lieber ins Wasser! Der arme Boucher nahm sie kosend in die Arme, besänftigte sie, rannte, flitzte hinaus, holte Tassen und Kannen und Brot. Madame fiel in den Stuhl, schnappte nach Luft, blickte den erstaunten Gast teilnahmefordernd an, jammerte: »Das muß man täglich erdulden, und der Kopf raucht von Entwürfen!« Und während der Polizeileutnant ein und aus lief, die Kinder päppelte, die Frau bediente, die bald ihr Riechfläschchen, bald ein Taschentuch, dann wieder ihren Baldrian vermißte, und selbst nicht dazu kam, etwas zu genießen, begann Madame, unverschämt mit dem Gaste zu kokettieren. Plötzlich entführte sie ihn in ihr Atelier. Einige sehr flott gemalte und ausdrucksvolle Porträts standen auf den Staffeleien. Exzentrisch, fahrig warf sie sich Mirabeau ans Herz. »Ich kenne Sie aus den Schilderungen meines Mannes. Sie sind groß, Sie sind erhaben. Lassen Sie mich bei Ihnen Ruhe finden vor den Qualen dieses Hauses. Sie haben Sinn für Größe, für den Flug in die Höhen der Kunst!«

Sie war sehr hübsch und, trotz der nervösen Schlankheit ihrer Überspanntheit, zum Teil recht mollig. Der dünne Schlafrock verbarg seinen dreisten Händen nichts. Er erwiderte ihre Zärtlichkeiten und versprach in Bälde mehr. Für jetzt aber war er in Eile. Er hatte an Julie Dauvers nach der Rue Saint-Nicaise bei der Ankunft einen Boten gesandt und sie zu einem Rendezvous bestellt.

»Wohin?« hatte er Boucher gefragt, der so manchen Brief an die süße Liriette bestellt hatte und gönnerlich lächelnd neben ihm stand. »Ins Café Valois, den Pavillon Foy, in die Taverne anglaise, das Palais-Royal? Wohin?«

»Lassen Sie sie doch ins Café de la Régence kommen. Sie wohnt ja nur zwei Schritt davon.«

So vertröstete er die liebebedürftige Maler-Madame und eilte in seinem braunen spitzenverbrämten Rocke, Zweimaster, den Kniehosen, weißen Strümpfen, Schnallenschuhen, einen langen warmen Mantel über diese funkelnagelneue Herrlichkeit gebreitet, zum Stelldichein. Zwischen Louvre und Tuilerien, in diesem vornehmen und prunkliebenden Viertel, dicht bei der Oper und der Musikakademie, an der Place du Palais-Royal, im Winkel der Rue Saint-Honoré lag das berühmte Café.

Als er dort landete, sah er eine Dame um die Ecke der Rue Saint-Nicaise und Rue Saint-Honoré biegen und an dem gewaltigen Gebäudekomplex des Hospice royal des Quinze-Vingts eilig entlang schreiten.

»Das wird sie doch nicht sein!« dachte er erschreckt, und die Enttäuschung umklammerte sein knabenhaft erwartungsfroh pochendes Herz.

O gnadenbringende Dichterphantasie! O freudetötende grausame Wirklichkeit! Alle Gaben seines schönheitstrunkenen Gemütes hatte er auf diese Geliebte seiner Einbildung schwelgerisch gehäuft, zu einem Wunder aller weiblichen Reize hatte er sie erhoben in den langen Monaten seiner Gefangenschaft mit ihrer Leere an wahrer Frauenanmut.

Die junge Dame, die jetzt hastig auf die Tür des Cafés zuschritt, war groß und sehr gut gewachsen. Eine echte Pariser Figur. Sie trug einen üppigen Pelzmantel, der, in der Taille eingerafft, sich nach unten weit und glockig entfaltete. Das gepuderte Haar trug sie nach der neuesten Mode zu erstaunlicher Höhe emporgebauscht durch Einlagen von Werg und falschen

Zöpfen. Hoch oben balanzierte ein – im Verhältnis zu dem Turmbau – winziges Pelzhütchen mit wehender blauer Feder.

Es war ein alltägliches regelmäßiges Gesicht, mit gespannten, vom Ehrgeiz gezeichneten unruhigen Zügen. Es war eine Enttäuschung.

Julie Dauvers blieb stehen, blickte sich um, sah Mirabeaus pockennarbiges, gewaltiges, unschönes Gesicht, erschrak, forschte ihn fragend an, er trat auf sie zu, würgte an seiner Bestürzung und sagte heiser:

»Julie?!«

Sie nickte.

In gegenseitiger Verlegenheit traten sie in den weiten prunkvollen Saal des Cafés, dieser Akademie des Schachspieles, die unter der Leitung Philidors, des Weltmeisters seiner Zeit, stand.

Hier war der Sammelplatz der Künstler der nahen Oper und Akademie, das Rendezvous der Gecken à la mode, das »Café Wahnsinn« des Paris des sterbenden alten Regimes. Sie drangen durch den Lärm des Künstlerteiles im Hauptsaale zu dem stillen Seitenflügel der Schachspieler. Hier waren sie unbeobachtet.

Er half ihr ablegen. Unter dem Pelzmantel enthüllte sich ein karmelitfarbenes seidenes Kleid mit ovalem tiefem Ausschnitt, den gefältelte Spitzen säumten. Der Rock stand steif und glockig um ihre Glieder. Sie zog ihn empor, sich zu setzen. Die Kellnerin, eine reizende kleine Grisette in weißem Häubchen, eilte herbei. Julie wünschte Schokolade. Er bestellte zwei Portionen. Dann sah er sie an und sagte geistvoll:

»Das bist du also!«

Sie war trotz ihrer zweiundzwanzig schon irgendwie verblüht. Unter den Augen rundeten sich tiefgegrabene dunkle Halbkreise. Mirabeau war kein Kostverächter. Er nahm, was sich ihm bot: Kantinenweiber, Kammerzofen, Matronen, exaltierte Malweiber. Doch dieses Mädchen lehnte er ab. Auf sie war er erbittert, als habe er durch die Arbeit seiner Phantasie ein Recht erworben auf ihre Verpflichtung, schön und bestrickend zu sein. Er grollte ihr erbost.

»Das bist du also!« wiederholte er gereizt.

»O bitte,« verbesserte sie, »wir wollen uns doch ›Sie‹ sagen. In den Briefen war das etwas anderes.«

»Aber, bitte sehr«, genehmigte er ohne Widerspruch. Mühsam quälte das Gespräch sich dahin. Sie sprachen von seiner Gefangenschaft, seiner Erlösung.

Dann brachte die Kellnerin die Schokolade. Julie zog die grauen Wildlederhandschuhe von den Fingern, aß mit Appetit den Kuchen, der auf dem Tisch stand, trank gierig und begann, lebhaft zu sprechen. Mirabeau schwieg, staunte und ließ ihre Seele sich ihm hemmungslos erschließen. Er war Menschenkenner genug, um sie nach einer Viertelstunde ganz zu durchschauen. So nebenbei erfuhr er, daß sie seit sieben Jahren die Geliebte La Fages war, daß sie ihn zu heiraten gedachte, sobald sie die Stellung errungen hatte, nach der sie trachtete. »Und die Liebesbriefe,« dachte Mirabeau verwundert, »diese glühenden Briefe an mich?!«

Sehr bald wußte er, daß sie nur einer Liebe fähig war: der Liebe zum Erfolge; daß er ihr nichts war, als eine Leiter zum Emporklimmen. Ihr Gemüt war kalt und frostig, ihr Herz steril. Ihre Klugheit, die Intelligenz, die ihn in den Briefen entzückt hatte, richtete sich allein auf den Weg zu einer Hofcharge. Er wußte sehr bald Bescheid und schalt sich ingrimmig einen albernen Narren, der in die Falle dieser erheuchelten Liebe gegangen war.

»Und nun, Herr Graf,« fragte sie messerscharf, »wie steht es mit den Empfehlungen der Lamballe? Ich will nun endlich einmal den Erfolg sehen. Seit Mai führen Sie mich an der Nase herum. Jetzt haben wir Mitte Dezember.«

Ihm ward sehr unbehaglich zumute. »Ja – ja,« wich er aus und rückte verlegen auf dem Stuhle, »das geht alles nicht so glatt, wie Sie sich das denken. Die Lamballe ist eine sehr hitzige unbedachte Person. Alles stand glänzend, da hatte sie einen Krach mit der Königin aus Eifersucht auf die Polignac – Sie wissen doch, wie Frauen sind –, und alles war wieder in Frage gestellt.«

»Hm«, Julie kniff die schmalen bleichen Lippen – diese Lippen des herzlosen Willensmenschen – fest zusammen. »Wie denken Sie sich nun das Weitere? Ich habe keine Lust, noch lange zu warten. Und La Fage auch nicht.«

»Aber, mein Gott,« rief Mirabeau mit unterdrückter Stimme, »mit Gewalt läßt sich da doch nichts machen!«

»Das müssen Sie wissen!« entgegnete sie bissig. »Die Lamballe war Ihre Geliebte –«

Mirabeau packte sie fest am Arm. »Schweigen Sie – um Himmels willen –, wenn man Sie hört! –«

Er sah sich ängstlich um.

»Keiner hört«, sagte sie ruhig und entwand ihren Arm seinen gewaltsamen Fingern. »Es kann doch nicht so schwer sein, von einer früheren Geliebten eine kleine Gefälligkeit zu erlangen.«

»Nein, nein«, erwiderte der Graf sanft und hätte das liebe Mädchen freudevoll erwürgt. »Ich gehe noch heute zu ihr ins Hotel Toulouse. Aber um eins bitte ich Sie: geben Sie mir meine Briefe zurück. Die Liebe zwischen uns war ja nur ein Traum unseres Briefwechsels. Er ist verflogen. Die Ihren stehen Ihnen selbstverständlich auch zur Verfügung.«

Da lächelte sie sarkastisch.

»Nein, lieber Graf. Von den Briefen trenne ich mich nicht. Sie sind mir teure Andenken.«

Er erkannte seine Meisterin, gab sich nicht eine Sekunde lang irgendwelchen Täuschungen darüber hin, daß sie diese verfänglichen Briefe als Sporn seines Eifers verwenden wollte. Er war in ihrer Hand.

Ihm ward übel. Er fürchtete, seine Selbstbeherrschung zu verlieren, drängte zum Aufbruch. Gab vor, er wolle sofort zur Prinzessin Lamballe.

An der Ecke der Rue Saint-Honoré und der Rue Saint-Nicaise trennten sie sich.

»Wann höre ich von Ihnen?« fragte sie. Es war wie ein Ultimatum.«

»Bald.«

»Nein, bitte genauer. Morgen?«

»Gut, morgen.«

»Um welche Zeit?«

»Ich schicke einen Boten, sowie ich etwas Bestimmtes gehört habe.«

»Ich werde morgen vormittag zu Hause bleiben.«

Während er die Rue Saint-Honoré hinabschritt, ballte er die Fäuste in den Taschen seines neuen Mantels, daß die Nägel tief in die Handflächen eindrangen. Der körperliche Schmerz tat ihm wohl.

Das ihm! Dieser Reinfall ihm! Diesem Eisblock von Weib und ihrem Galan mit Haut und Haaren ausgeliefert! Kein Zweifel, wenn er ihr nicht die Stelle bei der Königin verschaffte und rasch verschaffte, würde sie sich schuftig rächen, der Lamballe seine Briefe übersenden. Dann erfuhr die Prinzessin die unerhörte Verleumdung, sie, die ihn nicht einmal einer Antwort gewürdigt, als er ihr gegen die Gefahr Goupil seine Hilfe angetragen hatte. (Goupil war sehr bald darauf in Vincennes an galoppierender Schwindsucht gestorben.)

In ihrer Empörung würde die Prinzessin alles in Bewegung setzen, ihn wieder in einem der Staatsgefängnisse über seine verrückte Prahlerei nachgrübeln zu lassen. Herrgott! Eine nette Patsche, in die er sich da gebracht hatte! Ja – aber was? was? was? Wie sollte er diesem ehrgeizbesessenen Weibe eine Anstellung bei Hofe verschaffen?! Er, der hilflose arme Teufel, der keinen Menschen in Paris kannte und alle Hände voll zu tun hatte, des Vaters Wünsche zu erfüllen.

Er mußte mit der Mutter verhandeln, noch heute. Sie hatte einen neuen Prozeß angezettelt vor der großen Parlamentskammer von Paris. Der Termin stand bevor. Er war aus Vincennes nur befreit worden, hier einzugreifen. Er mußte sofort zur Mutter. Und sollte diesem Weibe und ihrem Galan helfen, er, der selbst der Hilfe so dringend bedürftig war! Es war zum Verzweifeln.

Er wandte sich dem Kloster St.-Michel zu, in dem die Mutter noch immer auf Grund der lettre de cachet vom Jahre 1777 schmachtete.

In düsteren Gedanken gegen sich und seinen Lügewahn wütend, schritt er die lange und sehr breite Straße Saint-Honoré hinab und stolperte über die holperigen Kopfsteine. Einen Bürgersteig gab es nicht. Ohne auf die Auslagen der großen Geschäfte aller Art zu achten, stürmte er dahin. Nur einmal blieb er staunend stehen. Dicht an ihm vorüber fuhr eine Staatskarosse mit zwei Hofdamen. Zu beiden Seiten des Wagens steckte je eine von ihnen den Kopf mit dem hohen Frisurgebäude zum Fenster hinaus. Im Wagen war hierfür kein Raum.

Da lachte er doch, trotz seines Jammers. »Angenehm muß solche Fahrt sein«, dachte er. »Ich fürchte, den Damen wird der Hals steif werden, bis sie nach Versailles kommen.«

Er kam zum Kloster. Mit bangem Herzklopfen folgte er der führenden Nonne durch die niedrigen Gewölbe der Gänge. Dann stand er in dem dunklen engen Hofzimmer der Mutter. Lange, lange Jahre hatte er sie nicht gesehen.

Er blieb an der Tür stehen. Die Mutter saß am Tische, eine Brille vor den alternden weitsichtigen Augen, und schrieb mit gehässigem Eifer eine ihrer tausend Instruktionen, die Schrecken ihrer Anwälte. Sie blickte auf, blinzelte, riß hastig die Brille von der Nase. Er sah ihr fanatisches, von Leid und Leidenschaft ausgemergeltes altes Frauengesicht.

»Mutter!« rief er.

Sie klammerte sich an den Rand der Tischplatte, hob sich mit Anstrengung empor – die Beine waren matt vor freudigem Erschrecken.

»Gabriel!«

Da war er bei ihr, ihr alter müder gehetzter haßglühender Kopf lag an seiner breiten Brust. Er streichelte ihr ergrautes dünnes Haar, von dem die Haube gerutscht war.

»Mein Gabriel – mein Gabriel!« flüsterte sie weinend. »Bist du endlich frei! Bist du herbeigeeilt, deiner armen alten Mutter gegen diesen Geier zu helfen, der ihr Herz zerfleischt? Mein Gebriel!«

Sie hob den Kopf und betrachtete ihn lange prüfend. »Groß und breit bist du geworden. Aber deine Haut ist schwammig. Du siehst nicht wohl aus, mein guter Junge. Hat er dich auch morden wollen, dieser Mörder! Aber hier – hier.«

Sie wurde plötzlich lebhaft, als durchströme sie magische Kraft, sie wuchs. »Hier!«

Sie raffte die Papiere vom Tisch. »Da lies, mein Junge. Das wird diesen Teufel in die Hölle stürzen. Ich habe Hilfe gefunden. Mächtige Leute bei Hofe. Jetzt soll es ihm ans Leben gehen. Lies!«

Sie zog die Leinengardinen vom Fenster fort, damit er mehr Licht habe.

Er blickte auf die kleine nervöse Schrift. Las Beschimpfungen, Klatsch, gräßliche Enthüllungen geheimsten Familienunheils. Er ließ die Bogen sinken.

»Mutter,« begann er vorsichtig, »wäre es nicht besser, endlich mit dem Vater Frieden zu schließen und –?«

Sie riß die Augen auf und starrte ihn wortlos an. Ihr Gesicht, durch dessen kalkige Haut die Knochen schimmerten, ward noch totenkopfähnlicher.

»Was sagst du da?!« schrillte sie. »Frieden! Jetzt Frieden, wo ich ihn vertilgen werde?! Jetzt Frieden, nachdem ich wieder vier Jahre hier Rache gebrütet habe, wo ich endlich einen Lichtstrahl sehe? Jetzt Frieden? Das sagst du, den er vier Jahre lang eingekerkert hat?! Ha – du –,« mit unglaublicher Spannkraft lief sie auf ihn zu, umkrallte seine Arme – »er hat dich bestochen – er hat dich gekauft – ich weiß es – ich fühle es – ich habe es sofort an deiner kalten Zurückhaltung gefühlt – er schickt dich zu mir – mich auszuhorchen – mich auszuspionieren –«

Sie schleuderte seine Arme von sich – »Dazu also kommst du – in seinem Sold – ein Schurke –!«

Und plötzlich schrie sie hysterisch: »Fort mit dir! Hinaus! Hinaus!«

Es gellte gegen die Wölbungen der Decke. Er suchte sie zu beruhigen. Sie stieß ihn mit der Kraft des Wahnwitzes von sich und schrie, daß die Nonnen zusammenliefen, hereinstürzten.

»Er will mich verraten – mein schurkischer Sohn will mich verraten!« zeterte sie, anklagend die Arme gegen ihn ausgestreckt.

Ehe er recht zur Besinnung kam, hatte man ihn aus dem Zimmer geführt. Noch lange hörte
er die gellenden Schreie ihm nachhallen durch die Gänge.

»Ein erfreulicher Tag«, dachte er, als er wieder auf der Straße stand. »Nun zum Parlementsgebäude, die Akten einsehen, mit den Richtern verhandeln – –«

Das Mittagsmahl im Hause des Polizeileutnants bildete das gleiche Tohuwabohu wie das
Frühstück. Kinder krochen um die Stuhlbeine, wimmerten und grölten. Boucher lief, schleppte
Schüsseln und Terrinen, vermittelte sanft zwischen der scheltenden Madame und dem raunzenden Dienstmädchen, blickte, wenn er einen Moment verschnaufen konnte, den Gast mit seinem
lieben vergebungheischenden Lächeln an, als wolle er wieder sagen: »Von *einem* Menschen kann
man nicht alle Vollkommenheiten erwarten, nicht wahr? Entweder ist man perfekte Hausfrau
oder geniale Künstlerin.«

Die geniale Malerin saß an der Breitseite des Tisches neben Mirabeau, der die Spitze innehatte. Sie trug noch denselben schmuddeligen Schlafrock, der sie beim Frühstück geziert hatte.
Ihre Haare hingen noch ebenso wirr und zerzaust. Sie aß wacker, sprach von ihren Nerven und
rieb ihr Knie an dem Schenkel des Herrn Grafen.

Boucher keuchte herein mit dem Braten.

Nach Tisch bat er, ihn zu entschuldigen. Sein Amt forderte seine Gegenwart. Er empfahl
den Freund der Gattin, von der er rührend zärtlich Abschied nahm. Die Gattin nahm die eheherrliche Empfehlung ernst. Sie lud den Gast in ihr Schlafgemach. Auf der Treppe krabbelten
die Kinder.

Mirabeau floh bald die gastliche Schlafstätte. Gab wichtige Arbeiten vor. Unruhe des Geistes
beeinträchtigt Behagen des Körpers. Sein Gehirn suchte gemartert eine Rettung aus den Krallen
der Stellenjägerin.

Er ging in sein Zimmer, erstattete dem Vater ausführlichen Bericht über den fragwürdigen
Erfolg seiner ersten Mühen. Auch auf dem Gericht hatte man den Vermittler des Marquis Mirabeau nicht allzu freundlich empfangen. Die Aktien der Marquise standen zur Zeit fraglos in
der Hausse.

Dann saß er und grübelte finster. Diese kleine eigensüchtige Ratte! Diese närrische infernalische Intrige! Dieses blödsinnige Lügengespinst, das ihm nun zum Netz wurde, in dem er
erstickte! –

Plötzlich ward sein Blick starr. Sein erfinderisches Hirn hatte sich auf eine Idee gestürzt.
Hoho! Kühn. Gab aber einen Aufschub. Los!

Er riß einen Bogen an sich und schrieb mit verstellter zarter Schrift:

»Liebster! Warum so ungeduldig? Alles steht gut. Du darfst mich nur nicht zu
sehr drängen. Morgen spreche ich bestimmt nochmals mit ›ihr‹. Die kleine Dame
soll etwas Geduld haben.

Deine Louise.«

Mit einigen Zeilen sandte er »dieses Billett, das ich soeben von der L. erhalten habe«, in die
Rue Saint-Nicaise.

Dann ging er hinunter in den Salon, in dem sich jeden Nachmittag eine bunte Horde von
Malern, Schriftstellern, Anwälten, Angestellten der Ämter, Männlein und Weiblein voller wahren oder eingebildeten Talentes, Taktes, Geistes einstellte.

Als Mirabeau eintrat, fand er den Salon in schnatternder Lebhaftigkeit. Paris hatte wieder einmal eine Sensation. Paris, diese große Kleinstadt, in der jedes Interesse sich um den Hof schlang,
um sein Tun, sein Lassen, sein Lachen, seine Trauer, jede banalste Äußerung seiner Launen
und Stimmungen. Da war etwas im Gange! Paris horchte auf, lauschte, suchte das Geheimnis
zu durchdringen, zu erraten. Was war geschehen? Was bedeutete diese Hast des Adels? Dieses
Umherschwirren der Karossen? Diese ängstlichen Gesichter der hohen Damen und Herren?

Man riet, man vermutete. Alle diese leicht beweglichen Menschen im Salon Boucher flatterten in geheimnisvoller Erregung.

»Alles ist in Aufruhr«, berichtete ein junger Anwalt des Châtelet. »Es fiebert in den Häusern und Palästen um den Louvre, in diesem enormen Viertel der Paläste, der Parks, der Avenuen bis zur Rue des Petits-Champs und zur Seine. Etwas ist im Gange!«

»Vielleicht wieder ein Millionenkonkurs?« schlug ein junger Maler wohlwollend vor. »Möglich, sehr möglich«, rief es von allen Seiten. Und alles sprach durcheinander.

Jedermann spekulierte und jobberte in dieser Zeit der niedrigen Valuta, der Teuerung, der Krisis. Das liegt im Blute aller Epochen der Katastrophen. Je weniger das Geld gilt, desto toller jagt alles ihm nach. Jeder Prinz, jeder Minister, jede Favoritin spielte und spekulierte unsinnig. Alles hasardierte mit unbedenklicher Wut. Vermögen, Ehre, Freiheit, Ruf stürzte oft über Nacht. Baudouin, Mirabeaus Genosse von Vincennes, hatte so manchen Nachfolger gefunden.

Die Grenzen des Adels verwischten sich. Er gab sich Spekulanten, Schiebern, Abenteurern in die Hände, von der Gier nach Gewinn verlockt; verkettete seine Ehre, seinen Rang, sein altes Blut mit diesen Emporkömmlingen des Geldes, pulste mit ihnen in gleicher Hoffnung, gleicher Furcht, gleicher Reue, im gleichen Sturze.

Darüber sprachen, schalten, witzelten die begabten jungen Leute des Salons Boucher, die alle heute nichts hatten, denen das Morgen alles geben sollte: Reichtum, Glück, Erfolg, Ruhm, politische Freiheit.

»Ist etwa Rose Bertin gestorben?« rief eine schöne Frauenstimme.

Alles wandte sich lachend der jungen Sängerin zu.

Das wäre das größte Staatsmalheur! Was täte dann Marie-Antoinette? Die Hoffeste müßten abgesagt werden. Nicht auszudenken! Die Mode wäre mit ihr gestorben.

Andere aktuelle Vermutungen stiegen empor. Hatte etwa die Flotte, die auf seiten der amerikanischen Insurgenten in ihrem Freiheitskampfe gegen England stritt, eine Niederlage erlitten? Keineswegs. Ihr Kommandant, Graf d'Estaing, war soeben verwundet, aber siegreich nach Frankreich zurückgekehrt.

Hatte man Necker entlassen? Nein, nein, die Königin stützte ihn. Am Ende war Beaumarchais, der Spekulant und Armeelieferant der amerikanischen Empörer, bankrott?! Komödie! Der scheffelte Millionen!

Ein Schriftsteller brachte endlich die Klärung aller Zweifel: der galante Herzog von Guines war vom Hofe gejagt worden, weil er gewagt hatte, im Kabinett der Königin – bitte, im Kabinett der Königin!! – der Gräfin Polignac mehr als sein Herz anzubieten. Während die Gräfin noch mit sich kämpfte, ob sie das Angebot annehmen sollte, war Marie-Antoinette eingetreten, hatte das Verfängliche der Situation überschaut, dem gabenfreudigen Herzoge die Tür gewiesen, der Polignac eine Szene gemacht.

Man lachte, schwelgte in schlüpfrigen Anekdoten, erzählte sich Märchen von dem Freiheitsdrange der Königin, ihren geheimen Besuchen auf Maskenbällen, zu denen sie in der Droschke fuhr.

Bald war ein allgemeines Gespräch über die Sittenlosigkeit des Hofes im Gange, über seine Verschwendungssucht, über die Teuerung, die allgemeine Not, den Getreidewucher, den Hunger des Volkes.

Jedes Gespräch nahm in den Salons von 1780 diesen Marsch.

Mirabeau hörte nur im Unterbewußtsein zu. Er überlegte: die Polignac in königlicher Ungnade, bedeutete die Stunde erhöhter Gunst der Lamballe. Sein Weizen blühte! Ausbeuten die günstige Gelegenheit. Neue Hoffnungen erwecken – hinhalten – das war die Hauptsache. Für den nächsten Tag sorgen und sich keine grauen Haare wachsen lassen.

Die junge Sängerin mit der schönen Stimme verteidigte jetzt die Königin.

»Sie hat recht, daß sie sich gegen diese wahnwitzige seelenmordende Etikette wehrt. Ihre erste Kammerfrau hat einer Bekannten von mir folgende wahre Begebenheit erzählt.«

Alles schwieg und lauschte dem Schmelz dieser Altstimme.

»Sie wissen alle, daß die Etikette genau die Vorschriften des Ankleidens regelt. Vor einigen Tagen steht die Königin splitternackt; die Campan, ihre erste Kammerfrau, will ihr gerade das Hemd überwerfen. Die Ehrendame tritt ein, zieht eilig die Handschuhe aus und nimmt das

Hemd. Es klopft, man öffnet. Die Herzogin von Orleans erscheint. Sie hat die Handschuh' in der Hand, eilt vorwärts, das Hemd zu nehmen. Aber die Ehrendame darf es ihr nicht direkt geben. Sie muß es der Kammerfrau reichen, diese gibt es der Prinzessin. Es klopft abermals. Es ist Madame, die Gräfin der Provence. Die Herzogin von Orleans reicht ihr das Hemd. Die Königin steht, die Arme über der Brust gekreuzt und zittert vor Kälte. Madame sieht ihre Pein, begnügt sich damit, ihr Taschentuch fallen zu lassen, behält die Handschuhe an und reißt der Königin, ungeschickt in der Hast, beim Überziehen des Hemdes die eben vollendete Frisur vom Kopfe.

»Die Königin lacht, um ihren Ärger zu verbergen, flüstert dann aber abgewandt: ›Welcher Unfug! Wie lächerlich!‹ Meine Damen und Herrn –« die Altstimme wird heller, »gegen diesen Zopf kämpft diese gerade offene Frau seit zehn Jahren. Vergessen wir das nicht, wenn wir sie beurteilen!«

Man klatscht in die Hände, andere schütteln den Kopf. Die Unzufriedenen reißen die Stimmung an sich. »Sie regiert – sie ist der böse Geist des guten Königs – sie wirft die Millionen auf die Straße, während das Volk hungert.«

Und das Wort »Revolution« züngelt auf.

Da faßt Boucher seinen Freund um die Schulter. »Sprechen Sie«, flüstert er. »Sagen Sie diesen Gelbschnäbeln, was die Zukunft ist.«

Und ohne seine Zustimmung abzuwarten, ruft er laut in das brandende Chaos:

»Meine Damen und Herren! Geben Sie dem Grafen Mirabeau das Wort, dem größten politischen Genie, das unter uns lebt. Demnächst erscheint sein Werk: ›Die Haftbefehle und die Staatsgefängnisse‹. Das Buch wird seinen Namen unsterblich machen und ihn zum Führer unserer Zeit erheben.«

Alles schweigt, reckt die Hälse, klettert mit den schmutzigen Stiefeln des Dezemberkotes auf die Polsterstühle, drängt heran.

Ein Graf!? Alle Achtung! Ein Zauberwort unter diesen Libertins, diesen Freiheitsdürstern. Ein echter blaublütiger Graf! Man lauscht voll Ehrfurcht, was ein echter Graf in diesem bürgerlichen Kreise sagen wird.

Mirabeau bebt vor Zorn. Dieses alberne kindische Spielen mit der »Revolution«, mit diesem Heiligtume seines Lebens, empört ihn, ekelt ihn an.

Er hebt seine gewaltige Stimme:

»Meine Herrschaften! Was würden Sie tun, wenn der König oder die Königin jetzt in diesen Salon träte?«

Man blickt erstaunt empor zu dem großen Manne mit dem Löwenhaupt.

»Schmeicheln würden Sie ihnen. Ihren Freiheitsmut von sich werfen und auf den Knien vor den Majestäten rutschen.«

Ein Murren des Unwillens knurrt im Gemach. Mirabeau hebt die feine weiße Hand gebieterisch. Lautlose Stille.

»Meine Herrschaften, es gibt keine angenehmere und verbreitetere Krankheit als die Liebe zur Schmeichelei. In unseren sklavischen Staaten, in denen eine lange Despotenherrschaft den Geist der Knechtschaft großgezogen hat, verkehren die Menschen alle miteinander auf dem Fuße dieser niedrigen Heuchelei, die uns noch in den einfachsten Dingen das Falsche an die Stelle des Wahren zu setzen zwingt. Die Gesellschaft ist nur noch ein Verkehr voller Trug und Lug, in dem jeder den andern ein nie empfundenes Lob hören läßt, auch dann noch, wenn sein Gewissen widerspricht. In einem solchen Land zu leben verstehen, heißt zu schmeicheln, zu heucheln, zu verbergen, zu lügen verstehen, und Väter und Mütter, Erzieher und Freunde spornen zu dem unwürdigen Handel, der Grundlage jeglichen Erfolges, an. Es wäre eine schöne Arbeit, das Elend zusammenzustellen, das die Schmeichelei über die Nationen gebracht hat, und die Dienste, zu denen sich Günstlinge für ihre Herren verstanden haben. Und die Dummköpfe zahlen die Kosten. Man sollte die herrliche Mahnung, die unser Landsmann Thomas dem Sohne Marc Aurels gibt, öffentlich anschlagen: ›Du aber, der diesem großen Manne folgen soll, Sohn Marc Aurels, bleibe eingedenk der Bürde, die die Götter auf deine Schultern gelegt haben; vergiß nicht der Pflichten dessen, der befiehlt, der Rechte derer, die gehorchen. Zum Regieren bestimmt, mußt du der gerechteste aller Menschen werden oder der schuldigste. Bald wird man dir sagen, daß du allmächtig bist; das wird der erste Betrug sein, denn die Grenzen deiner Macht sind die Gesetze. Man wird dir weiter sagen, daß du groß bist, daß deine Völker dich anbeten. Vernimm: als Nero seinen Bruder vergiftet hatte, sagte man ihm, er habe Rom gerettet; als er seine Gemahlin erdrosselt hatte, lobte man seine Gerechtigkeit; als er seine Mutter ermordet hatte, küßte man die verbrecherische Hand und lief in die Tempel, um den Göttern zu danken. Du sollst dich auch nicht durch die Demut, mit der man dir gegenübertritt, blenden lassen. Wenn du keine Tugenden hast, wird man dich preisen und hinter deinem Rücken hassen. Glaube mir und mißbrauche nicht die Geduld deiner Völker; die beleidigte Gerechtigkeit wacht in allen Herzen. Herr der Welt, du kannst mich sterben heißen, aber nicht, dich achten.‹

Diese Seite aus dem herrlichen Buche sollte man öffentlich anschlagen – für die Könige und die Völker.«

Man schwieg beklommen. Boucher schüttelte dem Redner enthusiastisch die Hand. Madame verkündete jubelnd seine Größe. Sie trug noch immer den Schlafrock.

Die junge Sängerin aber trat auf Mirabeau zu und sagte schlicht: »Ich danke Ihnen!«

Er blickte überrascht in das kluge Gesicht mit den tiefen genialen braunen Augen.

»Wer sind Sie?« fragte er leise.

»Reine-Anne-Antoinette Clavel«, erwiderte sie, »von der königlichen Oper.«

»Wir wollen plaudern, Reine-Anne«, bat er und zeigte auf zwei leere Sessel.

Sie waren bald in ein spannendes Gespräch verstrickt.

Die Dame des Hauses sah es mit Mißvergnügen. Sie rauschte mehrmals so dicht an den selbstvergessen Plaudernden vorüber, daß ihr wehender unsauberer Morgenrock sie überflatterte. Sie merkten es nicht.

»Kommen Sie mit in die Oper,« lud Reine-Anne ihn ein, »ich singe heute zum ersten Male die Dido in Piccinis Oper.«

Er eilte in sein Zimmer, Hut und Mantel zu holen. Er fand ein Billett von Julie Dauvers.

»Mein Herr,

wofür halten Sie mich und Herrn de La Fage? Ihr Billett ist eine grobe und schlechte Fälschung. Ich durchschaue jetzt Ihr arges Spiel. Hüten Sie sich.

J. D.«

Er starrte auf das Schreiben. War gelähmt. Dann schob er es zerknittert in die Hosentasche. Morgen! Jetzt wartete Reine-Anne. Da fühlte er, daß er keinen Sou in der Tasche hatte.

Er stahl sich noch einmal in den Salon, pumpte den braven Boucher an. Er gab bereitwillig, was er hatte. Madame sah ihm mit bös zuckenden Lidern nach, als er ohne Gruß ging.

Nach der Oper und dem jubelnden Beifall des Publikums, das die gottbegnadete Stimme und Menschengestaltung der jungen Reine-Anne feierte, begleitete Mirabeau sie nach Hause. Als sie träumerisch entrückt auf seinen Knien kauerte, raschelte der Brief Julie Dauvers in seiner Tasche.

VII.

Am nächsten Morgen schrieb er an Julie:

»Ich habe Ihnen auf Ihr Billett, mein Fräulein, nur zu antworten, daß es so seltsam und so wenig verdient ist, daß es mir ebenso zur Unmöglichkeit geworden ist, meine Pläne für Sie durchzuführen wie die Ehre hinfort zu genießen, Sie zu sehen. Als Ihre Freundschaft mir innig und zärtlich schien, habe ich Ihnen mein Herz schmerzlich und liebevoll ergossen. Heute, da das Mißtrauen, ja selbst die Beleidigung an die Stelle der Gefühle getreten ist, die Sie mir einst so ausgiebig bezeugten, werde ich mich nicht zu einer Verteidigung erniedrigen, die ganz unnötig ist in den Augen des einfachsten Verstandes und der alltäglichen Vernunft. Denn man kann doch wohl wetten, daß, selbst wenn ich ein solcher Schuft wäre, wie Sie annehmen, ich doch nicht dumm genug bin, mich an der Lampe zu verbrennen, die ich selbst angezündet habe. Jedenfalls, mein Fräulein, wünsche ich Ihnen mehr Glück, mehr Gleichmut und mehr Vertrauen zu Ihren Freunden aus der Tiefe eines Herzens, das stets von Achtung für Ihre Tugend und hochschätzender Zärtlichkeit für Ihre Person durchdrungen sein wird. P. S. Ich glaube, mein Fräulein, daß Sie, bei Ihrer Art, über das Billett zu denken, es nicht mehr brauchen. Ich erbitte es daher zurück und erwarte von Ihrem Takt, daß Sie es mir mit meinen übrigen Briefen zurückschicken.«

Falls Mirabeau die Erwartung hegte, so leichten Kaufes diesem Abenteuer zu entrinnen, wurde er peinlich enttäuscht. Julie erwiderte:

> »Mein Herr, wenn binnen drei Tagen, von heute an, nichts für mein Glück Positives von Ihrer Seite geschieht, so wird Verschiedenes für Ihr Glück Negatives von meiner Seite aus erfolgen.
>
> J. D.«

Jetzt ging es um den Kopf. Er sann und grub in die Tiefen seines Hirns. Jetzt mußte etwas geschehen, das heransprengende Verhängnis aufzuhalten.

Er sandte ihr zwei Karten zum Opernball, die er aus den Mitteln einer neuen Anleihe bei dem keineswegs wohlhabenden Boucher erstanden hatte, gab ihr Verhaltungsmaßregeln, verabredete Erkennungszeichen unter der Maske.

Der Ballsaal war ein längliches Viereck. Rings um die Wände lief eine von Säulen getragene Galerie für die Zuschauer. Die eine Schmalseite des Saales buchtete sich in ein harmonisches Halbrund aus, das als Speiseraum diente. Lockende Körbe voller erlesener Früchte und leckeren Backwerks verhundertfachten ihr Bild in den ragenden Spiegeln des Büfetts.

Im Saal drängte sich eine tausendköpfige Menge im Domino, weiß, von Satin, die Damen; schwarz, von Seide, die Herren. Zwischen die hohen gepuderten Frisuren mischten sich die Federhüte à la Henri IV., die auch beim Tanze nicht abgesetzt wurden. Alle Stände mischten sich hier: Prinzen von Geblüt, Herzöge, Grafen, der gesamte hohe Adel, die Beamtenschaft, die Jobber, Abenteurer, Schieber, die diese Großen immer mehr in ihre materielle Abhängigkeit beugten, Anwälte, Künstler, Studenten, kurz jeder, der die achtzehn Livres Billett-und Maskenpreis für sich und seine Begleiterin besaß oder pumpen konnte.

Man schob sich dahin in gefährlichem Gedränge, die Hitze wurde erstickend, an Tanz war nicht zu denken.

Vor einer Loge staute es sich. Dort feierte ein neues Modewunder sein Debüt. Hier thronten einige maskierte Damen des Hofes mit kleinen flachen, nach der Kopfform gebogenen Wasserbehältern im Haare, in denen die Stengel frischer Blumen sich tränkten. Das Urteil des Publikums schwankte. Manche fanden es unbequem und albern, andere scharmant.

Reine-Anne, die sich an Mirabeaus Arm durch die Menge schob, frohlockte: »Ei sieh, Gabriel. Der Frühling im Schnee!«

Sie deutete auf das gepuderte Haar der Damen. Vielen Beifall fand der Kopfschmuck der Herzogin du Nord. In ihrer Frisur nistete ein kleiner Vogel aus kostbaren bunten Edelsteinen, der sich auf einer Feder wiegte über einer blühenden Rose.

Als ein Teil der Gäste sich zum Speisen in den Rundsaal zurückgezogen hatte, ward Raum für den Tanz. Quadrille, Menuett, Konter waren die Mode. Ein Pas de deux des Marquis de Noailles und der Madame Holstein, die, obwohl maskiert, von allen an ihrer Grazie erkannt wurden, erregte Bewunderung und Nachahmung.

In einer Ecke des großen Saals hinter einer Säule stand, vor Erregung zähneklappernd, Julie und La Fage. Sollte ihr Traum wirklich Wahrheit werden? War Mirabeau, trotz allem, kein Betrüger? Er hatte es mit überzeugender Bestimmtheit zugesagt. Ja, weshalb denn auch nicht?! Wußte nicht jeder, daß »sie« sehr oft zu diesen öffentlichen Bällen kam mit einer einzigen Hofdame!

»Zittere nicht so,« schalt La Fage, »beherrsch dich. Du wirst deine Fassung brauchen!«

Doch seine Larve wippte auf seiner Nase, so bebte er.

Da trat Mirabeau hastig heran, hob sekundenlang die Maske und flüsterte: »Kommen Sie!«

Ohne La Fage zu beachten, faßte er Julies Hand, deren Eiseskälte durch den weißen Glacéhandschuh drang, und zog sie mit sich durch das Gewühl. La Fage folgte. In einer Nische harrten zwei große schlanke Masken. Als Mirabeau nahte, kamen sie lebhaft auf ihn zu, die eine mit dem unverkennbaren berühmten schwebenden Gange Marie-Antoinettes. Julie erstarrte das Herz vor Freude und Schrecken. Sie blieb stehen. Die Füße trugen sie nicht weiter.

»Kommen Sie,« flüsterte er, »keine Furcht. Jetzt entscheidet sich Ihr Geschick.«

Als sie vor den beiden Damen standen, stellte der Graf vor: »Fräulein Julie Dauvers, von deren Fähigkeiten ich Ihnen, Mesdames, gesprochen habe.« Die Damen nickten. Julie sank zum Hofknicks zusammen.

»Nicht doch!« rief die Königin mit herrlicher Altstimme. »Sie verraten uns!«

Julie taumelte empor.

Die Königin sprach liebenswürdig: »Der Graf von Mirabeau, ein Freund meiner Freundin –« sie wies diskret auf ihre Geleiterin – »hat mir von Ihnen erzählt, mein Fräulein.«

Julie stammelte dumpfe Laute.

»Sie wollen mir Ihre Dienste widmen. Darf ich Sie bitten, die Maske auf einen Augenblick abzulegen.«

Es gelang Julies zitternden Fingern mit Mühe, das Band am Hinterkopfe zu lösen.

»Sehr hübsch«, summte die Königin anerkennend. »Bitte sehr, Mademoiselle, maskieren Sie sich wieder. Ihr Wunsch soll erfüllt werden. Zur Zeit haben wir wohl keine Vakanz, Louise?«

»Augenblicklich nicht, Madame,« entgegnete die Lamballe, »doch in drei bis vier Wochen geht Madame Doublet de Persane mit ihrem Gatten nach Deutschland. Dann wird ihre Stelle frei.«

Die Königin nickte gnädig. »Sie werden zur Zeit durch die Prinzessin von mir hören, Mademoiselle.«

Sie neigte den Kopf, auch die Lamballe nickte huldvoll. Julie sank tief zusammen, Mirabeau riß sie hoch. »Nicht doch, Sie verraten die Damen!«

Als Julie zur Besinnung kam, hatte der Schwall der Menschenwogen die beiden Masken verschlungen.

Sie hielt sich benommen den Kopf, ihr Gehirn wirbelte, eine Ohnmacht dämmerte herauf. »He,« lachte Mirabeau, »was sagen Sie nun, Sie Ungläubige?«

»Verzeihen Sie – verzeihen Sie mir«, stieß sie leidenschaftlich hervor und ergriff seine Hand. La Fage trat hinzu.

»Sie waren es,« raunte Julie mit versagender Stimme, »sie waren es wahr und wahrhaftig. Ich habe sie sofort nach den Bildern erkannt. Und die Stimmen –!«

La Fage stellte sich Mirabeau vor. Der Graf tat sehr zurückhaltend. Er konnte sich jetzt diesen Schützlingen gegenüber einigen Hochmut leisten.

»Ich muß Sie nun verlassen,« sagte er großspurig, »ich habe viele Bekannte hier, die ich begrüßen muß.«

»Schade«, trauerte Julie, jetzt aufflammend im Mitteilungsbedürfnis. »Ich hätte so viel noch mit Ihnen zu sprechen. Kommen Sie morgen zu uns, Herr Graf. Mein Vater wird sich sehr freuen, Ihre Bekanntschaft zu machen.«

»Ich werde sehen, ob ich Zeit finde«, entgegnete er gemessen.

»Oh, Graf, mein unüberlegtes Billett hat Sie erzürnt. Ich bedaure es mit Tränen. Vergeben Sie mir. Haben Sie nicht noch einige Augenblicke für uns?«

»Jetzt nicht.«

»Aber morgen. Kommen Sie! Kommen Sie bestimmt!!«

Er wollte gerade zusagen, um loszukommen, da erhob sich in der Mitte des Saales wüstes Kreischen und Gellen. Zwei Kurtisanen hatten um einen Kavalier Streit bekommen und waren mit Nägeln und Zähnen übereinander hergefallen. Die Fetzen ihrer Dominos und Wäsche flogen.

Alles drängte lachend hinzu, nahm Partei, feuerte die Amazonen durch Zurufe an. Der Puder stäubte, Haare lösten sich, Beine und Schenkel wurden unter freudigem Hallo sichtbar. Schon floß Blut. Endlich trennten Saaldiener die Rasenden, die sich nun mit Salven unflätiger saftiger Kotworte beschossen.

Der Zuschauerstrom floß, scherzhaft angeregt durch die Szene, nach allen Seiten auseinander. Man hatte derartiges auf Opernbällen oft erlebt, auch in höheren Kreisen als in denen der angenehmen Mädchen. 1778, vor zwei Jahren, hatte der Graf d'Artois, des Königs Bruder, die Herzogin von Bourbon geohrfeigt. Es gab einen unerhörten Skandal vor allen Leuten. Und im vorigen Jahre waren zwei andere große Damen in des Wortes primitivster Bedeutung sich in die Haare geraten. Am folgenden Tage hatte die eine von der andern Genugtuung gefordert und ihr die Wahl gestellt zwischen Säbel und Pistole. Diese aber hatte wohl keinen rechten Sinn für Komment, denn sie ging hinaus, kam mit einem Teppichklopfer zurück und drosch blindwütig auf die Dame ein, die für sich selbst Kartell trug.

Der Tumult hatte Mirabeau dem Liebespaare entrissen. Er verließ eilig den Saal. Draußen wartete ein Kabriolett. Er stieg ein – und lag in den Armen Reine-Annes. Sie lachten, daß der Wagen in seinen Federn schaukelte.

»Mein Kompliment,« ächzte er zwischen den Lachkrämpfen, »mein Kompliment, o Königin. Du hast meisterhaft gespielt. Und deine Kollegin nicht minder. Meisterhaft!«

Sie lachten, bis der Wagen vor der Taverne anglaise hielt. – – –

Nachdem er am nächsten Morgen spät aufgestanden, Boucher abermals angeborgt, aber zu seinem Schmerz erfahren hatte, daß der brave Polizeileutnant selbst keinen Centime mehr besaß, heute aber Vorschuß auf sein Gehalt nehmen würde, um dem Freunde gefällig zu sein, ging Mirabeau doch in die Rue Saint-Nicaise zu den Dauvers. Besser war besser, und Vorsicht hat noch immer das in sie investierte Kapital gut verzinst.

Er fand das Haus in freudetaumeligem Aufruhr. Man empfing ihn als Ehrengast und Wohltäter. Der Hofzahnarzt dienerte und bog seinen geschmeidigen Rücken vor diesem Freunde aller-allerhöchster Herrschaften. Ob er dem Herrn Grafen nicht irgendwie dienen könne? Er stehe mit Hab und Gut zur Verfügung.

Solche Worte hörte Mirabeau gern. Doch nicht so gern, daß er sie sich zweimal sagen ließ. Er nahm den Herrn Hofzahnarzt beiseite. Eine kleine augenblickliche Verlegenheit. Revenuen, auf die er bestimmt gerechnet hatte, waren durch einen unseligen Zufall ausgeblieben und – –«

»Aber kein Wort weiter, bester Graf. Bagatelle! Wieviel denn?«

»Hm, fünfhundert Livres reichen vollkommen. In acht Tagen – – –«

»Schon gut, schon gut. Bitte, hier ist die Kleinigkeit. Wollen Sie den Schein unterschreiben, Herr Graf? Reine Formalität unter Ehrenmännern, wegen Leben und Sterben – – –«

Ein Krösus verließ Mirabeau das gastliche Haus.

Doch die kurzen Beine der Lügen sind keine naturwissenschaftliche Irrlehre.

Wenige Tage später plombierte Herr Dauvers einen erkrankten Zahn der Madame Campan, der ersten Kammerfrau und Vorleserin der Königin. Er verdankte seine vornehme Klientel nicht zum kleinsten Teile seiner angenehmen Plauderkunst, die den Patienten oft über peinliche Eingriffe seiner Instrumente hinwegtäuschte.

So sprach er denn heute vertraulich über den letzten Opernmaskenball.

Die Campan bedauerte, daß sie ihn nicht habe besuchen können. Die Königin sei etwas unpäßlich gewesen – nur eine Kleinigkeit, wie sie Frauen zustoße – habe das Bett gehütet, sie habe ihr vorgelesen.

»Au«, schrie die erste Kammerfrau.

Der rotierende Bohrer war ihr unter die Zunge gefahren. So hatte ihre Erzählung diese unfehlbare Hand erschüttert.

Bald wußte der Hofzahnarzt, daß seine Tochter einer fatalen Komödie zum Opfer gefallen war. Zuerst wollte Julie es nicht glauben. Auch La Fage nicht. Aber wenn sie alles, ohne Voreingenommenheit, ohne Verblendung, ohne Verführung durch Lügensuggestion überdachte – –

»Und fünfhundert Livres habe ich dem Lumpen geliehen!« zeterte Herr Dauvers.

Er eilte zum Sekretär und zerrte den Schuldschein heraus. Zum Glück war er nur auf acht Tage ausgestellt, also morgen fällig.

Julie brach unter der Wucht dieser Enttäuschung zusammen. Allen Freundinnen hatte sie schon erzählt, daß sie in drei bis vier Wochen Ehrendame der Königin sein würde und hatte sich heilsam an ihrem Neide geweidet. Und nun! Alles Schimäre! Alles Lug! Alles elende Komödie! Sie brach zusammen. Man brachte sie zu Bett. Doch Herr Dauvers nahm die Sache jetzt in seine Finger, die gewohnt waren, zehrende Fäulnis erbarmungslos auszumerzen. Er schrieb dem Herrn Grafen einen Brief, der an Deutlichkeit nichts zu wünschen ließ. Wenn die fünfhundert Livres nicht morgen eingingen, würde er ihn beim Ehrengericht der Marschälle Frankreichs verklagen, die an seine Tochter gerichteten Briefe dort vorlegen und – –

Den Rest konnte Mirabeau sich selbst ausmalen. Zusammen mit diesem freundlichen Schreiben war ein Brief Sophie Monniers aus dem Kloster Gien eingetroffen, dem ein Schlüssel entfiel. Er hatte sie, weiß Gott, völlig vergessen, seit die Freiheit mit ihrem Strudel der Ereignisse ihn wirbelte. Vom getreuen Boucher hatte sie seine Adresse erfahren. Sie schrieb:

> »Ich harre Deiner zu jeder Stunde. Ich weiß, der erste Weg Deiner Freiheit wird Dich zu mir führen. Endlich, endlich, nach vier Jahren furchtbarer Trennung! Ich habe alles vorbereitet, habe diesen Nachschlüssel zum hinteren Tore anfertigen lassen. Ich erwarte Dich von nun an jede Nacht! Komm, komm! Was kann Dich zurückhalten? Komm! Ich stehe jede Nacht an der Pforte!«

Unwillig schleuderte er den Brief auf den Tisch. Dann sollte sie eben in der Januarkälte am Tore stehen! Diese Weiber! Er hatte jetzt doch wahrhaftig anderes zu tun, als Vergnügungsausflüge nach Gien an der Loire zu machen!

Zum Teufel die Weiber!

Er zog sich hastig an. Heute war der Termin vor der Großen Parlementskammer. Er eilte hin. Der Vater hatte ihn mit seiner Vertretung betraut. Er plädierte schlecht in der Unruhe seines Gemütes. Er verlor den Prozeß. Ein vernichtendes Urteil erging gegen den Vater.

Der Sohn schlich bedrückt nach Hause.

Madame Boucher empfing ihn. Der Polizeileutnant hatte seine Dienstreise nach Vincennes angetreten. Die schöne nervöse Frau zürnte dem Hausgast ob seiner Vernachlässigung. Doch sie trug nicht nach. Sie war bereit, zu verzeihen. Sie zog den Bekümmerten in ihr Zimmer, er trat über die kribbelnden Kinder fort, folgte ihr, trostbedürftig.

Es war einer jener Unglückstage, deren letzte Ursachen noch der gelehrten Forschung trotzen. Der Polizeileutnant hatte heute morgen endlich den erbetenen Vorschuß, den ersten während seiner Laufbahn, erhalten. Auf dem Wege überfiel ihn die Sorge, der Freund könne in Ungelegenheiten geraten. Er kehrte um, ihm das Geld zu bringen. Er suchte ihn. Fand ihn im Zimmer seiner Frau. Die Trösterin hatte vergessen abzuschließen.

Er ging wortlos hinaus. Er sagte kein Wort. Nicht zu dem Freunde, nicht zu dem Weibe, das er abgöttisch liebte. Aber es zerschmetterte ihn. Er starb wenige Wochen später. Nicht an gebrochenem Herzen. Diese Möglichkeit leugnen die ärztlichen Autoritäten. Doch was liegt an der sachkundigen Diagnose! Sie ändert nichts an dem tragischen Ausgang. Er starb stumm und ohne laute Klage, wenige Wochen darauf.

Mirabeau war emporgestoben und in sein Zimmer geflüchtet. Während er bestürzt überlegte, was jetzt geschehen sollte – er mußte das beleidigte Haus sofort verlassen, soviel stand fest –, erschien Herr Dupont, der Vertraute des Vaters, mit dem gemessenen Befehle, – ihm sofort in das Hotel in der Rue de Seine zu folgen. Benommen gehorchte der Sohn. Ängstlich trottete er neben dem schweigenden Gesandten des Marquis her.

»Der Alte wird in schöner Stimmung sein!« dachte er mit Zagen. Gerade in dieser Verfassung muß ich ihn nach sieben Jahren wiedersehen!« Aber Annahmen täuschen, zumal bei den Mirabeaus. Den Vater hatte sein Unglück im Prozeß milde gestimmt.

»Da ist der verlorene Sohn!« rief Herr Dupont und schob Mirabeau durch die Tür des Gemaches. Der Sohn eilte auf den Vater zu und stürzte ihm zu Füßen.

Er hob ihn empor, schloß ihn in die Arme. Dann sah er ihn lange stumm prüfend an: »Groß und stark bist du geworden,« lobte er, »besonders in den Schultern. Nach Gestalt, Wuchs und Gang bist du ein echter Mirabeau. Deinen hellen Teint aber hast du nicht von uns. Prächtig sind deine Haare, deine Stirn ist offen und deine Augen. Nun laß mich hören, ob deine Sprache noch so affektiert ist wie früher.«

Herr Dupont, der gelehrte Freund, ging. Vater und Sohn blieben allein. Sie sprachen über den verlorenen Prozeß.

»Wir lassen uns nicht kleinkriegen!« rief der Marquis. »Umsonst stammen wir nicht von jenem Helden Jean-Antoine, meinem Vater. Er verteidigte die Brücke, trotzdem ihm eine Kugel den rechten Arm zerschmettert hatte. Auch wir kämpfen weiter und halten die gefährdete Position!«

Sie berieten. Dann gerieten sie ins Plaudern. Der Marquis, der selbst einst wegen seines Buches über die Steuerpächter, deren verderbliches Walten er kühn geißelte, auf einige Wochen eingekerkert gewesen war, sprach bedenklich von den inneren Zuständen Frankreichs.

»Es wird immer wahrer, was ich schon 1760 Ludwig XV. schrieb. Das Volk zieht sich vom Könige zurück, ohne es selbst zu wissen. Denn der Wille der einzelnen hängt noch an seiner Person. Und unser Zeitalter ist, wenn man es auch nicht zu sagen wagt, ein schwaches und furchtsames. Die königliche Gewalt aber beruht auf nichts anderem, als auf der Verbindung des Willens einer starken, handelnden Menge mit des Königs Willen. Daraus folgt, daß die Lösung dieses Bundes zwischen Volkswillen und Königswillen den Nerv der Königsmacht zerschneiden würde. Ich fürchte sehr, dieser Nerv wird eines Tages zerschnitten werden.«

»Er wird es!« bestätigte der Sohn hart. »Ich sehe deutlich den Weg, der zum Abgrund führt, auf dem wir – –«

Da scheuchte gewaltiger Lärm auf der Straße Vater und Sohn empor. Sie eilten zum Fenster und sahen hinab. Am Eingang des Palais stritt der Huissier mit einer kreischenden, wild kämpfenden Frau.

Es war die Marquise von Mirabeau, die heute auf Grund des Urteils das Kloster St.-Michel verlassen hatte und Einlaß begehrte.

Ein Auflauf entstand. Die alte Frau rang mit den Berserkerkräften hysterischer Gewalt. Da traf ihr Blick Vater und Sohn am Fenster des ersten Stockes. Sie ließ von dem Portier ab und geiferte giftgetränkte Bosheiten zu dem Fenster hinauf. Der Chor der Straßenjungen sekundierte jauchzend.

Vater und Sohn flüchteten ins Zimmer.

VIII

Beim Abschied schärfte der Marquis dem Sohne nochmals die Schritte ein, die er nun gegen die Mutter tun sollte. Jeden Tag hatte er mündlich Bericht zu erstatten. Eine Geldunterstützung oder Unterkunft in dem weiträumigen ehemaligen Palais der Königin Marguerite aber hatte er abgelehnt.

»Nichts da! Du bist nun alt genug, dich endlich selbst durchzubringen.«

Aber das Alter allein ernährt nicht immer seinen Mann.

Sehr verzagt trottete der Sohn an den Palästen der Rue de Seine entlang. Was nun? In dem von ihm geschändeten Hause des Polizeileutnants konnte er nicht länger wohnen. Über die bloßgestellte Madame machte er sich keine Gedanken. Der Mann liebte sie ja. Das würde sich schon wieder einrenken. Aber er mußte fort. Doch wohin? Viel war nicht mehr übrig von den hofzahnärztlichen fünfhundert Livres. Hm, ob Reine-Anne Rat wußte? Versuchen mußte er es. Zunächst aber galt es, in sein Zimmer zu schleichen und seine paar Habseligkeiten zu holen.

Er gelangte ungesehen in sein Gemach. Auf dem Tisch glänzte matt ein neues Schreiben. Es war die Ladung vor das Ehrengericht der Marschälle Frankreichs mit der Drohung der gewaltsamen Vorführung, falls er sich nicht freiwillig stellte.

Das war die Katastrophe! Jetzt war der Pariser Boden für ihn ein glühender Rost. Einen Mann von seinem auffallenden Äußeren zu ermitteln, war kein polizeiliches Heldenstück. Was nun?

Sein schwerer Körper sank hilflos auf einen Stuhl, daß er in den Fugen ächzte. Was nun? Jetzt stand er wieder, nach kaum vier Wochen der Freiheit, am Tore der Zitadelle.

Da blieb sein Blick an Sophies Schlüssel haften, den er heute morgen ärgerlich achtlos auf den Tisch geworfen hatte.

Seine Augen weiteten sich. Sollte dieser Schlüssel dort ihm am Ende die Zuflucht öffnen?! Die Gedanken überstürzten sich, wurden zum Plane, zu einem der tollkühnen wilden Mirabeau-Pläne.

Mit raffenden Händen warf er seine Sachen in den Mantelsack und schlich, wie ein Dieb, aus dem gastlichen Hause des langjährigen besten Freundes, den er so oft seinen »guten Engel« genannt hatte, weil er ihm die tausend Vergünstigungen seiner Haft verdankte.

Vorbei – nicht grübeln – nicht schwächlich bereuen! Handeln!

Seine Barschaft reichte gerade für die Posttaxe. Es war die Strecke nach Lyon. In Nogentsur-Verninon verließ er die Post. Dann ein Marsch von einer guten Stunde.

Spät abends kam er bitter durchfroren an. Sophies Brief gab die Verhaltungsmaßregeln. Die Klostermauer von Saintes-Claires war bald gefunden. Sie war zu übersteigen. Dann sollte er im Klostergarten warten, bis alle Lichter hinter den Bogenfenstern erloschen. Kein angenehmer Aufenthalt in der Winterkälte – dieser Klostergarten. Er stampfte mit den erstarrenden Füßen und hauchte in die klammen Finger. Endlich waren alle Scheiben dunkel erblindet. Jetzt zum Tor geschlichen – den Schlüssel leise hineingebohrt – er drehte ihn. –

Da ward die schwere Pforte schon von innen geöffnet – er fühlte im Dunkel etwas Weiches-Lebendes – hörte unterdrücktes Schluchzen – ward heftig gefaßt – hineingezogen – das Tor schloß sich lautlos – Hände tasteten nach ihm – ein Körper fiel gegen ihn, lag an seiner Brust – wimmerte wie ein kleiner Hund vor Freude, Schmerz und Glück – Tränen netzten sein Gesicht – Hände befühlten seinen Kopf, seinen Hals, seine Brust – schwerer feuchter Atem schlug ihm warm entgegen – erstickt flüsterte es: »Du – du – mein – endlich!« Dann zog es ihn fort, über Treppen – ganz leise – vorsichtig – durch Gänge. Ein dunkel gähnender Spalt – eine Zellentür – das Fenster schwarz-bleich, davor die Silhouetten kahler Winterzweige. Die Tür ward geschlossen – er hörte Hantieren mit dem Feuerzeug – der Stahl sprühte – das Werg glomm auf – flammte – die Lampe klirrte – brannte.

Sie standen sich gegenüber.

Sie zauderte einen Augenblick, dann lag sie an seinem Herzen. Ihr Körper zuckte krampfig unter der Gewalt ihrer Freude. Sie weinte, sie stammelte, sie umfaßte seine Schultern, seine Arme, betastete seine Brust, nahm sein kaltes Gesicht zwischen ihre Handflächen.

»Du – Gabriel – du – da bist du doch! Du bist es – Endlich – Mein – mein – du!«

Sie fand nichts als die urewigen Laute menschlicher Seligkeit des Wiedersehens.

Er schwieg beklommen. Er sah sie. Schmal, erfroren vom Warten in dem kalten Flure, mit frostgeröteter Nase, abgezehrt, mitgenommen von der Geburt des Kindes, dem Jammer der Trennung von dem Neugeborenen, dem Schmerze über seinen Tod bei der Ziehfrau, verblüht in der Stubenluft der jahrelangen Gefangenschaft, zerrüttet durch die Erniedrigung des Zusammenwohnens mit gemeinen Dirnen bei Fräulein Douay, ausgehöhlt von ihrer Liebe, zerrieben von ihrer Sehnsucht – so sah er sie wieder nach dieser vierjährigen Trennung in einem häßlichen grauen gewöhnlichen unkleidsamen Anstaltsgewande. Männeraugen im Wiedersehen sind brutal und schonungslos.

Er sah nur ihre Entstellung, sie sah nur ihn.

»Du – du – bleich bist du und so kalt – hast gefroren, mein alles, du! Komm, ich wärme dich – hier, tu deine Hände an meine Brust – schmal ist dein Gesicht – krank deine Farbe – haben sie dich dort gequält, du mein Alles? Ich mach' dich gesund – wart' nur! Mit meinem Herzblut. Ich bin ja so gesund. Ach, ich rede, und du hast Hunger!«

Sie lief zum Ofen, brachte Speisen, die sie sich vom Munde abgespart hatte, seit sie ihn erwartete.

»Komm, iß. Iß erst. Sprich nicht. Iß nur.«

Er aß und dachte: »War sie auch früher nur sorgendes Weib? Ohne jeden Geist?!«

Dann saß sie ihm gegenüber und bat: »Nun sprich. Nun sag' mir alles. Liebst du mich noch? Ich bin alt geworden und häßlich. Und so viele graue Haare.«

Er lächelte. Und plötzlich war es ihm, als sähe er unter der Maske der Veränderung Spuren ihres lieben schönen feinen Gesichtes, das ihn einst in Pontarlier so sehr entzückte.

Da fand er Worte der Innigkeit. Beseligt fiel sie vor ihm nieder, umklammerte seine Knie und dankte ihm, daß die Liebe ihn zu ihr geführt hatte.

Er errötete. Doch sie sah es nicht.

Dann bettete sie ihn in ihr hartes Gefangenenlager. Und kam zu ihm mit der aufgespeicherten Leidenschaft und Inbrunst von vier hungrigen Jahren. Und fühlte inmitten ihres Taumels seine Sättigung. Und erstarrte.

Dann schlief er ein. »Bin müde von der langen Fahrt«, raunte er, schon fast verdämmert.

Sie schloß kein Auge. Sakrileg wäre es ihr erschienen, eine Sekunde dieser ersten Nacht in Schlummer zu vergeuden. Lag eng an die Wand gepreßt neben dem großen schweren schnarchenden Manne, liebkoste zaghaft seinen Körper und weinte bitterlich. Denn ein Ahnen, eine dieser wundersamen Frauenahnungen, sagte ihr, daß dieser Mann, der neben ihr lag, ihr ferner, jetzt viel ferner war, als da er hinter den Mauern von Vincennes gefesselt lebte. – –

Doch es kamen auch Stunden der Nähe. Wenn es an die Tür pochte, barg sie ihn im weiten Schranke.

Sie saßen dicht aneinander gepreßt und plauderten. Von Pontarlier, von Amsterdam, von Verrières, von dem frechen Abend in Dijon auf dem Ball des Herrn von Moutherot, von seinen Büchern, von ihren kleinen Erlebnissen in Paris und hier im Kloster Saintes-Claires.

Einmal sagte er: »Manchmal meine ich, du müßtest mir zürnen, daß ich in deine Stille zu Pontarlier eingebrochen bin.«

Sie sah ihn voller Staunen an, ehe sie entgegnete:

»Liebster! Ein Mann schenkt einer Frau ein großartiges Schloß. Wird sie ihm Vorwürfe machen, weil sie darin vom Blitz erschlagen wird!« – –

Er sprach davon, daß er nun bald etwas gegen jenes Urteil unternehmen müsse, durch das er zum Tode in effigie, zu fünfhundert Livres Geldstrafe, zu vierzigtausend Livres Schadenersatz und sie zu lebenslänglichem Arrest in einer Besserungsanstalt und zur Brandmarkung verurteilt worden sei.

»Da das Urteil in unserer Abwesenheit erging, können wir es binnen fünf Jahren anfechten.«

»Du willst wieder für mich kämpfen!« rief sie jubelnd. »Und dann werde auch ich frei werden!!«

Er nickte. Sie fiel, aufschluchzend in Hoffnung, an seine Brust.

Und doch ward sie alle diese Tage, die er blieb, die bange Angst und Sorge nicht los, daß es ihr letztes Zusammensein sei. Sie fühlte, daß sie ihm fremd geworden war. Wohl spielte sie unter Schmerzen die gläubig Vertrauende. Sie lag nachts an seiner Seite, sprach von dem gestorbenen Kinde.

»Vielleicht erhalten wir Ersatz«, tröstete er. »Möchtest du es?«

»Ach! Ob ich es wollte! Aber wer weiß, ob uns dieses Glück beschieden ist! Und außerdem, würde es den Verlust ersetzen?! Das tote war unser Schmerzenskind! Die kommenden könnten ja bloß in Glückstagen geboren sein!«

Er schwieg. Sie klammerte sich im Dunkel an ihn und preßte ihren Mund in die Kissen, ihren Schrei des Zweifels und der Vorahnung zu ersticken.

Sie sprachen von seinen Plänen, seiner Zukunft.

»Willst du wieder Offizier werden?« fragte sie. Er schüttelte den Kopf. »Ich will Staatsmann werden.« Sie lauschte mit leuchtenden Augen seinem Zukunftsschwärmen.

Manchmal, wenn sie lange geschwiegen hatten, sprach sie laut Folgerungen ihrer trüben Gedanken aus: »Weißt du noch – in Pontarlier – ehe wir uns ganz fanden, sagte ich, die Liebe sei, wie alles andere, der Neuheit untertan und werde durch die Gewohnheit abgestumpft und sterbe vor Ermattung im Schoße des Genusses.«

Er nickte. »Ich weiß es noch. Ich widersprach dieser so oft wiederholten Ansicht, nannte sie Irrtum und versicherte dir, daß die Gewöhnung das köstlichste gegenseitige Wohlwollen zweier Seelen, genannt Liebe, nur vermehrt. Daß die Gewohnheit die Phantasie bloß in den rein physischen Vorstellungen tötet; daß die seelischen und geistigen Eigenschaften dagegen ein immer neues Feuer in schönen Augen unterhalten!«

Da sprang sie lebhaft auf. »Ja, so sagtest du. Und was sagst du heute?«

Ihre Angst lohte in ihren schwarzen Augen.

»Ich sage heute dasselbe«, erwiderte er und verstand nur zu gut ihre Angst.

Er sprach nicht von der Zeit seines Bleibens. Sie fragte ihn, nach drei Tagen.

»Ich bleibe, solange es irgend geht«, entschied er.

Da leuchtete ihr Gesicht hell auf in neuem Hoffen. Sie wußte nicht, die Arme, daß sie ihm letztes Asyl war.

Ihre Angst gebar die Frage: »Glaubst du, daß Männer jener großen, alles umfassenden Liebe fähig sind, die im Grunde das Natürliche bei Frauen ist?«

Als Antwort erzählte er ihr: »Der Marquis von Grille, ein Vetter von mir, war sehr in ein schönes Fräulein verliebt, das an den Blattern starb. In seiner Verzweiflung verbarg er sich in der Jakobinerkirche zu Toulouse, in der sie beigesetzt wurde. Am Abend fand ein Klosterbruder, dem es oblag, Öl in die Lampen zu füllen, zu seiner heftigsten Überraschung den armen Liebhaber, der ihm mit der einen Hand eine Börse mit vierhundert Louisdor anbot, unter der Bedingung, daß ihm die Gruft des Fräuleins geöffnet werde, während er mit der andern einen Dolch zückte und den Mönch zu töten drohte, wenn dieser sich weigern sollte. Der Bruder war allein, die Türen der Kirche waren verschlossen – welcher Aufforderung folgen? Keiner, sondern er beschloß, meinem armen Vetter eine Falle zu stellen, in die dieser auch ging, sei es, daß er sehr dumm war, sei es, daß er seinen Geist verloren hatte. Kurzum, der Bruder sagte ihm, der Stein, der das Grab bedecke, sei zu schwer, als daß er ihn allein heben könnte. Er versprach, Freunde zu holen. Die ganze Brüderschaft erschien plötzlich, überwältigte den verzweifelten Liebhaber und führte ihn mit Gewalt in seine Wohnung. Aber obwohl man ihn bewachte, fand er ein Mittel, zu entkommen, und stürzte sich von der Höhe seines Hauses aufs Pflaster, wo er zerschmettert liegenblieb. Du wirst zugeben, Liebste, daß dieser Mann zu lieben verstand. Ich gebe ihm recht. Was soll man noch auf der Welt, wenn man seine Geliebte nicht mehr in ihr finden kann? Es ist ein Verbrechen, sie zu überleben.«

Sie fiel, sich an seinen Worten berauschend, selbst betrügend, vor ihm nieder und küßte seine Knie.

So gingen die Stunden, in Höhen und Tiefen, Wellenkämme der Zuversicht, Wellentäler tiefsten Verzagens.

Vier Tage waren verronnen. Da klopfte es des Abends. Mirabeau sprang mit der Behendigkeit, die er allmählich errungen hatte, in den bergenden Schrank.

Er erschrak nicht wenig, als er an den Stimmen der Eintretenden die Äbtissin und Herrn Dupont, den Vertrauten des Vaters, erkannte. Wieder klaffte eine Katastrophe!

Der Marquis hatte die befohlenen Berichte vermißt und nachforschen lassen. Man fand die zerrissene Ladung des Marschallsgerichts. Ermittelungen bei Dauvers ergaben den Rattenkönig von Intrigen. Man spürte dem Flüchtling nach. Schließlich führte eine vage Vermutung nach Gien, zu seiner langjährigen Geliebten.

Die Äbtissin war über die Zumutung Duponts, in »ihrem« Kloster wäre vielleicht eine Mannsperson verborgen, entrüstet – atemlos entrüstet.

»I!« besänftigte der alte Gelehrte, »bei manchem Nonnenklosterbrande sind schon ganze Trüpplein von Männchen aus Fenstern und Türen gehüpft.«

Die Äbtissin schlug die Hände über dem Spitzbauch zusammen, drückte ihr Empörungs-Doppelkinn gegen den hohen Busen und sagte: »Bitte, Monsieur, überzeugen Sie sich selbst.« –

»Der Herr sucht einen Mann in Ihrem Zimmer«, stieß sie indigniert hervor.

Das Gesicht, das Sophie bei dieser Eröffnung zeigte, war nicht gerade angetan, den Hohn der Äbtissin zu rechtfertigen.

Schon hatte Herr Dupont, der Mann der Wissenschaft, der manches schwierige ökonomische Problem geistvoll gelöst hatte, mit wissenschaftlicher Gründlichkeit die Möglichkeiten des Unsichtbarwerdens abgeschätzt, die diese Zelle bot. Jetzt öffnete er den Schrank und lud Mirabeau freundlich ein, näherzutreten.

Mit einem Aufschrei des Entsetzens fiel die Äbtissin in Ohnmacht.

Aus dem Gespräch, das sich jetzt zwischen Herrn Dupont und dem Geliebten entspann, erfuhr Sophie sehr viel Schmerzliches. Sie hörte, daß er zu ihr nur geflohen war, weil er verfolgt wurde, sie hörte von Julie Dauvers und Madame Boucher, sie hörte viel zuviel.

Der Abschied mußte, den drängenden Umständen entsprechend, kurz sein und ohne Wärme. Er stand unter der Obhut der wiedererstandenen, zur Rachegöttin entwüteten Äbtissin.

Als die Tür sich hinter Dupont, der Äbtissin und Mirabeau geschlossen hatte, stand Sophie steif inmitten der Zelle. Sie hörte die enteilenden Schritte im Gange hallen. Da warf es sie gegen die Tür; sie riß sie auf – horchte – horchte. – Noch ein kaum vernehmliches Getön auf den Fliesen – Stille – die Alltagsstille des Klosters. Vorbei! – Sie blickte sich irre um. Vorbei! Er war hier gewesen. Es war vorbei. Alles war wie sonst – der Schrank dort, das Bett – die leere Luft. – Alles stand da selbstverständlich und breit wie sonst. Und er war dagewesen!! Nichts hatte sich verändert in diesem Zimmer, in dem er vier Tage gelebt hatte. Nichts. Sie blickte um sich, immer wieder, immer wieder. Begriff nicht, daß alles wieder war wie sonst.

Dann fiel sie dumpf aufschlagend zu Boden. So fand man sie.

Beim Erwachen wußte sie, daß es ein Abschied gewesen war für immer. Wußte es, ohne klare Gründe. –

Der Marquis empfing den Ausreißer matt, stumpf. Er war des Kampfes mit dem Sohne müde. Zermürbt bezahlte er die fünfhundert Livres an Dauvers. Er mußte seine goldene Tabatière, sein letztes Kleinod, veräußern, das Geld aufzutreiben.

»Du fährst morgen mit mir nach Bignon«, sagte er hohl.

Die letzten Ereignisse hatten ihn gebrochen. Vater und Sohn hatten ausgestritten. Beide hatten den Kampf verloren.

Sophie wartete auf Nachricht. Ab und zu trafen einige Zeilen ein – kalt – inhaltslos – erzwungen. – Dann verstummte er ganz.

Sie saß am Tisch ihrer Zelle, las seine Briefe, die sie auswendig kannte, und weinte, bis ihre Lider bluteten vor Wundheit. Bis sie auch keine Tränen mehr hatte.

Er erkämpfte ihr gegen das erste Urteil von Pontarlier die Freiheit. Sie blieb im Kloster. Ihr Leben war zerbrochen. Was sollte sie draußen in der erstorbenen Welt? Sie starb täglich etwas mehr. Jeden Tag. Bis sie auch dieses halb verblichene Dasein nicht mehr ertrug. Sie zündete ein Feuer im Ofen, schloß den Abzug und tötete sich mit Kohlengas.

Sie war zu schwach gewesen für diese Liebe.

Oder zu stark?!

IX.

Aix, das lustige, kecke, blumenumgürtete Aix, die lebenspulsende Hauptstadt der Provence mit ihren Klöstern, Kirchen, ihren lustigen weißen Villen an den Berglehnen zwischen Zypressenwaldungen und Olivenhainen, ihren Rebhügeln und ihrem ewigen Sommer, Aix hatte seine knatternde Sensation!

Aix mit seinem römischen Triumphbogen, seinem »Cours«, dem Stolz der Stadt, dieser Prachtstraße mit drei Alleereihen, seinen Brunnen, hatte seinen großen Tag.

Aix mit seiner witzigen, ausgelassenen, wohllebigen, aufbrausenden, südlich hingerissenen und leicht zu entflammenden Bevölkerung mit ihrer Freude am Streit, an Theater, am Ringkampf des Geistes, am Fanal des Wortes, Aix mit seinem zahlreichen alten, arroganten, hochmütigen Adel, dem der König von Frankreich nichts war als der »Graf der Provence«, ein Primus inter pares – Aix hatte seine Schaustellung, sein Schauspiel, sein Redeturnier, seinen Wort-Hahnenkampf – Aix hatte den Sensationsprozeß des Grafen Mirabeau.

Von nah und fern, aus allen Teilen der Provence strömte man herbei, dieser Vorstellung beizuwohnen, deren Hauptakteure waren die Tochter der angesehensten Familie der Stadt, einer der erlauchtesten Häuser der Provence, die unbestrittene Königin des Liebeshofes von Tourves, und der berüchtigtste Abenteurer dieses an Vaganten, ausschweifenden Hirnen, phantastisch tollen Troubadouren reichen heißen quirlenden Bodens.

Marie-Marguerite-Emilie de Covet-Mirabeau, Tochter des Herrn Emanuel de Covet, Marquis von Marignane, Seigneur von Vitrolles, Gignac, Saint-Victoret und anderen Plätzen, Gouverneur des Isles d'Or und der Festungen Porteros und der Levante, sollte von dem Grafen Honoré-Gabriel Riquetti de Mirabeau vor der Großen Kammer des Parlements von Aix öffentlich geschieden werden.

Der weite Saal faßt nicht die Zuhörerschar. Die schaulüsterne Menge rennt den Kordon der Wachen über den Haufen, drückt die Türen ein, stürmt über die Barrieren fort, erobert sich sein Recht, diesem seltenen Spektakel beizuwohnen, diesem letzten Akt des Dramas zweier großer Häuser. Hoch den Vorhang von den brünstigen Geheimnissen dieser Ehe! Heraus aus den Kulissen, ihr Darsteller! Laßt uns hinter die Bettgardinen dieser Großen gaffen! Los! Das Spiel kann beginnen!

Es war im Mai 1783.

Lange hatte es Mirabeau in Bignon bei dem Vater nicht ausgehalten. Der Marquis quälte und quengelte ihn nicht. Aber er ging mit verbissener saurer Miene umher. Der Sohn bat, Schloß Mirabeau bei Manosque beziehen zu dürfen. Der Vater gestattete es.

Doch hier in diesen Räumen, in denen das Glück und die Sorgen seiner jungen Ehe umgegangen waren, erwachte in dem einsamen gereiften Manne eine melancholische Sehnsucht nach der Frau, die hier einst als junge Herrin geweilt, ihn beglückt; geärgert, zur Wut getrieben und ihr Kind, das nun tote, in Schmerzen geboren hatte. Seit 1774, seit jenem Tage, an dem sie für ihn die Reise nach Bignon zum Vater angetreten, hatte er sie nicht gesehen. Zeit mildert, verschönt, vergeistigt. Zeit ist die Luft, auf der die Flügel der Phantasie dahinschweben. Erinnerung verklärt. Nebel decken die Abgründe alles Bösen, Kleinen und Häßlichen, nur die ragenden Höhen des Guten, Großen und Schönen treten noch hervor aus dem milden Dunkel, sanft umstrahlt von dem zärtlichen Lichte der Wehmut und der Sehnsucht.

Er ertrug diese erinnerungspochende Einsamkeit nicht. Er vergaß alle Bitterkeit, die zwischen ihnen lag. Er schrieb eines Nachts, als der Schlaf ihn floh und es in allen Ecken des Schlosses raunte und flüsterte von alten lieben kosenden Stunden:

»Zu Mirabeau, den 13. November 1782. Emilie, höre mich! Es gibt noch Glück für Dich und für mich. Und wenn es um das ganze Leben geht, darf man nichts dem Zufall, nichts der Überstürzung, nichts der Schwäche überlassen.

Du hast mich geliebt, meine teure Emilie. Du hast mich sehr geliebt, und der erste Mann, den eine Frau geliebt hat, wird ihrem Herzen nie gleichgültig. Du könntest mich hassen; nichts mehr für mich empfinden, kannst Du nicht.

Aber warum solltest Du mich hassen? Nein, Du liebst mich. Tausend kleine Beweise besitze ich ... teure Emilie, höre den Mann, der Dich liebt, so innig liebt ...«

Sein Verlangen, sein Einsamkeitsgefühl, seine linde Erinnerung ging mit ihm durch, fand rührende betörende Worte:

»Ich habe ein Recht auf den kostbarsten Besitz, den einzigen, der fortan mein Leben verschönen kann.«

Die vergötterte Königin des Liebeshofes von Tourves, die endgültig die Herrschaft ihrer Rivalin, der schönen, pikanten, geistreichen Madame des Rollands, gebrochen hatte; die alle Welt mit ihrer Stimme, ihrer Schauspielkunst entzückte; die erste Frau der Provence, die Geliebte des Grafen Alexander Gallifet, erwiderte: »Die Gerichte werden ja wohl Ihre Ansprüche auf dieses Gut zu würdigen wissen.«

Es war ein Schlag mitten ins Herz. Sein Zorn brauste auf.

»Du willst nicht?! Ich habe das *Recht* zu wollen, und *ich will*! Sage noch einmal nein, damit ich es glauben kann. Der Rest liegt dann bei mir. Der Gerichtsvollzieher wird marschieren. Noch bist Du mein Weib.«

Ihre Antwort war der Antrag auf Scheidung bei dem Gericht in Aix.

Des Dramas letzter Akt hatte begonnen. Die Kämpfer dieses Turniers der Herzen standen sich ungleich gerüstet gegenüber. Auf der einen Seite der angebetete Liebling der Provence, die Heldin von Tourves, ausgestattet mit dem Wohlwollen der besten Gesellschaft, dem Reichtum, der Stellung, den Verbindungen zu den Mitgliedern des Gerichts, getragen von dem Enthusiasmus der leichtempfänglichen Bevölkerung, die sie von Kindheit an kannte, ritterlich gefördert als Weib, als arme, unglückliche, von dem bösen Manne verfolgte, gemarterte Frau.

Er hingegen war verrufen durch sein ausschweifendes Leben, zum Tode in effigie verurteilt, ein Weiberheld, ein wüster Roué, ein Edelmann ohne Adel, von Schulden erstickt, Mitglied einer wahnwitzigen Familie, Stammgast aller Staatsgefängnisse, ohne Anhang, ohne Einfluß, ein räudiger Bettler, ein Windhund, Lügner, Eulenspiegel.

Die Partie stand nicht gleich.

Emilie hatte, da sie früher als er den Prozeß nahen sah, den sie erzwingen wollte, alle Waffen an sich gerissen, alle Festungen besetzt, alle Stellungen befestigt. Alle Anwälte von Aix hatte sie konsultiert, um es ihnen unmöglich zu machen, ihres Mannes Vertretung zu übernehmen; der berühmteste Verteidiger der Stadt, der sich in manchem großen Prozesse Lorbeer errungen, Maître Portalis, war ihr Wortführer. Die Räte des Parlements waren ihre und ihrer Familie Freunde, häufige Gäste bei den üppigen Gelagen des Vaters. Sie hatte die Stimmung für sich mit raffiniertem Verständnis bearbeitet. Es war ein genialer Streich ihres Anwalts. Er verfaßte ein »Mémoire«, das lediglich aus Briefen des Marquis von Mirabeau an Emilie bestand.

Der »Teufel der Skribomanie«, seine Schreibwut, hatte während der Vincenner Tage des Sohnes und später, als er mürbe dessen Verfolgung aufgegeben hatte, getobt, hatte die Gänsefeder in Gift und Galle getaucht und ihm Briefe an die Schwiegertochter eingegeben, die nun dem Sohne zum Verhängnis werden sollten.

»Er ist nicht wert, im Gedächtnis der menschlichen Gesellschaft fortzuleben. Ein vollendeter Schuft. Ausdenker der perfidesten und verbrecherischsten Pläne. Ob man ihm zumutet, Affe, Wolf oder Fuchs zu sein, ist ihm ganz einerlei; keine dieser Rollen kostet ihn irgendwelche Überwindung.«

Es war eine herrliche Blütenlese väterlicher Urteilskunst.

Die Verfasser fügten ihr nur hinzu: »So urteilt der eigene Vater über ihn!«

Das Mémoire ward in Aix, der Provence, ganz Frankreich verbreitet. Es drang durch Gallifets Verlegereifer bis nach Paris, London, Berlin, fand reißenden Absatz. Eine Neuauflage mußte noch vor dem Tage des Gerichts gedruckt werden. Es vergiftete die Atmosphäre, in der dieser Sohn kämpfen sollte.

Er kam nach Aix. Sein wacher Instinkt fühlte die Stimmung, die gegen ihn herrschte. Er erkannte die Schwierigkeiten. Doch er verzagte nicht. Hier in Aix wurde er endlich zum Manne. Hier ward er zu dem Mirabeau, der der Geschichte seines Landes gehört. Hier endlich fiel das fahrige Abenteurertum von ihm ab. Hier endlich riß er die Gaben, die ihm die Natur in wundersamer Fülle verliehen hatte, heraus aus der lebensplänkelnden Zersplitterung und schmiedete sie zu einem sausenden Schwerte. Hier endlich schleuderte er seinen durchdringenden Verstand, sein umfassendes Wissen, seine Anpassungsfähigkeit an die Erfordernisse der Stunde, seine meisterhafte Beherrschung der Debatte, seine flügge Erfindungsgabe, seine klangvolle hinreißende herzbetörende Stimme und seine Beredsamkeit in den Kampf. Hier ward er zu dem größten Redner, den Frankreich bis dahin vernommen hatte, hier, wo er zum ersten Male in der Öffentlichkeit sprach. Hier erkannte er, hellseherisch, wie das Genie ist, daß es nicht den kleinlichen Kampf um ein Weib, um ein zerschelltes Eheglück galt.

Er ward sich in diesen Tagen der um ihn lodernden Feindseligkeit dieser Stadt bewußt, es galt, diese gehässige Stadt, diese schadenfreudige Provinz, dieses ganze, ihn verachtende und seiner gewissen Niederlage frohe Land Frankreich zu erobern. Nie hat er klarer die Bedeutung einer Stunde durchschaut. Frankreich gärte, die Steuern erstickten das Volk, die Zinsen der Anleihen blieben längst aus, die Geister brodelten, die Revolution stand vor den Toren. Er wollte ihr Meister werden, hell bewußt. Er mußte einen Namen haben, wenn die Tore aufbarsten zur Tat. Er durfte nicht mehr der berüchtigte tolle Graf sein, den keiner ernst nahm. Er mußte dann der Mann des Vertrauens des Volkes sein. Er sah die Gelegenheit, dieser Mann zu werden, und packte zu. Er wußte, es galt seine Zukunft als Redner und Staatsmann. Hier, der Süden, war das Land des Wortes. Unter diesem geschwätzigen, plauderfrohen Volke war das Wort der Wert des Mannes, war die Rede der Ruhm. Hier endlich bot sich ihm die Plattform dieses Ruhmes. Er bestieg sie. Dieser Tag des Gerichtes entschied sein Leben, baute ihm die Bühne für die Rolle, die er sechs Jahre später spielen sollte. Aix ward ihm das Sprungbrett in die Arena der Revolution. – –

Vor den Schranken des Gerichtes sah er sein Weib wieder nach neun Jahren. Sie war schöner, üppiger, verführerischer. Doch er kämpfte nicht mehr um sie, als er um sie rang, wie nie ein Mann vor Gericht um eine Frau gerungen hat. Er hörte den dumpfen Atem der vielhundertköpfigen Menge im Saale, er fühlte den Odem des Volkes. Zu ihm sprach er, um dieses Volkes Gunst kämpfte er allein.

Ein junger, unerfahrener, redeungewandter Anwalt, Herr Jaubert, war für ihn übriggeblieben. Doch er brauchte keinen Vertreter. Er vertrat sich selbst. Die Richter, unter dem Vorsitz des galanten Lebemannes, des Herrn des Gallois de la Tour, blickten verächtlich und feindlich auf ihn, behandelten die Klägerin und ihren Beistand mit parteiischer Hochachtung. Als er seinen Platz einnahm, murrte die Menge, die sogar die Fenster von außen besetzt hielt, gehässig.

Desto besser. Desto größer der Sieg, wenn er ihn errang.

Maître Portalis wollte ihn reizen, ihn beleidigen, ihn brandmarken. Er sprach nicht zu dem Gerichtshof. Er redete den Beklagten persönlich an, schleuderte ihm seine Schandtaten ins Gesicht. Der Reihe nach marschierten seine Geliebten auf, von dem Kantinenweibe des Château d'If bis zu Julie Dauvers, die er nie besessen hatte. Alle seine Streiche, Verfehlungen, Irrwege, seine Schulden, Unsinnigkeiten breitete der Gegner aus vor der verblüfft und gierig aufhorchenden Masse. Es war ein bunter Teppich menschlichen Fehlens. Das Publikum schwelgte im Genusse dieser Schandtaten.

Als der Anwalt geendet hatte, ging eine Bewegung der Befriedigung durch das Auditorium. Der Mann war erledigt.

In der ersten Reihe der Zuhörer saß der Bruder der Königin, der Erzherzog Ferdinand, Gouverneur der Lombardei, mit seiner Gemahlin. Sie weilten zur Kur in Aix und hatten es sich nicht nehmen lassen, diesem letzten Gericht über den verlorenen Sohn der Provence beizuwohnen. Der Erzherzog machte eine Geste, die bekundete: die Sache ist abgetan. Alles nickte.

Da erhob Mirabeau sich zu seiner gewaltigen körperlichen Größe. Lautlose Stille.

»Der Verteidiger der Madame de Mirabeau, der offenbar vergessen hat, daß er zu dem souveränen Gerichtshofe und nicht zu mir sprach, hat sich erlaubt, das Wort dauernd an mich zu richten. Er hat vergessen, daß er im Namen einer Gattin sprach, die immer in ihrem Gatten das Haupt sehen muß, das die Natur und das Gesetz ihrer Familie gibt, und hat mich fortgesetzt beleidigt.«

Lachen des Volkes.

Unbeirrt sprach er ruhig fort:

»Er hat angekündigt, er müsse hier Greueltaten enthüllen. Er hat es reichlich getan. Er hat gewagt, davon zu fabeln, daß man mich bald als Mönch, bald als Fremden verkleidet im Walde von Candumi im Hinterhalt liegen gesehen habe, daß man in meinen eigenen Briefen furchtbare Pläne entdeckt, daß ich das Haupt einer Brigantenbande gewesen sei.«

Klug überging er die wahren Anschuldigungen und nahm die unwahren unter die Lupe.

»Der Herr hätte Dichter werden sollen. Seine blühende Phantasie hätte ihm den Parnaß gesichert. Hier an dieser würdevollen Stätte sind diese Märchen, für die er nicht den bleichen Schatten eines Beweises gewagt hat – aus guten Gründen – eine Beleidigung des hohen Kollegiums, eine Kränkung der fünfhundert Zuhörer.«

Die Fünfhundert horchten auf und fühlten sich.

»Doch ich verachte diese Injurien wie die tausend anderen, die er gegen mich gerichtet hat, und würdige sie keiner Antwort. Er hat aber meinen Vater angegriffen, diesen berühmten Schriftsteller Frankreichs, den sogar das Ausland verehrt, den Schweden seiner höchsten Auszeichnung, des Ordens des erhabenen Geschlechtes der Wasa, wert befunden hat. Man hat sich nicht gescheut, sein Alter und sein Genie zu verunglimpfen.«

Er hieb eine Finte von unerhörter Kühnheit. Er, der durch des Vaters Briefe entehrt und besudelt war, er griff zur Verteidigung dieses Vaters.

»Dieser Vater konnte die zur Erkennung der Wahrheit notwendige Unbefangenheit nicht besitzen, weil er aus der Ferne all den Klatsch, mit dem man von dort aus –« er hob den Finger gegen die Familie Marignane – »sein väterliches Herz beschwerte, nicht zu beurteilen vermochte. Diesen Klatsch, den so viele freche Mäuler in dieser Provinz kolportiert haben; diesen Klatsch, der wohl eben dort entstanden war und dessen ›lautere‹ Quelle mir nur zu gut bekannt ist.« – Er starrte sekundenlang schweigend auf sein Weib. – »So ist es gekommen, daß meine Verleumder, indem sie sich auf die Briefe meines Vaters beriefen, damit nur ihr eigenes Zeugnis zu Worte kommen ließen.«

Er machte eine geschickte Pause. Im Publikum summte es. Portalis rückte unruhig auf seinem Sessel. Er hatte ein feines Ohr für Volksstimmungen. Emilie, der Marquis de Marignane, Gallifet, die Richter blickten überlegen drein.

»Doch ich übergehe diese Plattheiten und viele andere, die ein Lachen erzeugen lediglich auf Kosten der Leute, die sie vorgebracht haben. Aber ich muß mich befassen mit der langen Zurschaustellung der Frechheiten, die mit der Dreistigkeit endigten: ›Es ist ehrenvoller, von dem Grafen Mirabeau getadelt als gelobt zu werden.‹

»Fünfhundert Menschen haben diese Worte vernommen. Wenn die Fragen, die ich jetzt an Maître Portalis richten muß, heikler sind als diejenigen, die er an mich gestellt hat, so ist das wirklich nicht meine Schuld.«

Eine Bewegung aufgischender Neugier fieberte durch den Saal. Die Luft war dick, aus den Bankreihen quoll ein fauliger Geruch von Zwiebeln und Knoblauch. Emilie blickte ängstlich befangen drein. Ihr Anwalt machte ihr ein Zeichen: »Nicht verblüffen lassen! Schaumschlägerei!«

Mirabeau zählte noch einmal die acht Anschuldigungen auf, die wider ihn erhoben wurden.

»Nur einen Augenblick zum Atemholen, dann will ich antworten.«

Er spielte ein Meisterspiel mit diesen Anklagen, diesen ans Licht gezerrten Geheimnissen der Ehe, die in jedem Scheidungsprozesse aus dem Alkoven aufqualmen und den Gaffern preisgegeben werden, diesen großen und kleinen Nichtigkeiten, Nadelstichen, Pikanterien, Äußerungen des intimsten häuslichen Lebens. Zerlegte, deutete, kritisierte, verhöhnte, wendete, jonglierte mit ihnen, bis sie zu zerplatzenden Seifenblasen wurden. Seine Dialektik feierte Siegesfeste.

»Ich war an einem gewissen Tage betrunken? Allerdings. Aber viele andere waren es auch. Herr von Marignane erinnert sich vielleicht noch.«

Kichern unter den Zuhörern.

»Ich habe meine Frau hintergangen? O, herrscht bei uns etwa eine solche Reinheit der Sitten, daß wir jeden, der des Ehebruchs verdächtigt oder auch überführt wird, deshalb als ehrlos bezeichnen dürfen? Ich wage es nicht. Mein Urteil könnte sonst jene ehrenwerten Personen treffen, die ich dort vor mir sehe, den Marquis von Marignane und Madame de Croze, die, beide verehelicht, doch seit langen Jahren treu beisammen leben.«

Lautes Lachen. Die Stimmung begann umzuschlagen. Die beiden Bloßgestellten bekamen rote Köpfe, Emilie erbleichte, ihr Anwalt biß sorgenvoll die Lippen.

Mirabeau fühlte die Wandlung der Stimmung. Er hatte die Lacher auf seine Seite hinübergezogen. Jetzt spielte er seinen höchsten Trumpf aus.

»Aber«, rief er, »wir wollen sie und auch mich nicht streng beurteilen. Welches Herz von Stein wäre so hart, daß es nicht gegen die Jugend« – hier mußten selbst einige der Richter heimlich lächelnd auf das alte Liebespaar blicken – »Jugend und die Liebe Nachsicht übte? Frau von Mirabeau wirft mir vor, ich hätte sie verlästert. Sie soll selbst beurteilen, ob sie recht hat. Ich will ihr einen Brief vorlesen, den sie vielleicht über der Menge ähnlicher vergessen hat.«

Er griff in seine Akten. Emilie entfuhr ein kaum beherrschter Schrei. Ihre Ahnung ächzte. Alles blickte auf sie, auf den Redner, der mit erhobener Stimme las:

»Manosque, den 28. Mai 1774.«

Emilie schrie: »Nein, nein!«

Das Publikum federte empor, reckte die Hälse, drängte vor, stieß. Andere riefen: »Ruhe – Ruhe!« Am Richtertisch blickte man nervös drein. Maître Portalis sah voller Bestürzung auf seine Klientin, die Familie Marignane begriff nichts mehr.

Als Stille geworden, las Mirabeau laut und gelassen:

»Ich habe mich, mein Herr, aus meiner Verirrung zurückgefunden, und der erste Schritt...«

»Schurke!«

Emilie war aufgesprungen, ihre Augen funkelten, sie tat einige Schritte, als wolle sie sich auf den Grafen stürzen.

Der Saal siedete. Man wußte sich im Publikum nicht zu fassen, vor Freude, intriganter Lust, vor Erregung über diesen Höhepunkt des Schauspiels.

Maître Portalis packte die Frau fest am Handgelenk.

»Keine Unbesonnenheit!« knirschte er.

Harmlos hob Mirabeau die Augen von dem Briefe.

»Was ist?« fragte er arglos.

Gelächter.

»Er – er hat – ihn – nicht – abgesandt?!« keuchte Emilie.

Der Saal dröhnte vom Lachen der Menge. Witze rissen durch die Schwüle, Beschimpfungen der »Dirne«, Rufe der Neugier: »Stille! – Wir wollen hören! Schweigt! Laßt ihn lesen!«

Der Vorsitzende gebot Ruhe.

Maître Portalis zog Emilie auf die Bank nieder. Seine Züge waren starr vor Empörung über seine Düpierung.

Langsam, liebenswürdig las Mirabeau den Brief zu Ende.

Der Eindruck war so überwältigend, daß tiefes Schweigen der Lektüre folgte.

Rasch schmiedete der Redner das weißglühende Eisen. »Frau von Mirabeau mag uns einen Kommentar zu diesem Briefe geben, der freilich kaum notwendig sein dürfte. Herrn Portalis aber möchte ich andeuten« – jetzt log er grob –, »daß in meiner Mappe noch mancherlei Schreiben zu finden sind, alle wohl geeignet, ihm für den Roman, den er bei seiner dichterischen Begabung zweifellos aus diesem Material schmieden wird, als Unterlage und Anekdotenquelle zu dienen.«

Das Publikum quittierte den Witz gebührend.

»Es ist nicht wahr«, hauchte Emilie, zurücksinkend. Doch der Anwalt hatte das Vertrauen zu seiner Klientin verloren. Die Familie Marignane kauerte zerschmettert auf ihrer Bank.

Mirabeau fühlte die Schwingen des Sieges um sein Haupt streichen. Jetzt wuchs er empor. Sein häßliches blatternarbiges Gesicht ward schön, er wurde zur rächenden Flamme, zum funkelnden Schwert, das den Gegner vollends zu Boden schlug.

»Ich achte«, rief er mit seiner Stentorstimme, »in den Advokaten eine Beamtenschaft von vornehmer Gesinnung. Wenn aber einer von ihnen unter dem Schutze der Straflosigkeit, den dieser Beruf genießt (und zwar mit Recht genießt, da diese Unabhängigkeit seine Seele ist), sich nur durch unheilvolle Fähigkeit hervortut, wenn seine ganze Beredsamkeit darin gipfelt, phrasenhafte Schmähungen, Lügen und Verleumdungen auszuspeien; wenn er Tatsachen erfindet oder entstellt; wenn er alle Beweisstücke, die er bringt, verstümmelt oder entstellt oder fälscht und sich wohl hütet, sie vorzulesen, um nachher die Untreue des Gedächtnisses vorschützen zu können – ein solcher Mensch steigt aus dem freiesten Stande herab in die Sklaverei der knechtischsten aller Leidenschaften und wird – um dem Martialis eine Bezeichnung zu entlehnen – ein Krämer, der Worte, Lügen und Beleidigungen feilbietet!«

Portalis war zornbebend aufgeschnellt. Der Vorsitzende griff ein, die Menge kochte auf, schrie: »Laßt ihn reden! Keine Parteilichkeit!« Die Gesichter waren schweißig vom Mitleben dieses Kolportagestückes, Hände wischten in nervöser Hast über brennende Wangen, Augen blitzten in teilnehmender Gier. Es war ein Festtagsschmaus für diese lüsterne Bevölkerung der Provence.

Portalis fiel halb ohnmächtig in die Bank. Griff zitternd zum Wasserglase. Der Präsident rügte den Redner, gebot ihm, Beleidigungen des Anwalts zu unterlassen.

Das Volk knurrte laut. »Laß ihn den Verleumder doch abstechen!« rief wütend ein Marktweib.

Sofort beutete Mirabeau die Volkslaune aus, die sich gegen das Gericht wandte. Er wußte, daß die Richter durch enge persönliche Bande der Freundschaft, der Beziehungen, der Familie mit den Marignanes verbunden waren, daß das Urteil schon vor Beginn der Verhandlung feststand. Er wollte ihnen und dem Volke aber sagen, daß er sie durchschaute. Er sagte es.

»Noch ein Wort, meine Herren!« brüllte er, die knisternde Unruhe im Saale und am Richtertisch unterjochend. »In dem leidigen Prozeß, der uns hier zusammenführt, wagt man, schon das Urteil vorauszusagen. Ja, die Zuversicht meiner Gegner ist so groß, daß sie nicht einmal mehr den äußeren Schein wahren. Und wenn sie es auch nicht klipp und klar aussprechen, daß sie den Urteilsspruch diktieren werden, können sie es wenigstens nicht unzweideutiger ausposaunen, als sie es getan haben, daß sie über den höchsten Gerichtshof der Provinz verfügen.«

Die Richter sprangen empor.

Mirabeau reckte gebieterisch den Arm und überschrie den Lärm:

»Aber eine derartige Lästerung schreckt mich nicht. Im Gegenteil – sie verdoppelt mein Vertrauen.«

Die Richter setzten sich unschlüssig. Im Zuschauerraum stieg ein einzelnes silbernes Frauenlachen, wie eine Lerche im Felde.

»Ich darf von dem Gerichtshof um so getroster ein gerechtes Urteil erwarten, als ja bekanntermaßen meine Gegner mit den meisten meiner Richter befreundet oder verwandt sind und ich ihnen dadurch den deutlichsten Beweis meines Vertrauens gegeben habe, daß ich sie nicht als befangen ablehnte. Denn nicht verwandtschaftliche Rücksichten, nicht die Bitten der Parteien, sondern allein das Recht wird ihr Urteil bestimmen. Und ohne Zweifel kennen sie die wahre Größe ihres Amtes zu gut, als daß sie unter Entäußerung ihrer Würde und ihrer Tugenden vom hohen Tribunal herabsteigen und sich zum Rang der Parteien erniedrigen werden.«

Nie war dieser Saal von solchem Sturme der Begeisterung durchfegt worden. Diese Leute der Provence hielten nie – auch nicht vor den Schranken des Gerichts – mit der spontanen Bekundung ihrer Meinung zurück. Heute bebten die Fenster. Diese Schlußwendung seines Vertrauens zu diesen Richtern, die keiner ernst nahm, diese überlegene Ironie, diese echte südlich kühne und unverschämte Verspottung dieser königlichen Beamten sprengte die mühsame Fesselung der Gefühle. Man schrie, jubelte, klatschte, trampelte. Nie hatte man mit solchem Feuer reden hören, mit solcher Klarheit, solchem überlegenen Hohne, solch beherrschender Meisterschaft. An diesem Morgen ward Mirabeau der populärste Mann seiner Heimatprovinz. Er hatte seine Gaben, sein Rednergenie zum ersten entscheidenden Siege geführt.

Das Gericht zog sich zur Beratung zurück. Sie dauerte lange. Es galt einen harten Kampf zwischen Rücksicht auf das Volksempfinden, Recht, Parteilichkeit, Ansehen des Gerichts. Doch noch herrschte das alte Regime in all seiner frechen Beschränktheit, noch wütete der Despotismus, noch waren Familienrücksichten, Beziehungen, Willkür Herren des Rechts und öffentlichen Lebens.

Mirabeau wurde verurteilt. Zugunsten Emilies ward die Trennung von Tisch und Bett ausgesprochen.

Er hatte von den Richtern seiner Zeit nichts anderes erwartet. Er wußte, daß die Reform des Rechtes und der Gerichte eine der bitterst dringenden Forderungen der kommenden Tage war. Aber das Volk wußte es nicht. Es pfiff, es johlte, es schmähte, es warf mit faulen Eiern und Äpfeln nach den Richtern, nach den Marignanes, nach dem Maître Portalis. Es trug den »Besiegten« im Triumphe durch die Straßen. Als Emilie mit Gallifet das Gerichtsgebäude verließ, wurde ihr Wagen mit Steinen bombardiert. Spottlieder auf die »Siegerin« stiegen auf aus der empörten Volksseele.

Noch am Tage der Urteilsfällung forderte Mirabeau den Grafen Gallifet, den Geliebten seiner Frau, zum Duell heraus. Er durchspießte dem Nebenbuhler den rechten Arm mit dem Florett.

Am nächsten Tage verließen die Sieger die Stadt, deren Boden ihnen zu heiß geworden war. Mirabeau schied, ärmer und verlassener als je, doch reich an ideellem Besitz. Er hatte eine Frau und einen Prozeß verloren, aber einen unerschütterlichen Ruhm und das Herz des Volkes einer Stadt und einer Provinz gewonnen.

X.

Der Sieger von Aix ging einer Zeit nagender Not entgegen. In der Familie herrschte die Ruhe der Walstatt. Die Mutter lebte in Paris, Louise im Kloster, der Vater in Bignon. Emilie beging, vom Throne der Liebeskönigin gestürzt, stille Tage in Aix, als die Zeit Ihre Schleier über die Dinge breitete.

Des Vaters Gleichgültigkeit gegen sein Geschick beraubte den Sohn jeder Unterstützung. Nach den Tagen von Aix äußerte er spöttisch: »Sogar aus Italien meldet man mir die Bewunderung meines Sohnes. Welcher Ruhm für den Enkel unserer Väter! Seine Wege sind nicht die meinigen. Mein Werk ist getan. Es ist jetzt seine Sache, die Entschlüsse zu fassen, die er für die zweckmäßigsten hält. Ich kann ihm nicht länger dienen, ihn nicht leiten und nicht für ihn bürgen.«

Er strich, der Tumulte satt und müde, den Sohn aus seinem Leben.

Und der Sohn hungerte. Er lebte in Paris von Tagesschriftstellerei. In teueren Zeiten ist die Arbeit der geistigen Lohnsklaven immer am billigsten. Er mußte bisweilen seine scharfe Feder verkaufen. Er schrieb Streitschriften über Geld-und Finanzfragen, nicht immer ohne materiellen Lohn von denen, denen sie Vorteil brachten. Man munkelte, daß er im Solde des Agios stehe. »Man bedient sich seiner wie eines tollen bissigen Hundes, den man auf den ersten besten hetzt«, sagte der Vater und lehnte sich friedlich und ergeben in seinen bequemen Sorgenstuhl zurück.

Es waren schwere Zeiten für Mirabeau. Er schuftete verzweifelt um das tägliche teure Brot. Aber er beobachtete bei aller persönlichen Misere scharf die Zeichen der Zeit.

Der Halsbandprozeß, dieser frechste Gaunerstreich aller Zeiten, das Werk der Gräfin La Motte, der gerissensten Hochstaplerin des Jahrhunderts, raubte dem Königtume, das er in der Königin erbarmungswürdig bloßstellte, das letzte bleiche Ansehen. Beaumarchais' Komödie »Figaros Hochzeit« war Mirabeaus wachsamem Auge ein Seismograph, der Untrüglich das noch ferne Beben der Grundfesten des Staates kündete.

Man hatte das Stück verboten. Doch auf allen Pariser Gassen war es zum Tagesgespräch geworden. Beaumarchais las es in vielen der ersten Salons der Stadt vor. Auch Mirabeau hörte es, obwohl er allen Grund hatte, dem witzigen Dichter zu grollen, der seine Werke verächtlich »Mirabellen« genannt hatte. Aber ihm handelte es sich um die Beurteilung der politischen Bedeutung der Komödie, nicht um ihren Autor, den »Seiltänzer Beaumarchais«, wie er ihn zur Revanche öffentlich nannte.

Er teilte die Erregung, die sie hervorrief. Sie griff Staatseinrichtungen, Verwaltung, Staatsgefängnisse heftig und kühn an. Das Verlangen, das Stück auf die Bühne zu bringen, schwoll lärmend an. Marie-Antoinette verlangt, es zu hören. In ihrem Kabinett wird es gelesen, diesem Kabinett in Gold und Weiß mit den großen Wandtafeln, auf denen geflügelte Sphinxe in den Rauch rosenumkränzter Dreifüße starren. Liebesrätsel? Darüber schweben Liebesgötter mit verbundenen Augen.

Der Wandschmuck ist wie ein Symbol.

Man setzt sich in die Nische vor dem Spiegel, der die Fenster scheidet. In dieser Nische lebt Marie-Antoinette ihr häusliches Leben. Hier ist sie umgeben von ihren lieben trauten geschmeidigen Möbeln, ihrer Harfe, dem Spinett von Toskin, das immer offen steht, in dem es summt von kaum verklungenen Melodien. Neben ihrem Polstersessel stehen die niedrigen Körbe ihrer Handarbeiten.

Von hier aus kann sie das etwas frostige Kabinett überblicken mit seinen Säulen, seinem Kamin von rotem Marmor, dem mächtigen eingelegten Tische, der überladen ist von Erinnerungsgaben, Nippes, Kunstwerken aller Art. An den Wänden hängen Miniaturen von Siccardi, Liotard und Campana. Und Porträts ihrer Lieben im fernen frohen, ach, so naiv fröhlichen Wien.

Die Augen der Königin wandern über die guten Gesichter hin, während die Campan dieses Stück vorliest, das solch wilde Wogen gegen den Thron aufwirft. Da ist die Mutter, Maria-Theresia, der Vater, die Brüder, die Schwestern und die Gespielinnen ihrer glücklichen, so fernen glücklichen Kindheit, die Prinzessinnen von Hessen-Darmstadt. Wie ein treues Behüten sind diese stummen beredten Bilder um sie her.

Sie kann der Lektüre nicht aufmerksam folgen. Ihre schönen blauen klugen Augen wandern über die große kostbare chinesische Vase, über die vielen Vasen aus Sèvres und Venedig, über den Blumenreigen hin, den sie bergen, der immer ihr Zimmer durchduftet. Sie sinnt und grübelt, weshalb in den letzten Jahren alles so anders geworden ist, als in der heiteren Anmut ihrer Dauphinezeit und der ersten Regierungsjahre. Sie weiß genau, wie schmerzlich der König und sie selbst an Ansehen verloren haben. Sie weiß oder ahnt dunkel, daß das Volk sie haßt. Sie sieht auf ihren Fahrten durch die Straßen oft Blicke, die ihr das Herz im Leibe erbeben machen. Mein Gott, was tut sie bloß, daß man sie jetzt so haßt! Dem Volke kann es doch gleichgültig sein, ob sie die veraltete Etikette einhält oder nicht, ob sie tanzt oder nicht, ob sie spielt oder nicht, ob sie liebt oder nicht. Sie tut damit doch keinem von diesen Leuten, die ihr solch giftige Blicke zuwerfen, etwas Böses. Sie begreift diese jähe Wandlung ihrer früheren Beliebtheit nicht, sooft und soviel sie auch darüber grübelt. Ihr Blick bleibt an dem feisten, unbedeutenden, gutmütigen Gesicht des Königs haften. Sie liebt ihn nicht. Doch er ist nun der Vater ihrer Kinder. Wie angestrengt er aufpaßt, um alles zu begreifen. Ein armes mattes Gehirn. Er tut ihr leid in seiner angestrengten Anspannung.

Jetzt ruft er mit seiner fettigen Stimme: »Das ist geschmacklos. Dieser Mensch bringt die Unarten italienischer Concetti auf die Bühne!«

Bei der Stelle gegen die Staatsgefängnisse springt der Phlegmatiker fast lebhaft auf: »Das ist abscheulich! Das wird nie gespielt werden. Man müßte die Bastille zerstören, damit die Vorstellung dieses Stückes nicht eine gefährliche Inkonsequenz wäre.«

»Lassen Sie sie zerstören!« sagt plötzlich die Königin.

Louis und die Campan starren sie an.

»Madame ――?!« murmelt der König unsicher.

»Ich meine es ernst.«

»Madame – dann können wir abdanken. Aber Sie scherzen. Fahren Sie fort.«

Die Campan liest weiter.

Am Schluß fragt Marie-Antoinette: »Man wird es also nicht spielen? Schade. Es hat viel Geist.«

»Geist des Aufruhrs«, entgegnet der König unwillig. »Dieser Mensch macht sich über alles lustig, was man an einer Regierung respektieren muß.«

»Gott,« seufzt die Königin, »man kann Dinge von so vielen verschiedenen Standpunkten aus sehen.«

»Für uns gibt es nur einen Standpunkt. Man wird dieses Stück nicht spielen«, entscheidet der König.

Trotz des Verbotes wird die Vorführung am Théâtre Français heimlich vorbereitet. Im letzten Augenblicke wird sie dem König verraten. Eine lettre de cachet untersagt die Vorstellung. Im Saale sind schon etliche Zuschauer, in allen Straßen, die zum Hôtel des Menus-Plaisirs, dem Theatergebäude, führen, drängen sich die Karossen, die Kabrioletts. Wagen wollen vorrücken, andere wollen zurück, Stauung des Verkehrs, Lärmen, Ärger der umsonst geputzten Damen, Groll allgemeiner Enttäuschung.

Das Verbot des Königs wird zu einem erbitternden Anschlag auf die öffentliche Freiheit. Durch alle Straßen, alle Salons, alle Cafés hallt der Ruf »Bedrückung!«, »Tyrannei!« mit einer Leidenschaft wie niemals zuvor. Beaumarchais ruft laut von den Stufen des Theaters in die zornige Menge: »Eh bien, messieurs, man will das Stück hier nicht aufführen! Ich schwöre Ihnen, daß es eines Tages im Chor von Notre-Dame gespielt werden wird.« Alles klatscht, man schreit, man jauchzt. Die beste Gesellschaft! Man hört in diesem Worte prophetischen Geist. Die Revolte brodelt. Der König sieht sich gezwungen, nachzugeben. Das Stück wird gespielt. Der Verfasser wandert ins Gefängnis. Ein letztes Mittelchen letzter Willkür. Nie sah ein französisches Theater solchen Fanatismus des Beifalles. Mirabeau ist im Zuschauerraum. Er hört dieses laute Signal der heranbrausenden Revolution.

Doch noch dämmert nicht sein Tag. Er kann sich in Paris, in dem die Brotpreise von Tag zu Tag steigen, nicht halten. Er sucht in London seinen Unterhalt. Er geht in die Fremde. Das Elend geht mit. Doch auch die Liebe, die ihn, wie die Armut, sein Leben lang treu geleitete. Sie heißt jetzt Henriette-Amélie de Nehra. Doch was bedeutet der Name! Es ist Sophies guter Geist und ihre gütige Seele, wie es die Seele und der Geist aller der reinen sorgenden mütterlichen Frauen ist, die ihr Leben dem Manne ihrer Liebe hingeben, hingegeben haben und hingeben werden. Sie sind zeit-und namenlos. Sie sind das ewig Weibliche in seinem höchsten Adel. Sie sprechen ewige Worte, wie Henriette-Amélie, das uneheliche Kind des Willem Van Haren, eines hervorragenden holländischen Staatsmannes, sie zu dem Manne sprach, dem sie im Frühling 1784 im Erziehungskloster der »Petites-Orphélines« in Paris durch Zufall oder Schicksalsfügung begegnet war.

Sie hob das »Engelsgesichtchen mit seinem verführerischen Reiz«, blond, zart und rosig zu ihm empor und sagte trotz ihrer siebzehn Jahre die uralte letzte Frauenweisheit: »Geliebter, alles hat dich im Stich gelassen. Eltern, Freunde, Glück. Du hast bloß noch mich. Laß mich dir alles ersetzen. Laß mich in den Gefahren deines sturmbewegten Lebens bei dir stehen. Ich gelobe dir, nur noch für dich zu leben, um dir in guten und bösen Tagen dienen zu können.«

So sprach sie, ganz schlicht, und folgte ihm – nach London. Sie hungerten dort, aber zusammen. Er verpfändete in London ihre Sachen, alle, ihre und seine. Die Liste, die sie aufstellte, war nicht gehaltvoll:

Von dem Herrn. Grafen:	Von der Frau Gräfin:
16 Hemden	4 Hemden
1 Unterkleid von Nankin	1 Paar Handschuhe
1 Paar weißleinwandene Unterhosen	1 Chemise von Linon
1 alte Weste, einst gestickt	1 Robe à l'anglaise
1 Paar neue Schuhe	14 Servietten
12 Paar Strümpfe, schadhaft	10 Schnupftücher
1 Hut	1 alter Muff
50 gebundene und ungebundene Bücher	1 schwarzer Domino
	4 Unterröcke
	2 Kamisölchen
	4 Korsetts
	1 alter weißer Pelz
	3 Mantelets, sehr schadhaft
	2 Florschürzen, schadhaft
	1 Paket Flicken.

Andere Reichtümer hatten sie nicht, die grimmigste Not abzuwehren.

Auch in London leuchtete ihnen kein Stern. Sie kehrten nach Paris zurück. Er schrieb wieder finanztechnische Broschüren, griff den Finanzminister Calonne heftig an. Und hungerte.

Und doch nahm Mirabeau in diesen Tagen das verwaiste zweijährige Kind seines Freundes, des Bildhauers Lukas von Montigny, an Kindes Statt an. Der kleine Lukas fand in Amélie eine zweite Mutter. Und er ist sicher immer satt geworden.

Als die Not am höchsten gestiegen war, riet Henriette-Amélie, die nicht nur lieb und schön, sondern, wie alle guten Feen, auch sehr klug war:

»Gehen wir nach Schloß Mirabeau. Dort können wir sehr billig leben. Du kannst dich dort sammeln, dein ausgepowertes Hirn ausruhen und dann ein großes Werk schreiben, das deinen literarischen Ruhm begründet.«

Sie stand vor ihm in einem ganz leichten, ganz einfachen Musselinkleidchen, das ein Sammetband in der Taille gürtete, zart und elfenhaft und lächelte beschwörend und ermunternd.

Er schüttelte den Kopf.

»Yet-Lie« – er hatte diesen innigen Kosenamen aus Henriette-Amélie gebildet – »Yet-Lie, ich will nicht mehr schreiben«, rief er gequält. »Ich fühle es. Ich weiß es. Ich bin zu handeln geboren, zum *handelnden* Staatsmann. Ich will durch Taten wirken, durch das *lebendige* Wort, das mein Werkzeug und meine Waffe ist.«

Sie sah trübe vor sich hin. »Aber du siehst doch, Gabriel, sie lassen dich nicht hinauf, diese Minister. Du gehst, du bittest, du drohst. Nichts hilft. Sie fürchten dich.«

Er schwieg bedrückt.

Sie sprach fort: »Wir leben in einer Zeit des Niederganges. Ich glaube, es ist immer ein Zeichen des inneren Zerfalles eines Staates, daß er nicht einmal mehr die Kraft noch den Mut aufbringt, große Begabungen zu nutzen.«

Er sah sie lange an: »Du bist eine sehr kluge kleine achtzehnjährige Frau, Yet-Lie«, sagte er bewundernd. »Ich liebe dich von Tag zu Tag mehr. Weißt du, Sophie habe ich mit Leidenschaft geliebt, mit tausend Sinnen. Du bist die erste Frau, die mein Herz liebt.«

Sie trat zu ihm und küßte ihm wortlos das Herz. Sie wußte, daß er die Wahrheit sprach, die Wahrheit der Liebe, die im Männermunde immer die Wahrheit der Stunde ist.

Er ging sinnend in dem kleinen Pariser Zimmer auf und nieder. Plötzlich blieb er stehen mit vorgebeugtem Kopfe und starr auf einen Punkt gerichteten Augen. Sie atmete kaum. Sie kannte diese ihm typische Haltung schärfster Überlegung.

Dann drehte er seinen schweren Körper mit einer wunderbaren Elastizität herum, sein Gesicht strahlte, sein Körper ward schnellende Energie.

»Ich hab's, Yet-Lie!«

»Was ist es?«

»Wenn man hier zu klein ist, mich in den Staatsdienst zu nehmen, dann gehe ich zu dem größten Manne Europas und biete mich ihm an.«

»Dem größten –? Das ist –«

»Nun – wer ist das?« fragte er triumphierend.

»Friedrich der Große.«

Er nickte, sprang auf sie zu und riß sie, im Überschwang dieses glücklichen Gedankens, in die Arme.

Sie äußerte Bedenken. Sein Enthusiasmus wehte sie beiseite.

Wenige Tage später war er mit seiner »Horde«, Yet-Lie und Coco, dem kleinen Lukas von Montigny, auf der Reise nach Berlin. Im »Hotel zur Stadt Paris« stiegen sie ab. Noch am selben Tage schrieb er an den König:

> »Sire,
>
> es ist vielleicht allzu unbescheiden, eine Audienz bei Ew. Majestät zu erbitten, wenn man nicht in der Lage ist, Allerhöchstdieselbe von interessanten Dingen unterhalten zu können. Vielleicht aber werden Ew. Majestät Nachsicht für einen Franzosen haben, der seit seiner Kindheit die Welt von Allerhöchstdero Namen erfüllt fand und das Verlangen hat, den größten Mann dieses und anderer Jahrhunderte in größerer Nähe zu sehen, als man für gewöhnlich Könige sieht, und wollen Ew. Majestät geruhen, mir in Gnaden zu gestatten, daß ich Allerhöchstderselben in Potsdam aufwarten darf. In tiefster Untertänigkeit
>
> Graf Mirabeau.«

Am nächsten Tage schon erhielt er die Antwort in einem eigenhändigen Schreiben des Königs.

»Potsdam, 23. Januar 1786.

Herr Graf Mirabeau!

Es soll mir sehr angenehm sein, Sie kennenzulernen und Ihr Anerbieten, sich hier
einzustellen, ist mir durchaus willkommen. Wollen Sie mir übermorgen, am 25.,
dieses Vergnügen bereiten und sich an den Generalmajor Grafen Goertz wenden,
so könnte ich Sie noch an demselben Tage sehen. Inzwischen bitte ich Gott, daß
er Sie, Herr Graf Mirabeau, in seinen heiligen Schutz nehme.

F. R.«

Am 25. Januar fuhr Mirabeau nach Potsdam. Klopfenden Herzens schritt er durch den Park,
die Terrassen von Sanssouci hinauf.

Der Kammerdiener führte ihn in das runde Arbeitszimmer des Königs. Er saß am Schreibtisch, in Pelze und Bettdecken gehüllt. Es roch nach Medikamenten. Auf einem Tischchen
standen Medizinflaschen in Wassergläsern.

Mirabeau blieb ehrfürchtig an der Tür stehen. Er wußte, daß er in der Arbeitsstätte eines
der Größten aller Zeiten stand.

Der König wandte den Kopf.

»Kommen Sie näher, Herr Graf«, sagte er mit klarer leiser Stimme.

Mirabeau schritt zum Tische, zaghaft, auf den Zehen. Er sah, wie krank der alte Mann war,
abgezehrt, Haut und Knochen. Nur die großen grauen Augen lebten.

»Entschuldigen Sie, daß ich Sie so empfange«, der König deutete mit zittriger Hand auf die
Pelze und Decken. »Das Alter. Frese behauptet Wassersucht. Der Teufel hole ihn und seine
Wassersucht! Ein bißchen Schwäche ist es.«

Mirabeau sah rote Fieberflecke auf den eingefallenen lederhäutigen Wangen des Königs, seine
Zähne klirrten im Schüttelfrost. Vor ihm lagen Papiere. Er arbeitete noch – trotz Fieber und
Schüttelfrost.

»Setzen Sie sich.«

Der Kammerdiener trug einen Stuhl herbei und ging. Mirabeau setzte sich.

»Ich freue mich, Sie zu sehen«, hob der König an, nicht ohne Anstrengung. »Sie sind mir kein
Unbekannter. Ich kenne die Geschichte Ihrer Jugend. Ich habe Gründe zu lebhafter Teilnahme
für einen Mann, den schwere Jugendschicksale betroffen haben.«

»Eure Majestät sind sehr gütig.«

Der König zog die Pelzdecken enger um die Schultern, seine verdorrten schmalen Lippen verzogen sich schmerzhaft. Mit Mühe fuhr er fort: »Ich höre, Sie wollen nach Sankt Petersburg?«

»Ich fürchte, Eure Majestät zu ermüden«, wandte Mirabeau ein, der des Königs Qualen sah.

Friedrich schüttelte den Kopf. »Sprechen Sie.«

»Majestät,« begann Mirabeau, »ich darf wohl sagen, daß ich in meinem Vaterlande für die
Dienste, die ich Frankreich in finanziellen Angelegenheiten erwiesen habe, schlecht belohnt, ja
in meinem Rufe und selbst in meiner persönlichen Sicherheit durch den derzeitigen Finanzminister gefährdet worden bin, weil ich mich weder für seine letzte Anleihe noch für seine
Louisdorspekulation bemühen wollte. Ich klage nicht an. Ich kann es verstehen, daß Minister,
die meist homines novi und nur im Besitz einer prekären und unsicheren Existenz sind, die
also alles zu gewinnen und nichts zu verlieren haben, ihre zerbrechliche Macht so schnell und
so viel als möglich dazu benützen, um sich ein Vermögen zu erwerben, Kreaturen an sich zu
fesseln und ihre Begierden zu stillen. Sie müssen den Augenblick benützen, morgen werden
sie nicht mehr sein.«

Er schwieg. Der König sah ihn lebhaft aus seinen Feueraugen an. »Interessant,« nickte er;
»fahren Sie fort!«

»Man kann von den Ministern sagen, daß sie oft viel Geist haben, wenigstens genug, um die
andern und sich selbst zu täuschen. Sie glauben nur zu leicht, daß sie wissen, was sie verstehen;
daß sie verstehen, was sie mit geistvollen, listigen Blicken anhören; daß man sie leicht zu dem
bewegen könne, was man ihnen bewiesen hat. Das sind ganz irrige Meinungen. Viele Minister

wollen, einzig und allein bemüht, die Genüsse der Eitelkeit, und auch der nichtigsten aller Eitelkeiten, tausendfach auszukosten, der Not des Augenblicks zu entfliehen, die Mittel und Wege zu finden, um morgen noch Minister zu sein, ohne zu wissen, ob sie es noch in acht Tagen sein werden, Kniffe und Schliche und keine Ratschläge, Schmeichler und keine Freunde, Lobhudeleien und nicht die Wahrheit, wofern nur ihre Sippschaften ihnen Weihrauch streuen und ihre Plagegeister sie in Ruhe lassen. Wofern es nur ihrer Leichtfertigkeit nicht an Zerstreuungen fehlt und sie nichts in ihren Vergnügen stört, gehen die Geschäfte immer gut genug. Sie stellen sie monatelang zurück. Dann verwenden sie eine Stunde auf eine Angelegenheit, welche die angestrengteste Aufmerksamkeit und das reiflichste Nachdenken erfordern würde, kurz, man darf ihnen nichts zutrauen als die Intrige und die Interessen ihrer kleinen Passionen.«

Der König lächelte bitter.

»Sie kennen diese Herren. Aber Sie wollten von Ihren Plänen sprechen, Herr Graf.«

Mirabeau glaubte, jetzt den Boden für seine Absicht gedüngt zu haben.

»Eure Majestät hatten die Güte, mich zu fragen, ob ich nach Sankt Petersburg zu gehen gesonnen bin. Ich beehre mich, zu antworten: es ist allerdings meine Absicht, in dem Lande eine Anstellung zu suchen, das meines Wissens am meisten der Ausländer bedarf: ich will nach Rußland. Aber wahrlich, Eure Majestät, ich würde dieses vierschrötige Volk, dieses wilde Land nicht aufsuchen, wenn ich nicht hätte einsehen müssen, daß Eurer Majestät Regierung so vollkommen organisiert ist, daß ich mir nicht mit dem Gedanken schmeicheln darf, Eurer Majestät nützlich zu sein.«

Der König schwieg und zog die Decken empor.

Das Herzklopfen der Hoffnung meisternd, fuhr Mirabeau mutig fort: »Eurer Majestät zu dienen – nicht müßig in den Akademien zu sitzen – wäre freilich mein höchster Ehrgeiz gewesen.«

Der König schwieg beharrlich.

Schon zaghafter sprach Mirabeau fort:

»Die Stürme meiner frühesten Jugend und die nunmehr völlig getäuschten Erwartungen in bezug auf meine Heimat haben allzulange meine Gedanken von diesem schönen Vorhaben abgelenkt, so daß ich fast fürchte, es sei jetzt zu spät!«

Er schwieg in bebender Erwartung. Jetzt lag sein Lebensschicksal in der Hand dieses großen kranken Mannes.

Der König sah ihn fest an und sagte:

»Ich danke Ihnen für das Vertrauen, das Sie mir erweisen. Ich weiß es ebenso zu würdigen wie die Gründe, die Sie veranlassen, in der Fremde eine bessere Verwertung Ihrer Talente zu suchen. Seien Sie überzeugt, daß ich stets an dem Geschick eines wie Sie verdienten Mannes Interesse nehmen werde, indem ich von Herzen wünsche, daß es sich günstiger und Ihren berechtigten Erwartungen entsprechender gestalten möge.«

Mirabeau sank in sich zusammen.

»Übrigens hängt es lediglich von Ihnen ab, wie lange Sie in Berlin verbleiben. Ich hoffe, Sie während Ihres Aufenthaltes noch einige Male zu sehen und bei besserem Wohlbefinden, um lebhafter Ihre geistreiche Gegenwart genießen zu können.«

Mirabeau erhob sich hastig. Der König nickte liebenswürdig – der Kammerdiener trat ein – Mirabeau verbeugte sich noch einmal an der Tür – doch Friedrich hatte bereits wieder zur Feder gegriffen und schrieb mit Fingern, die der Fieberschauer schüttelte. –

Die Enttäuschung war vernichtend. Lange irrte Mirabeau im Parke von Sanssouci umher. Lange stand er am Kanal, von Todesgedanken durchzittert. Doch sein starker südfranzösischer Optimismus rang sich sieghaft empor. Sein geschmeidiges Hirn stellte sich auf eine andere Kombination ein. Eins hatte die Audienz ihm gebracht: die Erlaubnis, in Berlin zu bleiben. Diesen Gewinn galt es auszumünzen.

Vor Yet-Lie, die ihn mit angstvoller Skepsis aus Potsdam zurückerwartete, verbarg er seinen Mißerfolg, spielte den Zuversichtlichen, der berechtigt sei, von des Königs freundlicher Aufnahme alles zu erwarten.

Insgeheim schrieb er an seinen Freund Talleyrand und bat ihn, ihm bei dem Minister des Äußern, Herrn de Vergennes, eine Stelle als offiziöser Beobachter, als einer höheren Art Spion, in Berlin zu verschaffen. Es gelang. Man war froh, den angriffswütigen Mann fern von Paris zu halten. Man bewilligte ihm ein kärgliches Gehalt.

So blieb er in Berlin und schrieb geheime chiffrierte Berichte an die Pariser Regierung. Geniale Gesichte seiner staatsmännischen Begabung, seines politischen Scharfblicks.

Es war das letzte Abendrot einer großen Zeit. Im August starb der König. Friedrich Wilhelm II., der dicke Wilhelm, wie ihn der Volksmund nannte, bestieg den Thron. Preußens Abstieg zur Niederung von Jena begann. Die Mätresse des Königs, die Gräfin Lichtenau, die Trompetertochter, führte die Regierung. Hart umrissene Porträts des neuen Hofes sandte Mirabeau nach Paris.

Über den Todestag Friedrichs des Großen schrieb er:

»17. August 1786.

Es ist geschehen! Friedrich Wilhelm ist König. Einer der Größten, die je auf einem Thron gesessen haben, ist dahin! Solch einer findet sich so leicht nicht wieder!

Friedrich hörte zu leben auf am 17. August 1786. Zu regieren hörte er auf am Abend des vorhergehenden Tages.

Alles, bis zu dem Tribut von Irrtümern, den er der menschlichen Schwäche zollte, trug den Stempel seiner Größe, seiner Eigenart, seines unbeugsamen Charakters. Nie wurde ein Sterblicher so ausgestattet, um den Befehl zu führen! Er wußte es: er schien in sich die Weltseele zu spüren!«

—

Er warf Bericht auf Bericht nach Paris, angefeindet von der Eifersucht des französischen Gesandten in Berlin, Herrn d'Esterno. Er hoffte, man werde in Versailles den Geist erkennen, der in seinen Berichten glühte, werde den Verfasser würdigen und auf den ihm gebührenden Platz erheben.

Er täuschte sich. Man verkannte ihn, behandelte ihn voller Geringschätzung und Verachtung. Er biß die Zähne zusammen und schrieb seine chiffrierten Geheimdepeschen.

Da – Anfang 1787 – ein Posaunenruf! Die Stimmung in Frankreich ist überhitzt, sie braucht ein Ventil. Endlich entschließt der König sich, die Reichsstände, die Vertretung des gesamten Volkes, der drei Stände des Adels, der Geistlichkeit, der Bürger zu berufen.

Mirabeau liest es, Tränen stürzen ihm aus den Augen. Er schreit, er lacht, er wirbelt Yet-Lie im Kreise, wirft den kleinen erstaunten Coco in die Luft und fängt ihn jauchzend wieder auf.

»Yet-Lie – die Reichsstände werden einberufen! Die Reichsstände, die seit 1614 nicht mehr versammelt waren! Begreifst du, was das bedeutet?!«

Sie begreift es nicht.

»Die Nationalversammlung bedeutet das. Die friedliche Revolution! Die Reformen! Das Ende des Despotismus bedeutet es. Meinen Aufstieg zur Tat bedeutet es. Einen Schauplatz meiner Gaben bedeutet es. Meinen Weg, Yet-Lie. Ich muß gewählt werden, muß, muß, muß! Ich muß der Versammlung angehören, koste es, was es wolle. Der Herr dieser Versammlung muß ich werden kraft meiner Einsicht, meines politischen Instinktes, meiner Macht des Wortes. Ich werde Taten vollbringen und Freuden erleben, die mehr wert sind als die Kinderklappern des Hofes. Leiter von Frankreichs Geschick muß ich jetzt werden. Der Weg ist frei! Endlich frei der Weg zur Tat – zu meiner Tat!«

Er schleudert das unwürdige Amt des Spions von sich. Er reist Hals über Kopf mit seiner Horde nach Paris.

Er will das Werk seines Lebens beginnen, endlich, endlich.

XI

Der Sturm seiner Begeisterung war den Ereignissen vorausgebraust. Der Regierung war vor ihrem eigenen Mute angst geworden. Die Einberufung der Reichsstände war, als Mirabeau mit Weib und Kind in Paris eintraf, auf fünf Jahre vertagt worden.

Das Volk siedete in kochender Enttäuschung. Der Kessel war zum Bersten überhitzt, das Ventil wieder geschlossen, die Explosion konnte und mußte jeden Augenblick erfolgen.

Mirabeau kam, sengend vor Begierde, sich auf die Tribüne der Nationalversammlung zu stürzen und Herkulestaten zu vollbringen, und fand alles beim alten: Furcht der Regierung vor Entschlossenheit bei allgemeiner Erkenntnis, daß etwas zur Rettung der Finanzen, zur Linderung der allgemeinen Not geschehen müsse. Haß in jedem aufrechten Herzen gegen den Despotismus der Minister, gegen die Parteilichkeit der Gerichte; laute Forderungen in jedem Salon, in jeder Kneipe, dem Bürger Anteil an der Regierung zuzugestehen, ihn vom sklavischen Produkt der Staatsmaschine zu ihrem führenden Maschinenmeister zu erheben; und Feigheit vor jedem kühnen Schritte nach vorn, der dem Volke gab, was es zu Recht forderte und das wankende Königtum noch in zwölfter Stunde retten konnte.

Es war hier, wie vor jeder großen Revolution der Weltgeschichte. Starres, verbohrtes Festhalten an überlebten Systemen seitens der Regierenden, die allein unter allen Sehenden blind sind oder die Augen fanatisch davor verschließen, daß ein mannhaft beherztes Gewähren von Rechten und Freiheiten, die keine Macht der Erde mehr vorenthalten kann, heldenhafter, staatsklüger und erhabener ist, als sie sich mit Gewalt entwinden zu lassen in einem Ansturm, der leicht auch das über den Haufen rennt, was noch lebensfähig war.

Noch jede Regierung vor großen Revolutionen hat in Verkennung des Waltens der Geschichte alles versagt, um alles zu verlieren.

Das erkannte Mirabeau. Er war Royalist und blieb es sein Leben lang. Er wollte nicht den Fall der Bourbonen. Er wollte den Thron nicht stürzen. Ihm schwebte ein Parlamentarismus nach englischem Muster vor. Sein Ziel waren Reformen in drei Richtungen: Mitbestimmung des Volkes bei der Festsetzung der Steuern; Mitwirkung des Volkes bei der Gesetzgebung; Aufhebung der Willkür, die des Königs Namen schändete, Gewährleistung der persönlichen Freiheit jedes Bürgers; Reform der Gerichte.

Durch die unentschlossene Zaghaftigkeit der Regierung sah Mirabeau bei seiner Ankunft in Paris das Reformwerk gefährdet. Trieb der furchtsame Starrsinn des Hofes und des Ministeriums Necker das enttäuschte Volk zum Äußersten, barst der Kessel, dann mußte das ganze Staatsgebäude mitsamt dem Throne in die Luft fliegen.

Er beschloß, zu handeln. Er wollte unter der entmannten Schar der Herr der Tat werden.

Der Minister der auswärtigen Angelegenheiten, Herr de Vergennes, der in Mirabeaus Berliner Berichten so schmerzlich das Genie verkannt hatte, war gestürzt. An seine Stelle trat der Graf von Montmorin. In ihm sah Mirabeau den fähigsten Kopf des Ministeriums. Ihn erkor er zum Sprachrohr zu des Königs Ohr.

Der junge Minister empfing ihn sehr entgegenkommend mit den Worten:

»Ich freue mich, Herr Graf, Ihre persönliche Bekanntschaft zu machen. Als Beamter des Ministeriums des Auswärtigen unter meinem Herrn Vorgänger hatte ich Gelegenheit, Ihre Berliner Berichte zu lesen. Ich kenne also Ihren politischen Verstand, Ihre profunde Fähigkeit, auf den Grund der Dinge zu blicken, Erscheinungsformen zum Zeitbilde zu verbinden, Schlüsse für die Zukunft aus ihnen zu ziehen. Ich kenne Ihren Sinn für die realen Forderungen politischer Zustände und Ihr Talent, Mittel zu ihrer Verwirklichung zu finden. Sie sind mir also kein Fremder. Dies wollte ich vorausschicken, ehe ich Sie frage, weshalb Sie diese Audienz bei mir nachgesucht haben.«

Befeuert durch diesen vielversprechenden Empfang, erklärte Mirabeau offen: »Herr Graf, zweierlei führt mich zu Ihnen und gerade zu Ihnen, weil ich Sie von allen Ihren Kollegen am höchsten achte und schätze.«

»Also Gegenseitigkeit«, lächelte Montmorin. Der Graf nickte.

»Ich komme, von Ihnen etwas zu erbitten und Ihnen etwas anzubieten.«

»Darf ich zunächst erfahren, womit ich Ihnen dienen kann?« fragte der Minister verbindlich.

»Ich biete Ihnen«, begann Mirabeau fest, »schlecht und recht meine Dienste an. Ich möchte jedoch nicht verfehlen, gleich zu erwähnen, daß ich einen Posten, auf dem es zu handeln gilt, einer Stelle mit spekulativer Tätigkeit vorziehe. Als was und wie Sie mich beschäftigen, ist mir im übrigen gleich, sofern ich nur endlich in die Laufbahn hineinkomme, auf die ich mit Rücksicht auf meinen Namen, meine Reisen, mein Wissen und meine Geschäftsgewandtheit – die Sie, Herr Graf, ja selbst zu erwähnen die Güte hatten – rechtmäßige Ansprüche zu besitzen glaube.«

Der Minister legte nachdenklich die Fingerspitzen seiner aristokratischen schmalen Hände gegeneinander.

»Sie wünschen also eine Staatsstellung, Herr Graf?«

»Ja. Eine Stellung, die mich meiner natürlichen Laufbahn zuführt und mir Gelegenheit gibt, mich im rechten Lichte zu zeigen.«

»Auf welche Weise?«

»Das überlasse ich Ihnen, Herr Graf, mir den Platz und das Gehalt anzuweisen. Sie allein können die Höhe meines Einkommens bemessen, da Sie allein wissen, wozu ich tauge – ein Umstand, der mich sehr glücklich macht.«

Montmorin schwieg überlegend.

»Sie werden begreifen, Herr Graf, daß ich eine so wichtige Entscheidung nicht aus dem Stegreif fällen kann. Sie werden mir einige Tage Bedenkzeit gewähren.«

Mirabeau verbeugte sich zustimmend.

»Und nun – was *bringen* Sie mir?«

Er lächelte liebenswürdig.

Da richtete Mirabeau sich auf. Er war nicht mehr der demütige Bittsteller, er wurde die mahnende donnernde Stimme der Zeit.

»Ich werde offen sprechen, Herr Graf.«

»Ich bitte darum.«

»Die Regierung ist – soweit ich sehe – von jener schrecklichen Krankheit befallen, die sich niemals zu dem Entschluß aufraffen kann, heute zu bewilligen, was man ihr morgen doch unfehlbar mit Gewalt entreißen wird. Wenn die Umstände gebieterisch die sofortige Einberufung der Reichsstände fordern, warum verschiebt man sie auf das Jahr 1792?«

Sein Ungestüm hob ihn aus dem Sessel. Er sprang auf, hingerissen von seinem Genie, das eine Flamme war aus Leidenschaft und kühlem Erwägen, aus Instinkt und Überlegung, aus Kühnheit und wägender Erkenntnis.

»Die Lage der Nation ist eine zu kritische, als daß man denjenigen, die sie dahin gebracht haben, erlauben könnte, sich noch weitere fünf Jahre mit allerhand bedenklichen Mitteln zu behelfen und fünf bis sechs Millionen zu entlehnen, bloß um über einige nutz- und fruchtlose Jahre hinüberzukommen. Ein Lustrum ist für unser bewegliches Volk ein ganzer Zyklus. Die treibende Kraft ist derart, daß selbst diejenigen, die sie in schlimmer Absicht in Bewegung gesetzt hätten, sie in ihrem Laufe nicht mehr aufhalten könnten. Unsere Zeit ist zu weit vorgeschritten, und die Geister befinden sich in zu großer Gärung, als daß wir irgend etwas von dem, was wir errungen haben, wieder verlieren dürfen.«

Wie immer, wenn eine Idee ihn packte, ward er zum elementaren Redner, ob Einer ihm lauschte oder Hunderte.

Montmorin atmete kaum, seine Augen hingen gebannt an diesem beredtesten Munde des Jahrhunderts.

»Sie wissen, Herr Graf, wie groß die Not im Lande ist. Der König hat die Reichsstände versprochen. Er nimmt sein Wort zurück, er vergißt, daß des Königs einfaches Wort mehr gelten muß als der Eid eines anderen Mannes. Gegen diese Feigheit, welche Ruinen sät und zur Empörung reizt – gegen diese Kaligulapolitik, die zweihunderttausend Bürger vor die Wahl stellt, den Hungertod zu sterben oder vom Verbrechen zu leben, gibt es nur ein Mittel.«

Er schwieg.

»Welches?« fragte Montmorin.

»In unzweideutiger, feierlicher Sprache die Reichsstände, die man nicht länger entbehren kann, sofort einzuberufen. Die Eröffnung der Nationalversammlung wieder hinausschieben, heißt, alles in der Not, der Stockung, der Gesetzlosigkeit lassen und einen furchtbaren Aufstand hervorrufen. Sie vorbereiten, ankündigen, ernstlich wollen aber heißt, dem Volk und dem König das schönste Jahr seines Lebens geben.«

Er schwieg abwartend. Da Montmorin nichts entgegnete, fuhr er mutig fort: »Für mich hat der Ministerrat nur zwischen zwei Entschlüssen zu wählen: zwischen einem furchtbaren Verbrechen und einem Wohltätigkeitsakt von gebieterischer Notwendigkeit. Ein Drittes gibt es nicht! Und hier sollte man zögern?!«

Und hoch sich emporhebend, aufwachsend zum schlagenden Gewissen der Zeit rief er prophetisch warnend: »Herr Graf, ich frage Sie: hat man auch das Wüten des Hungers und das Schreckgespenst der Verzweiflung in die Berechnung dieser Versagung der Reichsstände eingestellt?! Ich frage Sie: wer wird den Mut haben –, die Gefahren zu verantworten, die dem Hofe oder gar der persönlichen Sicherheit des Königs und der Königin selbst erwachsen werden? Folgen Sie, Herr Graf, ich beschwöre Sie, folgen Sie der Stimme Ihres Gewissens und Ihrer Weisheit, sprechen Sie freimütig zum Könige, sagen Sie alles und – wenn man Sie nicht versteht – treten Sie lieber zurück, als daß Sie den Vorwurf auf sich laden, einem Ministerrate angewohnt zu haben, welcher die Schande Frankreichs beschloß. Es gibt Augenblicke, Graf, in denen Mut sich als Vorsicht äußert, in denen Schonung zum Verbrechen und Schweigen zur Ehrlosigkeit wird. – Das, Herr von Montmorin, wollte ich Ihnen bringen.«

Er setzte sich und tupfte mit dem Taschentuche die Tropfen der Erregung von der gewaltigen Stirn.

Der Minister seufzte bekümmert. »Ich danke Ihnen, Herr Graf«, sagte er dann langsam. »Was Sie da in solch bewegenden Worten aussprachen, ist auch meine Überzeugung. Sie kennen aber den Mangel an Entschlossenheit des Chefs des Ministeriums und meiner Kollegen. Ich verspreche Ihnen trotzdem, im nächsten Ministerrate Ihre Worte zu wiederholen. Mehr kann ich leider nicht zusagen. Mehr leider nicht –.«

»Es wird Frankreich in Trümmer schlagen, wenn die Minister zögern«, weissagte Mirabeau dumpf und erhob sich.

Der Minister geleitete ihn zur Tür.

»Nochmals herzlichen Dank für Ihre patriotische Tat«, sagte er dort. »Und wegen Ihrer Anstellung hören Sie sehr bald von mir.«

Er hörte bald. Er hörte, daß der Ministerrat, und vor allem Necker, es abgelehnt hatte, ihm eine Staatsstellung zu gewähren. Die Verirrungen seiner Jugend, sein übler Leumund, die Abenteuer von Grasse, Château d'If, Pontarlier, Dijon, Vincennes, die Pariser Intrige mit Julie Dauvers stempelten ihn zu einem berüchtigten Individuum, für das kein Platz sei unter einer ehrenwerten Beamtenschaft. Montmorin bedauerte ehrlich und versicherte ihn seiner persönlichen Teilnahme.

Doch von ihr konnte Mirabeau Yet-Lie, Coco und sich nicht sättigen, kleiden, behausen.

Daran, daß alles beim alten blieb, daß fortgewurstelt, daß die sofortige Einberufung der Reichsstände nicht proklamiert wurde, erkannte er mit schmerzgeschwelltem Herzen, daß seine warnenden Worte im Ministerrat und beim König auf steinigen Boden gefallen waren und verdorrten.

Ihm bangte um das Vaterland. Doch seine nächste Sorge mußte dem nackten Lebensunterhalte gelten. Wohltun beginnt zu Hause. Er schrieb wieder eine Broschüre: »Aufdeckung des Börsenschwindels«, in der er Neckers »hirnverbranntes System, die *Kriegsbedürfnisse durch fortgesetzte Anleihen ohne Steuern decken zu wollen, wobei er allen Ruhm ernten und seinen Nachfolgern die schwierigste Aufgabe hinterlassen konnte«*, heftig angriff, und anderes. Vor allem vollendete er ein Werk, das er in Berlin begonnen hatte: »Die preußische Monarchie.« Es war ein Buch in vier Bänden, bei dem ein gelehrter preußischer Geniemajor, Herr von Mauvillon, mitgearbeitet hatte.

Es galt, für diese »Riesenkompilation« einen Verleger und damit die materielle Ausbeute dieser gigantischen geistigen Anspannung zu finden.

Das dicke Manuskript unter dem Arm wanderte Mirabeau zu dem Buchhändler Lejay, den man ihm als besonders rührig bezeichnet hatte. Vor dem Schaufenster blieb er stehen und überflog kritisch den Wust von neuen Büchern, Broschüren, Pamphleten, die der trächtige Boden und die Treibhausschwüle dieser aufgewühlten Zeit in tropischer Fülle gebar. Dann trat er in dein schmalen Laden. Ein alter Mann, in abgetragenem Rocke, mit muffiger zerfressener Perücke, fahlgelben Zügen und tragischen Augen fragte nach seinem Begehren. Er verlangte den Buchhändler Lejay.

»In welcher Angelegenheit?«

»Eine Verlagssache.«

»Wollen der Herr sich dann bitte in das Privatkontor bemühen.« Der Alte zeigte auf eine kleine Tür im Hintergrunde des Ladens.

Mirabeau klopfte. Eine helle Stimme rief: »Entrez!«

Er trat in ein enges halbdunkles Bureau, in das spärliches Licht durch ein Hoffenster sickerte. Am Tisch saß, über ein Manuskript lesend gebeugt, eine Frau von etwa dreißig. Sie hob den Kopf, das Licht der Hängelampe spielte in ihrem rötlichen Haare.

»Sie wünschen?« fragte sie schroff.

»Ich möchte Herrn Lejay in einer Verlagssache sprechen.«

»In Verlagssachen bin ich Herr Lejay«, sagte die Dame mit einem kleinen ironischen Lächeln.

»Ah,« scherzte Mirabeau, »solche Herren Verleger liebe ich.« Und nannte seinen Namen.

Da schnellte die Dame empor und bewillkommnete ihn herzhaft.

»Graf Mirabeau?! Welch illustrer Gast in meinem armseligen Bureau! Nehmen Sie Platz. Was bringen Sie?«

Mirabeau wies sein Manuskript.

»Was ist es?« sprudelte sie. »Etwas Pikantes, Erregendes? Etwas erotisch oder politisch Aufpeitschendes, wie Ihre ›Haftbefehle und die Staatsgefängnisse‹, die vor etlichen Jahren erschienen? Das war ein Erfolg, sapperment!«

»Leider hatte ich persönlich nichts davon. Ich habe das Manuskript für wenige Livres verkauft.«

»Ach?! Und der Verleger hatte außerdem noch das Glück der Reklame durch das Zensurverbot. Ist dies etwas Ähnliches?«

Während sie sprach, betrachtete der Graf sie neugierig. Diese Geschäftsfrau war hübsch, zum mindesten sehr eigenartig. Das rote Haar straff aus der Stirn zurückgestrichen und im Nacken zu einem dichten Knoten aufgesteckt. Der Haaransatz über der Stirn schimmerte goldhell und stand wie eine Gloriole um ihr Haupt. Das Gesicht offen und breit, die Züge regelmäßig, die rötlichen Brauen voll, aber sehr schön in der Zeichnung, der Mund groß, üppig und schamlos lüstern. Zwischen den verlangenden Lippen, die aussahen, als hätten sie eben Blut getrunken, beutegierige starke Zähne. Über dem Nasenrücken lief eine Milchstraße von Sommersprossen, sehr pikant, und erhöhte die Klugheit des Gesichtes. Die im Lampenlicht funkelnden grünen Augen gaben ihr etwas Vampirhaftes. Etwas, das Grauen erweckte und Versuchung.

»Hm,« entgegnete der Autor, »pikant aufpeitschend ist dieses Buch gerade nicht. Es ist ein staatswissenschaftliches Werk über die Monarchie Preußen, aus Studien und eigener Wahrnehmung im Lande selbst erwachsen.«

Sie nahm die Blätter und spielte mit ihnen.

»Raubtierhände«, dachte Mirabeau. Die Frau umklammerte seine Neugier.

»Preußen steht heute im Mittelpunkt des Interesses«, nickte Madame Lejay. »Alles fragt sich, was unter der Mätressenwirtschaft in Berlin aus dem Reiche Friedrichs des Großen werden wird. Das« – sie tippte auf das Manuskript – »kann schon was sein. Freilich ein Sensationsschlager ist es nicht. Haben Sie nicht etwas Derartiges? ›Die Mätressenwirtschaft in Berlin‹ oder sonst etwas, was die Leute auf kitzelt? Besser als Staatsweisheit gehen heutzutage Intimitäten, Alkovengeheimnisse der Großen. So was zieht. Die kleinen Leute sehen gern wonnegruselnd, daß auch ihre Halbgötter im Menschlichen sehr menschlich sind.«

Mirabeau breitete bedauernd die Arme aus.

»So etwas habe ich leider nicht.«

»Schade. So was, mit Ihrem Namen, wäre ein einträgliches Geschäft für Sie und für mich. Also, halten wir uns an diese Geschichte Preußens. Immerhin etwas von höchst aktuellem Interesse. Ich werde es gleich lesen. Wollen Sie bitte in zwei – hm, das Manuskript ist sehr umfangreich – in drei Tagen wieder vorsprechen.« Damit reichte sie ihm die Hand. Die Fläche hatte eine eigentümlich feuchte saugende Wärme. Ihre Berührung erregte. Mirabeau schoß das Blut ins Gesicht. Sie sah es, lächelte und nickte ihm noch zu, als er die Tür schloß.

Sie blickte ihm mit bebenden beweglichen Nasenflügeln nach, als atme sie die zurückgebliebene Luft seiner Körperlichkeit ein, dachte: ein Monstrum, ein Riese, ein Ungeheuer – stark muß der sein – stark! – Ein Schauer schüttelte sie. Dann warf sie sich mit dem Körper über das Manuskript, wie ein Krallentier über seine entsetzensgelähmte Beute. –

Pünktlich nach drei Tagen war er wieder zur Stelle.

»Ich nehme das Werk«, erklärte Madame Lejay würdig. »Es ist nicht der Schlager, den ich suche. Durchaus nicht. Aber es sind Stellen darin, die Sie überleben werden. Das Porträt Friedrichs des Großen wird solange wie der König selbst im Gedächtnis der Menschen leben. Das stellt Sie neben unsere größten Meister hartumrissener Menschenzeichnung. Sie stehen da ebenbürtig neben Saint-Simon.«

Sie wurden rasch handelseinig.

Dann lehnte sie sich über das Pult zu ihm hinüber, der ihr gegenüber saß, stützte die Ellenbogen auf den Tisch und lächelte: »Jetzt aber muß ich Sie zu einem Schlager verführen. Hören Sie, ich brauche dringend einen Schlager!«

Ihre Augen phosphoreszierten. Er sah in den Ausschnitt ihres grünen Seidenkleides hinein, das in hellem Schmelz gegen ihr rotes Haar stand. Sie wußte, daß seine Augen frech ihren Busen umtasteten. Die Haut, diese überweiße Haut der rötlichen Blondinen, straffte sich unter seinem Blicke. Sie schielte aus engen Augenspalten schräg zu ihm empor.

Er dachte belustigt. »Hallo, welcher Aufwand an Reizmitteln! Ich bin ja gar keine so stolze Festung. Ich streiche ja gern die Flagge vor soviel Klugheit und Lockung. Mit solch großer Wildkatze zu spielen, hat sicher seine geheimen Reize.«

Er scherzte. »Madame, ich lasse mich von Ihnen mit Freuden zu jedem literarischen wie andern Exzeß verführen. Bestimmen Sie Ort und Zeit.«

Sie glitt langsam, mit einer pantherhaft gleitenden Bewegung in ihren Stuhl zurück.

»Heute ist Mittwoch. Da spielt die Comédie Italienne. Haben Sie die ›Witwe von Malabar‹ schon gesehen, die sie jetzt wieder spielen?«

Mirabeau verneinte. Seine Kasse gestattete keinen Leichtsinn.

»Gut. Dann sichern Sie uns eine Loge. Wir treffen uns vor dem Theater.«

Der Abschiedsblick der schillernden Augen ließ ihn alles erwarten.

Er ging zur Kasse und kaufte die Billetts. Er hatte ja soeben einen Teil des Verlagshonorars erhalten.

Auf dem Heimweg beschloß er, Yet-Lie diese neue Verführung zu verschweigen. Sie war zwar großzügig, hatte die verschiedenen kleinen Ausflüge aus ihrer Liebe in den vier Jahren ihres Zusammenlebens nicht allzu tragisch genommen, sondern lachend gesagt: »Du bist unverbesserlich, mein Lieber. Sowie du irgendwo ein hübsches Lärvchen siehst oder eine Kokette, deren Entgegenkommen dich reizt, gleich fängst du Feuer. Aber ich bin deines Herzens sicher, das genügt mir. Und so ertrage ich die Launen deines Temperamentes in Geduld.«

Sie sagte es lächelnd, in ihren schönen Kinderaugen glänzte aber doch ein feuchter Stern. Warum sollte er ihr also den Kummer bereiten?!

Er erfand abends eine Ausrede.

Madame Lejay trug einen kostbaren Reifrock aus schwerem, gesticktem, violettem Brokat. Sie bevorzugte offenbar lebhafte Farben. Ihr Kleid verriet Geschmack, Takt und Mittel. Später erfuhr er, daß sie bei Rose Bertin, dem Modegenie Marie-Antoinettes, arbeiten ließ. Da begriff er, daß sie ihren Mann ruiniert hatte.

Sie waren allein in der Loge. Das weit nach beiden Seiten abstehende, gefältelte Oval des Rockes hinderte ihn, sich ihr im Dunkel zu nähern. Aber er fühlte ihre grüne Iris aus den Winkeln der Augen zu ihm herüberfunkeln. Ihre Glieder bewegten sich unruhig. Noch niemals hatte so aufreizend das Bewußtsein in ihm gebrannt, daß der Körper der Frauen, nur in spinnwebfeine Wäsche gehüllt, fast nackt inmitten der weiten Bauschung dieser Reifröcke stand.

Nach der Vorstellung gingen sie ins Palais-Royal. Sie sprachen launig über die Vorstellung, doch ihre Gedanken eilten voraus zu den kommenden Dingen.

»Trotz des großen Erfolges«, kritisierte Mirabeau, »ist die ›Witwe von Malabar‹ ein sehr schlechtes Trauerspiel.«

»Vor allem scheint mir diese Sitte, die Witwe zusammen mit dem Gatten dem Tode zu übergeben, ungalant«, scherzte sie mit ihrer heiseren Stimme. »Jedenfalls scheint es mir unwahrscheinlich, daß sie je in Frankreich ansteckend wirken wird. Vor allem finde ich sie ungerecht. Ich, die ich die Ehe immer ein wenig traurig gefunden habe, gestehe, daß die Aussicht auf den Scheiterhaufen sie nicht fröhlicher macht.«

»Vor allem finde ich«, bedachte er heiter, »auch darin eine Ungerechtigkeit, das Leben einer Frau von einer Krankheit abhängig zu machen, die der Mann vielleicht außerhalb des Hauses erworben hat. Stirbt der Mann dann, weil er untreu war, so müßte doch die Frau sterben, weil sie treu war – offenbar etwas hart.«

Sie lachte. Ihre blutigen Lippen lechzten.

Er fuhr fort: »Und dann, man muß mit den Sterbenden Mitleid haben. In Wahrheit sind manche Männer ihrer Lebensgefährtin so überdrüssig, daß die Zumutung, sich mit ihrer Frau zusammen auf den weiten Weg zu machen, nicht gerade das ist, was ihnen das Schwere, das ihnen bevorsteht, erleichtern kann.«

»Sie sind ein Arger!« schalt sie, hob die Serviette an die Lippen und sah ihn von unten herauf mit glitzernden koketten Augen an.

»Übrigens«, sagte sie, »verstehe ich den Erfolg des Stückes sehr gut. Wie Larive die Sainval von dem Scheiterhaufen herabreißt, das benimmt geradezu den Atem.«

Mirabeau lachte verstehend. »Ja doch! Es ist ein Kraftstück. Der Schauspieler ist stark, er hebt die Partnerin fast mit einer Hand herunter und trägt sie fort. Die Damen, die von dem, was sie sehen, auf das schließen, was ihre Phantasie ihnen ausmalt, und alles, was Kraft ist, sehr schätzen, finden diesen Theatereffekt ganz ungeheuer interessant. Ich begreife.«

»Lachen Sie nicht so schmutzig«, schmollte sie. »Kraft bei einem Manne ist etwas Betörendes.«

»Das weiß keiner besser als ich!«

Sie sog die Luft schwer ein durch ihre pikant zitternden Nasenflügel.

»Wie ich in jedem Nerve diese Kraft fühle, die von Ihnen ausströmt!«

Ihre Augen umflorten sich.

»Sie sind herrlich in der Nacktheit Ihrer Sinne«, flüsterte er heiß.

Sie stand auf. »Gehen wir!« Ihr Gesicht verschloß sich verlangend.

»Wohin?« fragte er.

Sie sah ihn erstaunt an.

»Meine Wohnung ist leider schon besetzt. Ich lebe seit vier Jahren mit einer Geliebten zusammen.«

»Bei mir ist mein Mann.«

»Ich glaubte, er wäre verreist.«

»Verreist?! Sie haben ihn doch gesehen.«

»Ich? Nein.«

»Aber doch. Im Laden.«

Er stutzte. Dieser alte verbrauchte Ladenhüter mit den tragischen Augen war ihr Mann! »Also – wohin?« fragte er unsicher.

»Ins Hotel Vaudreuil«, entschied sie und preßte leidenschaftlich die Finger gegen die Handflächen.

»Die weiß Bescheid«, dachte er und reichte ihr den Arm.

Es ward eine Nacht voller Ekstasen und phantastischer Erotik, jenseits aller von diesem vielgeliebten Manne erträumten Möglichkeiten.

Als er sie gegen Morgen heimbrachte; war es ihm, als sei er zum ersten Male in den Mysterien Astartes erschauert. Ihre blutsaugenden Küsse, ihre raubtierwilde Hingabe, ihre vampirhafte Gier brannte in seinen Adern.

Yet-Lie richtete sich wach im Bette auf, als er ins Zimmer trat. Ein Blick sagte ihr alles. Sie wandte sich stumm zur Wand. –

Es kamen schwere Zeiten für die junge kleine Yet-Lie, die immer so einsam und verwaist in der Welt gestanden hatte – den Vater nahm ihr das Gesetz, die Mutter ihre Geburt –, bis sie ihren Gabriel gefunden. Ihr Leben hatte sie ihm hingegeben. Er war ihr Dasein. Sie kannte keine Sorge, keinen Gedanken, keine Freude als ihn. Sie hatte nie über ihre Liebe gesonnen. Sie war da – von nun an bis in Ewigkeit. Sie war, trotz aller Reife, zu jung, sich die Möglichkeit eines Endes dieser Liebe vorzustellen. Da brach es jäh über sie herein. Sie erkannte sehr bald, daß es diesmal nicht einer jener Schmetterlingsflüge war, von denen Männer reumütig mit verdoppelter Innigkeit an das Herz der großen Liebe zurückkehren.

Diesmal hielten ihn starke Fesseln. Er ward ihr fremd. Er ward grob, hart, nervös, oft brutal. Sie hörte aus ihm die andere sprechen, wüten, toben. Sie fühlte, sie müßte kämpfen, mit der Fremden um ihn ringen. Doch die kleine Yet-Lie war keine Kämpfernatur. Sie war eine jener in ihrem Stolze und Weibesempfinden scheuen Frauen, die nur leiden können. Sie überwand sich wohl einmal dazu, ihn zu fragen, ob es nun immer so fortgehen solle, daß er keine Nacht, kaum eine Stunde des Tages bei ihr sei. Er wies sie zurück, trotzig, wie Männer im Unrecht sind. Er sei sein eigener Herr, er könne doch wohl kommen und gehen, wie es ihm beliebe. Er lasse sich nicht tyrannisieren, seine persönliche Freiheit nicht beschränken. Er sprach fremde böse Worte, die schmerzhaft die kleine Yet-Lie ins Herz trafen. Sie begriff diese Wandlung nicht, obwohl sie wußte, daß eine andere Frau ihr Anlaß sei. Konnte ein willensstarker Mann, wie ihr Gabriel, sich so haltlos unterjochen lassen?! Sie begriff es nicht. Auch seine Freunde begriffen es nicht, daß er so schmählich unter die unumschränkte Herrschaft dieses perfiden lasterhaften Weibes geraten war. Geschlechtliche Hörigkeit bleibt für Außenstehende meist ein Rätsel. Mit der Peitsche ihrer Sinnlichkeit bändigte Madame Lejay die Bestie Mann.

Das konnte die junge Yet-Lie nicht begreifen. Sie sprach wehe kindliche Worte zu dem kleinen Coco, der sie stumm mit großen Augen ansah. Sie las die Briefe, die Mirabeau ihr von einer Reise geschrieben hatte: »Wenn ich Dein Bild betrachte, so ist es mir, als stündest Du selbst vor mir. Du bist der Gegenstand all meines Sinnens und Denkens, all meiner Wünsche und Träume. Ich bin verliebt gewesen, aber niemals hat mir irgendein Wesen ein Gefühl ein geflößt gleich dem, das ich heute empfinde. Ich bin Dir in blindem Vertrauen zugetan, Deine Gefühle sind meine Gefühle, Deine Gedanken sind meine Gedanken, ich lebe nur in Dir und kann nicht leben als durch Dich!«

Da weinte die kleine: Yet-Lie bitterlich. Und Coco weinte zur Gesellschaft mit. Sie litt auch materiell harte Not. Alle Einkünfte verpraßte Mirabeau außerhalb des Hauses. Sie machte ihm schüchterne Vorwürfe, schon wegen des Kindes. Er brauste auf, schmetterte etliche Sous, die er zusammenkratzte, auf den Tisch und stob davon.

Madame Lejay nahm ihn nach jeder Richtung hin voll in Anspruch. Sie verfügte über die Berserkerkräfte dieses Athleten der Liebe und die spärliche Potenz seines Beutels. Den Rest des Honorars der »Preußischen Monarchie« hatte sie ihm nicht ausgezahlt, sondern selbstherrlich für sich verwandt. Es waren allerlei kleine Rechnungen zu begleichen, bei der Bertin, in den Magazinen der Rue Saint-Honoré, beim Fleischer, Bäcker, überall.

Mirabeau durchschaute sehr bald die Geheimnisse des Hauses Lejay. Der Buchhändler war ein wohlhabender strebender Mann gewesen, hatte sich in das rote Haar und die grünen Augen Olive Frottiers, der Tochter seines Concierge vergafft, sie herangebildet, geheiratet, war von ihr betrogen, durch ihren Luxus ruiniert worden. Sie hatte ihn seelisch und körperlich ausgesogen zu der schlotternden Hülle, die jetzt seinen Laden bediente.

Die Leitung des Verlagsgeschäfts hatte sie sich angemaßt. Es ging schlecht genug. Die Herausgabe der »Preußischen Monarchie« geschah mit entliehenen Mitteln. Das Werk erschien, erregte Aufsehen. Ein Schlager ward es nicht.

Olive Lejay aber bedurfte des Schlagers dringend, den Bankerott aufzuhalten. Sie quälte Mirabeau: »Schreib mir ein Buch voller Pikanterien, voller Erotika, voller Staatsgeheimnisse. So was packt heute, so was allein. Liebe und Politik, das ist das Rezept unserer politisch bewegten Zeit. Schreib es, schreib es endlich, du Faulpelz!« Er versprach, verschob es, begann, sie ob ihrer steten Mahnung und geistigen Erpressung zu hassen, und hing doch an den Ketten ihrer Lust. Den Tag verbrachte er in ihrem engen Kontor, auf Spaziergängen mit ihr, im Theater, der Oper, in Restaurants. Die Nächte im Hotel Vaudreuil. Scheu hastete er an dem bleichen Manne im abgeschabten Rocke und der muffigen Perücke im Laden vorüber. Der sah ihn nur ernst an aus seinen tragischen Augen und dienerte.

Eines Tages traf Yet-Lie das Liebespaar in der Straße. Ihre eifersüchtigen Augen fraßen die Nebenbuhlerin in sich hinein. Sie taumelte: »Er ist verloren«, dachte sie. »Die ist der Extrakt der Schlechtigkeit im Weibe. Die läßt ihn nie wieder los.«

Doch sie täuschte sich. Mirabeau erwachte aus dem Taumel. Eines Nachts, als er heimkam, fand er Yet-Lie über seinen Briefen eingeschlafen. Die Bogen waren feucht von ihren Tränen.

Da packte ihn die Rührung. Er hob sie empor, entkleidete sie, trug sie ins Bett. Es ward eine jener Versöhnungen, bei denen die Ströme des Schmerzes und der Freude alles überstandene Leid ins Vergessen schwemmen.

Glück zog wieder ein in die kleine Wohnung, Lieder erwachten wieder in Yet-Lies lange verstummter sangesfroher Kehle. Sie zwitscherte und hantierte emsig im Hause umher. Er arbeitete, schrieb eine neue hochpolitische Broschüre »Erwiderung auf die Besorgnis der guten Bürger«, eine empörte Anklage gegen die Gerichtshöfe, ihre Übergriffe, Mißstände, Privilegien, die Käuflichkeit und Erblichkeit ihrer Ämter.

Madame Lejay schrieb Brief auf Brief. Er warf sie in den Papierkorb und lächelte Yet-Lie zu.

Dann stand Olive Lejay eines Tages im Korridor. Yet-Lie, die öffnete, erkannte sie sofort. Das Gesicht vergaß man nicht.

»Ich wünsche, den Grafen von Mirabeau zu sprechen«, befahl sie.

»Der Graf ist für Sie nicht zu sprechen.« Yet-Lie kämpfte nun doch einmal.

»Das haben Sie doch wohl nicht zu bestimmen.« Die grünen Augen funkelten.

Die kleine Yet-Lie reckte sich. »Verlassen Sie dieses Haus, Madame, dessen Herrin ich bin«, gebot sie mit ruhiger Würde.

Madame Lejay lachte schrill. »Sie, die Herrin! Seine Mätresse sind Sie.«

Da brauste Yet-Lies Zorn hitzig auf.

»Hinaus – Dirne!« rief sie und deutete auf die Tür.

Die lauten Stimmen riefen Mirabeau vom Arbeitstische. Er erschien im Korridor.

»Da bist du ja«, nickte Olive erleichtert. »Diese Person wagt es, mich zu beleidigen.« Sie trat zu ihm.

»Was tust du, Henriette!« tadelte er, noch fassungslos über das unerwartete Erscheinen der Geliebten.

»Muß ich mich in meinem Hause beschimpfen lassen?« schluchzte Yet-Lie außer sich.

»Ihr Haus!« Olives Stimme züngelte empor in grellem Hohne.

»Kommen Sie herein«, entschied Mirabeau und wollte Olive ins Zimmer führen.

Da stellte Yet-Lie sich auf die Schwelle. Voll Hoheit sprach sie: »Gabriel, jetzt bin ich am Ende meiner Kraft. Jetzt mußt du wählen: sie oder mich. Dies war mein Heim. Das Heim meines Glückes. Ich laß es mir nicht besudeln. Wähle!«

»Das läßt du dir und mir von dieser – diesem Weibsstück bieten!« zischte Olive ihm hetzend zu. »Du bist mir ein Mann und ein Held!«

Da sauste Mirabeau das heiße Blut in die Schläfen. »Komm herein«, knirschte er und geleitete Olive ins Zimmer.

Yet-Lie schrie leise auf, ganz leise, hob die Hand empor und flüsterte ohne Laut: »Du bist – – in verruchten Händen!«

Die Tür des Zimmers schloß sich hinter den beiden. Olives Spottgelächter klirrte zu der kleinen Yet-Lie hinaus. Da faßte sie erst das Unglaubliche. Da ward die kleine Yet-Lie zur Heldin. Sie handelte. Sie packte ihre Sachen, preßte das verwunderte Kind ans Herz – und verließ das Haus ihres Glückes und ihrer Schmerzen.

Sie ist nie in diese Räume zurückgekehrt, sie hat jede spätere Annäherung in weher Wahrung ihrer Frauenwürde abgewiesen. Aber sie hat nie aufgehört, ihm zu gehören mit jedem Gedanken. Sie war aus dem Geschlecht jener Frauen, für die das Wort geschrieben steht: und die Liebe höret nimmer auf.

Die Lejay richtete sich jetzt in der Wohnung häuslich ein. Sie wich nicht von Mirabeau, sie ließ ihn nicht aus den Krallen. Sie fühlte, daß Yet-Lie jetzt – in der Ferne – eine stärkere feindliche Macht war als in seiner Nähe. Sie sah seine Augen oft träumerisch ins Weite starren. Sie wußte, wer diese Weite mit ihrer ersehnten Gegenwart füllte. Sie rang gegen die Gespenster seiner Reue und seiner Liebe.

Es erleichterte ihren Kampf, daß wichtige politische Geschehnisse Mirabeau bald in ihren Wirbel rissen.

Endlich, nach weiteren verlorenen sieben Monaten, nach wilder Gewalttat und blutigem Aufruhr in der Bretagne und der Dauphiné, hatte unter der Drohung des Großen Rates die Regierung sich endlich am 12. August 1788 entschlossen, die Reichsstände für das Jahr 1789 einzuberufen.

Ein später Sieg Mirabeaus. Doch ein Sieg!

Jetzt galt es! Jetzt ward endlich die Tribüne errichtet für seine Gaben, für sein Wirken, für seine Tat und seinen Ruhm. Jetzt kannte er nur noch eine Aufgabe: in die Nationalversammlung gewählt zu werden.

Zwei Wege gab es hier: sich in der Provence von den Armen der Popularität, die der Gerichtstag von Aix ihm erworben hatte, in das Parlament tragen zu lassen, oder mit Hilfe der Regierung dort Sitz und Stimme zu erlangen. Der erste Weg entsprach seiner Neigung, doch er forderte Geldmittel: die Reise in die Provence, der Aufenthalt, die Propaganda, die Versammlungen. Wahlen sind ein kostspieliges Geschäft. Seiner Armut blieb nur der zweite Weg. Er schritt ihn. Er wandte sich wieder an den Minister Montmorin.

Eine neue Audienz.

»Herr Graf,« begann er, »alles ist gekommen, wie ich es Ihnen vor sieben Monaten geweissagt habe. Gewalt hat das erzwungen, was im Januar noch eine Wohltat der Regierung gewesen wäre. Doch nun kommt die Versammlung. Jetzt gilt es, sie zum Werkzeug des demokratischen Königtums zu gestalten. Sie lieben den König und sind sich ihm als Mensch und als Minister schuldig. Ich, als Bürger, zittere für die Macht der Krone, die uns in dem Augenblicke, in dem sie am Rande des Abgrundes schwebt, nötiger ist als je. Nie war eine Krisis gefährlicher, nie bot sie stärkeren Vorwand zur Zügellosigkeit. Nie drohte eine Nationalversammlung so stürmisch zu werden, als diejenige, die über das Schicksal der Monarchie entscheiden wird, bei der man jetzt so übereilt und mit so viel gegenseitigem Mißtrauen anlangt.«

»Bitte, sprechen Sie nur weiter.«

»Hat nun das Ministerium, das sich jetzt Hals über Kopf in diesen Engpaß geworfen hat, weil es, anstatt die Reichsstände vorzubereiten, sich bemüht hat, ihre Berufung aufzuschieben – hat es sich überlegt, wie es die Mitwirkung des Volkes leiten will? Hat es einen festen, bestimmten Plan, nach dem es das Staatsschiff in diesem Sturme der Versammlung steuern will?«

Er blickte den Minister mit seinen Glutaugen durchbohrend an. Montmorin senkte die Lider vor dieser Flamme politischer Weisheit.

»Ich glaube nicht!« erwiderte er betreten.

»Nun wohl!« rief Mirabeau feurig, »diesen Plan, Herr Graf, habe ich! Ich habe eine Verfassung fix und fertig im Kopfe, die uns erretten soll vor den Anschlägen der Aristokratie, vor den Ausschreitungen der Demokratie, vor dem Abgrund der Anarchie, in den die bewußt absolutistischen Bestrebungen der Regierung uns und sich selbst gestürzt haben. Kann man auch über die Ratschläge, die dieser Plan enthält, verschiedener Meinung sein, so wird man doch wenigstens die Grundsätze, auf denen er beruht, anerkennen müssen. Wünschen Sie, daß ich ihn Ihnen mitteile?«

Er zog ein Aktenstück aus der Rocktasche.

»Ich bitte darum.«

Mirabeau zögerte. »Werden Sie, Herr Graf, ihn aber auch wirklich dem Könige zeigen? Werden Sie den Mut haben, einen treuen Untertan, einen entschlossenen Mann, einen unerschrockenen Vorkämpfer der Gerechtigkeit und Wahrheit endlich auf seinen Posten als Bürger zu stellen?«

Montmorin zog sich, peinlich berührt, in sich zurück.

»Wenn ich Sie recht verstehe, Herr Graf, stellen Sie für die Mitteilung Ihres Planes Bedingungen?«

»Allerdings. Ich will unter allen Umständen Mitglied der Nationalversammlung werden. Sie ist die Arena meines Könnens und meiner Zukunft. Auf sie warte ich, solange ich bewußt lebe. Da ich keine Geldmittel besitze, kann ich ohne Mitwirkung der Regierung, wenigstens nicht ohne eine geheime, nicht in den Reichstag gelangen. Verständigen wir uns, so ist es sehr leicht.«

»Bitte?!«

»Ich würde der Mann der Regierung werden. Fünf oder sechs Männer werden immer die Herde, wie groß sie auch sei, anführen. Diese fünf oder sechs Männer muß die Regierung sich sichern. Lassen Sie mich einen dieser Männer sein zum Wohle des Königshauses, zum Wohle Frankreichs.«

Montmorin wich wieder aus.

»Sie werden begreifen, Herr Graf, daß ich diese weittragende Frage nicht selbständig entscheiden kann. Ich muß mich mit dem Chef des Ministeriums, mit den Kollegen besprechen.« Mirabeau sank der Mut. Er steckte den Verfassungsplan wieder in die Tasche.

»Necker ist gegen mich. Dabei wird nichts herauskommen. Gehen wir also einen anderen Weg. Strecken Sie mir die Mittel vor, deren ich bedarf, meine Wahl in der Provence zu betreiben. Ich glaube wahrlich, man könnte das Geld des Königs schlechter anlegen als darin, ihm einen zuverlässigen Verteidiger in der Versammlung zu sichern.«

Montmorin zauderte, äußerte Bedenken, wollte sich beraten, versprach baldigen Bescheid.

Tief niedergeschlagen verließ Mirabeau das Ministerium. Er wußte nun, was er von der hilflosen Unfähigkeit dieser Minister zu erwarten habe.

Als er verzweifelt heimkam, empfing Madame Lejay ihn mit einem Freudenschrei: »Aber, Gabriel,« rief sie, »du bist doch der närrischste Mensch, der mir je vorgekommen ist! Da schinden wir uns, da hungern wir, da kommen uns die Gläubiger über den Kopf – und in deinem Schreibtisch liegen die Goldhaufen!«

»Was ist?« fragte er verdrießlich und blickte zu ihr hinüber.

Sie hatte während seiner Abwesenheit aus Langerweile unter seinen Schriften gekramt und ein dickes Manuskript entdeckt.

Fieberhaft fuhr sie fort: »Seit Monaten frage ich dich, ob du nichts Pikantes, Aufpeitschendes hast. Liebesgeschichten, Blicke hinter die Kulissen eines Hofes. Du leugnest. Und dabei liegt das Buch druckfertig da im Kasten!«

Er war näher getreten.

»Das ist kein Buch«, erklärte er grämlich. »Das sind die Entwürfe zu den Geheimdepeschen, die ich aus Berlin an die Regierung gesandt habe.«

»Na – und?« fragte sie harmlos.

»Die kann man doch nicht veröffentlichen!«

»Wieso nicht?« »Erlaube mal,« rief er, jäh über ihre Naivität belustigt, »diese Depeschen sind so geheim, daß ich sie chiffriert gesandt habe. Es sind Staatsdepeschen. Ich habe sie als Beamter geschickt.«

»Schön, schön. Das verstehe ich alles. Warum sollte man sie trotzdem nicht veröffentlichen?«

Er lachte. »Du bist köstlich in deiner absoluten Unmoral. Abgesehen von der Gemeinheit, dem Vertrauensbruch und dem Landesverrat, gäbe es einen nie dagewesenen Skandal, ja, vielleicht sogar Verwicklungen zwischen Frankreich und Preußen. Es stehen arge Dinge darin.«

»Glänzende. Die Zeichnung des Prinzen Heinrich, des Bruders Friedrichs II., der neue König, seine Mätressen, die Lichtenau und die Voß, der ganze Hofstaat! Und zwischen diesem Klatschmohn das edle Korn deines politischen Seherblickes! Gabriel, begreifst du denn nicht, das ist doch der Sensationsschlager, den ich immer gesucht habe! Das ist ein Vermögen. Ich garantiere dir, wir setzen in den ersten Tagen zweihunderttausend Exemplare ab.«

»Du bist verrückt!« stellte er bündig fest.

»Aber ich begreife nicht –« begann sie wieder.

Er nahm das Manuskript. »Laß das. Du redest Unsinn. Die Veröffentlichung ist indiskutabel. Noch dazu, wo der Prinz Heinrich gerade in Paris ist.«

Er schloß die Papiere in den Schrank und steckte den Schlüssel zu sich.

Doch Olive Lejay war nicht die Frau, ein gewinnversprechendes Projekt aufzugeben, bloß weil sich ihm Hindernisse des Gewissens entgegenstemmten. Ihre Katzenzähigkeit hatte sich in die Idee verbissen. Sie hielt fest. Sie sprach von nichts anderem mehr, sie quälte ihn, sie schilderte den Goldregen, der über sie hereinbrechen würde, sie lachte über seine »alberne Gefühlsduselei«. Sie bohrte so lange, bis seine Nerven bei dem bloßen Worte »Geheimberichte« zuckten. Sie ermüdete seine Bedenken in betäubenden Orgien ihrer Leiber. Die Herausgabe der Geheimberichte verlor durch die stete Besprechung ihre anfängliche Unmöglichkeit. Das dauernde Spielen mit dieser Idee nahm ihr allmählich, fast unmerklich, das Unwahrscheinliche, lockerte sie aus der Sphäre verbrecherischen Irrsinns, machte sie zu einem frechen, aber immerhin nicht ganz undenkbaren Abenteuer.

Inzwischen waren in ganz Frankreich die Vorbereitungen zu den Wahlen der Abgeordneten zur Nationalversammlung im eifrigsten Gange. Mirabeau stand fern mit gefesselten Händen. Von Montmorin hatte er eine in jeder Hinsicht abschlägige Antwort erhalten. Alle Versuche, von anderer Seite Geld aufzutreiben, scheiterten. Dabei stieg seine Not immer höher. Gerade in diesen Tagen mußte er alle entbehrlichen Kleidungsstücke, seinen silbergestickten Rock, Weste, Hose, eine Weste von Silbertuch für kleine Trauer und alle Winterspitzen ins Pfandhaus tragen. Marode und erbittert war sein Gemüt. Seine Armut war der Fluch seines Daseins von Anbeginn gewesen. Jetzt sperrte sie ihm den Weg zu seiner Lebensaufgabe. Von allen Seiten strömten die Kandidaten zu den Wahlen. Er blieb ausgeschlossen, er, der für diese Versammlung gewirkt und gekämpft hatte, wie kein anderer, er stand abseits, weil die Regierung sich weigerte, ihn zu fördern, und weil ihm die Mittel fehlten, in die Provence zu reisen und dort seine Wahl zu betreiben.

Er weinte, weinte die bitteren Tränen tiefsten Mannesschmerzes. Olive Lejay spottete. »Du könntest ja dabeisein. Brauchtest nur zu wollen. Dort im Schranke liegt der goldene Schlüssel, der dir die Pforte zum Reichstag öffnet. Heule nicht, handele!«

Er wandte sich zermartert ab. Und vergrub sich in verzweifelte Grübeleien über sein verlorenes Leben.

Sie höhnte weiter. »Da sitzt du und bläst Trübsal, statt männlich dein Schicksal zu schmieden. Mit deinem moralischen Mimosengemüte würdest du ja wohl auch kein großer Politiker werden. Dazu gehört Robustheit der Lebensauffassung, mein Lieber. Früher hattest du die doch wahrhaftig, als es alberne Tollheiten galt. Und jetzt! Jetzt – –!«

»Schweig!« brüllte er zermürbt.

Sie kam mit ihrem weichen schleichenden Gange zu ihm, setzte sich neben ihn auf die Lehne des Stuhles, daß der Duft ihres Körpers ihm verwirrend in die Nase strich, und raunte: »Sieh mal, Gabriel, sie hätten dir für diese Berichte dort« – sie zeigte auf den Schrank – »doch eine

Staatsstelle geschuldet – du hast es ja selbst darin geschrieben – laß sie mich einmal holen. Ich lese es dir vor.«

»Ich weiß es«, knurrte er verbittert.

»Laß mich dir diese Stellen vorlesen. Bitte.«

Sie zog den Schlüssel aus seiner Tasche und holte die Blätter. Er ließ sie gewähren, müde und mit allem fertig.

Sie suchte. »Ich hab's doch neulich gelesen. Ah hier:

›Ich bin nicht geschaffen, wie ein untergeordneter Spitzel, wie ein Kommis behandelt zu werden. Hält man mich für fähig, Nützliches zu tun, vielleicht gäbe der Ruf, talentvoll zu sein, den ich mir erworben habe, einen passenden Vorwand, vielleicht würde man finden, daß ich seit einiger Zeit mittels Taten mich um etwas bewerbe, was andere als Gnade erbitten – kurz und gut, ich fordere mein Recht!‹

»Aber da war noch eine Stelle – eine noch kräftigere.« Sie blätterte. Das Licht der Lampe fiel auf ihr Haar. Es brannte. Eine Flamme der Versuchung. »Richtig, hier: ›Noch einmal also: was ich verdiene, was ich kann, was ich wert bin, muß jetzt dem König und seinen Ministern klar sein. Bin ich nichts, kann ich nichts, dann koste ich dem König hier zuviel, wenn ich mich aber verdient gemacht habe und etwas kann, so bin ich es mir schuldig, um einen Posten zu bitten.‹ Und was haben sie für dich getan? Nichts. Nicht so viel!« Sie zeigte die Spitze ihres kleinen Fingers. »Keinen Dank, keinen Lohn. Nichts. Hätten die dir damals aber die staatliche Anstellung gegeben, auf die du, deinen Leistungen nach, Anspruch hattest, so wärest du heute einer unserer ersten Staatsmänner, hättest das weite Arbeitsfeld zum Segen des Vaterlandes, das weite Betätigungsgebiet für dein politisches Talent und hättest nicht nötig, den Sitz in der Nationalversammlung als Sprungbrett für deine Staatslaufbahn zu benutzen. Dann wärest du als Minister der Schöpfer und Lenker dieses Parlaments. Habe ich recht?«

Er schwieg verbissen.

Sie rüttelte ihn derb an der Schulter.

»Du – hab' ich recht?«

»Ja – doch!« gab er unwillig zu.

»Das wollte ich nur hören. Du hattest gerade durch diese Berichte hier« – sie wehte sie wie eine Flagge durch die Luft – »ein Anrecht auf eine große Stellung im Staate. Sie haben sie dir unrechtmäßig verweigert. Du bist also in der Notwehr. Benutze nun diese Berichte, um dir diese rechtmäßige Stellung als Staatsmann zu schaffen.«

Er hob den schweren Kopf.

»Du korrigierst damit nur ein schmachvolles Unrecht. Veröffentliche diese Berichte, daß alle erkennen, wie schmählich man dein Talent mißhandelt hat! Schaff dir durch diese Berichte das, was du durch sie verdient hast!«

Er sah sie lange an.

»Ein verflucht kluger Satan bist du«, flüsterte er durch die Zähne.

»Ist das nicht logisch – so logisch, daß sogar ich, eine unlogische Frau – es finde?«

»Du bist eine arg logische Verführung«, ächzte er bebend.

Sie fühlte, daß er schwach geworden war. Und schmiedete das Eisen. »Sei ein ganzer Mann, Gabriel. Deine Lebensaufgabe ruft. Das Große, wozu du berufen bist. Laß dieses Große dich nicht so jämmerlich klein finden. Hast du nicht selbst einmal gesagt, der kleinliche Zwang der gesellschaftlichen Rücksichten müsse hinter die großen Angelegenheiten der Nation zurücktreten? Mit törichten landläufigen Moralbegriffen darf man solch gewaltige Fragen nicht lösen wollen. Wer ist hier unmoralischer? Sie, die das Geniale dieser Berichte mißachten oder du, der sie benutzt, dir die Stellung zu erringen, die diese Berichte dir verschafft hätten, wenn nicht Haß, Feigheit, Eifersucht die Moral dieser Minister wäre? Ist es deine oder ihre Schande, daß du diese Berichte erst zu Geld machen mußt, um durch sie den Acker für dein Genie zu finden? Nun?«

»Du hast in allem recht, du kluges Weib, das keinen moralischen Ballast trägt. Du hast recht. Aber –«

Sie sprang eifrig auf, stellte sich vor ihn hin. Ihr scheinbar knochenloser Körper bog sich zu ihm nieder. Ihre phosphorgrünen Augen schillerten. »Du brauchst es nicht zu tun. Ich nehme alles auf mich. Bleib du ein Moralist. Hier, schließ die Papiere wieder ein. Und dann trolle dich. Rasch.«

Sie trug die Berichte in den Schrank. Schloß ihn ab. Drängte ihm den Schlüssel auf, holte ihm den Hut, schob ihn, der noch halb widerstrebte, zur Tür hinaus.

Er schlich bedrückt durch die Straßen. Dachte mit Zagen und scheuer Freude an das, was jetzt in seinem Hause geschah. Sie erbrach den Schrank, »stahl« die Berichte, gab ihm die Ausrede des Anstandes, nahm die Schuld der Gemeinheit, des Verrates von ihm. Gewiß nicht seinetwegen. Er täuschte sich nicht. Sie sah das goldene Verlagsgeschäft. Aber sie tat es doch. Er blieb stehen. Sein Riesenkörper straffte sich. Zum Donner, nein! Er wollte sich nicht hinter der Tat eines Weibes verstecken! Sie hatte recht, zehntausendmal recht. Es war eine Gemeinheit, diese Berichte zu veröffentlichen. Jawohl. Er wußte es. Darüber half kein Deuteln und Drehen. Aber das Leben führt über Gemeinheiten. Vorwärts!« Er stürmte heim.

Olive war fort. Die Schranktür erbrochen. Bald aber kam sie und warf ihm mit zynischem Lächeln ein kleines Paket in den Schoß. Er steckte es ein, ohne es anzusehen.

Sie hatte für diesen Sensationsschlager sofort einen Schieber gefunden.

»Ich nehme es auf mich«, erklärte er. »Ich will mich nicht hinter dir verstecken!«

»Pah,« lachte sie, »mich fangen sie nicht. In den ersten Tagen verkaufe ich meine zweimalhunderttausend Exemplare und bin über alle Berge, ehe sie zur Besinnung kommen.«

»Und ich,« er reckte sich, »ich bin bis dahin so hochgestiegen, daß keine Staatsgewalt der Welt mehr wagen wird, sich an mir zu vergreifen.«

»Gut, gut«, sagte sie obenhin. Ihr Interesse an ihm war merklich geschwunden. »Ich muß nun fort. Jetzt gibt es allerhand zu tun.« Sie ging nach flüchtigem Gruße.

Er sah ihr in verachtendem Galgenhumore nach.

Jetzt öffnete er das Paket. Es enthielt sechstausend Livres.

»Wieviel mag sie daran verdienen?« dachte er. Dann machte er eine wegwerfende Geste. Er wußte, *die* Frau sah er nicht wieder. Für die war er erledigt. Passons!

Am folgenden Tage fuhr er in seine Provence.

XII.

Das Volk von Aix flutete in den Theatersaal. Mirabeau, sein Mirabeau, der Kandidat des Dritten Standes, der Vertreter des Volkes, der Held des berühmten Prozesses von 1783 hielt seine erste Wahlrede.

Aus den Ortschaften des Wahlkreises zogen sie heran, die Bauern, die Winzer, die Olivenpflanzer; die Kleinbürger der Stadt strömten in dichten Scharen, den Mann zu hören, der ihre Stimme führen wollte in der großen Nationalversammlung der Freiheit zu Paris; ihn zu sehen, dessen Verheißung zu vernehmen, der für sie sprechen und kämpfen wollte, jetzt, da endlich der Tag angebrochen war, an dem das Volk teilhaben sollte an der Regierung, da es die Verwaltung seiner Geschicke den Privilegierten entreißen und in die eigenen Hände nehmen wollte.

Hoho, sie kannten ihn noch wohl von Anno 1783 her. Wißt ihr noch, wie er damals kühn und höhnisch den parteiischen Richtern zu Leibe ging! Ob ich es noch weiß! Und wie er den eitlen Maître Portalis abstach! Hoho! Ob ich es noch weiß!! Wie er sprach! Wie Feuer brannten seine Worte. Der versteht's. Der ist unser Mann! Aber, aber, ein Graf! Ich habe kein rechtes Vertrauen. Blut ist Blut. »Unsinn, Claparoux! Der! Der hat mehr Gefühl für das Volk als mancher von uns. Ja – du – da gibt's manchen reichen Bürger, der von dem lernen könnte. Der ist, trotz seiner Abstammung, ein echter Volksmann. Komm, Alter, komm nur, höre ihn. Dann urteile.«

Sie kamen, sie drängten heran, füllten den weiten Saal bis auf den letzten Platz, standen in den Gängen, in den Türen, säumten die Ränge, hingen wie Bienentrauben in den Galerien. Männer und Frauen, Greise und Unmündige, den Mann zu hören, der bereit war, für die jungen Rechte des Volkes zu kämpfen.

Doch auch etliche von den beiden anderen Parteien, vom Adel und der Geistlichkeit, kamen, dem gefährlichen Gegner ins Auge zu schauen, kamen, obwohl sie sich unter dieser heftigen, spott-und tatbereiten provenzalischen Menge nicht allzu behaglich fühlten. Doch sie wollten dem Gegner in die glühenden Augen schauen.

Und eine Frau kam, dicht verschleiert. Seine Frau.

Emilies Leben war still geworden, seitdem der »siegreiche« Ausgang ihres Scheidungsprozesses sie von dem Liebesthrone zu Tourves gestürzt hatte. Die Neigung zu Alexander Gallifet, die immer nur an ihre Begehrlichkeit, nie an ihr Gemüt gerührt hatte, war verdämmert. Die Jahre der Einsamkeit hatten sie gefestigt und seelisch vertieft. Das leise ironische Lächeln spielte noch immer um den hübschen, einst so lebenshungrigen Mund. Doch es war fast – fast ein wenig wehmütig geworden. Die Tage der Leere im stumm gewordenen Hause des Vaters, das nicht mehr rauschte im Schwall verschwenderischer Festgelage – der Marquis de Marignane war nun ein betagter Greis, dem die Geliebte, Madame de Croze, nur noch warme Umschläge um die gichtischen Knöchel schlang –, diese stummen Tage waren nicht spurlos an Emilie vorübergeglitten. Die Jugend war zerronnen, des Lebens Höhe fast überschritten. Stunden der Einkehr strichen durch ihre versonnenen stillen Abende. Und leise Sehnsucht kam und die Erinnerung an junge Tage des Glückes. Mirabeau hatte ihr mit Recht einst die alte Wahrheit geschrieben, daß keiner Frau der Mann gleichgültig wird, der ihr das erste Glück des Weibes gegeben hat. Sie lebte viele Stunden innigen Gedenkens an ihn, an ihr totes Kind und grübelte, wie alle lebensenttäuschten Menschen darüber grübeln, was ihnen dieses kurze einmalige Leben schuldig geblieben ist, warum das Glück gerade sie, von allen Menschen gerade sie, nicht gesegnet habe, und wie anders alles hätte werden können, wenn – ja wenn – –!

Mirabeau kam nach Aix zur Wahl und erfüllte die Stadt und alle Gemüter mit dem Tumult des Sturmes, der er war. Die heitere sorglose Stadt wirbelte in Kämpfen für und wider ihn. Emilies Kreisen des Adels war dieser Mann der Abtrünnige, der Apostat, das schwarze Schaf in der weißen Herde. Ihr Frauenherz nahm für ihn Partei. Unbedingt.

Sie hörte, daß er sich dem Adel, seiner angestammten Partei, zugesellen wollte. Sie hörte, daß die Aristokratie ihn zurückstieß, weil sein Wappen besudelt, sein Ruf befleckt, seine Vergangenheit eine Kette von Unsauberkeiten war. Sie war empört. Und jubelte, als sie vernahm, daß er den Standesgenossen, die ihn verschmähten, hochmütig den Rücken kehrte und der Mann des Volkes wurde.

Sie stand an seiner Seite mit ihrem Gefühl und ihrer Hoffnung. –

Mirabeau betrat die Bühne. Ging mit den ihm eigenen, der Schwere seines Körpers spottenden, schnellen energischen Bewegungen zum Rednerpult. Der Saal bebte unter dem dröhnenden Beifall der Menge. Die Wände sangen wie Trommelfelle.

Er warf das Haupt zurück, die Mähne flatterte. Er begann zu sprechen. Lautlose Stille. Die tönende Stimme füllte den Raum, stieg zum Donnergeroll, ebbte nieder zu leisem eindringlichem Flüstern.

Zum ersten Male sprach er als politischer Redner. Er sprach, wie nie zuvor ein Mensch in Frankreich von den unverbrüchlichen Rechten des Volkes gesprochen hatte. Seine Worte werden nicht verlöschen, solange Freiheitsflamme in Menschenherzen brennt. Er ward die lebendige Stimme des rechtlosen Dritten Standes. Er ward das Grollen seiner Empörung und Entrüstung. Er ward das Brausen der Revolution.

»Ich spreche zu euch, ihr Brüder«, rief er. »Aber Europa horcht aufmerksam auf. Dem Wohle des Volkes, das alles ist, mit dessen Schicksal ich das meinige verknüpft habe, will ich dienen in der kommenden Versammlung, der das Recht der Steuerbewilligung zustehen muß, das Recht, die persönliche Freiheit der Bürger zu schützen und den Grundsatz der Pressefreiheit aufzustellen, der die einzige und heilige Garantie aller übrigen Rechte ist. Sie muß ferner die Verantwortlichkeit der Minister aussprechen, in der ich die alleinige Grundlage der unwandelbaren Achtung vor der Macht des Thrones erblicke. Freiheit ohne Gleichheit ist nichts als ein Köder. Daher müssen alle Vorrechte schwinden. Denn so nützlich sie gegen die Könige waren, so verabscheuungswürdig sind sie gegen die Nationen. Die gesetzgebende Gewalt kommt der Nation zu, an deren Spitze der König steht. In der befreiten und freiheitlichen Monarchie erblicke ich den Schutz für die Rechte des Volkes und seine Souveränität.«

Er dachte nicht an die Republik, sein Ziel war und blieb das Volkskönigtum.

Er sprach vom König: »Dieser Fürst will das Wohl seines Volkes. Stellt man ihn mitten in die Korruption und das Laster hinein, so wird er zu schwach sein, sie zu tilgen. Aber daran beteiligen wird er sich nicht, aus Furcht, Böses zu tun. Nicht der König ist unser Feind, unsere Feinde sind der Adel, die Privilegierten, die meinen, die in jedem Lande meinen, die Erde sei allein für sie geschaffen, für sie als die Herren, für die andern als ihre Knechte. In allen Ländern und zu allen Zeiten haben die Aristokraten die Freunde des Volkes mit unversöhnlichem Hasse verfolgt. Und wenn durch irgendeine Fügung des Schicksals aus ihrer Mitte ein Anwalt des Volksrechtes erstand, so verfolgten sie ihn am grausamsten, gierig, wie sie waren, durch die Wahl ihres Opfers Schrecken einzuflößen. So endete der letzte der Gracchen durch die Hand der Patrizier. Aber vom tödlichen Streich getroffen, warf er den Staub in seiner Hand gen Himmel, die Rachegötter zu Zeugen anrufend. Und aus diesem Staub erstand Marius, der große Marius, der aber weniger groß war durch die Vernichtung der Zimbern, als durch die der Adelsaristokratie von Rom.«

Er holte tief Atem, ehe er schloß: »Wehe den bevorrechteten Ständen, wenn sie es dahin kommen lassen, daß man seinen Platz lieber in den Reihen des Volkes sucht als in denen des Adels! *Denn die Privilegien enden, aber das Volk ist ewig!!*«

Die Menge erhob sich spontan, wallte empor zur Bühne, trug ihn aus dem Theater auf den Schultern, die sich aufreckten im Stolze der sie überschattenden Freiheit.

Er war der Heros des Volksvertrauens geworden. Seine Wahl war gesichert. Er war der Abgott der Provence. Wo er erschien, wo er redete, ward er gefeiert, wie nie ein König in diesem eigenwilligen freiheitstrotzigen Himmelsstriche gefeiert worden war.

Was focht es ihn jetzt an, daß die Regierung in Paris in ohnmächtiger Empörung gegen ihn wütete. Seine Berichte waren unter dem Titel »Geheime Berichte des Berliner Hofes« erschienen. Olive Lejay hatte mit verblüffender Geschicklichkeit operiert. Ehe die Polizei einschritt und das Buch verbot, waren hundertfünfzigtausend Exemplare verbreitet. Der Schlag gegen den Verleger und Drucker traf ins Leere. Sie waren längst in Sicherheit. Gegen den Volkstribun der Provence, den vom Jubel der Menge Umtobten, wagte die Regierung nicht einzuschreiten.

Die Entrüstung über den Landesverrat stieg wie ein Geiser auf. Politische Verwicklungen blieben nicht aus. Die diplomatischen Vertreter Preußens, Österreichs (Mirabeau hatte Joseph II. einen »gekrönten Henker« genannt), Sachsens, dessen Kurfürst in Hohn getaucht war, erhoben die heftigsten Beschwerden. Prinz Heinrich, der noch in Paris als Gast der Regierung weilte, war über sein bloßstellendes Porträt aufs tiefste verletzt. Ungelegenheit auf Ungelegenheit brach über den Minister des Auswärtigen herein. Graf Montmorin mußte beschwichtigen, entschuldigen, Bußgänge tun. Er schrieb einen wutschnaubenden Brief an diesen Menschen, der zweimal als demütiger Bittsteller vor ihm gestanden hatte.

Mirabeau erwiderte nicht. Er wollte ihm die Antwort erst nach seiner Wahl geben. Wichtigere Aufgaben forderten jetzt seine Kraft. Er durchreiste seinen Wahlkreis, er sprach zum Volke. In Lombesk, in Saint-Cannat umringten Tausende seinen Wagen, jauchzten ihm zu, spannten ihm die Pferde aus. Bei seiner Rückkehr nach Aix läuteten die Glocken von allen Türmen der kirchenreichen Stadt, der Jubel stieg zu ausgelassener Tollheit. Zehntausend Bürger und Bürgerinnen erwarteten ihn an dem Triumphbogen, den sie ihm errichtet hatten, siebzig Gemeinden brachten ihm ihren Dank dar. Anreden stiegen empor zum tiefblauen Himmel, saftvolle, kraftberstende, übersprudelnde Provencer Reden. Er wurde mit Blumen überschüttet, Männer und Frauen umarmten ihn, die Trommeln rasselten, Tamburins dröhnten, Flöten schrillten. Abends ward die Stadt festlich erleuchtet. Raketen stiegen, Symbole seines zu den Sternen strebenden Namens. Eine Trunkenheit der Freude und der Zuversicht war in aller Herzen. Man jauchzte ihm zu als dem »Vater des Vaterlandes«, als dem »Befreier des Volkes«.

Er war der größte Sohn der Heimat geworden durch das Vertrauen und die Hoffnung, die sein Wort in die freiheitsträchtige Scholle dieser Herzen gesät hatte.

Eine Deputation aus Marseille traf ein, mit der Bitte, er möge der Abgeordnete der Stadt in der Nationalversammlung werden. Die Bürger von Aix nahmen die Männer von Marseille eifersüchtig gefangen, zwangen sie aber, mit ihnen in die Rue Mazarine, zum Palais Marignane zu ziehen. Plötzlich stand Emilie, die sich unter der Menge am Triumphbogen mit stürmisch klopfendem Herzen verborgen hatte – denn der Mann, den sie dort zum »Vater des Vaterlandes« krönten, war ja doch, trotz allem und allem, »ihr« Gabriel, der Vater ihres toten Kindes, der Mann, der sie glücksbebend einst im Arme gehalten, der sie aus allen Frauen Frankreichs einst erkoren, der ihr in mancher trauten Stunde von seiner kommenden Größe geschwärmt hatte, trotz ihres kaum verbissenen Spottes –, ohne Vorbereitung stand Emilie dieser Schar wackerer Bürger zweier Städte gegenüber. Sie verlangten, sie solle sich mit dem »Befreier des Vaterlandes« aussöhnen. »Denn,« meinte der Wortführer: »Madame, es ist doch eine zu schöne Rasse. Es wäre schade, wenn sie ausstürbe!«

Sie fand keine Worte der Entgegnung. Sie ertrank im Strudel aufwogender Gefühle. Sie weinte vor Verwirrung, Verlegenheit und Freude. Sie nickte nur, gab jedem der braven Bürger ihre feste kleine Hand.

Mirabeau erfuhr von dieser Deputation. Er schüttelte den Kopf. Er hatte jetzt andere Sorgen.

»Ich habe zuviel Männerdinge im Kopfe,« wehrte er, »um an Frauendinge zu denken.«

Er hatte recht. Schon rief eine neue Pflicht. In Marseille war infolge einer neuen Fleisch-und Brotteuerung der Aufruhr ausgebrochen. Wer konnte da helfen, wenn nicht der »Freund des Volkes«! Man rief ihn. Er eilte hin. Seine Gegenwart allein dämpfte die wilden Triebe, scheuchte die Plünderer. Er organisierte eine Bürgerwehr, stellte die Ordnung wieder her. Vier Nächte kam er nicht ins Bett. Er war überall, mahnte, redete. Seine Kräfte vertausendfachten sich.

»Alles wird bald anders werden,« vertröstete er, »aber wir wissen, daß sich nicht alles an einem Tage ändern kann. Ich hoffe also, ihr werdet alle sagen: die Mindestpreise, die ich für Brot und Fleisch festgesetzt habe, sind annehmbar. Dies ist gerecht, jenes notwendig. Jeder wird sich ruhig verhalten, damit die andern es auch sind, und euer Beispiel wird überall den Frieden schaffen!«

Er hatte die Sprache des »Vaters des Vaterlandes« gefunden, der zu seinen ungebärdigen Kindern redete. Doch er irrte sich, wenn er glaubte, das gute Beispiel von Marseille würde nun überall den Frieden sichern. Während er in Marseille Ruhe stiftete, tobte die Revolte in Aix. Die Menge hatte gegen die Truppen eine drohende Haltung eingenommen, diese hatten gefeuert. Ein Kampf wütete in der Prachtstraße, den Alleen des »Cours«. Es gab Tote und Verwundete. Man schrie nach dem »Vater des Vaterlandes«. Er eilte herbei. Sein Ansehen schuf Ordnung. Er trotzte kühn dem Adel, der die alte Gewalt gegen die Rädelsführer anwenden wollte und verlangte, daß sie ins Gefängnis geworfen würden. Er predigte dem Volke Vernunft, das – zum Nachspiel des Kampfes – einige vom Adel an die Laternen zu knüpfen begehrte.

Wenige Tage später wurde er in Marseille und in Aix zum Reichstagsabgeordneten gewählt. Er nahm die Wahl in Aix an.

Das Ziel war erreicht. Der Weg für sein Genie als Staatsmann lag frei.

Und nun beantwortete er den Brief Montmorins. Doch es war nicht mehr der Bittsteller vom Jahre zuvor, der die Feder führte, es war der souveräne Erwählte des Volkes.

»Wenn Ihr Brief, Herr Graf,« schrieb er – »gestatten Sie, daß ich es sage – nicht gerade die Höflichkeit des letzten Jahrhunderts aufweist, so zeigt er um so mehr dessen Grundsätze. Es scheint mir, daß Sie Ihre Zeit nicht richtig beurteilen, und trotz der Achtung, die ich den Ministern des Königs entgegenbringen will, kann ich nicht umhin, Ihnen zu bemerken, daß eine Drohung aus dem Munde eines Sterblichen gegen mich, er mag in hoher Stellung sein oder nicht, weder ein Akt der Würde noch des Anstandes ist. Sie schreiben mir, Sie verzichteten auf die Ehre, mich je wieder zu empfangen. Nun wohl, Herr Graf, als Privatmann nehme ich die Ehre der Ächtung an, die Sie mir auferlegen, aber als Mann der Öffentlichkeit, der ich, seitdem Sie Ihren Brief geschrieben haben, geworden bin, erkläre ich dem Minister des Königs, daß, wenn ich jemals im Interesse meiner Auftraggeber in die Lage kommen sollte, ihn um eine Audienz zu ersuchen, ich glauben müßte, ihm Unrecht zu tun, wenn ich annehmen würde, daß er mich auch nur einen Augenblick darauf warten ließe.

Ich habe die Ehre, mit ehrerbietigen Gesinnungen zu sein

Graf Mirabeau.«

Der bettelhafte, entwurzelte, verfemte Mann war durch Volkes Gnaden ein Ebenbürtiger der Machthaber von »Gottes Gnaden« geworden.

XIII

Es war spät Frühling geworden. Doch nun, in den letzten Tagen des April 1789, war er sieghaft in die Gärten von Versailles eingezogen. Durch die hohen offenen Fenster streicht ein sanfter Wind, schon warm von Sommerahnungen und süß vom Dufte der Rosen, die noch in der Knospe schlummern. Mit dem Hauche von Wärme und Blumen fluten herein die seltsame Erregtheit, die Spannungen, der Freuderausch, der seinen Grund nicht kennt noch hat, die vagen Erwartungen und Beängstigungen, die der Lenz in die Herzen der Menschen trägt.

Marie-Antoinette steht mit der Prinzessin Lamballe am offenen Fenster ihres Boudoirs. Es ist das hübscheste Gemach im Palaste, das einzige, das ihr allein gehört, zu dem dieses aufdringliche Gespenst der Etikette keinen Zutritt hat. Die getäfelte Decke hängt tief, die Wände gürtet ein Paneel, das der Kamin und zwei große, in die Wand eingelassene Spiegel unterbrechen. Die kunstfertige Hand eines Meisterziseleurs hat um diese Spiegel einen Rosenstrauch geschlungen, dessen zartes Blattwerk sich auf der Holzverkleidung rings um das Zimmer fortschlingt, den Doppeladler Österreichs umringelt und die Embleme der Liebe behütet: Fesseln, Fackeln, pfeildurchbohrte Herzen.

Über dem Kamin hängt das Bild der Königin, das die Lebrun im Jahre zuvor gemalt hat.

In einem leichten weißen Morgengewande lehnt Marie-Antoinette am Fenster. Ihre Stirn ist ernst, in ihren schönen klaren Augen steht die Sorge.

»Mein Herz ist schwer«, bekennt sie der Freundin des sorgenlosen Glückes von einst. »Alle diese Dinge, die jetzt hereinstürzen, machen mich fast abergläubisch. Heut nacht saß ich lange wach in meinem Kabinett. Auf dem Tisch brannten vier Lichter. Plötzlich erlosch das eine. Von selbst. Kein Lufthauch ging. Ich zündete es wieder an. Da verlosch das zweite. Ich zündete es wieder an. Da ging das dritte aus. Ich dachte: wenn auch das vierte erlischt, so nehme ich es als ein böses Vorzeichen. Das vierte erlosch.«

Die Lamballe schüttelte den Kopf mit der hohen gepuderten Frisur.

»Ein Zufall«, suchte sie zu trösten.

Die Königin nickte langsam vor sich hin.

»Ich habe meine Ahnungen«, sagte sie leise.

»Sieh die Leute«, lachte die Lamballe, die trüben Gedanken Marie-Antoinettes zu scheuchen, und wies mit dem Kinn zum Fenster hinaus in den Park. »Wie sie einherstolzieren, diese Urväterfräcke, diese kurzen Soutanen der Dorfgeistlichen. Zu putzig!«

»Ich fürchte mich vor diesen Leuten.«

Die Königin erschauerte.

»Vor denen!« Die Lamballe lachte ausgelassen. »Vor diesen Spießern! Seit ich diese Herren Abgeordneten gesehen habe, diese gespreizten Wichtigkeiten, diese Provinzgewaltigen, ist meine Furcht vor der Nationalversammlung dahin. Da – sieh den kleinen dürren Herrn im blauen Frack mit den Messingknöpfen. Sieht er nicht aus wie ein Truthahn mit seinem würdevoll eingezogenen, zurückgelegten Kopfe?«

»Er ist mir schon gestern aufgefallen«, flüsterte die Königin. »Er geht immer allein – –«

Es war, als habe der kleine dürre Herr die Worte vernommen. Plötzlich hebt er den Kopf und blickt zu dem Fenster hinauf. Die Damen prallen zurück. Ein abgemagertes bleiches Fanatikergesicht mit starren stechenden Augen.

Marie-Antoinette preßt die Hand auf das Herz. »Hast du seine Augen gesehen? Er sieht aus wie das erbarmungslose Schicksal.« –

Der kleine Herr war der Abgeordnete von Arras, der unbedeutende Advokat Maximilien Robespierre. –

Seit einigen Tagen trafen die Deputierten in Versailles ein und vertrieben sich die Langeweile des Wartens auf die Eröffnung der Reichsstände im Frühlingsgarten des Schlosses.

Eine Schar schreitet auf den Einsamen zu. Ob der Herr Kollege sich ihnen anschließen wolle. Sie gingen hinaus nach Trianon. Der kleine Herr, der Abgeordnete von Arras, der unbekannte Advokat Maximilien Robespierre, folgt dem Zuge zu diesem Lieblingsaufenthalte der Königin, von dem er in der Ferne seiner Provinz so viele empörende Schauergeschichten gehört und gelesen hat.

Dort hatte die Österreicherin ja ihre geheimen Wollustorgien gefeiert und Millionen des Volkes verpraßt. Ein pflichtbewußter Vertreter des Volkes mußte diese Lasterstätte in Augenschein nehmen, um sich zu wappnen gegen dieses Weib, das Frankreichs Ruin geworden ist.

Enttäuscht standen die Herren vor dem schlichten Eisengitter, das den kleinen Hof abschloß. Sie hatten sich am Ende verlaufen? Dieses viereckige kleine Gebäude mit fünf Fenstern Front und zwei Stockwerken, dem jeder Herrschaftssitz ihrer Heimat den Rang ablief, konnte doch nicht das böse Märchenschloß sein, das Millionen und aber Millionen verschlungen hatte!

»Es ist Trianon«, bestätigt die trockene Stimme des Anwalts von Arras.

»Aha,« denkt man, »sie ist gerissen. Hinter diesen schlichten Mauern verbirgt sie die Mysterien der Lasterhöhle.«

Man tritt ein, neugierig, ein leichtes Gruseln und eine kleine Lüsternheit im Blute, die Stätte zu sehen, die die Lüste dieser Messalina geschaut hat. Ein alter Lakai übernimmt die Führung der Herren Abgeordneten. Einige schleichen befangen auf den Zehenspitzen in alter eingeborener Ehrfurcht vor der Luft der Großen dieser Welt, andere trampeln mit harten Sohlen, ihre Autorität und die neue Zeit zu bekunden.

Ja, aber was ist das? Die Einrichtung ist hübsch, ist stilvoll, zeigt überall die Spur einer geschmackvollen Frauenhand. Aber nicht einmal reich! Kein Luxus!

Dahinter steckt etwas. Man will sie, die Erwählten des Volkes, betrügen. »Hören Sie, Herr Kammerdiener, hier wird nichts verheimlicht! Wir sind das richtende Volk! Wir wollen alles sehen, alles! Hören Sie?«

Der alte Lakai hat gelernt, keine eigenen Gedanken, keine Empfindung, keine Verachtung zu verraten. Er zeigt wortlos alles. Das kleinste Kabinett, jeden Winkel.

Jetzt ist der Rundgang beendet.

»Nein, nein, nein, mein Lieber. Das, was wir eigentlich sehen wollen, das sind Sie uns schuldig geblieben. Nun keine Faxen gemacht, bitte! Wir sind das richtende Volk. Öffnen Sie mal endlich die Türen zu dem Salon, der mit Diamanten tapeziert ist, dem Salon mit den schwer goldenen Säulen, die von oben bis unten mit Saphiren und Rubinen besetzt sind, die glitzern vom Schweiß und Blut des Volkes.«

Der Alte zuckt nur stumm die Achseln.

»Spielen Sie keine Komödie, Bester. Wir lassen uns nicht düpieren. Wir sind Deputierte! Die Zeit der Irreführung des Volkes ist vorüber. Also los!«

Der Alte zuckt stumm die Achseln.

Die Volksvertreter werden böse. Sie haben doch von diesem Märchensalon in hundert Zeitungen, Broschüren, Pamphleten gelesen! Sie beratschlagen, sie suchen selbst, öffnen noch einmal jede Tür, klopfen die Wände ab nach dem dumpfen Laut der Geheimtüren.

Der alte Lakai steht dabei mit unbeweglichem Gesicht.

Endlich gehen sie, zornig, voll Rachedurst. Man hat ihnen das Wesentlichste vorenthalten, diesen Salon, in dessen Diamantenwänden sich die buhlerischen Lüste der Königin gespiegelt haben. Man wird es büßen, sie zu narren, sie, die Vertreter des souveränen Volkes! Man wird es blutig büßen!! –

Der 1. Mai ist der Auftakt der Versammlung. Noch herrscht das alte Regime mit seinem Prachtgepränge, seinem Schaubedürfnis.

Die Wappenherolde, der Wappenmarschall von Frankreich im violetten Prunkgewande mit goldgestickten Lilien durchziehen in langsamem weihevollem Schritte auf weißen Rossen die Gassen von Versailles. Vor ihnen reitet das Trompeterkorps des Großen Marstalls und eine Abteilung der Garde. An allen Straßenecken verkündet unter Posaunengeschmetter der Wappenmarschall die königliche Verordnung über die Eröffnung der Stände.

Am 4. Mai drängt sich ganz Paris in den Straßen von Versailles. Alle Plätze, alle Alleen der Gartenstadt sind schwarz von Menschen. Schon gestern abend sind sie herbeigezogen, haben trotz des leichten Sprühregens die Nacht im Freien verbracht, einen guten Platz zu behaupten.

Gegen Morgen klärt es sich auf! Blauer Himmel, Frühlingssonne. Ein Fensterplatz kostet eine Stange Gold, die Balkone sind nur für Millionäre. Die Dächer drohen einzubrechen unter der Last der Schaulustigen. In der Nähe der Kirche Notre-Dame ist das Gedränge voller Gefahren. Von hier geht der Zug aus. Hier versammeln sich die Abgeordneten, die Kerze krampfhaft in der Hand.

Endlich, gegen 10 Uhr, kommt der Hof, das ganze königliche Haus im alten Glanze. Stallmeister, Pagen, Falkeniere, den Vogel auf der Faust, sprengen vor dem Galawagen. Links neben dem König sitzt der älteste Bruder, Monsieur, auf dem Rücksitz der jüngere, der Graf von Artois.

Mit der Königin fahren des Königs Schwestern. Ihr folgen alle Hofwagen. Die Pferde tragen stolzbewußt ihr kostbar schweres Silbergeschirr mit hohem Federschmuck.

Den ersten Wagen begrüßen stürmische Rufe: »Hoch der König!« Den zweiten empfängt eisiges Schweigen. Die Königin sinkt in sich zusammen. Vor dem Tore der Kirche verläßt die königliche Familie die Wagen, sich dem Zuge anzuschließen.

Den Weg bis zur Kirche des heiligen Ludwig säumen französische und schweizer Garden. Sie können die andrängende Menge kaum bändigen.

Die Spitze bildet der Dritte Stand. Gemessen, ihrer Würde voll, schreiten die Erwählten des Volkes dahin im kurzen Mantel aus Seide, weißer Musselinkrawatte, Dreispitz. Nur ein bretonischer Bauer hat sich seine Heimatstracht nicht nehmen lassen. Sein buntes Gewand sticht grell hervor.

Man kennt nur einen aus dieser schwarzen Schar, nur einer trägt einen berühmten Namen. Seine Abenteuer, seine wilde Vergangenheit, seine Werke, seine tumultuöse Wahl in der Provence haben ihn zum Legendenhelden geweiht. Die Kerze in seiner Hand ist erloschen. Er überragt alle um Haupteslänge. Er allein wird mit Vivatrufen begrüßt, vom Händeklatschen geleitet.

Eine Dame auf einem Balkone zeigt auf ihn. Es ist Madame de Staël, die Tochter des Ministers Necker. »Sehen Sie dort,« sagt sie zu ihrem Nachbar, »dieser große Mann. Das ist Mirabeau. Es ist schwer, den Blick von ihm zu wenden, nachdem man ihn einmal bemerkt hat. Und man muß ihn bemerken! Seine Größe, sein üppiger Haarwuchs macht ihn vor allen anderen kenntlich. Es scheint, als sei es die Quelle seiner Kraft wie bei Simson. Gerade seine Häßlichkeit verleiht seinem Gesicht den faszinierenden Ausdruck. Seine ganze Person ist gleichsam die Verkörperung einer regel- und schrankenlosen Gewalt, jedoch einer solchen, wie man sie sich gern bei einem Volkstribun vorstellt.« –

Es folgt der Adel. Die Menge schweigt feindselig, trotz des anmutigen Anblicks, den die goldgestickten Mäntel, die Federhüte à la Heinrich IV. bieten. Nur einer von ihnen erntet Beifall. Der Herzog von Orleans, der sich geweigert hat, mit dem Hofe zu schreiten.

Dann wallfahrtet die Geistlichkeit, der Zweite Stand, im Festornate, die Priester durch die Königliche Musikkapelle von den Bischöfen gesondert.

Jetzt kommt der König, Rock und Mantel aus goldgestickter schwarzer Seide, die Kerze in der Hand, umzingelt von den höchsten Beamten der Krone. Etwas hinter ihm schreitet die Königin im violetten Oberkleide, weißem Rocke mit Silberpaille, im Haar eine Reiherfeder, ein diamantenbesetztes Band um die Stirn geschlungen.

So wälzt sich der Zug im Frühlingssonnenschein durch die Rue Dauphine, über die Place d'Armes und die Rue de Satory bis zur Kirche des heiligen Ludwig.

Auf der Place d'Armes wirft die Königin im Schreiten einen raschen Blick hinauf zu dem Balkon des kleinen Marstalls. Dort kauert ein Kind, in Kissen vergraben, und blickt aus hohlen todgeweihten Augen auf den glitzernden Zug. Die Blicke von Mutter und Kind begegnen sich und lächeln sich zu. Eine Träne glänzt in Marie-Antoinettes Augen. Sie wischt sie hastig fort. Sie weiß, dieses Kind der Sorgen, der Kronprinz, hat noch Tage zu leben. Aber sie ist Königin, sie darf nicht an ihren Mutterschmerz denken, sie ist heute Königin, wie sie es noch niemals war. Heute gilt es, die Würde des wankenden Thrones zu wahren wie nie zuvor. Für den zweiten Sohn, der einst die Krone von ihr fordern wird. Sie wirft den Kopf mit der Reiherfeder empor und schreitet dahin, ganz hoheitsvolle Majestät, ganz Maria-Theresias Tochter, unter den feindseligen Blicken ihres Volkes.

Am folgenden Tage, dem 5. Mai, wird die Versammlung feierlich eröffnet. Im großen Saale des Hotel des Menus tagt sie. Unter einem gewaltigen Baldachin sitzt der König, zu seiner Linken, etwas tiefer, die Königin.

Auf der Galerie die Damen, in der neuen Mode, die Rose Bertin erfunden hat, der »Toilette der Reichsstände«.

Zu Füßen des Königs der Ministertisch, rechts des Saales die Geistlichkeit, links der Adel, im Hintergrunde die dunkle Masse des Dritten Standes. Rings um den Saal das Volk, über zweitausend Gaffer.

Der König erhebt sich. Man reißt die Hüte vom Kopf. Er spricht stockend, mit schwacher, unsicherer Stimme. Verheißt Gerechtigkeit und Wohlwollen. Dann hält Necker seine große Eröffnungsrede. Er will es allen recht machen und verstimmt alle. Bald klatscht der Adel Beifall. Dann schweigt der Dritte Stand in dumpfem Zorne. Bald jubeln die Bürger, und der Adel grollt.

Marie-Antoinette lächelt konventionell. Doch ihre Gedanken lächeln nicht. Ihre Augen wandern an dem dunklen Menschenwall des Dritten Standes hin, suchen, diese Stirnen zu durchschauen, hinter denen ihr Geschick schlummert und das ihres Mannes und ihrer Kinder. –

Schon am nächsten Tage brach der Zwist aus. Die beiden andern Stände weigerten sich, mit dem Dritten Stande zusammen zu beraten. Da zogen die Bürger ins Ballhaus, leisteten den berühmten Schwur, sich nicht zu trennen, ehe sie Frankreich eine neue Verfassung gegeben hätten, und konstituierten sich *allein* als die Nationalversammlung. Und damit hatte die »Revolution« begonnen. Denn bisher war alles gesetzmäßig und unter dem Patronate der königlichen Regierung geschehen.

Schon sehr bald zeigte es sich, wer das Hirn, das Haupt und das schlagende Herz der Versammlung war, die sich jetzt selbstherrlich zur Schicksalsgebieterin Frankreichs erhoben hatte. Kaum hatte der Dritte Stand sich in diesem Ballspielhause der alten, lustigen, galanten Zeit zum ernsten Spiele mit Menschen-und Volksgeschicken vereinigt, erschien der Zeremonienmeister des Königs, Herr von Brégé, und befahl der Versammlung, auseinanderzugehen. Der Zeremonienmeister! Noch handelte es sich für den ahnungslosen Hof um eine Frage der Zeremonie!

Da erhob, ehe die andern sich noch gefaßt hatten, Mirabeau zum ersten Male seine Stimme und schleuderte dem verdutzten Sendboten des Königs die Worte ins Gesicht:

»Wir haben die Absichten vernommen, die man dem Könige eingeflüstert hat, aber Sie, mein Herr, der Sie weder sein Organ bei der Nationalversammlung sein können, Sie, der Sie hier weder Sitz noch Stimme noch das Recht zu sprechen haben, Sie sind nicht der Mann, der königliche Befehle zu überbringen hat. Sagen Sie dem, der Sie gesandt hat, daß wir hier sind kraft des Willens der Nation und daß uns nur die Gewalt der Bajonette von hier vertreiben wird.«

Er stand da, das Löwenhaupt zurückgeworfen, den Arm drohend ausgestreckt, die Gottheit des empörten Volksgeistes. Seine Augen glühten wie heiße Lava.

Alles horchte auf, starrte auf den kühnen Mann, ahnte den Führer.

Der König sammelt hastig rings um Versailles Truppen aus fremden Söldnern, bedroht mit ihnen die Versammlung. Eine Deputation soll den König auffordern, diese Truppen zu entfernen. Mirabeau ruft der Abordnung zu:

»Sagen Sie dem König, daß die fremden Horden, die uns umlagern, gestern den Besuch der Prinzen und Prinzessinnen, der Günstlinge und Favoritinnen, ihre Schmeicheleien, Ermunterungen und Geschenke erhalten haben! Sagen Sie ihm, daß diese fremden Trabanten, voll von Geld und Wein, die ganze Nacht hindurch in ihren frevlerischen Gesängen die Knechtung Frankreichs verkündigt und in ihren rohen Gebeten die Vernichtung der Nationalversammlung erfleht haben. Sagen Sie ihm, daß in seinem eigenen Palaste die Höflinge unter den Klängen einer barbarischen Musik sich im Tanz geschwungen haben, und daß sich genau so die Eröffnungsszene der Bartholomäusnacht abgespielt hat!

»Haben Sie in der Geschichte der Völker gelesen, wie die Revolutionen begonnen haben, wie sie ins Werk gesetzt worden sind? Haben Sie beobachtet, durch welch unselige Verkettung von Umständen die weisesten Geister über die Grenzen der Mäßigung hinausgedrängt worden sind, und durch welch schrecklichen Trieb ein bedrängtes Volk sich oft zu Ausschreitungen hinreißen ließ, vor denen es früher beim bloßen Gedanken daran zurückgeschreckt wäre? Werden die Truppen nicht zurückgezogen, kommt es zum Kampfe, dann werden die Leidenschaften des Volkes geweckt. Dann reißen die Dämme. Dann steigt aus der Gasse die Diktatur des Pöbels auf, die jede politische Freiheit ebensosehr gefährdet, wie die Verschwörungen der Feinde. Die Gesellschaft würde sich bald auflösen, wenn die Menge sich an das Blutvergießen und die Unordnung gewöhnt. Statt der Freiheit entgegenzugehen, würde das Volk rasch in den Abgrund der Knechtschaft versinken. Denn nur zu oft führt die Gefahr wieder zur absoluten Herrschaft zurück, und inmitten der Greuel der Anarchie erscheint gerade der Despot als der Retter!«

Diese Worte über die weiße Garde der Reaktion begründeten seine Stellung in der Nationalversammlung. Der Mut, die Wucht, die Empörung, der Schwung seiner Worte hoben ihn zu unbestrittener Führung empor, schufen auch hier seine unerschütterliche Popularität. Keiner der anderen, nicht der Abbé Sieyès, der große Theoretiker der Revolution, nicht Robespierre, nicht Barnave waren ihm an Klugheit, Wissen, Erfahrung gewachsen. An Gewalt der Rede überragte er sie wie ein Bergesriese seinen Gebirgsstock. Jeder der Abgeordneten fühlte die kochende Kraft dieses Mannes. Ihm wurde sogleich aufgetragen, eine Adresse an den König zu entwerfen. Er hatte die Zügel der Herrschaft über die Nationalversammlung ergriffen. Er hatte erreicht, was der Traum seiner Jugend und seiner Mannesjahre gewesen war: Leiter des Volkes zu werden.

Der König hörte nicht auf seine Warnung. Die Folge war am 14. Juli der Sturm auf die Bastille. Erst die Gewalt mußte abtrotzen, was Mirabeaus Worte der Weisheit nicht erreichen konnten. Am 15. Juli erschien Ludwig XVI. in der Nationalversammlung. Mit stockender Stimme sprach er zu den finster dreinblickenden Volksvertretern: »Ich weiß, daß man ungerechten Argwohn unter Sie gesät hat. Ich weiß, daß man gewagt hat, die Meinung zu äußern, Ihre persönliche Sicherheit sei gefährdet. Muß ich Sie wirklich erst über diese argen Gerüchte beruhigen, die mein Ihnen allen bekannter Charakter von vornherein Lügen strafen müßte?«

Murren ward laut.

Der König schrak zusammen. Zaghaft fuhr er fort:

»Ich vertraue mich Ihnen an. Ich will eins sein mit meiner Nation, und im Vertrauen auf die Liebe und Treue meiner Untertanen habe ich den Truppen den Befehl gegeben, sich von Paris und Versailles zurückzuziehen.«

Es war ein vollkommener Sieg der Mirabeauschen Politik. Seine Stellung an der Spitze der Versammlung war gefestigt.

Seit diesem Tage lebte keine Debatte ohne sein Wort, geschah nichts von Bedeutung, das nicht den Stempel seiner Gegenwart trug. Seine Kräfte rasten. Bald war er in der Sitzung, bald im Ausschuß, bald in den Klubs, bald arbeitete er daheim mit seinen zahlreichen Gehilfen und Mitarbeitern, die die Konzepte der Reden für ihn entwarfen, redigierte seine Zeitung, das »Journal des Etats Généraux«. Der »Athlet der Liebe« ward zum »Herkules der Revolution«.

Jetzt galt es, die wichtigste Reform zu schaffen, die der Steuern. Das Defizit mußte getilgt werden. Necker hatte Rettung in einer Anleihe gesucht. Sie war gescheitert. Da schlug am 27. September der Finanzminister eine freiwillige und patriotische Steuer in Höhe von einem Viertel des Vermögens und Einkommens vor.

Die Nationalversammlung zögerte. Necker war Mirabeaus Feind. Er war es, der Montmorin zu abschlägiger Antwort veranlaßt, als Mirabeau 1788 um eine Staatsstellung, dann um Hilfe bei der Wahl gebeten hatte. Doch heute, an diesem denkwürdigen 27. September, führte Mirabeau Neckers Gesetzentwurf gegen die ganze widerstrebende kapitalistische Versammlung zum Siege. Er allein setzte das Reichsnotopfer von 1789 durch.

Dreimal an diesem Tage betrat er die Tribüne. Zuerst verwarf er die zwecklosen Schmähreden gegen die Finanzmänner, die Geschäftsleute, die Bankiers. »Die Staatseinnahmen sind erschöpft, die Kassen leer, die Volkskraft erlahmt. Hoffen wir auf bessere Zeiten, erheben wir den Vorschlag des Finanzministers zum Beschluß, in der Überzeugung, daß dieses Gesetz, unterstützt von den natürlichen Hilfsquellen des schönsten Reiches der Welt und dem glühenden Eifer einer Versammlung, die so erhabene Beispiele gegeben hat und noch geben wird, den Bedürfnissen und Verhältnissen der Gegenwart gewachsen sein wird!«

Andere sprachen heftig gegen die Vorlage.

Wieder stand Mirabeau am Rednerpult. Er beschwor die Kollegen, jeden Groll, jedes Mißtrauen, jeden Haß vor dem Altar des Volkswohles abzulegen und den Neckerschen Vorschlag anzunehmen zum Besten des Vaterlandes.

Die Gegner trotzten und widerstrebten. Die Besitzenden, die in großer Zahl unter diesen Anwälten, Grundbesitzern, reichen Kaufleuten, diesen angesehensten Bürgern ihrer Sprengel saßen, scheuten ihr Opfer, hüteten ihren Geldsack.

Da betrat Mirabeau zum dritten Male die Tribüne. Gelassen fragte er: »Haben Sie einen Plan, der an Stelle des ministeriellen Vorschlages treten kann?«

Ein Zwischenruf: »Ja!«

Er bittet um diesen Vorschlag.

Der Zwischenrufer verstummt.

Da beschwört der Redner: »Meine Freunde, hören Sie ein Wort; ein einziges Wort!«

Alles lauscht, aufgescheucht, in gespannter Erwartung. Jetzt wirft er ihnen das Wort entgegen, das in blasser Feigheit hier noch keiner auszusprechen gewagt hat, das aber endlich einmal gesagt werden muß.

»Ich rufe Ihnen das infame Wort – ›Staatsbankrott‹ entgegen!«

Alles beugt in lautloser angstvoller Stille das Haupt.

Jetzt schlägt der Redner mit den Keulen seiner gewaltsamen Beredsamkeit drein.

»Ja, meine Herren, wir stehen am Rande des entsetzlichsten Abgrundes, den zwei Jahrhunderte des Raubes und der Brandschatzung gegraben haben. Diesen Abgrund gilt es für uns auszufüllen. Wohlan!« – Er hebt ein Blatt empor und schwingt es über sein gewaltiges Haupt wie eine Flagge – »hier habe ich das Verzeichnis der französischen Reichen, der Grundbesitzer. Ihr wollt nicht alle euer Opfer bringen? Gut, so wählet unter den Reichsten, damit weniger Bürger geopfert werden. Aber wählt! Denn muß nicht ein kleines Häuflein zugrunde gehen, damit die Masse des Volkes gerettet werde? Stoßet zu und schlachtet sie ohne Erbarmen, diese unglücklichen Opfer, stürzet sie in den Abgrund, und er wird sich schließen. Wie? Ihr bebt vor Entsetzen zurück?! Oh, die ängstlichen und kleingläubigen Gemüter! Ist der Bankrott nicht tausendmal schlimmer, ein Verbrechen, das viele Millionen von Bürgern zum wildesten Aufruhr treiben muß?! Ihr stoischen Betrachter des unabsehbaren Jammers, den diese Katastrophe über Frankreich ausspeien wird! Ihr herzlosen Egoisten, die ihr meinet, daß diese Krampfausbrüche der Verzweiflung und des Elends vorübergehen werden, wie so viele andere, und um so schneller, je heftiger sie sind, seid ihr dessen so sicher, daß so viele brotlose Menschen euch ruhig die Bissen gönnen werden, die ihr selbst weiter ungeschmälert prassen wollt? Nein! Ihr werdet zugrunde gehen, und in dem allgemeinen Brand, vor dessen Entfachung ihr nicht zurückschreckt, wird der Verlust eurer Ehre euch nicht einen einzigen der verabscheuungswürdigen Genüsse retten, auf die ihr heut nicht freiwillig und opferfreudig verzichten wollt.«

Man zittert, man blickt geduckt, voller Schrecken heimlich auf den Nachbar, die Hände werden unruhig, man schabt auf dem Sitz hin und her, man sucht sich aus den furchtbaren Fängen des furchtbaren Redners zu befreien. Vergeblich. Er schlägt weiter ein auf die gebeugten Köpfe der geizig an ihren Besitz Geklammerten:

»Glaubt ja nicht, eine weitere Frist zu erhalten! Das Unglück gewährt sie niemals. Wie, meine Herren, anläßlich einer lächerlichen Unruhe im Palais Royal, eines kindischen Aufstandes, dem nie eine Bedeutung zukam außer in der Einbildung einiger Schwachköpfe, haben Sie unlängst die wahnwitzigen Worte vernommen: ›Catilina steht vor den Toren von Rom, und man berät noch!‹ Und doch war sicherlich weit und breit kein Catilina zu sehen, keine Gefahr, kein Rom. Heute aber, heute, meine Herren, steht die Gefahr vor den Toren! Heute ist der Staatsbankrott

da, der scheußliche Staatsbankrott. Er droht, Sie, Ihr Eigentum und Ihre Ehre zu verschlingen –
und Sie beraten noch?!«

Da stob die Versammlung von den Sitzen empor, als wenn sich plötzlich vor ihr der Abgrund
aufgetan hätte, der nach seinen Opfern lechzte. Man schreit nach der Abstimmung, man will
dem Ungeheuer, das die Zähne fletscht, entrinnen, man will dem Minotaur den Tribut darbringen, darbringen durch die Abgabe seiner Stimme.

Man stimmt ab, man stimmt in gespenstischer Furcht dem Vorschlag Neckers zu. Man bewil-
ligt das Reichsnotopfer. Die Galerien sind erst erstarrt in Grauen und Entsetzen. Dann weicht
die Lähmung. Sie brüllen Beifall. Unter den Zuschauern ist die Tochter des Ministers, Frau von
Staël. Sie ruft in dem Sturme dem Grafen La Marck zu, der neben ihr steht und klatscht: »Er
hat meinem Vater und dem Vaterlande den Sieg erkämpft. Ich bin hingerissen und begeistert
von dieser eindrucksvollen Stimme, diesem Gebärdenspiel, dieser beißenden Ironie und dieser
wunderbaren Lebenskraft. Ich muß an die Worte des Äschines über Demosthenes denken: ›Was
wäre es erst, wenn ihr das Ungeheuer gesehen hättet?!‹«

La Marck nickt, grüßt und eilt davon. Er muß dem Bekannten, dem er im Jahre zuvor bei
dem Prinzen von Poix, dem Gouverneur von Versailles, begegnet ist, die Hand zum Danke
drücken. Als er auf die Straße gelangt, tritt Mirabeau, heiß und erschöpft von der Gewalt der
Worte, aus dem Ballhaus. Die Menge umringt ihn, küßt ihm die Hände, den Rock. Er wehrt
ab, geht durch das Spalier des dankbaren Volkes auf seinen Wagen zu. Graf La Marck erreicht
ihn, als er gerade einsteigt. Mirabeau lächelt überrascht. Er hat damals Gefallen gefunden an
diesem geraden ernsten deutschen Edelmanne.

»Ah, mein verehrter Herr Graf! Sie hier?«

La Marck lächelt. »Ich wollte mir gestatten, Herr Graf, Ihnen meine Glückwünsche zu Ihrem
schönen Erfolge auszusprechen. Vielleicht haben Sie heute das Defizit umgebracht.«

»Hoffentlich. Aber wollen wir nicht ein wenig plaudern? Ich fahre nach Paris. Begleiten Sie
mich?«

»Gern.«

La Marck springt in den Wagen. Die Pferde ziehen an. Das Volk jubelt seinem Abgott nach.

»Ich habe Sie lange nicht gesehen«, beginnt Mirabeau die Unterhaltung.

»Ich gehöre zu dem Ersten Stande«, bedeutet La Marck.

Mirabeau stutzt. »Wie – Sie als Ausländer sind Mitglied des Reichstags?«

La Marck nickt. »Ich bin Abgeordneter von Quesnay für den Adel. Man betrachtet mich
nicht als Ausländer. Ich lebe ja auch seit meinem siebzehnten Jahre in Frankreich.«

Er erzählte von seinem Leben.

Aus dem reichsunmittelbaren Hause der Fürsten von Arenberg geboren, war er keiner fremden Macht untertan, obwohl seine Vorfahren in Österreichs Diensten gestanden hatten. Sein
Vater war ein bewundernder Verehrer Maria-Theresias gewesen. Er hatte den Sohn mit der jungen Erzherzogin Marie-Antoinette nach Paris gesandt. Der junge Fürst, der den Titel »Graf de
la Marck« führte, ward von Ludwig XV. mit Auszeichnung aufgenommen und der Hofhaltung
der Dauphine beigesellt. Er ward Gast der Hochzeitsfeierlichkeiten und der vielen Feste der
glücklichen Tage der jungen Dauphine und Königin.

Als La Marck seine Erzählung beendet hatte, fragte Mirabeau nachdenklich: »Sie haben also
gute Beziehungen zur Königin?«

»Die allerbesten, fast freundschaftliche, darf ich wohl sagen. Weshalb?«

»O, nichts. Graf, was sagen Sie zu dem Gang der Ereignisse?«

»Ich bin sehr beunruhigt und sehr unzufrieden.«

»Mit mir?«

»Mit Ihnen und mit vielen anderen.«

»Ja, lieber Graf, dann fangen Sie mit Ihrer Unzufriedenheit aber vor allem bei denen im
Schlosse an. Die tragen die Schuld. Das Staatsschiff wird vom heftigsten Sturm gepeitscht,
und niemand steht am Steuer.«

»Weil Sie die Macht an sich gerissen haben, Sie und die Nationalversammlung.«

»Aber warum habe ich es getan? Warum, Graf La Marck? Weil im Schlosse und in den Ministerien die krasseste Unfähigkeit umgeht. Ich habe Necker heute herausgehauen. Nicht aus Neigung für ihn, wahrhaftig nicht! Er, wie seine Kollegen sind den Forderungen dieser stürmischen Zeit in keiner Weise gewachsen. Ohne jede Vorbereitung, ohne festen Plan, ohne die geringste Voraussicht sind sie in die Gefahren der Nationalversammlung hineingetaumelt. Und doch wußten sie seit fast einem Jahre, daß sie käme. Ich selbst, Herr Graf, bin im September vorigen Jahres bei Montmorin gewesen und habe ihm wörtlich alles prophezeit, was jetzt eingetreten ist. Ich habe ihm einen Plan, eine Verfassung angeboten. Ich habe ihm auseinandergesetzt, daß die Regierung über fünf bis sechs zuverlässige Leute in der Versammlung verfügen müsse, um sie zu beherrschen. Necker hat mich zurückgewiesen.«

La Marck wiegte leise den Kopf mit dem schönen ruhigen selbstsicheren Aristokratengesicht. Er begriff den Minister, der diesen Mann mit dem berüchtigten Leumund zurückgewiesen hatte. Doch ihn, den Menschen, interessierte dieser problematische, geniale Mann.

»Eins ist klar,« fuhr Mirabeau lebhaft fort, »die Monarchie geht steuerlos, wie sie auf den Wellen der Revolution, die wir nun doch einmal haben, einhertreibt, ernsten Gefahren entgegen. Mir scheint es fraglich, ob sie samt dem Monarchen die heranbrausenden Stürme überleben wird, oder ob nicht die Fehler, die schon gemacht sind, samt denen, die man unfehlbar noch machen wird, das Königshaus stürzen werden.«

La Marck wandte sich ihm brüsk zu.

»So schwarz sehen Sie?!«

»Sehr schwarz. Diese unfähigen Minister untergraben das Ansehen der Monarchie von Tag zu Tag verderblicher. Der König ist kein großer Geist, wie Sie wissen.« – Er lächelte.

La Marck stimmte traurig bei. »Leider, leider. Die Vorsehung hat sich geirrt, als sie ihn in einer so schweren Zeit auf Frankreichs Thron setzte. Wenn man mit ihm über seine Angelegenheiten und seine Lage spricht, scheint es oft, als verhandele man mit ihm Dinge, die den Kaiser von China angehen!«

Mirabeau lachte. »Nun also. Der einzige Mann am ganzen Hofe ist die Königin.«

»Ich danke Ihnen für dieses Wort«, sagte La Marck warm.

»Sie also muß handeln«, entschied Mirabeau.

»Aber wie?« fragte La Marck aufmerksam.

»Ich werde ganz offen mit Ihnen sprechen. Was ich will; ist ein demokratisches Königtum.«

»Eine königliche Demokratie«, scherzte La Marck.

»Meinetwegen auch so. Zur Verwirklichung meines Planes bedarf ich sowohl der Mitwirkung des Volkes wie der des Königtums. Ich kann mein Ziel nur erreichen, wenn ich weder die Rechte des einen noch die des anderen preisgebe. Bisher kann ich, kraft der Stellung, die ich mir in der Nationalversammlung errungen habe, nur die Rechte des Volkes wahrnehmen.«

»Das tun Sie wahrhaftig. Sehr zum Nachteil des Königtums«, bestätigte La Marck.

»Ist das meine Schuld? Habe ich nicht etliche Monate vor dem Zusammentritt der Stände mich dem Minister des Königs angeboten, das Königtum gleichzeitig vor den Anschlägen der Aristokratie und den Auswüchsen der Demokratie zu schützen?! Man hat mich nicht gewollt.«

Er schwieg. La Marck sann, sah den Mann neben sich von der Seite prüfend an. Was plante er? Verfolgte dieses Gespräch eine bestimmte Absicht? Warum hatte er ihn vorhin nach seinen Beziehungen zur Königin, diesem »einzigen Manne am Hofe des Königs« gefragt? Ob er es wagen sollte, einen Schritt für diese geliebte, verehrte Frau zu tun?

Sie fuhren jetzt durch die Porte Maillot in Paris ein. Die Gelegenheit, die vielleicht nie wiederkehrte, verrann. Kühn tat er den Schritt. »Graf Mirabeau,« fragte er, »würden Sie auch heute noch bereit sein, der Mann der Regierung in der Nationalversammlung zu werden?«

Mirabeau sah dem klugen deutschen Manne fest in die Augen.

»Ja«, sagte er hart. »Machen Sie doch, daß man auf dem Schlosse wisse, daß ich mehr für als wider sie bin. Ich will Minister werden. Ich kann es nur – solange die Monarchie besteht – mit Hilfe des Königs.«

»Ist das Ihre einzige Bedingung?«

Aus dieser zufälligen Frage quoll dem Grafen Mirabeau ein jäher Gedanke. Blitzschnell, wie sein fieberhaftes Gehirn arbeitete, sah er eine Gelegenheit – griff zu – nutzte sie. Er zögerte einen Augenblick, dann sagte er heiser: »Wir wollen offen sprechen. Ich bin in Not. Mein Vater ist zwar am 10. August gestorben. Ich habe noch keinen Blick auf seine Erbschaft werfen können. Und schon fangen meine Verwandten Prozesse mit mir an. Es wird lange dauern, ehe ich von diesem Nachlasse etwas ziehen kann. Mein Gehalt als Abgeordneter reicht kaum für meine dringendsten Notwendigkeiten, ganz abgesehen davon, daß meine umfassende Tätigkeit Mitarbeiter beansprucht, die ich bezahlen muß. Kurz und gut, mir fehlt es am ersten Taler.«

La Marck griff in die Tasche und zog eine Rolle mit fünfzig Louisdor heraus.

»Darf ich Ihnen dies anbieten?«

Mirabeau lächelte bedrückt. »Ich weiß nicht, wann ich es Ihnen wiedergeben kann.«

»Wenn das Ihr einziges Bedenken ist, nehmen Sie.« Er hielt ihm die Rolle hin. Mirabeau nahm sie und stammelte überschwenglich seinen Dank.

La Marck wehte mit der Hand seine hervorquellenden Worte beiseite. »Lassen Sie doch, lieber Graf. Ich schätze mich glücklich, auf diese Weise zur Unabhängigkeit Ihrer Talente beitragen zu dürfen.«

Mirabeau faßte seine Hand. »Ich versichere Sie, daß ich in meinem Leben noch niemand angetroffen habe, der sich so wahrhaft als meinen Freund erwiesen hat.«

La Marck war gerührt und verwundert über die Innigkeit dieses starken Mannes, der fast zum Kinde ward.

Ein wenig Scham war in diesem Erstaunen. Er hatte ihm das Geld nicht nur aus Freundschaft geboten, er verfolgte Pläne, zu deren Gelingen er diesen Beherrscher der Nationalversammlung an sich ketten und sich verpflichten mußte. Er lenkte daher das Gespräch zu seinem Ausgangspunkte zurück.

»Sie sagten,« bemerkte er, »daß Sie noch heute der Vertrauensmann des Hofes werden würden. Stellen Sie außer der Anwartschaft auf einen Ministerposten noch andere Bedingungen?«

»Ich wollte offen sprechen. Ja, ich muß noch andere Bedingungen stellen. Ich *muß* es. Ich bin jetzt vierzig Jahre. Nie habe ich während meines ganzen Lebens eine Stunde genossen, die frei gewesen wäre von materieller Sorge. Ich will endlich einmal aufatmen. Ich will endlich einmal meinen von der politischen Arbeit ermüdeten Kopf abends auf mein Kissen niederlegen, ohne ihn dann noch mit der Frage zu quälen, wovon ich am Ersten die Miete bezahlen, wovon ich morgen den Hunger meines kleinen Coco, meines Kindes stillen soll.«

»Verstehe ich Sie recht,« griff La Marck taktvoll ein, »so verlangen Sie vom Hofe eine pekuniäre Unterstützung?«

Mirabeau nickte. »Verstehen Sie mich nicht falsch –«

»Nein, nein,« fiel La Marck ein, »Sie haben vollkommen recht. Jede Arbeit ist ihres Lohnes wert.«

Der Wagen hielt vor Mirabeaus Haus in der Chaussee d'Antin, der Wohnung, die noch Yet-Lies fleißig sorgende Hand eingerichtet hatte.

»Ich bin am Ziel«, sagte Mirabeau scheu. Des Grafen letzte Worte schienen ihm nicht frei von Verachtung.

»Ich spreche, sobald ich Gelegenheit finde, mit der Königin«, versicherte La Marck. »Sie hören dann von mir.«

»Ich danke Ihnen. Auch für das andere.«

»Aber lassen Sie doch!«

»Fahren Sie weiter?«

»Ja, bitte. Ich wohne dicht bei den Champs-Elysées, Hotel Charost, Rue Faubourg St.-Honoré.«

Sie verabschiedeten sich, Mirabeau nannte dem Kutscher die Adresse und ging schnell ins Haus.

In ihm war eine physische Übelkeit. Er wußte, er hatte ruchlos gehandelt. Er hatte das Angebot getan, sich der Monarchie zu verkaufen. Er schämte sich vor den offenen, geraden, harten blauen Augen des Grafen. Aber, hol's der Teufel, man mußte leben! Verriet er seine Ideen? Seine Ziele? Nein. Er war immer Monarchist gewesen. Er hatte immer für ein demokratisches Königtum gekämpft. War es denn ein Verrat, wenn er sich diesen Kampf bezahlen ließ?! »Verrat, nein,« sagte seine unbestechliche Klugheit, »aber eine Gemeinheit ist es! Eine Gemeinheit, wie so viele in deinem Leben!«

Er warf nach seiner Gewohnheit den Kopf zurück.

»Im Grunde«, dachte er, »ist's in dieser Welt eine große Dummheit, kein Schurke zu sein. Seien wir es mit Bewußtsein und Mut!« Damit trat er in das Zimmer, in dem seine Sekretäre und Gehilfen Dumont, Duroveray, Pellenc und Reybaz arbeiteten. –

La Marck fuhr in tiefen bitteren Gedanken über den Karussellplatz, der bald Revolutionsplatz heißen sollte.

»Schade,« dachte er, »daß so oft dort so viel Schatten ist, wo so viel Licht leuchtet.«

XIV

Marie-Antoinette empfing den Freund ihrer Jugend in dem Kabinett mit der Nische der trauten Stunden. Ah, wohin waren diese Stunden entschwunden, in denen sie in diesem Raume mit Rose Bertin über ein neues Kostümmodell beraten und gesonnen, in denen ihr Alt-Wiener Geschmack mit seinen sprühenden Einfällen die Eingebungen der Kleiderkünstlerin begeistert hatte! Die Staatsroben moderten mit den Insignien der Krone in den Truhen, die sich nie wieder öffnen sollten. Vorbei Spiel und Scherz, weiblicher Scharm und Tanz. Vorbei – verrauscht. –

Die Königin trug heute das schlicht an den Gliedern herabgleitende Gewand der Revolution mit dem weißen Busentuche der Bürgerin. Sie war bleich und gealtert von dem Kummer und den Schmerzen ihres Mutterherzens. Der Dauphin, das kranke Sorgenkind, war gestorben; sie bebte für die Zukunft der lebenden.

Die Habsburgerin und der deutsche reichsunmittelbare Fürst saßen einander gegenüber in der Nische der verrauschten trauten Stunden.

»Sie haben um eine Audienz gebeten, Graf de la Marck?«

»Ja, Madame. Ich habe eine sehr wichtige Angelegenheit mit Ihnen zu besprechen. Sie kennen, Madame, meine Gefühle für Eure Majestät und das österreichische Kaiserhaus.«

Marie-Antoinette nickte verträumt. Ein Hauch der Lieblichkeit ihrer Jugend rötete – ein matter Abendsonnenstrahl – ihr bleiches kummerzernagtes Gesicht. Sie kannte des Grafen ritterliche zarte Gefühle. Sie wußte, daß dieser Mann sie seit seinem siebzehnten Jahre, seit ihrer gemeinsamen Reise nach Frankreich, liebte, fern, scheu, ohne seiner Sehnsucht je ein lautes Wort, eine kühne Geste zu gewähren.

»Ich bin in großer Sorge«, fuhr La Marck fort. »Ich sehe die Leitung der Dinge immer mehr den Händen der Regierung entgleiten, die Nationalversammlung wird immer mächtiger und in dieser Versammlung die radikale Partei immer stärker.«

»Auch ich sehe es«, bestätigte die Königin leise. »Ich verfolge jede Rede, die dort gehalten wird, aufmerksam. Ich erkenne die Gefahr – und die Hände sind mir gebunden. Ah, Graf La Marck, es ist furchtbar, glauben Sie es mir, den Untergang heraufkommen zu sehen, klar zu sehen, und nicht handeln zu können.«

»Ich bin gekommen, Sie zu bitten, zu handeln, Madame!«

Sie verzog den Mund schmerzlich. »Ich bin völlig machtlos, La Marck. Man sagt – und setzt diese Anklage jetzt auch auf mein langes ungerechtes Sündenregister –, ich hätte den König stets beeinflußt, er hätte unter meiner Beherrschung eine Frankreich nachteilige österreichische Politik getrieben. La Marck, nie war eine Königin einflußloser als ich. Heute erkenne ich, es war mein Fehler, daß ich mich zuwenig um die Politik und zuviel um Nichtigkeiten gekümmert habe. Meine einzige Entschuldigung ist meine Jugend. Ich war fünfzehn, als ich Dauphine, achtzehn, als ich Königin wurde. Das Wiener Blut in mir sang und rauschte.« Sie sah starr vor sich hin. »Es war ein großer Fehler«, wiederholte sie versonnen. Dann raffte sie sich empor und lächelte verlegen und zutraulich.

»Und heute, wo ich erkenne, daß ich handeln muß, weil kein anderer es tut, sehe ich keine Möglichkeit. Sie kennen den König. Im Augenblick, wenn man glaubt, ihn überzeugt zu haben, genügt ein Wort, ein Gedanke, ihn wieder umzustimmen, ohne daß er es selbst merkt.

Wie vieles ließe sich ausführen, wenn dieses Hindernis nicht wäre! Aber so kommt es zu nichts – zu gar nichts! Es ist – – lassen Sie mich offen Ihnen gegenüber mich aussprechen. Sie sind ja ein Stück Heimat. Ich habe geglaubt, hier heimisch geworden zu sein. Ich bin es nicht. Ich beginne, dieses Volk zu hassen, hassen, wie es mich haßt.«

Sie warf mit der Hand heftig die aschblonde Strähne zurück, die ihr in die Stirn fiel. Ihr beherrschtes heißes Temperament, das Temperament der Mutter, glutete in ihr auf.

»Abend für Abend gehe ich hinüber in des Königs Gemächer. Spreche mit ihm stundenlang. Ich weiß sehr wohl, der alte Despotismus, die unbeschränkten Rechte der Krone sind für immer dahin. Sie können nicht mehr aus dem Grabe erstehen, in das die Revolution sie versenkt hat. Die ganze Nation würde sich dagegen auflehnen. Ich weiß, es wäre ein übermenschliches

Beginnen, die Monarchie auf ihren alten, von der Revolution zerstörten Grundlagen wieder aufbauen zu wollen. Ich finde mich damit ab. Ich bin bereit, die Monarchie umzugestalten, zu regenerieren. Aber wir müssen doch endlich wieder zu einer festen Regierungsform gelangen.«

»Sehr richtig, Madame.«

»So spreche ich mit dem Könige. Ich bitte ihn, sich darüber schlüssig zu werden, was er von seinen Rechten aufgeben will und was nicht. Eine feste, bestimmte Linie zu ziehen und diese zu verteidigen. Dann nicht mehr zu zweifeln, noch zu wanken, dann keinen Schritt mehr vor noch zurück, auf dieser Linie zu stehen und – wenn es sein muß – auf ihr zu sterben.«

»Sie sprechen, Madame,« rief La Marck hingerissen, »wie die Tochter der großen Maria-Theresia sprechen muß.«

»Aber ich spreche vergeblich«, entgegnete sie bitter. »Am Abend sagt der König zu allem ja, faßt Entschlüsse – und am nächsten Morgen weiß er nicht mehr ein noch aus. Und seine Minister sind ebenso schwach und schwankend.«

Ihre Hände fielen verzweifelt in den Schoß.

Da sagte La Marck: »Madame, dies alles wußte oder ahnte ich, und darum bat ich um diese Audienz. Die Minister haben vor und zu Beginn der Nationalversammlung die unverantwortliche Ungeschicklichkeit und Unterlassung begangen – was damals leicht zu erreichen gewesen wäre –, die durch Talent hervorragenden Volksvertreter, die an der Spitze der revolutionären Partei stehen, für die Sache des Königs zu gewinnen. Einer von ihnen, der Mächtigste und Einflußreichste, Mirabeau, hat sich Montmorin selbst angetragen. Die Minister aber haben ihn in blinder Verkennung der Sachlage und hochmütiger Überschätzung ihrer Kraft zurückgewiesen.«

»Daran taten sie recht«, sagte die Königin schroff.

La Marck prallte zurück.

»Madame!«

»Mit einem Mirabeau kann das Königtum nicht paktieren, solange es diesen Namen verdient. Und wie hätten die Minister sich diesen – Unhold denn auch verpflichten sollen?«

»Ihn kaufen!«

»Und Sie meinen, auf diesen bestechlichen Mann wäre Verlaß?!«

»Ja, Madame. Er ist im Grunde seines Herzens Royalist.«

»Und untergräbt von Tag zu Tag in der Versammlung das Königtum. Dieser Mann, dessen ganze Vergangenheit eine Kette von berüchtigten Abenteuern, Strafen, Gemeinheiten war – denken Sie bloß an die Veröffentlichung der Berliner Berichte im vorigen Jahre! – nein, Graf, wir sind gewiß unglücklich. Ich hoffe aber, wir werden nie so unglücklich werden, um bei einem Mirabeau Hilfe suchen zu müssen.«

La Marck wollte Einwendungen erheben. Die Königin aber zog unwillig die feine trotzige gebogene Nase kraus. »Nichts mehr davon! Wenn Sie keinen anderen Rat wissen, Graf, bleibt leider alles beim alten.«

Sie sah seine betroffene, verdüsterte Miene, und die Güte ihres Herzens siegte. Sie streckte ihm die Hand entgegen: »Verzeihen Sie, wenn ich Sie verletzt habe. Sie meinten es gut. Ich danke Ihnen. Wir wollen nicht mehr davon sprechen. Nein, bleiben Sie noch. Wir wollen von den lieben alten Zeiten plaudern. Wissen Sie noch, wie wir nach Frankreich fuhren? Ich muß jetzt so oft an alles dies denken. Das sind jetzt neunzehn Jahre her. Sie waren siebzehn, ich fünfzehn. Wir waren beide so neugierig und fieberten in Erwartung. Wie Kinder, die wir ja auch waren. Ein richtiges dummfröhliches Weaner Madl war ich damals. Dann kamen wir nach Straßburg. Dort der Empfang! Wie feierlich erwachsen ich mir vorkam, plötzlich der Mittelpunkt all dieser Wichtigkeit zu sein!«

Ein heller Funke ihres alten sorglosen Übermutes glänzte auf in den schönen, von gramvollen Tränen stumpf gewordenen Augen.

»Und unsere ersten Bälle!« schwelgte sie. »Sie waren mein ständiger Menuettänzer. Sie und die beiden Coigny, Etienne de Durfort, Ségur, Noailles de Poix, Dillon, La Fayette, und wie sie alle hießen. Wie liegt das weit – so weit!«

Sie starrte vor sich hin. Der übermütige Funke war erloschen.

La Marck erhob sich.

Sie reichte ihm die Hand. »Was auch geschehen mag, Graf La Marck, erhalten Sie mir Ihre Freundschaft. Ich bedarf ihrer sehr. Und seien Sie überzeugt, daß ich, wie großes Unglück auch über mich hereinbrechen mag, wohl den Umständen nachgeben kann, aber nie in etwas willigen werde, was meiner unwürdig ist. Mein Blut fließt in den Adern meines Sohnes, und einst wird er, hoffe ich, sich als der würdige Enkel Maria-Theresias bewähren. Leben Sie wohl!«

Von Schmerz und Liebe überwältigt, beugte La Marck sich wortlos über die schmerzensreiche schmale Hand.

Als Mirabeau die Abweisung der Königin erfuhr, die La Marck ihm so schonend als möglich mitteilte, quirlte sein Zorn und seine Enttäuschung schäumend auf. Er hatte schon fest gerechnet mit der Unterstützung des Hofes zur Erlangung der Ministerstelle und mit den Geldmitteln zur Tilgung der Schulden, die ihn allmählich erstickten.

Grimmig rief er: »Sie soll meine Macht kennenlernen, diese hochmütige Dame, die das Schicksal noch nicht genug gedemütigt hat. Sie soll mich kennenlernen!«

Schneller, als er selbst es ahnte, bot sich seiner Rache die Gelegenheit.

Es scheint das Los aller Revolutionen zu sein, daß die extremen Rechts-und Linksparteien verblendet ihre Möglichkeiten nicht abwägen und die Lage abgründig verkennen. Wie alles in der Geschichte, so wiederholen sich auch die verbrecherischen Torheiten der Revolutionen. Der Adel vergißt nichts und lernt nichts hinzu. Statt durch Zurückhaltung sich und seine frevelhafte Vergangenheit dem Vergessen zu überantworten und die dämmernden bösen Instinkte der äußersten Linken nicht aufzureizen, putscht und brüstet er sich in unbelehrbarer Arroganz.

Am 2. Oktober feierten die Offiziere des feudalen, in Versailles garnisonierenden Regiments Flandern ein Bankett im großen Theatersaale des Schlosses.

Die Kapelle spielte die Weise: »O Richard, o mein König.« Da sprang alles empor und schrie: »Es lebe der König!« Es kam zu einer gewaltigen gegenrevolutionären royalistischen Kundgebung, die um so törichter war, als die Logen des Saales Zivilisten in großer Zahl bargen.

Der König vernahm den Lärm, fragte, erfuhr. Er glaubte in seiner geringen Weisheit den Thron gerettet, sah in seinem Schwachsinn den Drachen der Revolution von den feudalen Schreiern erschlagen. Er eilte zur Königin, zwang sie – gegen ihre Warnung –, mit ihm in den Bankettsaal zu eilen.

Da stieg der Enthusiasmus zum Aberwitz. Die Kapelle schmetterte den Marsch aus dem »Deserteur«: »Kann man kränken, was man liebt?!« Man schrie, man jubelte, man schwur ewige Treue dem Könige und Rache den verfluchten Roten; man riß die Nationalkokarde von den Hüten und heftete die weiße königliche an ihre Stelle; man zerfetzte die Trikolore, die an der Wand hing, unter wilden Verwünschungen und hißte das weiße Lilienbanner der bourbonischen Dynastie unter orgiastischem Maulheldentume. Im Triumphe geleiteten die Offiziere mit verwogen gezückten Degen das Königspaar zurück in seine Gemächer.

Marie-Antoinette war bestürzt und voller böser Ahnungen.

Sie sollten sich allzubald erfüllen.

Auf den Rausch folgte der Katzenjammer. Am 5. Oktober brodelte die Kammer in Entrüstung. Hier hatte Mirabeau seine Gelegenheit, »dieser Dame« zu zeigen, wie groß seine Macht, wie sehr sie auf seine Hilfe angewiesen war.

Er ergriff das Wort gegen »diesen Frevel«. »Den Korps müssen diese angeblich patriotischen Festlichkeiten unterbunden werden, die dem Elend des Volkes Hohn sprechen, deren Folgen verhängnisvoll sein können. Zuvor aber verlange ich von der Versammlung die Erklärung, daß die Person des Königs allein unverletzlich ist, daß aber alle andern Individuen –« jetzt stieß er den Dolch gegen die Königin – »alle, wer sie auch sein mögen, genau wie jeder andere nichts als Untertanen, dem Gesetz verantwortlich sind und zur Verantwortung gezogen werden!«

Jeder verstand, auf wen diese Drohung zielte. Die Versammlung beschloß in Mirabeaus Sinne.

Das Volk in Paris aber hörte die Drohung und handelte. Die Marktweiber, das Gesindel der Gassen zog nach Versailles, zerrte das Königspaar aus den Betten und führte es gefangen nach Paris.

Die Revolution hatte einen verhängnisvollen Ruck nach links getan, dank dem überheblichen betörten Übereifer der Anhänger der Krone. –

Mirabeaus Plan, Minister des Königs zu werden, war am Widerstande der Königin gescheitert. Doch er war nicht gesonnen, zu verzichten auf dieses Ziel seiner Jugend, offizieller Leiter des Staates zu werden. Konnte er es nicht mit dem König erreichen, nun, dann gegen ihn. Dann sollte die Nationalversammlung ihn zum Minister küren und ihn dem Könige aufdrängen.

Mit vorsichtiger Taktik ging er zu Werke. Am 7. November, bei der Finanzdebatte, hängte er an den Schluß einer langen Rede über Geldbedarf und Lebensmittel den scheinbar harmlosen Antrag:

»die Minister Seiner Majestät einzuladen, an den Verhandlungen der Versammlung mit beratender Stimme teilzunehmen, bis die Verfassung ihre Stellung regeln würde.«

Doch er hatte seine Kollegen unterschätzt. Vielleicht auch überschätzt. Man witterte die Absicht, ein Gesetz zu erzwingen, das, nach englischem Muster, die Minister aus dem Parlament erstehen ließ. Und man sah weiter. Man erkannte, wer der erste Minister sein wollte, der aus dem Schoße der Nationalversammlung emporstieg. Wer konnte es sein, wenn nicht der erste und mächtigste Mann dieser Versammlung?!

Da regten sich die Menschlichkeiten. Neid, Mißgunst, Eifersucht, der tief in kleinen Seelen eingewurzelte Haß gegen das Genie erhob sein Gorgonenhaupt. Der erbärmliche Trieb des Schutzes der eigenen Nichtigkeit geiferte. Ein junger unbekannter Abgeordneter, Lanjuinais, stellte den Antrag: »Kein Mitglied der Nationalversammlung kann in das Ministerium eintreten. Kein Abgeordneter, der sein Mandat niederlegt, kann vor Ablauf von drei Jahren einen Ministerposten annehmen.«

Der zweite Antrag war unverkennbar auf Mirabeaus Findigkeit gemünzt.

Den Blick dreist auf den Führer der Versammlung gerichtet, rief Lanjuinais: »Ein beredter Genius hält Sie, meine Herren, schon jetzt in Joch und Bann! Was würde er erst tun, wenn er Minister wäre?!«

Der Appell an die Größe der Menschen ist oft vergeblich, an ihre Kleinheit niemals.

Umsonst betrat Mirabeau die Tribüne, umsonst kämpfte er mit der bannenden Kraft seines Talentes um die Erfüllung der Träume seines Lebens. Zum ersten Male riß sein Feuerwort die Versammlung nicht fort. Zum ersten Male, als er für sich und seinen Ehrgeiz rang. Er fühlte die Abkehr in den Reihen der Abgeordneten, er empfand die ablehnende Eisesluft, die aus ihren Rotten zu ihm emporwehte. Er wußte, er habe zum ersten Male das Spiel verloren. Da ließen ihn zum ersten Male seine Kaltblütigkeit und seine Nerven im Stich. Er verriet die zuckende Wunde seines Herzens. Er schleuderte in die schadenfroh abweisenden Gesichter die schmerzgetränkten Worte:

»Ich habe noch einen Verbesserungsantrag zu stellen: den Ausschluß von dem Ministerposten auf Herrn von Mirabeau, den Deputierten der Gemeinden des Bezirkes Aix, zu beschränken.«

Dann verließ er, zum ersten Male als Besiegter, die Tribüne.

Der Antrag Lanjuinais ging fast einstimmig durch. Zum ersten und einzigen Male stimmten die Royalisten mit ihren erbittertsten Feinden, den Republikanern. In den Niederungen finden die Menschen sich immer zueinander.

Am Abend kam Reine-Anne zu Mirabeau. Sie war täglich sein Gast, wenn sie nicht spielte. Unter ihrem Bühnennamen Madame de Saint-Huberty war sie die gefeiertste Opersängerin Frankreichs geworden. Nach seiner Wahl hatte Mirabeau die alte Bekanntschaft aus dem Jahre 1780 erneut.

An diesem Abende des 7. November 1789 empfing er sie in verzweifelter Mutlosigkeit. »Sie haben mich heute getötet! Ich fühle es. Meine Kraft ist hin.«

Sie suchte ihn zu trösten.

Er schüttelte hoffnungslos den Kopf. »Ich sehe alles klar. Mein beherrschender Einfluß ist gebrochen. Die Kleinen recken sich gegen mich auf. Der erste Erfolg gibt ihnen den Mut. Kleinliche Menschen, ausgehend von kleinlichen Erwägungen, suchen mich mit kleinlichen Manövern in kleinlicher Absicht zu stürzen. Wäre ich Minister geworden, es hätte dem Lande ebensoviel Nutzen gebracht wie mir persönlich. Wer soll nun die Leidenschaften zügeln? Ich hätte aus der königlichen Gewalt das Erbteil des Volkes gemacht und den Erblasser doch am Leben erhalten. Jetzt geht alles den dunklen Weg zur Anarchie.«

Er barg das Gesicht in Reine-Annes Schoß. Der starke Mann weinte bitterlich. Sie streichelte stumm und tröstend sein dichtes Haar.

XV.

Sein scharfer Blick betrog ihn nicht. Der 7. November hatte seinen unumschränkten Einfluß in der Nationalversammlung gebrochen. Die radikale Partei hob kühner ihr Haupt, drängte die Revolution immer weiter nach links, immer ungestümer dem Terror entgegen.

Das Königspaar, das in den Tuilerien gefangengehalten wurde, war täglich den Beleidigungen und Schmähungen des Pöbels ausgesetzt, der sich unter seinen Fenstern in unflätiger Beschimpfung, in frechen Spottliedern erging. Mehrere Male schon waren die Marktweiber in den Palast eingedrungen, hatten die Königin mit ihren schwieligen Fäusten bedroht.

Der König hatte völlig den Kopf – oder was bei ihm dafür gelten mußte – verloren, die Minister kannten noch weniger als je das Gebot der Stunde, die Königin sah ein: jetzt mußte sie handeln, wenn nicht alles im Chaos begraben werden sollte.

Sie gedachte der Unterredung mit La Marck vom September des vorigen Jahres. Sie kämpfte hart mit ihrem Stolze, ehe sie ihn rief. Doch sie rief ihn. Er war seit mehreren Monaten in Brüssel. Er reiste am selben Tage ab, an dem ihn das Billett der Königin erreichte.

Er meldete sich bei ihr sofort nach seiner Ankunft in Paris. Sie antwortete: »Kommen Sie bitte morgen um ein Uhr in die Tuilerien und zwar in das Zimmer meiner zweiten Kammerfrau, Madame Thibault. Wir müssen vorsichtig sein. Ich werde bewacht. M. A.«

Madame Thibault empfing den Grafen mit der Bitte, etwas zu warten.

»Meine Herrschaft ist beschäftigt und läßt sich entschuldigen.«

La Marck nickte und setzte sich auf den angebotenen Stuhl. Die einfache alte Frau unterhielt den Gast mit treffenden Bemerkungen über die bösen neuen Zeiten.

Er antwortete einsilbig.

Dann trat die Königin in das weißgekalkte kahle Dienstbotenzimmer. Ihre fahlen entstellten Züge erschütterten den Grafen. Die Kammerfrau ging.

»Mein lieber Graf,« begann Marie-Antoinette herzlich, »ich danke Ihnen für Ihre Treue, die Sie sofort zu meiner Hilfe aus Brüssel zurückgeführt hat. Sie wissen, wie sich seit unserer Besprechung alles zum Schlimmen gewandt hat. Ich habe oft an Ihren Rat gedacht und sehe jetzt keinen anderen Weg mehr. Ich habe den König schon dafür gewonnen. Es war nicht leicht.«

»Madame,« rief La Marck beglückt, eine Hoffnung der Rettung blinken zu sehen, »Sie wollen Mirabeau –?«

Sie nickte. »Doch vorher eine Frage: Glauben Sie, daß – daß – dieser Mensch bei den Greueltaten des 5. und 6. Oktober in Versailles beteiligt war? Veranlaßt hat er sie – wenigstens zum Teil – sicher durch die Rede, die er damals gegen mich hielt.«

»Das letztere will ich nicht leugnen, Madame. Bei dem Zug nach Versailles war er aber bestimmt nicht beteiligt. Er war an jenem Abende bei mir zu Tisch und blieb bis Mitternacht.«

Sie atmete tief. »So bleibt das wenigstens mir erspart«, sagte sie leise. »Man erzählte, er wäre mit gezücktem Degen den ›Damen der Halle‹ vorangestürmt.«

»Das ist eine Verleumdung.«

»Um so besser.«

»Sie haben damals Furchtbares erlebt, Madame«, bedauerte La Marck mit feuchten Augen.

Sie winkte müde mit der Hand. »Sprechen wir nicht von diesen grausigen Dingen. Man gewöhnt sich an das Unglaublichste. Es gilt jetzt zu handeln. Ich habe –« Sie verstummte. La Marck horchte auf. Von der Straße, unter den Fenstern, scholl es hohnvoll herauf:

»Madame Veto avait promis De faire égorger Paris, Mais le coup a manqué Grâce à nos canoniers; Dansons la carmagnole, Vive le son, Dansons la carmagnole, Vive le son Du canon.«

La Marck wollte das Fenster schließen.

»Lassen Sie,« wehrte die Königin, »ich bin daran gewöhnt. Ich habe –«

Da trat der König herein, fett, behäbig, gutmütig lächelnd, wie immer.

Er hörte den Gesang, den johlenden Lärm. »Eh!« rief er und fuhr zurück. »Gräßlich! Dieses furchtbare Lied! Schließen Sie doch das Fenster!«

Der Graf schloß es. Dann begann der König, ohne jede Einleitung, in seiner sachlichen Art: »Die Königin wird Ihnen schon gesagt haben, daß ich mich an Herrn von Mirabeau wenden will, wenn Sie glauben, daß es in seiner Absicht und seinen Kräften liegt, mir nützlich zu sein. Was halten Sie davon?«

La Marck entgegnete freimütig: »Es ist etwas spät, Sire. Ihre Minister haben viel versäumt. Sie hätten sich zu Beginn der Nationalversammlung nicht bloß die Hilfe des Grafen Mirabeau, sondern auch die vieler anderer sehr gefährlicher Deputierter sichern können und müssen. Durch diese Unterlassung hat das Übel täglich tiefer Wurzel gefaßt und ist nun schwer wieder auszurotten.«

Die Königin nickte zustimmend. Ludwig aber rief leichtfertig: »Ach, in diesem Punkte ist mit Herrn von Necker nichts anzufangen. Daher muß auch alles, was durch Herrn von Mirabeau geschieht, für meine Minister tiefes Geheimnis bleiben. Sie wollen nichts von ihm wissen.«

»Ja – Sire,« erwiderte der Graf bestürzt, »wie kann das geschehen? Ich weiß genau, daß alle Ratschläge und Handlungen Mirabeaus im direkten Gegensatze zu denen der Minister stehen werden. Wie soll sich bei solchem Widerspruche Nützliches ergeben?!«

Die Königin folgte wortlos dem Gespräch mit ihren schmelzberaubten, von Leid und Schmach und Tränen gebleichten klugen Augen.

»Das weiß ich nicht. Das ist Mirabeaus Sache. Die Königin will es. Ich füge mich. Sie sind doch der Urheber dieses Planes. Also, bitte, sagen Sie mir, inwiefern, glauben Sie, kann Herr von Mirabeau mir nützlich sein?«

»Sire, hierauf kann ich nur antworten, nachdem ich ihn selbst hierüber befragt habe.«

»So gehen Sie zu ihm und berichten mir dann, was beschlossen worden ist.«

»Sire, würden Eure Majestät es nicht vorziehen, wenn ich den Grafen von Mirabeau ersuchte, seine Gedanken hierüber zu Papier zu bringen?« wandte La Marck ein.

»Ja, noch besser. Sie werden mir, was er geschrieben hat, durch die Königin zustellen lassen. Abgemacht.«

Er grüßte und ging.

Peinlich betroffen blickte La Marck die Königin an.

»Sie müssen nicht alles, was der König sagt, wörtlich nehmen«, sänftigte sie. »Sie wissen ja, wie wankelmütig er ist. Ich werde dafür sorgen, daß des Grafen Ratschläge befolgt werden. Kommen Sie zu mir, sooft Sie es für nötig halten. Immer hierher. Die Thibault ist treu. Über meine erste Kammerfrau, Madame Campan, kann ich mich zwar auch nicht beklagen, sie hat aber Verbindungen, die mir nicht gefallen. Also, auf baldiges Wiedersehen mit gutem Bescheide, lieber Graf.« –

Als Mirabeau den Entschluß des Königs vernahm, sprang er empor und lief, von tausend neuen Hoffnungen belebt, im Zimmer umher. Die Worte sprudelten ihm vom beredten Munde. »Nun wird noch alles gut, Graf«, schwärmte er. »Passen Sie auf. Spät ist es – aber nicht zu spät. Mit dem Ministerposten ist es vorbei seit dem selbstmörderischen Beschluß vom 7. November. Aber vieles ist noch zu retten. Sie wissen, ich begehe keinen Verrat an meinen Überzeugungen. Ich bin immer Royalist gewesen und habe das Heil Frankreichs immer in einem demokratischen Königtume gesehen. Ludwig XVI. will ja selbst nicht seine absolute Gewalt wiedergewinnen. Er ergibt sich resigniert in den Verlust, den er durch die Revolution an Gewalt und den Willkürrechten seiner Vorgänger erlitten hat. Wir werden uns also sehr gut verstehen. Sehr gut. Ich schreibe Ihnen meine Vorschläge noch heute auf. Morgen haben Sie sie. Morgen früh.«

»Ich danke Ihnen. Nun aber das andere. Sie forderten damals außer dem Ministerposten eine materielle Beihilfe...«

»Sehr richtig. Ich muß auch heute noch darauf bestehen – leider. Ich...«

»Ich verstehe es vollkommen, Herr Graf. Was soll ich für Sie fordern?«

»Hm.« Mirabeau überlegte. »Das ist nicht so leicht gesagt. Ich teile es Ihnen morgen früh mit, wenn ich meine politischen Vorschläge bringe.«

La Marck war einverstanden.

Als er gegangen war, schritt Mirabeau grübelnd in seinem kleinen engen Arbeitsraume umher. Es war sein Schlafzimmer. In der zweiten Stube der kärglichen Wohnung arbeiteten die Gehilfen. Er ging hastig auf und nieder und rieb sich nervös die Hände. Sollte nun endlich die Not seines Lebens ein Ende haben? Die Ziele seines Ehrgeizes waren niedergebrochen an jenem unseligen 7. November. Sollte die Stellung, die er sich in der Versammlung errungen hatte, ihm jetzt wenigstens einen sorgenlosen Lebensabend verschaffen? Seine Schulden waren enorm, die Gläubiger bedrängten ihn hart, wie damals in Manosque, ach, wie überall, wie immer, während seines ganzen Lebens. Hielt er jetzt endlich einmal einen Zipfel des Glückes in der Hand? Ein Verrat? Ein Verkauf seiner immerhin noch beträchtlichen Machtstellung? Nun ja – ja doch! Dann war es eben ein Verrat – ein Verkauf – ein Seelenverkauf! Er verschrieb sich dem König. Gut. Er leugnete es nicht vor sich. Schön. Aber er wollte auch einmal aus den Sorgen heraus. Wie zimperlich war er damals bei der Veröffentlichung der geheimen Berichte gewesen! Und der Erfolg? Die Lejay hatte Hunderttausende verdient – er sechstausend Livres. Nicht wieder so dumm sein! Nein, jetzt wollte auch er einmal einheimsen. Auch endlich einmal Ruhe haben. Einmal bei Tisch sitzen, ohne daß der Gerichtsvollzieher ihn aufscheuchte. Ja doch.

Er überlegte, was er fordern sollte. Zunächst mußten seine Schulden bezahlt werden. Er wußte selbst nicht, wie hoch sie waren. Nachsehen! Er suchte unter seinen Papieren. Hm, eine hübsche Summe. Zweihundertachttausend Livres. Etwas viel. Aber nur jetzt nicht schüchtern sein! Jetzt oder nie galt es. Er lachte laut auf. Unter den Schulden war noch sein Hochzeitsanzug. Der war noch nicht einmal bezahlt. Wie oft hatte der brave Schneider von Aix ihn gepfändet – vergeblich. Sogar damals, während seiner Wahl. Und das Volk hatte den Gerichtsvollzieher beinahe in Stücke gerissen.

Also zunächst die Schulden. Dann hatte er aber immer noch keinen Sous Lebensunterhalt. Also – sagen wir – sechstausend Livres monatlich. Hm. Aber die verbrauchte er glatt – bei den teueren Zeiten. Für das Alter war also auch dann noch nicht gesorgt. Nur jetzt nicht schüchtern sein! Nie wieder bot sich solche Glücksgelegenheit. Also eine runde Summe. Eine Million. Zuviel? Eine Erinnerung an seine Gespensterrede über den Staatsbankrott huschte durch sein Hirn. Fort damit! Eine Million! Hm. Zuviel? Für einen König. Freilich, er würde sie nicht gleich zahlen. Erst Erfolge abwarten. Darüber ließe sich reden. Also: »Zahlbar nach Beendigung der gegenwärtigen Tagung der Nationalversammlung«. Überlebte das Königtum diese Tagung – und es würde sie mit seiner Hilfe siegreich überleben – dann war der Thron Frankreichs mit einer Million nicht zu teuer bezahlt.

Er warf seine Bedingungen auf ein Blatt Papier. Dann schrieb er ohne weitere Überlegung den Bericht für den König. –

Am nächsten Morgen überreichte Mirabeau dem Grafen de la Marck den Brief und seine Forderungen. Er las zuerst das Schreiben an den König.

»Sehr gut«, lobte er. »Es wird seine Wirkung nicht verfehlen.«

Dann las er die Forderung. Mirabeau betrachtete forschend seine Züge. Sie blieben unbewegt.

»Ich werde sie unterbreiten«, sagte er gelassen. –

Schon am Nachmittag fand er sich in Mirabeaus Wohnung ein.

»Nun?« rief der Graf ihm erwartungsheiß entgegen.

La Marck setzte sich. »Alles ist in bester Ordnung. Der König und die Königin sind von Ihrem Schreiben entzückt. Beide sehen in ihm die Rettung. Vielleicht zu sehr. Sie bitten Sie, in Ihren Berichten und Ihren Handlungen fortzufahren.«

Mirabeaus kastanienfarbene Augen glühten.

La Marck griff in die Tasche und zog vier Anweisungen auf je zweihundertfünfzigtausend Livres mit dem Namen des Königs hervor.

Mirabeau fühlte, wie er vor Freude erbleichte. Er rang vergeblich nach Fassung.

»Diese vier Scheine hat der König mir mit den Worten übergeben: ›Leistet Herr von Mirabeau die guten Dienste, die er versprochen hat, erfüllt er die in seinem Schreiben eingegangenen Verpflichtungen, so geben Sie ihm beim Schlusse der Tagung der Nationalversammlung diese

Billetts, für die er eine Million erhalten wird.‹ Auch Ihre beiden anderen Forderungen sind angenommen.«

Da geschah etwas, was La Marck nicht erwartet hatte. Mirabeau gurgelte auf, als ersticke er. Dann warf er den Stuhl um, auf dem er saß, schleuderte die Arme hoch in die Luft und tanzte im Zimmer umher. Tanzte, wie besessen. Der Gedanke, daß er Millionär geworden sei, daß er seiner Schulden ledig, daß er ein festes Einkommen von sechstausend Livres monatlich besaß, machte ihn toll vor Glück, raubte ihm jede Überlegung, nahm ihm jedes Anstandsgefühl. Er tanzte – tanzte und brüllte unverständliche Worte.

La Marck schämte sich für ihn. Feinfühlig rief er in die laute Jubelorgie: »Ich begreife Sie, Graf. Sie freuen sich, in gerechtem Stolze, daß man endlich bei Hofe erkannt hat, welche Macht Sie sind.«

Mirabeau blieb mitten im Schwunge stehen, starrte den Grafen an – verstand seine Worte – begriff ihren tieferen Anlaß – die erhobenen Arme fielen ihm schlaff an die Seite. Ernüchtert sagte er: »Ganz recht, Herr Graf, ganz recht. Natürlich – die Genugtuung, endlich erkannt zu sein. Natürlich!«

Dann aber gewann der Goldrausch wieder Macht über ihn. Trunken redete er, redete, als sei sein Hirn vom Alkohol aufgepeitscht.

»Ein großartiger Mann, der König,« lallte er und torkelte durchs Zimmer, »ein ganz großartiger Mann! Großartig, sage ich Ihnen, Graf. Und die Königin auch. Auch großartig. Famose Leute. Alle Herrschertugenden haben sie, besonders er. Alle Herrschertugenden. Wenn Sie bisher noch nicht so recht zutage getreten sind, liegt es nur an diesen ungeschickten, beschränkten Ministern. Wenn man Herrn von Necker und von Montmorin zu Ministern hat, ist es ein Kunststück, ein guter König zu sein. Einzig diesen Leuten ist es gelungen, dem Volke alle diese herrlichen Eigenschaften des Königs zu verbergen. Das wird nun anders. Gottlob. Jetzt trete ich vor den König. Jetzt wird man erkennen, wer er ist. Und dann soll man diesem besten Könige von Frankreich die seinem großartigen und erhabenen Charakter gebührende Stellung einräumen. Das soll man. Das werden Sie sehen, Graf. Und nun kommen Sie. Jetzt hole ich meine kleine große Freundin ab, die Saint-Huberty, und dann gehen wir ins Palais Royal und trinken auf das Wohl dieses erhabenen Königspaares. Kommen Sie!« Doch der Graf La Marck schützte dringende Geschäfte vor.

XVI.

Der Taumel des Besitzes rüttelte den Mann, den immer die Daumenschraube der Armut gefoltert hatte. Er stürzte sich kopfüber in eine Verschwendung ohne Maß. Seine Schulden waren bezahlt. Ein traumhafter Kredit eröffnete sich dem »reichen Erben«. Er verpraßte große Teile der Million, ehe er sie noch verdient hatte.

Er verließ die kleine enge Wohnung, die Yet-Lie in den Tagen bitterster Armut mit ihrem Scharm und schmückenden Geschmacke zur Traulichkeit geweiht hatte. Er mietete das kokette und zierliche Hotel der Julie Carreau, der späteren Gattin Talmas, dieses Palais, in dem sie ihren geistreichen Salon gehalten hatte, mit Ségur, Narbonne, Mirabeau, Chamfort, dem jungen Maler David und Talma als Stammgästen. Julie Carreau zog in ihr zweites Haus der Rue Choutereine No. 20, das später noch Geschichte machte. Denn die Witwe des Generals Beauharnais, Josephine, mietete es, erhielt hier den ersten Besuch des Generals Bonaparte und feierte in seinen Räumen mit ihm die Hochzeit. Nicht nur Bücher, auch Häuser haben ihre Schicksale.

Mirabeau aber, der jähe Nabob, mietete das lustige Haus der lustigen Lebedame Julie Carreau in der Rue de la Chaussee d'Antin, neben dem flotten Hotel der Madame de Montessou, die in geheimer Ehe mit dem Herzog von Orléans lebte.

Dieses Lebedamenhaus behielt seinen Charakter. Als Reine-Anne, die mit der fertigen Einrichtung überrascht wurde, es zum ersten Male sah, rief sie mit ihrer herrlichen Altstimme: »Aber, Liebster, das Ganze sieht aus wie das Boudoir einer kleinen Kokotte.«

Er war verletzt. Doch sie hatte, wie so oft, das erlösende Wort für eine Empfindung oder Tatsache gefunden.

Dann stellte er ihr das Personal vor: zwei Kammerdiener, einen Koch, den Kutscher, die Mägde. Im Stalle scharrten die Pferde die Fliesen. Er war ein Grandseigneur geworden über Nacht.

»Mein Gott,« bedachte Reine-Anne, »muß dein Vater dir viel hinterlassen haben!«

Er verbreitete überall dieses Märchen seines Reichtums.

Bald hatte er auch sein Landhaus vor den Toren von Paris. Eine kleine hübsche Villa inmitten eines Parkes, in dem er eine Statue der Freiheit errichten ließ. Das Anwesen hieß Le Marais.

Als La Marck von dieser lauten Üppigkeit hörte, eilte er bestürzt herbei:

»Aber, Graf,« schalt er, »sind Sie des Teufels! Sie stehen inmitten des öffentlichen Interesses. Gestern kämpften Sie mit größter Geldnot. Sie zwingen den Leuten ja geradezu den Verdacht auf, den Sie nicht nur in Ihrem eigenen Interesse vermeiden müßten! Vergessen Sie nicht, Sie haben Feinde, die Sie darauf stoßen, nach der Quelle dieses so neuen Reichtums zu forschen und ihn auf die verfänglichste Art zu deuten.«

Der reiche Mann steckte die Hände in die Taschen und lachte.

»Lachen Sie nicht«, verwies La Marck beunruhigt. »Sie spielen mit der Gefahr.«

»Ich kann lachen,« entgegnete Mirabeau, »ich bin ein – lachender Erbe.«

Doch La Marck warnte sehr ernst.

»Eins muß ich Ihnen aber lassen,« sagte er dann, »Sie halten den Vertrag. Sie arbeiten.«

Ja, Mirabeau arbeitete gewissenhaft, berserkerhaft, wie er stets gearbeitet hatte, Der Reichtum machte ihn nicht schlaff. Keinen Augenblick des Tages gönnte er sich Ruhe. Bald stand er auf der Rednertribüne, bald schuf er in seinem Kabinett, diktierte seinem Sekretär, las die Entwürfe seiner Mitarbeiter, besprach mit ihnen neue Ideen, warf Anregungen wie Feuerbrände unter sie, diskutierte, neue Ideen bei ihnen zu entzünden, bemächtigte sich dieser Ideen, ihnen den Stempel seines Geistes aufzudrücken, warf sie seinen Gehilfen wieder zu, sie schriftlich festzuhalten, auszubauen. Es war eine klirrende wissenschaftliche Werkstätte, in der das politische Rüstzeug des Staatsmannes geschmiedet wurde. Jedes Gebiet hatte seinen Spezialisten: Duroveray bearbeitete das Finanzwesen; Reybaz Kriegswesen, Ökonomie; Dumont Rechtsfragen; Pellenc stellte sein starkes analytisches und dialektisches Talent in den Dienst dieses geistigen Herkules. Aber über allem, was in seinem »Atelier« geschah, schwebte der Geist des Gebieters, sein Impuls, seine fiebernde, feuernde, treibende Hast und Energie.

Zu all dieser Tätigkeit fügte er jetzt pflichtbewußt die sehr sorgfältige Redaktion der Noten, die er fast täglich durch La Marck an den Hof sandte. Es war Geheimarbeit, die er mit eigener Hand verrichten mußte. Denn keiner seiner Gehilfen durfte Mitwisser dieser Beziehungen sein.

Er mahnte und trieb zum Handeln. Er wiederholte immer wieder in anderer Form die gleichen Ratschläge: Sturz der unfähigen Minister, Beseitigung des Dekretes der Nationalversammlung, das die Verbindung des Deputiertensitzes mit dem Ministerportefeuille verbot, Berufung neuer fähiger Minister.

Ja, er hatte neuen Mut geschöpft. Er sah wieder einen Weg zur Macht, jetzt, da er Berater der Krone geworden. Er wollte jetzt den Kampf gegen die Nationalversammlung aufnehmen, gegen diese Versammlung, die er einst so fanatisch herbeigesehnt. Sie war entartet, sie war ihm zu radikalisiert. Er wollte sie zerschmettern.

Hierzu biete sich, schrieb er dem König, ein einziges Mittel: die öffentliche Meinung, die Gebieterin der Gesetzgeber, zu bearbeiten durch Zeitungsartikel, Broschüren, Bücher, Agenten. Freilich forderten diese Mittel Geld. Es müßte beschafft werden. Auf diese so zugunsten der Monarchie geschaffene Stimmung müßten die neuen geschickten und entschlossenen Minister sich stützen im Kampfe gegen die Versammlung – und auf die Armee. Sie müßte heimlich umgebildet werden, sichere Leute eingestellt, die radikalen Elemente ausgemerzt. In der Provinz müsse diese Arbeit beginnen, fern von dem Beobachtungszentrum Paris.

Das riet er in immer neuen Varianten, suchte auf den empfänglichen Sinn der Königin zu wirken. Und lauschte voll Spannung auf die Resonanz, auf eine Tat des Königs. Und lauschte vergeblich.

Sein erstes Auftreten in der Nationalversammlung nach dem Vertragsabschlusse verfolgte man bei Hofe mit reger Erwartung. Man war zufrieden mit ihm. Er hätte vielleicht auch ohne die vertragliche Bindung die Stellung des Königs mit genau der gleichen Verve verteidigt. Doch das Königspaar sah nun sein Tun durch die Brille seiner Verpflichtung.

»Er hat gut gesprochen,« lobte Ludwig behaglich, »aber ich bezahle ihn ja auch teuer genug dafür.«

Und damit hatte selbst dieser König, der so selten recht hatte, nicht unrecht.

Es wogte der Streit um die verfassungsrechtliche Bestimmung, wem das Recht der Kriegserklärung und des Friedensschlusses zustehen sollte. Die Rechte forderte es für den König, die Linke für das Volk. Hier bot sich die Gelegenheit, für das Recht des Königs seine Kraft in die Schanze zu schlagen. Mirabeau tat es mit bestürmender Gewalt. Er sprach zuerst vom Kriege und fand Worte, die – wie es scheint – um Jahrhunderte der Zeit vorauseilten.

»Es genügt nicht,« rief er, »im Prinzip den Krieg zu verdammen, um eine Nation, die ihre Rechte und ihre Interessen nicht aufgeben will, davor zu schützen. Warum doch muß gerade die Notwendigkeit, den Frieden zu sichern, die Nationen zwingen, sich durch Kriegsrüstungen zugrunde zu richten! Ich hoffe, diese schreckliche Politik wird bald der ganzen Welt ein Greuel sein, und ich erblicke im Geiste schon die Zeit, wo die Freiheit das menschliche Geschlecht von dem Verbrechen des Krieges erlösen und der ganzen Welt den Frieden verkünden wird.«

Hier applaudierte die Linke heftig. Die Rechte schwieg.

»Doch«, fuhr er fort, »der fanatische Freiheitsdrang wird nicht, wie gewisse, der Wirklichkeit entrückte Gemüter des Jakobinerklubs träumen, im Fluge die Welt erobern. Der Weltfrieden ist ein philosophischer Traum. Diese Eintracht, nach der wir im armseligsten Dorfe und im winzigsten Weiler vergeblich suchen würden, von der ganzen Welt zu erwarten, wäre ebenso absurd, als es lobenswert ist, sie herbeizusehnen. Solange aber das Recht des Ungerechtesten als das beste gilt, wenn dieser der Stärkste ist, kann Frankreich sich nicht isolieren, ohne bald in seiner scheinbaren Größe den Untergang seiner wahren Größe zu sehen.«

Beifall auf der Rechten. Schweigen bei den Radikalen.

»Die französische Nation verzichtet auf jegliche Art von Eroberung und wird niemals ihre Waffen gegen die Freiheit anderer Völker kehren.«

Hochgemute Zustimmung im ganzen Hause. Urgroßväter und Urenkel sind oft sehr ähnlich.

»Aber wird das Glück uns so hold sein, daß das Wunder, dem wir unsere Freiheit verdanken, in kurzer Zeit sich glänzend in beiden Welten wiederholt? Wir müssen also über den Krieg beraten und darüber, wer ihn zu erklären hat.

»Meine Geschichtsstudien zwingen mich, dieses Recht nicht einem Parlament von etwa tausend Personen anzuvertrauen.«

Unruhe links. »Haben sich nicht gerade die freien Völker immer durch die ehrgeizigsten und wildesten Kriege ausgezeichnet? Und haben politische Versammlungen nicht oft schon in blinder Leidenschaft den Krieg erklärt?«

Und schmetternd rief er in den Saal: »Gebet das Recht dem König, dem es allein gebührt. Verpflanzet nicht das Mißtrauen des Augenblicks in die Zukunft. Sorget dafür, daß ein König nur das vermißt, was das Gesetz ihm nicht gewähren kann, und entschlaget euch der Furcht, daß ein König, dem ihr das Heer anvertraut, mit einem Heer von Franzosen den Thron der Tyrannen wiederzuerobern trachten wird. Er würde vom Siege weg zum Schafott eilen!«

Die Linke wütete. Sie schickte ihren besten Redner, Barnave, ins Treffen. Er greift Mirabeau hitzig an. Das Volk, das weiß, daß heute ein fundamentales Recht der Krone gefällt werden soll, umsteht wie eine Mauer das Haus der Versammlung, die mit dem König nach Paris übersiedelt ist. Man drängt in den Saal. Jubelt Barnave zu. Der Beifall spornt sein Talent. Er spricht ebenbürtig dem Vorredner. Man will keine Debatte mehr, man schreitet überstürzt zur Abstimmung.

Mirabeau kennt das Ergebnis im voraus. Er hat Pflichten. Er erklimmt die Tribüne. Man will ihn niederschreien. Er kreuzt die Arme über der Brust und wartet gelassen. An seiner eisernen Stirn bricht sich der Tumult, verebbt.

»Entweder«, beginnt der Meister parlamentarischer Diskussion gelassen, »glauben die Freunde des Herrn Barnave, daß seine Rede über alle Erwiderungen triumphieren wird, oder sie glauben es nicht. Wenn sie es glauben, so erwarte ich von der Hochherzigkeit ihrer Bewunderung, daß sie eine Antwort nicht fürchten und mir die Freiheit der Erwiderung nicht bestreiten. Wenn sie es aber nicht glauben, so ist es ihre Pflicht, sich unterrichten zu lassen.«

Man murrt, man verteilt Exemplare des »Orateur du peuple«, der linksradikalen Zeitung, die Mirabeau einen Volksverräter nennt. Tausend Arme recken sich drohend gegen ihn empor, der Dunst des Volkes schwelt ihm entgegen, tausend Augen funkeln Unheil – er spricht mit unerschütterlicher Kaltblütigkeit, Würde und Ruhe. Die Feuerkohlen seiner Augen halten den keuchenden Ausbruch, der ihn in Stücke reißen würde, in hypnotischem Bann.

»Man sollte doch meinen, daß man in einer der verwickeltsten und heikelsten Fragen der sozialen Organisation, ohne ein Verbrechen zu begehen, sehr wohl zweierlei Meinung sein kann. Ihr droht mir. Ihr ruft: ›An die Laterne!‹ Ihr jubelt Barnave zu. Auch mich hat man vor einigen Tagen im Triumph einhertragen wollen! Und jetzt schreit man auf der Straße und hier im Saale: ›Der große Verrat des Grafen Mirabeau!‹

»Wenn es bloß auf mich ankommt, dann wird dieser Tag unsere gegenseitige Ehrlichkeit entschleiern. Das Kriegs-und Friedensrecht nur dem gesetzgebenden Körper zuzuweisen, heißt in der schwersten Krise, die entstehen kann, einen Faktor ausschalten, der in der gewöhnlichen Gesetzgebung im Namen der Verfassung formell anerkannte Rechte ausübt. Soll man darum, weil die Königsgewalt Gefahren im Schoße birgt, auf ihre Vorteile verzichten oder, weil das Feuer brennt, sich auch der Wärme und des Lichts berauben, die es zu spenden vermag? Alles läßt sich verteidigen, nur nicht die Inkonsequenz: sagen Sie meinetwegen, man brauche keinen König, aber sagen Sie nicht, man könne bloß einen machtlosen, unnützen König brauchen. Herr Barnave hat darauf hingewiesen, daß Regierungen oft, um inneren Verwickelungen aus dem Wege zu gehen, einen Krieg vom Zaune gebrochen haben, und hat als Beispiel Perikles erwähnt, der, um nicht Rechenschaft über seine Verwaltung ablegen zu müssen, den Peloponnesischen Krieg entflammte. Aber, meine Herren! War Perikles ein König oder ein despotischer Minister?! Wahrhaftig nicht. Perikles war ein Mann, der den Leidenschaften des Volkes zu schmeicheln und dessen Beifall zur rechten Zeit einzuheimsen wußte. Durch Freigebigkeit hat er für den Peloponnesischen Krieg, diesen ungerechtesten aller Kriege, begeistert – – Wen? Einen König? Nein. Die Nationalversammlung von Athen!«

Ein Stutzen – lautlose Stille. Jetzt ein Rauschen von einzelnen klatschenden Händen, wie Flügelschlag aufschwirrender Tauben, dann ein Brausen – ein Jubel – ein Orkan der Begeisterung. Erst hatten wenige, dann mehr, endlich alle die feine vernichtende Ironie auf Barnave und den ihm gespendeten Beifall der Nationalversammlung begriffen.

Der Sieg war errungen, dem König eines der wichtigsten Rechte gerettet.

Und Ludwig XVI. schmunzelte behaglich. Der Mann arbeitete gut. Aber, wie gesagt, er bezahlte ihn auch teuer genug.

XVII

Es war ein schwüler Juliabend. Unter den Bäumen des Gartens stand noch die Hitze des Tages. Die Steinplatten der Terrasse strahlten die Glut der Sonne zurück, die sie den langen Sommertag hindurch eingesogen hatten.

»Es ist noch immer unerträglich!« klagte Bonnette und strich ihr Fichu von dem vollen weißen Busenansatze zurück. Es schloß sich immer wieder zu keuscher Umhüllung.

Karoline du Saillant am Gartentische gegenüber saß ihre älteste Tochter, Bonnette No. 2, seit wenigen Monaten Gattin des Marquis Ximénès von Aragon, eines Verwandten des Hauses Habsburg, und zupfte an einer Marguerite Orakel. Sie wollte das Schicksal befragen, ob ihr junger Gatte, der am Morgen nach Paris gefahren war zu einem Konvent des Ordens Saint-Etienne, dessen Ritter er war, noch heute zurückkehren würde. Denn sie war jung verheiratet, als echte Mirabeau sehr verliebt, und der Abend war schwül und voller Sehnsucht.

»Er kommt – kommt nicht – kommt – kommt nicht –«

Bonnette blickte von ihrer Handarbeit auf – die Nadel war feucht in ihren Fingern und ließ sich nur mühevoll durch das Leinen stechen – und lachte ihr gutes klingendes altes Lachen. Sie war noch heute mit ihren dreiundvierzig die »stärkste Lacherin Frankreichs«.

Ohne sich beirren zu lassen, zupfte Jeanne-Charlotte ihr Orakel fort.

»Kommt – kommt nicht – kommt –« die Stimme verebbte in Enttäuschung – »kommt nicht!« Aber plötzlich sprang sie empor, jubelte »er kommt!« und stürmte durch den Garten zum Parktor. Bonnette lachte schmetternd und horchte auf. Auch sie hörte Hufschlag durch die abendlich stillen Straßen von Auteuil erschallen.

Jetzt war er schon ganz nah, richtig – er hielt vor dem Tore.

Bonnette warf die Handarbeit auf den Tisch, um ins Haus zu eilen und den Dienstboten zu melden, daß der Hausherr doch, wider Erwarten, zum Abendessen heimgekehrt sei. Da sah sie Bonnette No. 2 mit einem großen starken Manne den Kiesweg entlangkommen, das Reitpferd am Halfter. Das war doch nicht der Schwiegersohn, das war doch – mein Gott, das war doch –

»Gabriel!« schrie sie in Staunen und Freude und eilte dem Bruder entgegen.

Die Geschwister küßten sich herzlich. »Gabriel, du,« lachte Karoline, »du in Auteuil! Muß man hier draußen auf dem Lande sein, um dich einmal zu sehen! Du Böser, findest du nie den Weg in die Rue de Seine?«

»Liebe,« entschuldigte er sich, »hast du eine Ahnung, was alles auf mir lastet! Nicht eine Minute des Tages bleibt für mich oder meine Familie.«

»Ich weiß, ich weiß,« lachte Bonnette, »ich mache dir ja auch keine ernsten Vorwürfe. Es ist nur traurig, daß wir beide in Paris wohnen und uns kaum alle Jahre einmal sehen.«

Mirabeau zuckte bedauernd die mächtigen Schultern.

Sie hatten die Terrasse erreicht. Ein Diener nahm das Pferd. Jetzt mischte sich die junge Hausfrau pflichteifrig ins Gespräch:

»Sie bleiben doch natürlich über Nacht, verehrter Oheim?«

Mirabeau tätschelte ihr die hübsche Wange. »Ja, kleine Nichte, wenn du gestattest.«

»Ich bin beglückt,« entgegnete sie artig und machte der Erziehung der kugeligen Remigni-chonne vom Kloster Montargis Ehre, »Sie unter meinem schlichten Dache zu bewirten.«

Damit eilte sie davon, die unerwarteten Hausfrauenpflichten zu erfüllen.

Die Geschwister setzten sich.

»Das ist aber eine unerwartete Freude,« begann Mirabeau, »dich hier anzutreffen. Was macht der Marquis und die Kinder?«

Karoline erstattete Bericht. Alles stand gut. Die sechs Kinder, die ihr von den siebzehn, die sie geboren hatte, außer Bonnette No. 2 geblieben waren – ein Knabe und fünf Mädchen – gediehen prächtig.

»Wenn nur erst die Erbschaft des Vaters geordnet wäre! Du weißt, wir sind darauf angewiesen. Übrigens, Gabriel, was bedeutet das? Man erzählt sich Wunderdinge von deinem Reichtum. Du hättest sagenhafte Reichtümer vom Vater geerbt? Ich weiß doch am besten, daß Vater keine Schätze hinterlassen hat, und daß alles noch unter gerichtlicher Verwaltung steht.«

Mirabeau lächelte.

»Ich hoffe, du hast mich nicht Lügen gestraft?«

»Nein, ich habe genau so geheimnisvoll gelächelt, wie du es jetzt tust. Aber gewundert habe ich mich.«

»Genau wie ich an deiner Stelle. Die Sache ist die, Bonnette, ich habe ein großes Geschäft zu einem sehr günstigen Abschluß gebracht. Aber das braucht ja nicht jeder zu wissen. Man sieht es nicht gern, daß wir Abgeordnete Privatgeschäfte machen.«

Bonnette begriff das, gratulierte dem Bruder froh und neidlos und sprach dann voll Enthusiasmus von seinem täglich wachsenden Ruhme.

»Ich bin so furchtbar stolz auf dich, Gabriel. Wir sind ein altes Geschlecht, wir Mirabeaus. Wir haben große Kriegshelden in unserer Familie gehabt. Aber unsterblich hast du erst unser Haus gemacht.«

Er dämpfte ihre Begeisterung.

»Nein, nein. Du weißt es ja selbst, daß du heute der erste und mächtigste Mann Frankreichs bist. Das braucht dir deine alte Schwester nicht erst zu sagen. Und Vater wußte es auch. In seinen letzten Tagen in Argenteuil hat er viel von dir gesprochen, voller Bewunderung, wenn auch in seiner grämlichen knurrigen Art. Einmal sagte er: ›Das mannhafte Herz, das schon unter dem Wams des kleinen Jungen schlug, die wunderbaren Triebe edlen Stolzes, seine Intelligenz, sein Gedächtnis, seine Lebhaftigkeit, die einen ergreifen, ja in Staunen und Schrecken versetzen, ernten jetzt ihre verdienten Erfolge.‹ Und ein andermal: ›An Talent, Geist und Fleiß steht er wohl einzig da.‹ Und ganz kurz vor seinem Tode: ›Er wird unter der Immunität des Abgeordneten die hervorragendste Persönlichkeit der Revolution werden.‹«

»Seine Erkenntnis ist spät gekommen«, sagte Mirabeau bitter. »Er hat meine Jugend vergiftet. Das kann nichts wieder gutmachen. Er hat die Sünden meiner Vergangenheit auf dem Gewissen. Oh, Bonnette, wenn ich in die Revolution den unbefleckten Ruhm eines Malesherbes mitgebracht hätte! Welch große Zukunft hätte ich dann meinem Vaterlande gesichert! Und welchen Ruhm hätte ich an meinen Namen geheftet! Aber so klebt meine Vergangenheit an mir. Vater hat einmal zu mir gesagt: ›Im Grund wirst du ernten, was dem gebührt, dessen Grundlage, die Sittlichkeit, ins Wanken geraten ist: du wirst nie Vertrauen genießen, selbst wenn du es zu verdienen aufrichtig bestrebt wärest.‹ Er hat recht behalten. Das Volk, der Pöbel jubelt mir zu. Aber den Besten der Nation und der Nationalversammlung bin und bleibe ich verdächtig. Und« – er flüsterte vor sich hin, als rede er zu sich selbst – »und weil ich das auf Schritt und Tritt empfinde, gebe ich mir nicht die doch verlorene Mühe, das zu werden, was man einen ganzen, anständigen Kerl nennt.«

Die Schwester schwieg erstaunt und ergriffen.

Doch schon überkam ihn wieder der Trotz. Er warf den Kopf zurück. »Lassen wir das! Keine unnütze Sentimentalität, die nur die Kraft aufzehrt. Jeder ist das Produkt seiner Erziehung. Basta. Seien wir es ganz.«

Bonnette hantierte verlegen mit ihrer Handarbeit. Sie schwiegen. Da kam Jeanne-Charlotte zurück und rief die Gäste zum Abendessen.

Bei Tisch plauderte man von alten Zeiten, von alten Dingen.

Von der Mutter, die verbittert und in hysterischen Torheiten in Paris in ihrem Hause der Rue Matignon alterte. Von Louise Cabris, die lange Jahre ihres heißen Lebens im Kloster Sainte-Ursule zu Sisteron verloren hatte. Doch ihre unbändige Lebenskraft hatte die Mauern des Gefängnisses gesprengt. Sie war der Abgott des Städtchens, der Nonnen, der Äbtissin. Als sich endlich die Tore ihr öffneten, geleitete die Bevölkerung von Sisteron sie im Jubelzuge wie eine Fürstin des Volkes. Jetzt lebte sie – eine still gewordene Frau – in Grasse und pflegte ihren »Tölpel«, der immer mehr verblödete.

»Ein tragisches Los«, sagte Mirabeau traurig. »Was hätte aus dieser Frau werden können! Armes Weib!«

»Und was macht meine verehrte Feindin, die schwarze Katze?« fragte er, die trübe Stimmung zu verscheuchen.

»Ihr geht es gut«, lachte Bonnette. »Sie wohnt in dem Pavillon in Argenteuil, den der Vater ihr geschenkt hat, und behauptet, Vater habe ihr zweiundvierzigtausendachthundertundvierzig Livres geschuldet, die sie ihm während der neunundzwanzig Jahre ihres Zusammenlebens nach und nach geliehen hätte. Sie schrieb mir vor einiger Zeit, sie würde sie gegen uns einklagen, wenn wir sie nicht freiwillig zahlten.«

»Da kann sie lange warten«, knurrte Mirabeau. »Soll sie sich doch an ihren Liebling, unseren wackeren Bruder Boniface, wenden. Dem hat sie genug heimlich zugesteckt.«

»Siehst du ihn oft?« fragte Bonnette.

»Nein. Er gehört zu den Abgeordneten des Ersten Standes, die uns in der Nationalversammlung nicht beehren. Eins muß man diesem dicken Kaliban übrigens lassen, er hat Humor. Meist ist er betrunken. Als man es ihm vorwarf, entgegnete er: ›Was soll ich tun? Es ist das einzige Laster, das mein Bruder mir übriggelassen hat.‹«

Die Damen lachten freimütig. Angeregt plauderte Mirabeau weiter: »In jeder anderen Familie als der unsrigen würde er für geistreich und unsittlich gelten.«

»Aber Onkel!« rief die junge Frau belustigt.

»Eines Abends machte er einen Besuch bei den Tanten des Königs. Es war dunkel im Vorzimmer; der Diener, der am Tritte den Bruder des Königs, Monsieur, zu erkennen glaubte; öffnete die Tür des Gemaches, in dem die Damen waren, und meldete: ›Monsieur!‹

»Lächelnd trat der Kaliban ein und sagte: ›Es ist nur Monsieur, der Bruder des Königs Mirabeau.‹«

Die hübsche Anekdote fand den gebührenden Beifall.

Das Gespräch glitt hinüber nach Aix.

»Ich erinnere mich der Tante sehr gut«, berichtete Jeanne-Charlotte eifrig. »Es war im Jahre 1774, damals, als sie nach Bignon kam. Ich war noch Klosterschülerin in Montargis. Sie erschien mir als eine sehr hübsche liebenswerte Dame.«

»Das ist sie auch«, bestätigte Bonnette mit Nachdruck.

Mirabeau schwieg versonnen.

»Ich habe oft große Sehnsucht nach ihr«, beichtete er plötzlich. »Und wenn ich mehr Zeit hätte – doch lassen wir das.« Er machte eine fortwehende Bewegung.

»Nein, nein,« ermutigte Bonnette, »sprich dich aus. Ich stehe mit ihr in sehr regem Briefwechsel. Auch sie sehnt sich nach dir. Sollte es keine Möglichkeit geben, die euch beide wieder zusammenführt?«

Mirabeau fragte: »Darf ich ihre Briefe lesen?«

»Den letzten habe ich hier. Ich erhielt ihn hierher nachgesandt.« Sie holte ihn. Voll Wehmut sah er die phantastisch verschnörkelte Schrift, die ihn in der Zelle des Château d'If so oft in ohnmächtige Wut gepeitscht hatte.

Er las. Er las mit pochendem Herzen die Reife dieser Frau. Sie schrieb: »Wie muß ihn der Beschluß vom 7. November vorigen Jahres getroffen haben! Ihn und seinen Ehrgeiz. Schon in Manosque hat er mir oft davon gesprochen, daß das Ziel seines Lebens sei, Minister und damit Leiter des Staates zu werden. Dieser unselige Beschluß schließt ihm die Pforte zu dem sehnlichsten Wunsche seines Lebens.«

Er ließ das Blatt sinken. Alte Zeiten standen auf, griffen ihm in die Brust.

»Schreib ihr«, bat er. »Sag' ihr, du habest mir den Brief gezeigt. Und frage sie, ob ich nach Aix kommen darf, sobald ich einmal Zeit finde.«

Leuchtend vor Freude nahm die große schöne Frau das Werk der Versöhnung in ihre gütigen Hände. –

Beim Schlafengehen verkündete Mirabeau:

»Morgen früh muß ich ganz zeitig fort. Ich habe Wichtiges zu tun. Um sieben muß ich das Haus verlassen.«

Man schmollte ein wenig über den kurzen Besuch, fand es aber doch rührend, daß er sich trotz seiner Arbeitsüberlastung zu der jungen Nichte herausbemüht habe.

»Ich habe dich immer besonders liebgehabt«, bekannte er. »Das weißt du doch.«

Ja, Bonnette No. 2 wußte es.

Um halb sieben stand das Frühstück auf der Terrasse. Punkt sieben verließ Mirabeau das gastliche Haus in Auteuil.

Kaum war das Gartentor hinter ihm ins Schloß geklirrt, kaum hatte er sich das letztemal zu den winkenden Frauen zurückgewandt, da erlosch das Lächeln des Abschiedsgrußes jählings in seinen Zügen. Ein starrer Ernst stand plötzlich zwischen den hart entschlossenen Augen. Mit energisch zusammengepreßten Lippen spornte er das Pferd, bog nach einem vorsichtig nach allen Seiten spähenden Blicke von der Landstraße nach Paris ab in den Weg, der nach Saint-Cloud führte. Der Herkules der Revolution ging heute einen Gang, der ihn das Leben kosten konnte. –

Seine Ermahnungen an den König waren ohne Folgen geblieben. Der Hof tat nichts. Die Minister blieben, untergruben durch ihre Unschlüssigkeit das Ansehen der Krone von Tag zu Tag verderblicher, die Anarchie wuchs, da keiner ihr machtvoll entgegentrat, die Lage wurde verhängnisvoll. Mirabeau sprach in seinen täglichen Noten ins Leere.

Da riß diesem heftigen, auf sichtbaren Erfolg gestellten Manne die geringe Geduld.

»Ich will den König und die Königin sehen«, forderte er von La Marck. »Auge in Auge will ich ihnen meine Pläne einhämmern. Vielleicht gelingt dem Eindruck meiner Persönlichkeit, was meinem geschriebenen Worte versagt bleibt: die Entschlußkraft dieser Leute zu entfachen.«

La Marck erkannte und billigte die Richtigkeit dieses Wunsches. Er unternahm es, den Widerstand zu überwinden, den er, mit Recht, von der Königin gegen diesen Schritt Mirabeaus erwartete. Es gelang ihm, dem Opfermute Marie-Antoinettes die Einwilligung in eine Unterredung mit dem Volkstribun abzuringen. Die äußeren Schwierigkeiten aber waren groß. Die Begegnung mußte in aller Interesse streng geheim bleiben. Die Nationalversammlung hatte dem Königspaar gestattet, während des Sommers die Tuilerien mit dem Schloß von Saint-Cloud zu vertauschen. Doch auch dort war der Hof von Spionen belauscht.

Es wurde verabredet: Mirabeau übernachtete bei seiner Nichte in Auteuil, um sein Alibi nachweisen zu können. Um acht Uhr früh sollte er am hinteren Parkgitter von Saint-Cloud halten. Dort würde Madame Thibault ihn erwarten und in den dichtest belaubten Teil des Parkes führen. Hier sollte er mit dem Königspaare zusammentreffen.

Alles verlief programmgemäß. Die Thibault stand am hinteren Parktor, öffnete es, führte mit leisem Schaudern Mirabeau durch die verschlungenen Wege. Das Pferd wurde an einen Baum gebunden und begann sofort, gierig die Blätter zu knabbern.

Im dichten Boskett harrte Marie-Antoinette. Der König hatte sich verspätet. In nervöser Erregung schritt sie auf dem kleinen freien Raume vor der Steinbank mit den eingemeißelten bourbonischen Lilien auf und nieder. Es war einer der schwersten Siege dieser Tage voller Demütigung, den sie über sich errungen hatte, als sie darein willigte, diesen Mann zu empfangen, der den Pöbel an jenem grauenvollen 5. Oktober des verflossenen Jahres gegen sie gehetzt hatte. Sie sah diese Räuberhorde noch jetzt in wachen Stunden und in aufgescheuchten Träumen in das Schloß zu Versailles eindringen, sah ihre treue Garde sich der Bande entgegenwerfen, Schüsse knallten, Hände griffen schmerzverkrallt in die Luft, Körper schlugen steif vornüber, gräßliche Todesschreie gellten. – Sie stand von Entsetzen gelähmt am Fenster, starrte hinab – sah, wie die Reihen der Garde sich lichteten – mit Messern – mit Säbeln fielen die Ungeheuer über die wankende Schar – schlachteten sie ab – Weiber bohrten Nadeln in die Augen der Röchelnden – sie wandte sich fort – übergab sich in Ekel und Grauen – hörte, wie sie unten heulend ihren Kopf forderten – einer ihrer Offiziere stürmte ins Zimmer –, riß sie ins Kabinett des schlotternden Königs – eine Abordnung des Pöbels stand vor ihr – sie atmete den Geruch von Schmutz, Schweiß, Blut – ihr ward wieder übel – sie tastete nach ihrem Taschentuche – fand es nicht – der Offizier reichte ihr das seine – man führte sie fort – – der Pöbel heulte auf, als sie aus dem Schloß trat – betäubt fuhr sie, von den Marktweibern eskortiert – beschimpft – geschmäht – besudelt, nach Paris. –

Während sie rastlos in dem Boskett auf und nieder schritt, sah sie wieder diese Visionen, die sie seitdem nie wieder verlassen hatten. Aus dem Gebüsch grinsten die blutgierigen Fratzen. – Und der Mann, der ihr das angetan –

Sie hörte Schritte. Bezwang sich heldenhaft. Ward ganz die Tochter ihrer großen Mutter. Blieb stehen inmitten des Raumes, hoch aufgerichtet, mit verbissenen Zähnen, Herrin ihres Körpers, Gebieterin ihres in Angst und Grauen flatternden Herzens.

Und dennoch erschrak sie, als sie ihn auf sich zuschreiten sah. Sie hatte Bilder von ihm gesehen. Doch die Wirklichkeit übertraf das Abbild an Häßlichkeit, Gewalt, Schrecken. Ja, dieser große klotzige Mann war die leibhafte Verkörperung der Greuel, die er entfacht hatte.

Die Thibault blieb zurück, Mirabeau trat, tief die Königin grüßend, auf den Platz.

Marie-Antoinette beugte dankend das Haupt. Sie wollte sprechen, fand keinen Ton in der Kehle, riß sich zusammen, schluckte und brachte mit leise vibrierender Stimme hervor: »Einem gewöhnlichen Feinde, einem Manne gegenüber, der den Untergang des Königtums geschworen hätte, ohne dessen Vorteil für ein großes Volk zu erwägen, würde ich in diesem Augenblick den unpassendsten Schritt tun. Aber da ich zu einem Mirabeau spreche – –«

Sie brach ab mit einer zaghaften, trotz aller Beherrschung echt weiblich hilflosen, rührenden Bewegung.

»Madame,« fiel er ein, »Sie täuschen sich in mir.«

»Wollen wir uns setzen?« unterbrach sie leise und schritt auf die Bank zu.

»Sie täuschen sich in mir, Madame«, begann er von neuem. »Ich habe nie geschworen, das Königtum zu stürzen. Im Gegenteil. Ich werde sein, was ich immer gewesen bin: der Verteidiger der durch die Gesetze geregelten Königsgewalt und der Apostel der durch die Königsmacht gewährleisteten Freiheit. Ich habe mich, solange ich lebe, zu monarchischen Grundsätzen bekannt. Ich habe es getan, als ich im Hofe nur seine Schwäche sah und, noch unbekannt mit der Seele und den Gedanken der Tochter Maria-Theresias, auf diese erhabene Helferin nicht rechnen konnte.«

Marie-Antoinette zwang sich zu einem kleinen Lächeln des Dankes, das sie wundersam verschönte.

Mirabeau sah es; voll Eifer und Überzeugung sprach er fort: »Ich habe für die Rechte des Thrones gekämpft, als ich nur Mißtrauen einflößte und alle meine Schritte, von Böswilligkeit vergiftet, nur Fallstricke schienen. Ich habe dem Monarchen Dienste geleistet, als ich sehr genau wußte, daß ich von einem gerechten, aber hintergangenen Könige weder Wohltaten noch Belohnungen zu erwarten hatte.«

Der Königin Miene, die schon die nervöse Spannung zu verlieren begann, verfinsterte sich. Ganz leise rückte sie von dem Manne ab. Sie hatte fast vergessen, daß der König ihn gekauft hatte.

Doch Mirabeau merkte diese sachte Bewegung der Königin nicht. Hingerissen von ihrem Scharm, sprudelte er hervor: »Was werde ich jetzt erst tun, wo das Vertrauen der Majestäten meinen Mut wieder aufgerichtet, wo Dankbarkeit aus meinen Grundsätzen meine Pflicht gemacht hat.«

Die Königin nickte befangen.

Mirabeau geriet – wie immer Frauen gegenüber, die Saiten in ihm erklingen ließen – in Begeisterung.

»Man hat in Beziehung auf Gott gesagt,« rief er, »arbeiten heiße, zu ihm beten. Man muß in Beziehung auf die guten Könige und Königinnen sagen, ihnen dienen heißt, ihre Wohltaten erkennen.«

Marie-Antoinette lächelte rätselhaft.

Da ward er ritterlich. »Madame, auf Sie setze ich bei unserem Rettungswerk all mein Vertrauen. Der König hat nur einen Mann: Sie.«

»Sie sind sehr liebenswürdig«, quittierte die Königin.

»Für Sie, Madame, gibt es nur Sicherheit in der Wiederherstellung der königlichen Gewalt. Ich glaube, annehmen zu dürfen, daß Sie das Leben ohne die Krone verachten.«

»Sie dürfen es annehmen, Herr Graf!« sagte sie stolz.

»Nun, Madame, Sie werden Ihren Mut brauchen, wenn man nicht folgsamer auf meine Ratschläge hört. Der Augenblick kann kommen und vielleicht bald, da Sie werden erproben müssen, was eine Frau und ein Kind zu Pferde vermögen!«

»Ich verstehe nicht recht –!«

»Es kann der Tag kommen, da Sie, Madame, den Dauphin vor sich im Sattel, dem Volke durch Ihren Mut die Anerkennung werden abtrotzen müssen, die man Ihnen versagt.«

Sie nickte vor sich hin. Dann hob sie den Kopf und sagte: »Das ist bei uns Familientradition.«

»Ich weiß«, bestätigte er. »Ihre erhabene Mutter hat es in den Nöten des österreichischen Erbfolgekrieges getan. Doch ich hoffe, diese Probe auf Ihre Kühnheit bleibt Ihnen erspart. Aber nur dann, Madame,« – er sprang erregt auf – »wenn man handelt, sich rüstet und nicht glaubt, man könne sich aus dieser außerordentlichen Krisis durch einen Zufall oder durch die gewöhnlichen Mittelchen retten. Man muß handeln, handeln, Madame!«

Ihre Hände spielten unruhig auf ihrem Schoße. »Ich weiß, Herr Graf, Sie haben Grund, mit uns unzufrieden –«

Da knackte es in den Zweigen. Mit seinem behäbigen, watschelnden Gang nahte der König. Nach flüchtiger Begrüßung sagte er: »Lassen Sie sich nicht stören. Ich höre zu.«

»Sire,« hob Mirabeau wieder an, »ich habe mir soeben gestattet, darauf hinzuweisen, daß jetzt unbedingt gehandelt werden muß. Ich habe in meinen Noten einen regelrechten Plan zur Rettung der Monarchie entwickelt. Sire, Sie kennen ihn und *müssen* danach handeln. Die Nationalversammlung bemächtigt sich, ohne daß es in meiner Macht als Abgeordneter steht, es zu verhindern, immer mehr der Zügel der Regierung. Sie wird sie bald ganz in Händen halten. Meine Mühen gehen, wie ich wiederholt ausgeführt habe, dahin, an den der Nation und dem Monarchen gemeinsamen Errungenschaften der Revolution festzuhalten, jedoch die republikanischen Ideen auszumerzen, die einen Kodex der Anarchie, der bürgerlichen Zwietracht und der Autoritätskämpfe aus ihnen machen.«

»Sehr richtig«, murrte der König. Aber Mirabeau hatte den Eindruck, er folge seinen Ausführungen nicht. Er hatte sehr interessiert dem Spiel zweier verliebter Finken im Gebüsch zugeschaut. Doch Mirabeau sprach ja nur für die Königin. Die riß ihm jetzt die Worte vom Munde.

Er erörterte dann Einzelheiten seines Planes, die öffentliche Meinung zu beeinflussen, eine Majorität im Volke und in der Versammlung für den König zu bilden. »Der Hof muß die alte Beamtenschaft, den Adel und die Geistlichkeit unwiderruflich aufgeben. Seine Kraft wird auf der Majorität beruhen, die zu schaffen ist und geschaffen werden kann. Sich ihr anschließen, heißt, das Recht und die Mittel ihrer Führung erwerben, und führen heißt regieren.«

Nun sprach er von den Männern, die diese Majorität führen sollten. »Der Beschluß über die Minister vom 7. November muß durch die neue Majorität aufgehoben werden. Man wird ihn aufheben, denn sonst kann die vollziehende Gewalt nicht neu belebt werden, die Macht der Krone nicht neu erstehen und mit der nationalen Freiheit nicht in Einklang gebracht werden. Wählen Sie, wenn der fatale Beschluß gefallen ist, mutige, entschlossene und geschickte Männer zu Ihren Ministern.«

»Ja – ja«, nickte der König gleichgültig.

Marie-Antoinette errötete. Sie schämte sich dieses Königs vor diesem Manne, aus dessen Mund Staatsweisheit und Entschlossenheit flammte. Sie bewunderte ihn, fühlte sich zu ihm hingezogen in dem Wunsche des Weibes nach Geborgenheit, in der Sehnsucht der Königin nach Hilfe, in der Furcht der Mutter nach Rettung ihrer Kinder.

»Sprechen Sie weiter, sagen Sie das Letzte«, bat sie herzlich, das törichte Wort des Königs zu überschatten.

Da sagte Mirabeau das Letzte, sagte es, nur zur Königin gewandt: »Haben Sie Vertrauen zu mir. Sie wissen, Graf de la Marck beehrt mich mit seiner Freundschaft. Glauben Sie mir, um der Freundschaft dieses Mannes willen, der Sie – nur auf dem Schafott verlassen wird.«

Die Königin erbleichte.

Ludwig aber rief: »Was? Was?!« Und eilte entrüstet von hinnen.

Ohne seine Flucht zu beachten, vollendete Mirabeau: »Ja, Madame, ich sehe sehr ernste Gefahren. Ich deute sie an, selbst auf die Gefahr hin, zu mißfallen. Treue besteht doch wohl darin, eben den Gefahren die Stirn zu bieten, die man kommen sieht und die man abgewendet hätte, wenn man erhört worden wäre. Handeln Sie, Madame, nach meinem Plane. Glauben Sie, daß ich alle Gefahren der gegenwärtigen Lage nur deswegen hier nicht schildere, weil ich Ihrer Einbildungskraft und Ihrem Gefühle kein Gemälde vorführen will, dessen Scheußlichkeit Sie, wenn Sie nicht handeln, ohne allen Nutzen betrüben würde. Ich aber werde dieses grausige Gemälde immer vor Augen haben, um wenigstens einigen Erschütterungen vorzubeugen, und werde es beklagen, daß ein so gütiger Fürst und eine von der Natur so hochbegabte Königin so wenig zur Wiederherstellung ihres Landes vermocht haben. Handeln Sie, Madame. Sonst ist die Zeit nicht fern, da ich selbst, und wahrscheinlich als einer der ersten, unter der Sense des Schicksals falle und ein denkwürdiges Beispiel dessen gebe, was Männern bevorsteht, die in der Politik ihren Zeitgenossen vorauseilen!«

Er schwieg erschöpft.

Auch Marie-Antoinette fand in Erschütterung keine Worte. Sie saß auf der Bank mit schlaff hängenden Händen, den Kopf tief zur Brust gesenkt. Sonnenflecke spielten auf ihrem Haare, das an so vielen Stellen schon kummersilbrig glänzte. Das Grauen war von diesem wundersamen Manne abgefallen. Das war nicht mehr der Volksverhetzer, der Aufrührer, der böse Dämon der Revolution. Der Zauber seiner Persönlichkeit hatte auch an dieser königlichen Frau seine Wunder gewirkt. Voll Staunen hatte sie gesehen, wie sein brutales blatternarbiges Gesicht sich im Sprechen verschönte, vergeistigte, strahlte vor innerem Reichtum, vor Güte, vor reiner, lauterer Menschlichkeit. Ihr Zartgefühl empfand, daß hier ein großer Mensch, eine unbändige Kraft, der einzige wahre Mann, der ihr in ihrer schöngeistigen galanten Umgebung je entgegengetreten war, sein Leben für ihre Rettung wagte. Sie hörte sehr wohl den echten Klang echter Treue und Hingebung. Sie begriff, daß er wohl aus Not Geld genommen, aber seine Grundsätze nicht verkauft hatte. Sie glaubte, sie vertraute ihm; sie sah in ihm die Rettung, die lang erhoffte glückselige Rettung aus aller schweren Not.

Die Freude ihrer Erwartung hob sie endlich von der Bank, trieb sie ihm zu. Sie streckte ihm beide Hände entgegen und sagte vor Erregung und Hoffnung bebend: »Herr Graf, ich danke Ihnen. Ich vertraue Ihnen. Ich fühle in Ihren belebenden Worten, das Herz des wahren Freundes schlagen. Vertrauen Sie auch mir. Ich werde Ihrem Worte Ehre machen und mich als den einzigen Mann des Königs erweisen. Ich werde nach Ihrem Plane handeln.«

Und doch war sie gerade in diesen Worten ganz Weib, ganz Hingabe an ihr aufgewirbeltes Gefühl, ganz Weib im Banne der überlegenen, bezwingenden Macht des Mannes.

Mirabeau fühlte seinen Sieg als Mann. Die Freude an dieser bezauberten Frau machte ihn trunken. Er beugte sich über ihre Hand, küßte sie stürmisch und rief: »Madame, die Monarchie ist gerettet!«

XVIII

In dem heiligen Feuer des Augenblickes hatten beide, der Mann und das Weib, die Königin und der Volkstribun, mehr versprochen, als sie zu halten vermochten. Die Monarchie war nicht gerettet. Der Königin gebrach die überirdische Kraft, die das Unmögliche vollbracht hätte, den König zu einem Entschlusse zu bewegen, dem eine energische Handlung folgte. Nichts geschah. Die Minister blieben und sahen untätig zu, wie das Staatsschiff dem Abgrund zutrieb, ohne daß sie auch nur ein Segel oder ein Tau angerührt hätten.

Mirabeau ersuchte um eine neue Unterredung. Scham versagte sie ihm. Die Tochter Maria-Theresias wollte nicht als ohnmächtige Wortbrecherin vor diesem Manne stehen.

Dann kamen Mißverständnisse. Am 21. Oktober hatte die Rechte in der Versammlung die Fahne der Revolution; die Trikolore, angegriffen, und einer dieser unentwegten feudalen Herren hatte selbst die gemäßigtsten Freiheitskämpfer mit dem frechen Worte zur Raserei getrieben: »Lasset den dreifarbigen Lappen den Kindern!«

Da wirbelte Mirabeau hinauf zur Tribüne. »Der Trikolore hat der Oberste Kriegsherr die Weihe erteilt. Das weiße Banner ist die Standarte der Gegenrevolution. Wehe euch, ihr dort auf der Rechten! Wieget euch nicht in eine gefährliche Sicherheit, denn das Erwachen wäre jäh und schrecklich! Auf den Ozeanen werden sie schwimmen, diese Farben der Nation, und werden die Achtung aller Länder erringen, nicht wie das weiße Lilienbanner als das Banner des Krieges und der Eroberungssucht, sondern als das der heiligen Brüderschaft, welche alle Freunde der Freiheit auf der ganzen Welt umfaßt, aber auch als das Banner des Schreckens für Verschwörer und Tyrannen.«

Diese Rede verschnupfte den König arg. »Bei all seiner Schlauheit und Begabung«, äußerte er La Marck gegenüber, »würde er wohl Mühe haben zu beweisen, daß er *diese* Rede gehalten hat, um das zu erreichen, wofür er bezahlt wird.«

La Marck berichtete es Mirabeau.

»Was,« schrie er – die Adern auf seiner Stirn schwollen gefahrdrohend an – »diese stupiden Bösewichter bieten uns schlechtweg die Gegenrevolution, und diese Leute wähnen, ich werde nicht dagegen wettern! In Wahrheit, mein Freund, ich habe keine Lust, irgend jemand meine Ehre preiszugeben. Ich bin ein guter Bürger, der Ruhm, Ehre und Freiheit über alles hebt, und gewisse Herren des Rückschrittes werden mich stets bereit finden, sie zu Boden zu schmettern. Sagen Sie dem König: ich will die Wiederherstellung der Ordnung, aber nicht die Wiederherstellung der *alten* Ordnung.«

»Sie sind doch ein Prachtkerl«, bewunderte La Marck aufrichtig. Mirabeau hatte in ihm einen wahren Freund erworben.

In der nächsten Nacht aber schrieb er dem König: »Wie ich höre, rechnen Sie es mir zum Verbrechen an, daß ich die Trikolore der weißen Flagge vorgezogen habe. Ich kann Ihnen keine Dienste mehr leisten, wenn ich meine Kräfte in solchen Debatten aufreiben muß. Übrigens mögen mich Ihre Minister immerhin einen Demagogen nennen, wenn sie nur selbst, da sie keine sind, der königlichen Gewalt bessere Dienste leisten als ich.«

Bald darauf putschten in Belfort einige Offiziere gegen die Revolution. Mirabeau forderte ihre Bestrafung wegen Hochverrats: »Es ist dringend notwendig,« rief er in den Saal, und der König vernahm es sehr bald, »daß diejenigen, die unlängst die Nationalflagge als einen Lappen für Kinder behandelt haben, erfahren, daß die Revolutionen keine Kinderspielzeuge sind!«

Der Hof wurde immer verstimmter. Man las seine Noten nicht mehr. Mirabeau beklagte sich bei La Marck über seine nutzlose Arbeit. Der zuckte die Achseln. »Ich fürchte, die Monarchie ist bei dem Charakter dieses Monarchen nicht zu retten. Ich habe nochmals mit der Königin gesprochen. Die arme Frau haben diese steten fruchtlosen verzweifelten Kämpfe zerrüttet. Sie hat nur noch herzbrechend geweint. Ich habe mit des Königs Bruder, dem Grafen der Provence, gesprochen. Er hat mir geantwortet: ›Die Unentschlossenheit des Königs ist größer, als man überhaupt ahnen kann. Wenn Sie sich eine Vorstellung von seinem Charakter machen wollen, so denken Sie sich geölte Elfenbeinkugeln, die Sie zusammenhalten wollen. Es wird wohl vergebliche Mühe sein.‹ Das hat er gesagt. Ich fürchte, fürchte, lieber Freund, Sie werden dieses Spiel mit den geölten Elfenbeinkugeln verlieren.«

Mirabeau nickte düster vor sich hin. Bisweilen aber packte ihn eine finstere Wut gegen diesen Repräsentanten der Monarchie, die er mit allen seinen Kräften vor dem Letzten schützen wollte. Da trieb ihn der Zorn zur Verherrlichung des Straßenpöbels.

Das Volk hatte das Haus eines Adligen, des Marquis de Castries, erstürmt und geplündert, weil er Lameth, den radikalen Abgeordneten, zum Zweikampf gefordert hatte.

Mirabeau verteidigte gegen alle Ordnungsfreunde die Plünderer von der Tribüne herab: »Wißt ihr, daß dieses Volk, trotz seiner Erbitterung gegen den Mann, den er als den Feind eines seiner besten Freunde ansieht, gefordert hat, jeder solle beim Verlassen des Hauses seine Taschen leeren und beweisen, daß er nur gestraft, nicht aber eine gerechte Sache besudelt habe? Das, das ist Ehre, wahre Ehre, welche die Vorurteile dieser Strauchritter und feudalen Kämpen nicht einmal ahnen. So ist das Volk: heftig, aber milde, auffahrend, aber großmütig. So ist das Volk selbst im Aufruhr, wenn eine freie Verfassung es seiner angeborenen Würde wiedergegeben hat und es seine Freiheit für bedroht hält. Die es anders beurteilen, verkennen und verleumden es. Und wenn seine Diener, seine Freunde, seine Brüder, die sich seiner Verteidigung nur widmen, weil sie es hoch verehren, die Lästerungen, die man in dieser Versammlung tagein, tagaus gegen das Volk ausstößt, zurückweisen, so gehorchen sie damit nur ihrer ersten Pflicht und erfüllen eine ihrer heiligsten Aufgaben!«

Es ist begreiflich, daß solche Worte auch die Königin stutzig machten und die letzte schwache Verbindung zum Hofe zerrissen. Aber gerade diese Reden hoben Mirabeaus Popularität in die Wolken. Er war der Vater des Volkes, ihn nur wollte man sprechen hören, er war der Abgott der Pariser, wie er einst der Gott der Bürger von Aix gewesen. In den düsteren letzten Stätten der Armut wurden seine Worte das Licht der Hoffnung, in den Cafés zitierte man seine ironischen Ausfälle gegen die Gegner. Wie er gesagt hatte: »Der Redner scheint zu glauben, er dürfe nicht aufhören zu reden, weil die Gesetzgeber für alle Zeiten zu sprechen haben,« oder: »Ich habe nicht herausfinden können, ob der Herr Vorredner zu seinem oder zu unserem Vergnügen auf die Tribüne gestiegen ist.«

Das Wort aber, das er der Jakobinerminorität von dreißig Mann entgegendonnerte: »Ruhe dort bei den dreißig!« ward lange Zeit in Frankreich zum geflügelten Worte.

Zu Beginn des Jahres 1791 stand er äußerlich auf der Höhe seiner Erfolge. Doch innerlich war er ein gebrochener Mann. Im Grunde waren ihm alle Hoffnungen gescheitert. Die Nationalversammlung entartete immer mehr, der Ruin des Landes dämmerte herauf. Sein Werk war ihm vergiftet. Die Jakobiner griffen ihn immer heftiger an, bedrohten ihn im Jakobinerklub mit Gewalttat. Unverzagt schleuderte er ihnen entgegen: »Ich werde bis zum Scherbengericht bei euch bleiben!«

Er entging diesem Scherbengericht, das seine Opfer durch die Halsöffnung der Guillotine in die Verbannung schickte, nur dadurch, daß ein gütiges Geschick zuvor seinen Namen auf die Todesscherbe schrieb.

Als Mirabeau nach einer Rede über die Bergwerke am 27. März die Nationalversammlung verließ, fühlte er sich matt und fiebrig. Eine drängende Menge umringte ihn, wie immer an dieser Stätte. Bittschriften wurden ihm entgegengeworfen, zwanzig Menschen wollten ihn zu gleicher Zeit »nur fünf Minuten« sprechen. Er hielt geduldig aus.

Am Abend wurde im Nationaltheater der »Brutus« Voltaires gegeben. Seit 1730 war er von der Bühne verbannt. Jetzt hatte man seine Aufführung erzwungen. Das Theater war ausverkauft. Trotz seiner heftigen Schmerzen hatte Mirabeau sich in die Loge im vierten Range geschleppt, die er noch erlangt hatte. Vor Beginn der Vorstellung wurde er bemerkt. Man sandte eine Abordnung an ihn und führte ihn unter dem stürmischen Jubel des Hauses in die beste Loge des ersten Ranges. Er dankte unter wühlendem Schmerze in den Eingeweiden.

Der Zuschauerraum ward zum Kampfplatz der politischen Leidenschaft. Bei den Versen, in denen Brutus seinen Haß gegen das Königtum ausspricht, erhob sich das Publikum, klatschte, tobte, raste, bis die Verse wiederholt wurden. Minutenlang kamen die Schauspieler nicht zu Wort unter den Rufen: »Es lebe die Nation! Es lebe die Freiheit!«

Mirabeau hörte es und sah den Weg vor sich, den das Geschick Frankreichs schritt. Das Königtum war verloren. Er wand sich in Schmerzen, die nicht nur körperlich waren. Als schwerkranker Mann erreichte er sein Haus, dieses »kokette Heim einer kleinen Kokotte«. Man rief den Arzt Cabanis, seinen Freund. Er diagnostizierte eine eitrige Bauchfellentzündung. Der Fall war hoffnungslos. Mirabeau sah das erbleichende Antlitz des Freundes.

»Es ist vorbei?« fragte er gelassen.

»Es ist ernst,« entgegnete der Arzt, »keiner kennt das Schicksal.«

Die ersten Tage ließ Cabanis keinen zu dem Patienten. Er hoffte noch – wider sein ärztliches Wissen.

Am 1. April aber trug des Kranken Antlitz das Stigma des Todes. Jetzt öffnete der Arzt den Freunden und Verwandten das Krankenzimmer.

Mirabeau lag still und matt in den Kissen und gefaßt. Er kannte sein Los.

Bonnette kam und die hübsche Nichte Jeanne-Charlotte mit ihrem Manne. Die »stärkste Lacherin Frankreichs« weinte bitterlich.

»Schreib Emilie,« bat der Kranke leise, »daß ich nun nicht mehr kommen kann.«

Reine-Anne kam, saß lange an seinem Bette und hielt seine fieberheiße zuckende Hand. Barnave, sein bitterster Gegner, nahm von ihm Abschied. Und La Marck verließ kaum sein Zimmer.

»Jetzt können Sie dem König die vier Scheine zurückgeben,« lächelte Mirabeau, »ich hätte sie mir doch nicht verdienen können.«

La Marck nickte, von Schmerz erstickt. Dann sagte er: »Ich habe Sie in der ersten Zeit unserer Bekanntschaft verkannt. Später ward mir erst klar, daß Sie niemals dem Mammon Ihre Prinzipien geopfert haben. Wenn Sie« – er senkte die Stimme – »vom König Geld nahmen, so taten Sie es doch nur, um Ihrer eigenen Meinung zu sein. Um keinen Preis der Welt hätten Sie eine Tat vertreten, welche die Freiheit vernichtet oder Ihren Genius entehrt hätte. Immer waren Sie der Herr und nicht das Werkzeug des Hofes. Das wollte ich Ihnen noch sagen.«

Mirabeau sah ihn dankbar an.

Mit Mühe flüsterte er: »Gott hat Sie nur in die Welt gesetzt, um mir den Wunsch zu ersparen, alle Aristokraten bis auf den letzten zu zermalmen.«

La Marck zwang sich ein Lächeln ab und erwiderte: »Und Sie hat Gott in die Welt gesetzt, daß ich Ihren Ruhm liebe und über ihn wache.« – Die Angst lagerte über Paris. Theater und Belustigungen waren verboten. Tausende umstanden das Haus in der Rue de la Chaussée d'Antin. Die Straße wurde dem Wagenverkehr gesperrt. Alle Viertelstunden mußte der Arzt der Menge über den Verlauf der Krankheit Bericht erstatten. Ratschläge kamen von allen Seiten, Medikamente. Ein Brief flog Cabanis in die Hände.

»Ich habe in England gehört, daß dort bei schweren Krankheiten Bluttransfusionen mit gutem Erfolge vorgenommen worden sind. Wenn Sie glauben, daß dieses Mittel Herrn Mirabeau retten kann, so biete ich mein Blut an und biete es aus vollem Herzen. Beides ist rein.

Henriette-Amélie de Nehra, Rue Neuve Saint-Eustache No 52.«

Cabanis las Mirabeau den Brief vor. Man holte Yet-Lie. Sie konnte vor Bewegtheit nicht sprechen. Sie blieb bei ihm, saß mit bebenden Lippen an seinem Bette die letzte Nacht.

»Vergib mir, Yet-Lie«, flüsterte er einmal. Sie sagte leise: »Ich habe dir niemals gezürnt, Gabriel. Ich nahm dich, wie du warst. Nur das ist Liebe. Ich habe nur meine Würde als Weib gewahrt.«

Am Morgen fühlte er sich wohler. Es war die Scheinerholung der Sterbenden. Er wußte es. Er sagte zum Arzte mit fester Stimme: »Heute werde ich sterben, mein Freund. Jetzt bleibt uns nur eins übrig: öffnen Sie die Fenster, lassen Sie den Frühling herein. Bringen Sie mir Blumen, parfümieren Sie die Luft. Dann will ich Musik hören. Yet-Lie soll spielen und meine Lieblingslieder singen. Und so will ich sanft hinübergleiten in den Schlaf, aus dem es kein Erwachen gibt.«

Und so geschah es. Yet-Lie saß am Spinett im Nebenzimmer, sang die alten lieben Lieder, die sie ihm so oft in London, in Berlin, in Paris in der kleinen engen Wohnung gesungen hatte, die Sorgen der Not zu scheuchen. Ihre Tränen tropften nieder auf die Tasten. Und so schlief er sanft hinüber, um halb neun Uhr des Morgens des 2. April 1791. – Man bereitete dem Volkstribun ein königliches Begräbnis. Die ganze Stadt Paris begleitete ihn in dumpfem Schmerze und Staunen, daß dieser Mann sterblich war wie andere. Zwölf Sergeanten der Nationalgarde trugen den Sarg. Dreihunderttausend Menschen geleiteten ihn. Die Nationalversammlung, die Minister folgten der Bahre. Der Herzog von La Rochefoucauld hatte in der Versammlung den Antrag gestellt, die neu erbaute St. Genovevakirche »in eine Grabstätte für die großen Männer umzuwandeln, damit der Tempel der Religion zum Tempel des Vaterlandes und das Grab eines großen Mannes zum Altar der Freiheit werde«.

So wurde er im Pantheon, das für ihn gegründet wurde, beigesetzt. – Der Terrorismus aber, gegen den er allezeit gekämpft hatte, schritt sieghaft seine Bahn. Am 10. August des folgenden Jahres wurden die Tuilerien gestürmt. In der Eisenkassette des Königs fand man die Noten Mirabeaus an den Hof.

Da gellte es wieder durch die Straßen: »Der große Verrat des Grafen Mirabeau!«

Man riß die Gebeine des »Volksverräters« aus dem Panthéon, warf sie in eine Kiste und verscharrte sie an einer Kirchhofsmauer.

Und keiner weiß, wo er begraben ist.

—

Ende.

Literatur.

- Marie Albrecht: Mirabeau und die Erklärung der Menschenrechte. Marburg 1911.
- Anekdoten und Charakterzüge aus dem Leben des Grafen Mirabeau. Leipzig 1790/91.
- Adolf v. Bacourt: Briefwechsel zwischen dem Grafen Mirabeau und dem Fürsten von Arenberg. Brüssel u. Leipzig 1851/52.
- Louis Barthou: Mirabeau. Stuttgart 1913.
- Ludwig Beck: Mirabeau als Politiker. Berlin 1902.
- Eugène Berger: Le vicomte de Mirabeau. Paris 1904.
- Cabanis: Journal de la maladie et de la mort d'Honoré-Gabriel-Victor Riquetti de Mirabeau. Paris 1791.
- Campan: Mémoires sur la vie de Marie-Antoinette Paris 1879.
- Carlyle: Mirabeau. Leipzig 1905.
- B. Erdmannsdorffer: Mirabeau. Bielefeld 1900.
- Benjamin Gastineau: Les amours de Mirabeau et de la Marquise de Monnier. Leipzig 1860.
- Siegmund Kolisch: Marie-Antoinette, Mirabeau, Robespierre. Wien 1880.
- Louis de Laménie: Les Mirabeau. Paris 1879.
- Dauphin Meunier: La Comtesse de Mirabeau. Paris 1908.
- Mirabeau, Briefe an Sophie aus dem Kerker von Vincennes. München 1910.
- Mirabeau. Lettres à Julie. Paris 1903.
- Briefe des Grafen Mirabeau an einen Freund in Deutschland. 1892.
- Mirabeau peint par lui-même. Paris 1791.
- Pierre Nolhac: La reine Marie-Antoinette. Paris 1899.
- Oncken: Der ältere Mirabeau und die ökonomische Gesellschaft in Bern. Bern 1886.
- Henry Wilschinger: Mirabeau in Berlin als geheimer Agent der französischen Regierung. Leipzig 1900.
- P.F. Willert: Mirabeau. London 1898.
- Erich Wild: Mirabeaus geheime Sendung nach Berlin. Heidelberg 1901.

Ich habe auch in diesem Werke, wie in meinen früheren historischen Romanen, die Personen häufig geschichtlich überlieferte Worte sprechen lassen, ohne dies jedesmal durch besondere Zeichen kundzutun. Es liegt dieses, meiner Meinung nach, im Wesen der historischen Erzählung. Ich erwähne es hier indessen ausdrücklich.

Dr. Alfred Schirokauer.